傲慢与偏见

[英] 简·奥斯汀 著
张经浩 译

Pride and Prejudice

北方文艺出版社

译本序

简·奥斯汀（Jane Austen，1775—1817）的名字对我国的外国文学爱好者来说并不陌生，她的《傲慢与偏见》（*Pride and Prejudice*）更为许多人熟知。

这部小说的主题是爱情与婚姻，全书或详或略地涉及了五门婚事。

作者主要着墨于伊丽莎白和达西。这两人性格大不相同，伊丽莎白外向，活泼可爱；达西内向，给人的感觉非常傲慢。

两人第一次相逢在舞会，达西得罪了伊丽莎白。后来伊丽莎白又听信了别人对达西的中伤，觉得达西可恶极了。同时，两人的门第与财产有别，达西大富大贵，伊丽莎白家只算中产阶级，由于父母膝下无儿，财产还得由一个远亲继承。最糟的是，伊丽莎白的母亲脑子笨，常出洋相，妹妹行为不检点，这些都被达西瞧不起。

然而达西喜欢伊丽莎白的聪明，不知不觉间坠入爱河，把门第之差抛到了一旁。伊丽莎白了解到事实真相后，不但消除了误会，发现原来达西心地善良，品德高贵，而且觉得两人的不同性格正好互补。他们的婚姻既有爱情又有财产做基础，是美满的婚姻。

伊丽莎白的姐姐简与宾利的婚姻同伊丽莎白的有相同之处，就是既有感情又有财产做基础。

伊丽莎白的妹妹莉迪亚真心喜爱威克姆，最后与威克姆结了婚，却无幸福可言。她单纯追求外表美，不问其他，尽管如愿以偿得到了一个美男子，却与幸福绝缘。威克姆金玉其外，败絮其中，开始时迷惑了包括伊丽莎白在内的几乎所有姑娘，但最终上当的是莉迪亚。究其原因，是莉迪亚虚荣心太重。

伊丽莎白的好友夏洛特与牧师柯林斯的结合属另一种情况。夏洛特其貌不扬,又无财产,难于出嫁,所求不在爱情,只在生活的依靠,而柯林斯只要娶到个女人就行,所以两人一拍即合。他们的婚姻当然远远比不上伊丽莎白与达西、简与宾利,却胜过莉迪亚与威克姆,虽谈不上爱情、幸福,却有满足、太平。

伊丽莎白父母的婚姻又有其特殊性。他们有一定的财产,但没有爱情。伊丽莎白的父亲年轻时以为美貌女子能给他带来幸福,也如愿以偿,娶了位漂亮姑娘,婚后却发现与貌美而不聪明的女人共度人生索然无味。他的生活宽裕,却感情空虚。

这五门亲事,作者没有各表一端,而是通过主人公伊丽莎白很自然地联系在一起。看来,奥斯汀认为爱情与财产是构成婚姻幸福的两大要素,缺一不可。

奥斯汀善于刻画她那个时代中产阶级妇女的形象,善于描写爱情和婚姻,同时她还算得上个美人儿,然而,她终身未婚。

她曾接受过一位爱慕她的人的求婚,但苦想一夜后反悔了,第二天连忙改口,拒绝了那人。

简·奥斯汀的父母有子女八个,这位女作家是第七个孩子。她的一生主要是在名不见经传的斯蒂文顿(Steventon)与乔顿(Chawton)两个小镇度过的,其作品描写的也只是一个小小的天地。

这位英国十八至十九世纪杰出的现实主义女作家受的学校教育很少,只得益于父兄的指导和所看的大量小说。其实,她一家人都是小说迷,不但看十八世纪的名著,而且看恐怖小说、伤感小说。她常在自己家客厅的一张小桌上进行写作,来了客人,便用一张纸或针线盒将书稿遮盖起来,也不承认出版过小说。作家这样做是社会情势所迫,当时的人对女人写小说抱有偏见。

奥斯汀于二十一岁(即1796年)开始写小说,名为《开初的印象》(*First Impressions*),于次年完成,由父亲交给一位出版商,被拒绝。作者没有气馁,将作品做了精心修改,书稿更名为《傲慢与偏见》,于1813年才问世,前后历时十七载。奥斯汀写作的第二部小说是《理智与情感》(*Sense and Sensibility*)，开始于1797年，发表于1811年，虽也经过了十四年的漫长时间，却成为奥斯汀首先推出的作品。

《理智与情感》出版后，奥斯汀才遇上顺风，不但于1813年发表了《傲慢与偏见》，还于1814年发表《曼斯菲尔德园》(*Mansfield Park*)，1816年发表《爱玛》(*Emma*)，1818年发表《好事多磨》(*Persuasion*)与《诺桑觉寺》(*Northanger Abbey*)。

然而，也就是在奥斯汀的作品接连出台时，死神悄悄走近了她。她患上了一种叫阿迪生病（Addison's disease）[①]的肾上腺疾病。奥斯汀离开乔顿去温切斯特（Winchester）求医，医生回天无术，这位女作家于1817年病故，年仅四十二岁。

实际上，她的六部长篇作品在生前仅发表了四部。评论界更是直到二十世纪才承认她为名作家。

在六部长篇作品中，《傲慢与偏见》与《爱玛》是名作。

读者与评论界对这两部作品的喜好似乎不完全一致。《傲慢与偏见》出版后马上受到读者好评，后来一直是奥斯汀流传最广的作品。在我国，读者对《傲慢与偏见》也比对《爱玛》熟悉。但是，评论界开始赏识奥斯汀却是在《爱玛》问世后。而且，国外当代大多数评论家也认为，在她的六部小说中，最优秀、最能代表她风格的也是《爱玛》。

奥斯汀的父亲是位牧师，且父女间感情笃厚，但在奥斯汀的这两部主要作品中出现的两位牧师都不是什么正面人物，特别是《傲慢与偏见》中的那位柯林斯先生，愚蠢虚伪，又心地狭窄，还是个对有钱有势的人一味阿谀奉承，令人恶心的马屁精。奥斯汀的父亲对此好像并不介意，因为这部小说开始时还是他拿去找出版商的。作家的妙笔为什么会勾画出这样一位牧师来，后人就不得而知了。

简·奥斯汀的小说，都以她那个时代平凡琐碎的事为题材，却经久不衰。她去世后的十九世纪与二十世纪是人类历史上大动荡、大变化的两个世纪。社会制度的更替，科学技术的进步，商品经济的发展，不仅带来沧海桑田的大变迁，而且带来人们思想观念的大变化。然而，今天

[①] 此病以发现者托马斯·阿迪生（Thomas Addison，英国医生，1793—1860）的名字而命名，有虚弱、血压低、皮肤呈褐色等症状。

处在完全不同时代、国情、环境的我国读者依然喜爱她的作品，这就太不容易了。其中原因，恐怕主要在于作家的高超艺术。

奥斯汀笔下的小说故事情节和场面都经过仔细推敲。她用细腻的文笔把事件和人物刻画得惟妙惟肖，玲珑剔透。略带尖刻的评论和巧妙的对白更是独具匠心。语言幽默，妙趣横生，各种人物跃然纸上。

与奥斯汀差不多同时期的英国著名小说家沃尔特·司各特（Sir Walter Scott）曾高度评价她的才能，说："这位年轻小姐在描写人们的日常生活、内心感情以及许多错综复杂的琐事方面，确实具有才能，这种才能极其难能可贵，我从来不曾见过。说到写些规规矩矩的文章，我也像一般人那样，能够动动笔；可是要我以这样细腻的笔触，把这些平凡的事情和人物刻画得如此惟妙惟肖，我实在办不到。"

司各特还说，奥斯汀的作品"不是向读者绘声绘色地描写一个假想世界，而是真实、生动地再现读者身边每天都会发生的事情"。生活的真实从来就是美与丑共存，善与恶同在。奥斯汀的作品通过对生活琐事的描写表现了两者，既有人们的道德与理智，也有人们的愚蠢、虚伪、贪心、自我欺骗等。

奥斯汀自己曾说："我的作品好比是一件三英寸大小的象牙雕刻品。"

《爱玛》早在二十世纪四十年代由刘重德教授译成汉语，外语界罗皑岚教授与吴景荣教授认为该译作"畅达，颇能传达原著精神"。

《傲慢与偏见》在五十年代也由复旦大学王科一先生译出，在上海出版，到90年代还在重印。去年南京出了新译，据说海南出的译本早已发稿。

有人认为重译容易，因为有老译本作为借鉴。当然，借鉴给后来的译者带来一定方便，但新译与老译雷同，出版有何必要？而且，白纸黑字，众目睽睽，欺世盗名，又谈何容易！

译事之难，译界同人尽知；复译之难，译界有人亦知。

拙译出版，译者不敢奢求，仅愿能不愧对在天有灵的作者与心明眼亮的读者，不辜负出版社的信任与厚爱！

张经浩
1995年9月于上海

主要人物表

伊丽莎白·贝内特： 小说女主人公，乡绅贝内特的二女儿。

菲茨威廉·达西： 小说男主人公，彭伯利的主人。

简·贝内特： 贝内特的大女儿。

查尔斯·宾利： 达西的朋友，贵族。

夏洛特·卢卡斯： 贝内特的邻居威廉·卢卡斯爵士的大女儿，伊丽莎白的密友。

威廉·柯林斯： 牧师，贝内特的外甥，也是贝内特的财产继承人。

莉迪亚·贝内特： 贝内特家五个千金中最小的一个。

乔治·威克姆： 达西父亲的管家的儿子。

卡罗琳·宾利： 宾利的妹妹。

加德纳夫妇： 伊丽莎白的舅舅、舅妈。

凯瑟琳·德伯格夫人： 达西的姨妈。

乔治亚娜·达西： 达西的妹妹。

目录
CONTENTS

第一章	001	第十七章	068
第二章	004	第十八章	071
第三章	007	第十九章	082
第四章	011	第二十章	086
第五章	014	第二十一章	090
第六章	017	第二十二章	095
第七章	023	第二十三章	099
第八章	028	第二十四章	103
第九章	033	第二十五章	108
第十章	037	第二十六章	112
第十一章	043	第二十七章	117
第十二章	047	第二十八章	121
第十三章	049	第二十九章	125
第十四章	053	第三十章	130
第十五章	056	第三十一章	133
第十六章	060	第三十二章	137

章节	页码	章节	页码
第三十三章	141	第四十九章	224
第三十四章	145	第五十章	229
第三十五章	150	第五十一章	234
第三十六章	156	第五十二章	239
第三十七章	160	第五十三章	246
第三十八章	163	第五十四章	253
第三十九章	166	第五十五章	257
第四十章	170	第五十六章	262
第四十一章	174	第五十七章	268
第四十二章	179	第五十八章	272
第四十三章	184	第五十九章	278
第四十四章	194	第六十章	284
第四十五章	199	第六十一章	288
第四十六章	203	作者年表	291
第四十七章	210		
第四十八章	219		

第一章

有钱的单身汉必定想娶妻,这条真理无人不晓。

这种人初到一地时,别看其喜好或想法如何谁都不甚了了,但由于这条真理在左邻右舍的头脑中根深蒂固,家家都会心想他理所当然应属于自己某个女儿所有。

一天,贝内特先生的太太问他:"亲爱的,内瑟菲尔德园已经租出去了,你听说了吗?"

贝内特先生说还没有。

太太接着道:"当真租出去了。朗太太刚刚来过,我听她说的。"

贝内特先生没有吭声。

他太太忍不住提高嗓门说:"是谁租了你就不想知道吗?"

"是你想说给我听,我又没说不愿听。"

这一来贝内特太太来了劲。

"哼,告诉你吧,亲爱的。听朗太太说,租下内瑟菲尔德的是个年轻人,很有钱,原来住在英格兰北边。星期一他坐了辆四匹马拉的车来看房子,中意得很,马上就与莫里斯先生谈定了。他本人准备搬来过米迦勒节①,有几个仆人下周末先住进来。"

"这人姓什么?"

"宾利。"

"结了婚还是单身?"

"哟,单身,亲爱的,这还用问?是个有钱的单身汉,一年有

---

① 米迦勒节(Michaelmas),每年的9月29日,英国的四大结账日之一,租约多于此日履行。

四五千镑的收入。我们几个女儿的福气来了!"

"说到哪里去了!这跟她们有什么关系?"

"哎呀呀,我的好先生,"贝内特太太说道,"你怎么这样讨人嫌?你明知故问,哪会不知道我在盘算着把哪个女儿嫁给他!"

"难道他搬到这里来就是为了这桩事?"

"为这桩事!胡说!你怎么讲出这种话来?不过呢,他看中我们的哪个女儿倒很可能。所以,等他来了,你必须得去拜访一趟。"

"我去一趟没有必要,你可以带着几个女儿去。要不然,你让她们自己去,说不定这样更好。要论长相漂亮,你不比她们哪个差,你们一道去,宾利先生最看得中的倒可能是你。"

"得了吧,你是想奉承我。当年我确实长得漂亮,可是现在我没什么可夸的了。五个女儿都已长大成人,不该再想自己漂不漂亮。"

"到了这种地步,一个女人大概也没多少漂亮好想了。"

"这事就别谈了吧,但是等宾利先生搬来后,无论如何你得去看看他。"

"老实说吧,这我可不会答应。"

"你就不为几个女儿着想?仔细想想吧,哪个女儿嫁给他不是门好亲事?威廉爵士夫妇俩说定了要一起去拜访,还不是打的那主意?你是知道的,新搬来了人,一般他们都不登门。说正经话,你非去不可,你不去我们母女没法上他的门。"

"你也太顾虑重重了。我可以肯定,宾利先生见到你一定高兴。我写几行字让你带去,就告诉他,无论他挑中哪个女儿,我都打心底里乐意他娶过去,只不过在信里我得替小宝贝利齐①特地美言两句。"

"这种事我看你别干为好。与几个姐妹比,利齐并没有哪点强。论漂亮,我看她绝对赶不上简一半,论活泼她又不及莉迪亚一半,可是你总对她存着偏心。"

"她们没有多少值得夸的,"贝内特先生说,"全都傻乎乎,什么都不懂,跟别人家女孩儿没两样。姐姐妹妹几个就数利齐还有几分聪明。"

---

① 利齐(Lizzy)是二女儿伊丽莎白(Elizabeth)的爱称。

"你怎么能把自己的亲生女儿贬得这样低？你就爱说惹我生气的话。明明知道我的神经受不起刺激，你偏不体贴我。"

"亲爱的，你别误会。我老惦挂着的就是你的神经。你那几根神经都成我的老朋友了。你一谈起神经就心焦，至少这二十年里我听得多。"

"唉，我的苦处你哪里会知道。"

"可是我总希望你的毛病会好，能活着看到好些一年有四千镑收入的富家子弟搬到这地方来。"

"你不上他们的门，搬来二十个也没用。"

"你放心好了，亲爱的，要是真有二十个搬来，我都要登门拜访。"

贝内特先生就是这么个怪物，头脑灵活，口舌尖酸，但遇事又能沉住气，且变化无常，所以他太太与他相处了二十三年都没有能够摸清楚他性格的底细——他太太的头脑没那么顶用。这女人缺乏悟性，孤陋寡闻，肝火偏旺。一遇不顺心的事，就以为神经出了毛病。她一生的大事是把几个女儿嫁出去，唯一的爱好是出门做客，打听新闻。

第二章

在最早去拜访宾利先生的人中,有一个便是贝内特先生。他早就打定了主意拜访他,却一直瞒着太太,始终说不去,直到登过门的那天晚上,才让他太太知道。秘密是这样揭开的:

他的二女儿利齐在给一顶帽子镶边,他看着看着,突然说:"利齐,这顶帽子宾利先生要是喜欢就好。"

"我们没打算登宾利先生的家门,哪里会知道他喜欢什么!"利齐的妈妈气冲冲说。

伊丽莎白说话了:"妈妈,大家聚会时我们能遇上他,朗太太答应了介绍我们认识他。"

"我不相信朗太太愿意行这个好。她自己还有两个侄女。这人虚伪,只为自己打算,我对她没有好感。"

贝内特先生接过话道:"我也没有好感。你没有指望她给你帮忙,这倒叫我听了高兴。"

贝内特太太不愿搭理,但又压不住心上的火气,便骂起一个女儿来。

"基蒂[①],你行行好吧,别这样咳个不停。得想想我的神经,都快叫你咳得断成几节啦!"

"基蒂咳起嗽来不管三七二十一,没拣个好时候。"做爸爸的说道。

基蒂觉得委屈,答道:"我咳嗽不是为了寻开心。"

---

① 基蒂(Kitty)是四女儿凯瑟琳(Catherine)的爱称。

"利齐，你们下次什么时候开舞会？"

"从明天算起再过两星期。"

她妈妈嚷了起来："哟，难怪！朗太太要等到舞会前一天才回。她自己都与宾利先生不认识，哪能介绍给你们认识！"

"亲爱的，这倒好，你可以抢先你朋友一步，介绍她认识宾利先生。"

"哪儿的话！哪儿的话！我自己与他都还没有熟悉。你怎么这样拿人家开心呢？"

"你的小心谨慎叫我佩服。的确，只认识两个星期不算一回事，这么短时间里不可能对人有真正的了解。但是如果我们不果断些，别的人一定会抢先。无论如何，朗太太与两个侄女一定不肯错过机会。所以，如果你不愿帮人一把，就让我来吧，朗太太会感激不尽。"

几个女儿睁大眼望着爸爸。

贝内特太太一个劲儿地叫："信口开河！信口开河！"

"你这样大喊大叫顶什么用？"贝内特先生高声说，"介绍人认识得有个介绍的礼数，按礼数办不能随随便便，难道这也叫信口开河？对这一点我就不敢苟同了。玛丽，你说呢？我知道，你这姑娘很有头脑，常读大部头书，还要做摘录。"

玛丽满心想发表一番高见，可是又不知从何说起才好。

贝内特先生又说话了："玛丽一时间还没想出个头绪来，我们等等，再谈谈宾利先生吧。"

"一提宾利先生我就心烦。"他太太说。

"听你这么一说我就后悔了，为什么你不早早告诉我呢？如果今天上午知道你这个样，我肯定不会去拜访他了。真是太不凑巧，但是既然我已经拜访过了，没有挽回的余地，就算不打算相识也只好相识了。"

母女几个喜出望外，也许母亲比女儿更胜一筹，贝内特先生见了好不得意。然而，第一阵欣喜的劲头过去后，贝内特太太却又抢功，说这事早就在她的预料之中。

"亲爱的，你真是个有心人！不过我早知道你会听我的话。我看准了，你疼爱女儿们，不会放着这么好的人不去结识。哟，我真高兴！明明今天上午就去过了,却不露半点风声,闷到现在才说出来,这玩笑开得真是好。"

"基蒂,现在你爱怎么咳嗽就可以怎么咳嗽了。"贝内特先生边说边走出了房门,懒得再看太太怎样欢天喜地。

房门关上后,贝内特太太说:"看看爸爸对你们有多好!我不知道你们几个以后如何报答得了他的恩情。我也疼爱你们,你们要报答也难。实话对你们说吧,到了我们这把年纪,天天去结交新人并不是什么痛快事,可是为了你们几个着想,还有什么我们不情愿干?莉迪亚乖乖,别看你是年龄最小的,我敢说下次开舞会宾利先生一定会邀请你跳舞。"

莉迪亚满不在乎地说:"哼,要跳舞我不怕。别看我年龄最小,可是个子最高。"

这天晚上,母女几个七嘴八舌地猜着宾利先生什么时候会回访,还定下了请宾利先生来吃饭的时间。

第三章

然而,尽管有五个女儿帮腔,贝内特太太费尽了口舌也没能从丈夫嘴里套出句明白的话来,还是不知道宾利先生其人究竟如何。

她们用了种种方法对付贝内特先生,时而单刀直入地问,时而挖空心思地猜,时而旁敲侧击地掏,但他躲过了她们所有的招数。最后迫不得已,她们只好捡二手货,向邻居卢卡斯太太打听。

卢卡斯太太满口赞扬。她丈夫威廉爵士也喜欢宾利。

宾利先生年纪很轻,仪表出众,待人热情极了,而最重要的是,他打算参加下一次舞会,还会带一帮人来。真是再好不过了!喜爱跳舞必然容易动情,走出第一步不愁没有第二步,大家的心里对宾利先生都已满怀希望了。

"无论哪个女儿在内瑟菲尔德幸福美满地安下家,其他几个的婚事也称心如意,这一辈子我就别无所求了。"贝内特太太对丈夫说道。

几天以后,宾利先生回访了贝内特先生,两人在书房里坐了十来分钟。他对贝内特家几位姑娘的美貌已有所耳闻,本想一睹芳容,可是只见到了姑娘的父亲。走运的是几位小姐,她们占据有利位置,从楼上的窗口看得清清楚楚,宾利先生穿着一件蓝色上衣,骑着一匹黑马。

接下来该请宾利先生来家里吃顿饭。

邀请发得很快,贝内特太太早就盘算好上些什么菜能显出她料理家务的本领,却不料得到的回音是宾利先生第二天有要事进城,暂时不能来。贝内特太太如凉水浇顶。宾利先生刚来赫特福德郡,她猜不出会有什么要事非进城不可,不由得担心起来,唯恐他会东奔西跑,根本没有打算在内瑟菲尔德安家。卢卡斯太太另有高见，说他去伦敦是为了邀请人一道来跳舞，这才使贝内特太太心宽了许多。

果然，没多久就听说宾利先生要带十二位女宾、七位男宾来参加聚会。女宾的数目这样多叫几位姑娘心里难受，但在舞会举行的前一天，她们听说只来了六位女宾，其中五位是宾利先生的亲姐妹，一位是表姐妹，这才放下心来。

结果舞会当天，宾利先生一行只有五人，其中两位是他的亲姐妹，还有他的姐夫和一位年轻人。

宾利先生一表人才，有绅士风度，脸相叫人喜爱，仪态大方自然。他的姐妹非一般人可比，有大家闺秀的风范。他的姐夫赫斯特先生一望便知是上流人物，但很快叫满屋子人为之瞩目的是宾利先生的朋友达西先生。他个子高，身材好，五官端正，风度翩翩，进门后没出五分钟话就传开了，说他一年的收入上万。

在场的先生们夸他是美男子，太太小姐们说他长得比宾利先生英俊。晚会上，至少有一半时间，大家对他投过去的都是赞赏的目光。

可是后来转了风向，他的举止引起了众人的反感。人们发现他高傲，不合群，难应付，就算知道他家资丰厚，可还是瞧他不顺眼，看不惯，觉得与他的朋友不能相比。

宾利先生很快认识了室内的所有重要人物。他活跃，开朗，每场舞必跳，还不满意舞会结束太早，口口声声说自己要在内瑟菲尔德举办一次舞会。这么多叫人喜爱之处足以说明宾利先生的为人了。

他与他朋友真是天差地别！

达西先生仅仅与宾利姐妹俩各跳过一次舞，不肯结识任何小姐或太太，一晚上满屋子东走西荡，偶尔与同来的人说说话。他的个性可想而知。世上比他更高傲、更可恶的人找不出第二个，谁都巴不得他从此以后别再来。对他最反感的人之一是贝内特太太。

她本来就讨厌达西先生的种种行为，后来又见他没把自己的女儿们放在眼里，厌恶情绪便有增无减。

由于舞会上男宾少，有两次跳舞时伊丽莎白只好坐着。有一阵达西先生站在离她不远的地方，他与宾利先生说的话全让她听到了。宾利先生本来在跳舞,歇下几分钟是为了劝朋友跳。

"去吧,达西。"宾利先生说,"你这样一个人东待待西站站不行,还是去跳吧。"

"说什么我也不会去。你是知道的,除非有非常熟悉的舞伴,否则我不愿跳。遇上这样的舞会,怎么也跳不起来。你的姐姐已经有了伴,这屋子找不出其他合适的人,勉强跳跳等于叫我受罪。"

"我下辈子也不会像你这样挑三拣四!"宾利先生说,"一点不假,这么多叫人喜爱的姑娘今天晚上我还是头一回见到。你看看,有好几个漂亮极了。"

"屋子里只有一个姑娘漂亮,陪她跳舞的是你。"达西先生说,看了贝内特家的大小姐一眼。

"没错,我见到的姑娘数她长得最美!但是她有个妹妹长得也漂亮,就坐在你身后,我看她一定讨人喜爱,让我的舞伴介绍你认识吧。"

"你说的是哪一个?"达西说着回转头,眼盯着伊丽莎白看,直到与伊丽莎白目光相遇了,才又回过头。他冷冰冰地说:"她还算看得过去,可惜无法叫我动心。现在我没兴致去抬举别人不愿要的姑娘。得了吧,你还是回你舞伴身边去,欣赏她的笑脸,别在我这儿浪费时间。"

听到这番对话的伊丽莎白当然对达西没了好感,她把这件事在朋友中绘声绘色地说开了。她生性活泼,爱寻开心,凡有稀奇古怪的事都津津乐道。

这天晚上贝内特一家人喜气洋洋。太太亲眼见到内瑟菲尔德去的几个人非常喜爱她的大女儿。宾利先生邀请她跳了两次舞,宾利先生的两个姐妹也特别看重她。简满心欢喜,绝不亚于自己的妈妈,只是没有那样露于形色。伊丽莎白为简感到高兴。玛丽听到别人向宾利小姐介绍说她是这一带最有学识的姑娘。凯瑟琳与莉迪亚很走运,每次都没缺过舞伴,要说这次舞会让她们知道了什么最珍贵的话,那就是次次舞不缺伴。所以,回朗本村时她们的心情很好。在朗本村里,她们是重要人物。

贝内特先生还没有睡。只要手里有书,他会忘记时间是早是晚。对今天夜晚的聚会大家一直眼巴巴盼着,究竟进行得怎样,他兴致勃勃地想知道。太太对新来的人抱着厚望,他倒巴不得太太空欢喜一场,但是他马上发现自己打错了算盘,事情与他希望的不一样。

太太一进门便说:"亲爱的,今天晚上我们太高兴了,舞会开得好极了。可惜你没有去。简出尽了风头,这就比什么都强。大家都说她与众不同。宾利先生喜欢她漂亮,与她跳了两次舞。亲爱的,你想想吧,他会邀请简跳两次!满舞场的人,除了简他没有请谁跳过第二回。起先他邀请的是卢卡斯小姐,见到宾利先生与她站在一起,我心里就很不是滋味。谁知他根本就看不上她。说真的,你也猜得出,没人会看得上她。等到简一上场,他准是立刻就注意到了,所以,才会打听简是谁,请人介绍,接着邀请了她一次。到第三次是与金小姐跳,第四次与玛丽亚·卢卡斯,第五次又是与简,第六次与利齐,到了跳布朗热舞……"

她丈夫听得不耐烦,嚷道:"可惜他心里没想到我,要不然,邀请的人会少一半!谢天谢地,别再数他的舞伴了。哼,他第一次跳时把脚踝跳扭了才好!"

贝内特太太意犹未尽,说:"嘿,亲爱的,我很喜欢他。他多出众,两个姐妹能迷倒人!她俩的衣服真考究,我这辈子还没见过。我看得出来,他姐姐赫斯特太太衣服上的花边……"

她的话说到这里又被打断了。贝内特先生不想听衣服的做工。这一来,她只好换一个话题,说起达西先生让人意想不到的傲慢行为,不但怒气冲冲,而且有些添油加醋。

"不过你放心吧,利齐不中他的意没什么了不起。"后来她又说,"他这人最讨厌不过,糟透了,不值得你去讨好。神气活现自以为了不得,谁会与他合得来!他东走走,西荡荡,老鼠上秤自称自!嫌人家不漂亮,不够格与他跳舞!亲爱的,你要是在场就好了,一定会教训教训他。我厌恶透了这家伙。"

第四章

简一直没有随便夸宾利先生,等到只剩下她和伊丽莎白以后,才跟伊丽莎白说起了她对宾利先生的好感。

"他聪明,温和,活跃,是个理想的年轻人。以前我没见过谁像他这样风度翩翩,既落落大方,又教养有素。"

"他还长得漂亮!"伊丽莎白也道出了她的印象,"年轻人,还是长得漂亮好。所以,他算是个十全十美的人了。"

"他两次邀请我跳舞,我真觉得脸上光彩。我没想到他会这么殷勤。"

"你没想到吗?我倒替你想到了。但是这方面我们俩的确大不相同。别人对你殷勤没有哪回你想到了,我却次次不奇怪。他多邀请你跳一次有什么反常?你比舞场上的任何一位女宾都漂亮几倍,他还会有眼看不出来?你有这资本,他献献殷勤你用不着稀罕。话说回来,他这人的确很好,你喜欢他我不反对。原来好些傻瓜蛋你都喜欢过。"

"什么话,利齐!"

"都怪你轻易就会对人产生好感,从来发现不了别人的缺陷。在你眼里,世界上的人都好得很,都顺心意。我就从没听你说过他人一句坏话。"

"我只是不愿意随随便便挑剔人,但是我总是怎样想就怎样说。"

"我知道你这话不假,但莫名其妙的也正是这一点。你是个聪明人,却看不出别人的缺点,胡话也听不出来!故意说好话是屡见不鲜的事,走到哪里你都遇得着,可是只有你一人说话不带虚情假意,你把大家都只往好处看,还要加上几分,坏处从来不说起。看来你也喜欢宾利先生的姐妹,对吗?她们对人的态度与宾利先生可不一样。"

"初看当然不一样,但如果你与她们谈谈,会觉得两人都很好。宾利小姐准备住到宾利先生这儿来,替他管家务。如果宾利小姐不会成为好邻居,就算我没眼力。"

伊丽莎白的眼光比简敏锐,也没那么心软,而且判断人好坏不因别人对自己如何而如何,她还是认为宾利姐妹俩在舞会上的表现不尽如人意。的确,她们是上流人家女,高兴时不乏一副好面孔,她们认为有必要时也会顺着你的心,但是骄傲自负。她们长得漂亮,在伦敦第一流的私立学校受过教育,有一万两千镑的收入,花钱历来不吝惜,与有地位的人物常来常往,因而无论从哪个方面比都会高抬自己、小看别人。她们是英格兰北部一个体面人家的后代。在她们的心目中,出身的价值远胜于姐弟几个在自己行业挣得的钱财的价值。

宾利先生继承了父亲将近10万镑的遗产。老宾利先生原有买地产的打算,然而在生时并没有买。宾利先生也有此打算,还选择过该买在哪一郡。但现在他租到了一所好住宅,还可使用一片土地,许多了解他得过且过性格的人便怀疑他说不定这一辈子便住内瑟菲尔德了事,把买地产的事再留给下辈人。

现在他不过是个房客,未出阁的宾利小姐依然愿意为他掌管家务。他的姐姐、已成赫斯特太太的那一位虽然极力主张他买产业,但却很喜欢他租的房,于是愿意把弟弟的房子当自己的家,她嫁的丈夫主要贵在地位而不是财产。

宾利先生成年刚刚两年时,偶然间听人说起内瑟菲尔德的房子,他很感兴趣地跑来看,里里外外、前前后后地看了约半小时光景,便喜欢上了房子坐落的地方和几间主要房间,听信了房主的吹嘘,二话没说便租了下来。

宾利与达西虽然性格差异大,却有着牢固的交情。

达西喜爱宾利的随和、坦率、脾气好,尽管自己的个性与宾利有天壤之别,尽管宾利并不欣赏自己那一套。

宾利完全信赖达西对自己的诚恳,极其佩服达西的眼力。

论头脑，达西要胜一筹。宾利绝不是头脑简单的人，但达西更聪明。另一方面，达西傲慢，不合群，爱挑剔，他的举止虽然是上流人的，却没给人留下好印象。这方面他的朋友远比他强。宾利出现在哪里都受到喜爱，达西却老得罪人。

　　这两人对梅里顿聚会的看法很能说明问题。宾利说他从来没见过这么可爱的人，这么多漂亮的姑娘，个个对他好、热情，没有客套，没有拘束，他与全场的人很快混熟了，至于贝内特家大小姐，在他眼里美如天仙。达西与他相反，说他见到的一帮人既无美貌可言，又不时髦，没一个能引起他的兴趣，同时他也没得到别人的热情，好感。他承认贝内特家大小姐漂亮，但又嫌她太爱笑。

　　宾利的两个姐姐对贝内特家大小姐有同样看法。不过她们仍然赞赏她，喜欢她，说她是位可爱的姑娘，她们不反对与她多交往。有了她们的意见，做弟弟的壮了胆，对贝内特家大小姐满是憧憬。

第五章

在朗本村的不远处住着户人家，与贝内特家交往甚密，那就是威廉·卢卡斯爵士家。

威廉·卢卡斯爵士原来在梅里顿做买卖，发了笔不小的财，又担任过镇长，任职期间因对国王上书有功，封了爵士。也许他把这一荣誉看得太重，受封爵士以后觉得做买卖和住在小小商镇有失身份，就歇了业，又举家迁居到离梅里顿一英里左右的一所房子里，还把这所房子取名"卢卡斯府"。只有在府里，他想起自己的地位来才感到踌躇满志。他高升以后并没有变得妄自尊大，恰好相反，他把所有人都放在眼里。他生性宽厚，热心快肠，自从觐见王上以后，更礼貌有加。

卢卡斯太太为人极好，可惜聪明有限，正好做贝内特太太可贵的邻居。卢卡斯夫妇生了好几个孩子。居长的是女儿，聪明，伶俐，年近二十七，是伊丽莎白的密友。

卢卡斯家大小姐与贝内特家大小姐理所当然地会在一起谈舞会，所以，聚会后的第二天上午，卢卡斯家大小姐便到了朗本，要叙谈叙谈。

贝内特太太客气地对卢卡斯家大小姐说道："夏洛特，晚会你开头开得好，宾利先生第一次选中了你。"

"也可以这样说，但看来他喜欢第二个舞伴。"

"你指的是简吧？他跟简跳过两次。说起来宾利先生倒真像是看得起她。不瞒你说，我很有几分相信他是这样。那事我听到了点风声，可是我很难说……就是鲁滨逊先生的事。"

"大概你是指我听到了宾利先生和鲁滨逊先生说话的事吧？我像是

对你提起过。鲁滨逊先生问宾利，他觉得我们梅里顿的舞会如何，在场的漂亮女人多不多，他认为谁数第一。对最后问的那句话宾利先生脱口就答是贝内特家的大小姐。"

"哎哟哟！不过呢，实际上那也明摆着，的确似乎……然而，也不一定，到头来难说不是一场空。"

夏洛特说："伊丽莎，我无意中听来的话比你无意中听来的话在理。达西先生不像他的朋友，说话不大中听，是吗？就那么贬低你，说什么只算'看得过去'！"

"得了吧，你就别提他那混账话，让利齐想想都气恼。他这人讨厌得很，叫他喜欢上了算是倒霉。朗太太昨天夜里对我说，达西在她旁边坐了半个小时，就没见开过一次口。"

"妈妈，当真就这样吗？你是不是听错了？"简问道，"我明明看见达西先生对她说过话。"

"那算什么！是朗太太后来问他对内瑟菲尔德印象怎样，他才不得不开口跟她说话。听朗太太讲，跟他说话他还显得很不高兴。"

"宾利小姐告诉我，除了与非常熟悉的人，他的话从来就不多。他与熟人相处得非常好。"简说。

"哼，这种话我不信。如果他真好相处，就会主动找朗太太说话。我猜得出是怎么回事。大家都说他是个傲慢透顶的人。我可以肯定，他一定是听说了朗太太家没有马车，雇了辆一匹马拉的车来参加舞会。"

夏洛特说："他有没有跟朗太太说话我看没关系，但是他应该跟伊丽莎跳舞。"

贝内特太太说："利齐，如果我是你，下一次他邀请我跳舞我都不会干。"

"妈妈，你放心吧，我可以向你保证，永远不与他跳舞。"

夏洛特说："一般我看不惯傲慢的人，但不大在乎他傲慢，因为情有可原。他年轻、门第好、钱又多，处处见长，自以为了不起就不足为怪了。我不妨说，他骄傲是理所当然的。"

伊丽莎白紧接着说："说得很对，如果他的骄傲没有损伤我的骄傲，那么我不难原谅他。"

"骄傲——我认为是人的通病。我读过那么多本书，从中看出，它的的确确是人的通病，是人的天性特别容易产生的一种心理，即只要我们有这种或那种长处，无论实有或虚有，极少极少人不会因此而感到自满。虚荣与骄傲是不同的两回事，虽然这两个词常被人作为同义词用。一个人可能骄傲而无虚荣心。骄傲指对自身的估价，虚荣指我们希望别人对自己抱有的看法。"玛丽经过一番深思熟虑后开言了。

卢卡斯家几位小姐带来的一个小弟弟道："要是我像达西先生一样是阔佬，我才不管什么骄傲不骄傲。我要养一大群猎狗，每天喝一瓶酒。"

"那你准会喝得醉醺醺。要是让我瞧见了你拿酒瓶，一定立刻把酒瓶抢下来。"贝内特太太说。

小弟弟说不让她抢，她说她一定要抢。一个说要，一个说不行，两人争得客人告辞方才罢休。

第六章

朗本的太太小姐不久后拜会了内瑟菲尔德那两位。

回访是在规矩之中的事。赫斯特太太和宾利小姐表示了厚意。虽然做母亲的不大成器，几个小的不值得交谈，但她们说愿意与五姐妹中两个大的多多往来。

简对这种厚爱求之不得，高兴不已。但是伊丽莎白看得出来，她们在对每个人的态度之中都露出了轻视，连对她姐姐也没例外，所以不可能喜欢她们。再说，她们对简虽然好些，其实另有原因，十有八九是受了她们兄弟的影响，因为兄弟喜爱。看得出来，每次宾利先生与简相见时，都对简特别殷勤。同时，伊丽莎白也发现了，简一开始就对宾利抱有特殊的好感，现在听任好感发展，一只脚已踏入爱河了。但她庆幸的是，一般人大概察觉不出这一点，因为简有自制力，不轻易动声色，几乎对所有人都很热情，不至于使好管闲事者生疑。伊丽莎白把这一看法说给了夏洛特·卢卡斯小姐听。

夏洛特答道："这种事瞒得过众人的眼可能很好，但是有时候太谨慎反为不美。万一女人看中的人也因此被瞒住了，也许会痛失良机，抓不住对方，一旦机会失去，用反正别人都不知道来安慰自己根本无济于事。每个人的感情都需要回报，或者说得到满足，闷在心里不是个办法。我们想怎样开头就可以怎样开头，藏而不露是用不着奇怪的。不过，尽管我们完全有心，但若看不到成功的希望，很少很少人会真的踏进情场。十有八九的情况下，女人有两分感情时最好表现出有三分。毫无疑问宾利喜欢你姐姐，但如果你姐姐不回应，到头来很可能他也只是单纯喜欢而已。"

"她不是没有回应,仅仅是受了性格的限制。连我都看得出女方对男方有意,男方如果发现不了必定是个笨汉。"

"伊丽莎,你忘了,虽然你了解简,宾利先生却不了解。"

"但在女人对男人有意,而又不加掩饰时,男人应该发现得了。"

"如果他与女人接触很多,也许他能发现。现在宾利与简见面的机会很多,但是每次都只有一两个小时。而且他们总在大庭广众中相见,因此不可能时时刻刻私下交谈。这一来,简应该巧妙利用能够与宾利单独说话的一时半刻。等到简把他稳稳当当握在手里以后,便可以从容不迫,愿怎样相爱就怎样相爱。"

伊丽莎白答道:"如果只求嫁个有钱人,其他的都不在乎,你的主意很不错。如果我决心找个阔丈夫,或者别的什么丈夫,我觉得应按你的主意办。但是简没有这样想,她现在的行动并没有什么目的。至今为止,她连自己是不是真的看上了宾利先生都不清楚,该不该看上也无把握。她认识宾利才半个月,与他在梅里顿跳过四次舞,在宾利家见过一次,以后又一起吃过四次饭。这样的往来不足以使简了解宾利其人。"

"事情并不像你讲的这样。即使简只与他吃过一次饭,也足以发现他的胃口好不好。但你别忘了,他们在一起还度过了四个夜晚,四个夜晚可以带来许多收获。"

"没错,有四个夜晚,但四个夜晚只能使两人知道他们都喜爱打二十一点①,科默斯②在其次,至于其他重要性格,我认为还知之不多。"

"我衷心希望简称心如愿。在我看来,简明天就与宾利先生结婚得到幸福的可能性,并不亚于对他各方面了解整整一年后再结婚得到幸福的可能性少。婚姻的幸福与否完全在于机遇。假如说男女双方非常了解彼此的习性,或者双方的习性本来就非常相近,那一点也不等于他们就会幸福。婚后双方只会发现彼此的差异越来越大,结果都苦恼。对你要

---

① 一种扑克牌游戏。参加者依次向庄家索牌,以其总点数达到或尽量接近二十一点,但不得超过二十一点。

② 科默斯(Commerce),一种法国牌。每人发牌三张,可互换,直至换到有人赢牌为止。

相处终生的人的缺陷,知道得越少越好。"夏洛特说。

"夏洛特,你是在说笑话。这样说太片面。你也明白,你的话片面,你自己都不会这样办。"

伊丽莎白在发现宾利先生看上了她姐姐的时候却没有料到,她自己越来越被宾利先生的朋友所注意。

达西先生一开始认为她长得并不漂亮,对她不以为然;第二次见面时,看看她也只为挑毛病。但是,就在他刚刚觉得已经看准,而且对朋友说,伊丽莎白的脸长得一无是处时,却有了新发现:伊丽莎白拥有一双乌黑灵动的眼睛,且表情丰富,这显得她异乎寻常的聪明。此后又有些别的发现,同样令他不得不服气。虽然他眼光犀利,挑出了不止一处缺陷,比如说伊丽莎白体型有失匀称,却也只好承认,她的身材苗条、中看。一方面达西断言伊丽莎白的举止不是时髦女郎的举止,另一方面又感到她的确洒脱自如。

伊丽莎白全然不知达西先生的心理活动,在她看来,他只是一个在哪儿都引不起好感的人,一个嫌她不漂亮,不愿与她跳舞的人。

达西起了心,想多多了解伊丽莎白,为了有机会与她攀谈,在她与别人闲聊时,也凑过来听。这一举动引起了伊丽莎白的注意。当时是在威廉·卢卡斯爵士家,有许多人聚在一起。

"我与福斯特上校攀谈时,达西先生也走过来听,你说这是为什么?"伊丽莎白问夏洛特。

"这个问题只有达西先生能回答。"

"要是再出现这种事,我一定会让他瞧瞧,我不是个糊涂人。他目中无人,如果一开始你不拿出两手来,过不久见到他就会害怕。"

不多一会儿,达西向她们走了过来,但看来并没打算开口,卢卡斯便挑动朋友谈那件事。

伊丽莎白果然照办,转过身对达西说:"刚才我请福斯特上校在梅里顿举行一次舞会,达西先生,你觉得我的话说得还得体吗?"

"你很起劲,不过女士们谈起这种事总起劲。"

"你总是跟我们过不去。"

卢卡斯小姐插言:"伊丽莎,马上轮到你表演了,我来帮你打开琴盖。"

伊丽莎白叹道:"你这种朋友世上少有,总是为我着想,希望我在别人面前弹弹唱唱出风头。可是说实话这满堂宾客叫我害怕,他们一定听过很多优秀的弹唱。"然而卢卡斯小姐叫她非来一曲不可,她这才说,"好吧,脱不了身就来吧。"又白了达西一眼,"有句古话说得好,在场的各位一定熟悉,就是'口舌别白费'。我的口舌也别白费,留着唱歌。"

伊丽莎白的表演算不上精彩,但是听起来悦耳。她弹了一两支曲,好几个人又叫她唱歌。还没等她回答,她的妹妹玛丽已经迫不及待地接了上来,坐到钢琴边。在众姐妹中,唯有玛丽外貌平平,所以她勤奋读书,刻苦学艺,有机会总要急着显显身手。

玛丽既非天才,又少情趣。因为想露一手才自告奋勇;也因为要露一手,她便一本正经,自以为高明,结果弄巧成拙,反为不美。伊丽莎白虽然弹得不及玛丽,但因为自然不做作,大家反而爱听。

玛丽弹了一支长长的协奏曲后,两个妹妹叫她再弹苏格兰和爱尔兰曲。玛丽想赢得喝彩,乐于从命。但她的妹妹们却急匆匆跟卢卡斯家的几位小姐陪两三名军官到房间另一头跳舞去了。

达西先生站在她们附近闷声不响,很不满这样消磨时间,所以闭着嘴一句话不说,独自想心事,没有发现威廉·卢卡斯爵士就在他身边,直到威廉爵士开口了才回过神来。

"达西先生,你看年轻人跳得多痛快!诸多活动里,数来数去跳舞最好。据我看,上流人的最大爱好之一就是跳舞。"

"的确如此。跳舞还有一好,就是在下三流的人中也流行,什么野蛮人都会跳。"

威廉爵士仅仅一笑,没有接言。看到宾利也跳了起来,才又说:"你的朋友跳得很好,我看你一定也是一位行家,达西先生。"

"我想你准是在梅里顿看过我跳舞。"

"当真看过,非常佩服。你常去王宫内院跳吗?"

"从来没有。"

"你去什么地方跳,等于是给那地方赏光,你说是吗?"

"无论什么地方,能够不赏这种光时我尽量避免。"

"你在伦敦一定有自己的房子吧?"

达西先生耸耸肩:"我也曾经想过在伦敦定居,因为我喜欢上流社会,但就是不知道伦敦的空气于我太太是否相宜。"他停下来,等待对方接话,但是对方什么话也没有说。

伊丽莎白这时正巧向他们走来,威廉心血来潮,想表示一番盛情,对伊丽莎白说道:"伊丽莎白小姐,你为什么不跳舞?达西先生,请允许我介绍一下,这位小姐可以做你理想的舞伴。你眼前有这样多美人儿,你一定乐意跳。"说着,他拉起伊丽莎白的手,想叫达西先生牵着。

达西完全没有想到,却无意推却,谁知伊丽莎白把手抽回来,对威廉先生有些没好气地说:"我实在半点也没想跳舞。先生误解了,我走过来不是为了找人跳舞。"

达西倒识体面,彬彬有礼地正式邀请伊丽莎白,但是徒劳。伊丽莎白矢志不移,连威廉爵士的劝说也没有打动她。

"伊丽莎白小姐,你的舞姿超群,不肯赏光让我瞧瞧,太不讲情面了。这位先生平常并不喜爱跳舞,但是让我们看半小时开开眼界,他也没说反对。"

"达西先生是很有礼貌。"伊丽莎白笑着说。

"没错,他有礼貌,但是伊丽莎白小姐,只要想想遇上了什么人,他有了兴致并不奇怪。有你这样好的舞伴,谁还愿意错过?"

伊丽莎白摆出一副俏皮相,转身走了。她的拒绝并没有损害达西先生对她的印象,达西正想她想得有些出神时,听到了宾利小姐的声音。

"我知道你为什么在发呆。"

"不见得吧?"

"你在想,如果晚上经常这样过会多乏味,全是些这样的人。说实话,我与你的想法差不多。我从来没有这样心烦过!这么些人,既枯燥无味,又吵吵嚷嚷,一文不值,还自以为了不起。我很想听听,对这些人你会说出什么中听的话来!"

"你的猜测完全错了。我没在想不称心的事。我想的是一个漂亮女人脸上的一双漂亮眼睛会叫人多么迷恋。"

宾利小姐一听，直愣愣地望着达西，希望达西告诉她哪位小姐有本领使他产生这样的冥想。

达西先生无所顾忌，说："伊丽莎白·贝内特小姐！"

"伊丽莎白·贝内特小姐！"宾利小姐重复了一遍，"我万万没有料到。她这样讨你喜欢有多久了？说说看，我该什么时候向你道喜呢？"

"我料到你会这样问。女人的想象力格外迅速，会在顷刻间从有好感跳到恋爱，从恋爱跳到结婚。我早知道你会说恭喜我。"

"说得还不够。既然你不是在说笑话，我就认为这件事已成定局。这一来，你自然会有个宝贝丈母娘，她会一年到头守在你的彭伯利。"

宾利小姐以为这句话高明，心里洋洋自得，达西先生听了却完全不以为然。看到达西先生若无其事，宾利小姐知道太平无事，一张利嘴也就滔滔说了个没停。

第七章

贝内特先生的财产几乎全靠一片年收入两千镑的土地,而对几个女儿来说不幸的是,由于贝内特先生膝下无儿,按法律得由一位远亲继承。她们的母亲的财产虽然并不算小数,却远远抵偿不了父亲的损失。贝内特太太的父亲原来是梅里顿的律师,留给了她四千镑。

贝内特太太有个妹妹,嫁给了菲利普斯先生。菲利普斯先生原先给她父亲当秘书,后来接替她父亲成了律师。还有个兄弟,住在伦敦,经商,混得不错。

朗本村离梅里顿仅一英里之遥,这样的距离对姑娘们来说相当便利,往往一星期去三四趟,主要为看望姨妈,顺路也去逛一家帽子店。姐妹中两个小的,即凯瑟琳与莉迪亚,跑得最勤。她们的精神比姐姐空虚,既然没有别的消遣,到梅里顿走一趟可以消磨上午的时间,又能找到夜晚谈话的资料。无论乡下怎样缺少新鲜事,她们总可以从姨妈那里听到几件。现在姐妹俩不但听到的新闻多,而且总是兴致勃勃的。因为附近新到了一团民兵,要驻扎整整一冬,团部设在梅里顿。

于是她们每去一次姨妈家都满载而归,带回人人关心的消息,军官的姓名与背景一天比一天知道得多。军官的驻地没多久已不再是秘密,最后连军官大家也都认识了。菲力普斯先生拜望了所有军官,这一来他为两个姨侄女另辟了蹊径,带来前所未有的喜悦。姐妹两个开始嘴不离军官,提起宾利先生的大笔钱财时只有做母亲的才热心,一与军装相比较,在女儿眼中便黯然失色。

一天上午,她们又喋喋不休。

贝内特先生听了一阵,冷冷说道:"听你们说话的那声气,我看四邻八里中就数你们两个是最傻的傻大姐。我怀疑多时了,但现在已经坐实。"

凯瑟琳失了主张,没有答话。但莉迪亚不以为然,还口口声声地夸卡特上尉,说希望哪天有机会见到他,等他去了伦敦,想见就见不着了。

贝内特太太说:"我就想不通,为什么你动不动就骂亲生女儿傻。"

"如果我自己的孩子是傻瓜,总不能养了傻瓜还不知道。"

"这话虽不错,可是她们几个全很聪明。"

"不瞒你说,就在这点上我们看法不一。我本希望我们事事心相通,但也不能与你强求一致,我就是认为两个小女儿傻得出奇。"

"亲爱的,你不能指望女孩儿的心与父母一个样。等她们到了我们这把年纪,我肯定她们不会再想着什么军官,与我们现在没两样。我至今还清清楚楚地记得,年轻时我也喜欢穿红衣的^①。说实话,到今天还有这心。要是一年内有五六千镑收入的英俊上校看中了哪个女儿,我才不会对他关门。那天夜里在威廉爵士家,福斯特上校穿着身军装,我看就帅得很。"

莉迪亚大声说:"妈妈,我听姨妈说,起初福斯特上校与卡特上尉常去沃森小姐家,现在去得少了。姨妈现在常看到他们站在克拉克的书房里。"

没等贝内特太太答话,一个仆人进来了,交给贝内特家大小姐一封信。是内瑟菲尔德的来信,仆人等着回音。

贝内特太太眼一亮,女儿看信时她止不住就问:"哟,简,谁来的?什么事?他说什么来着?哟,简,你快说呀。快点,宝贝。"

"宾利小姐写来的。"

简说完念起了信:

亲爱的朋友:

如果你不讲交情,今天不来与我和路易莎共进晚餐,很可能今生今世我们都会恨你。两个女人密谈的结局只可能是吵得不欢

---

① 当时军装为红色。

而散。接信后请即来。我哥哥和两位朋友会去军官们那里吃饭。

你的朋友
卡罗琳·宾利

"去军官那里!"莉迪亚嚷了起来,"姨妈为什么没有向我们提起这事呢?"

"在外面吃饭!太不凑巧了。"贝内特太太说。

"我可以坐马车去吗?"简问。

贝内特太太断然拒绝:"不行,你最好骑马去。看来天会下雨,一下雨你晚上就回不来了。"

伊丽莎白说:"要是这样做她们果然不会让简回来,倒是个好主意。"

"你看吧,几个男人要坐宾利先生的马车去梅里顿,赫斯特夫妻俩有车没有马。"

"我倒是想坐马车去。"

"乖乖,你得知道,你爸爸的马空不出来。贝内特先生,农庄上要用,对吗?"

"农庄上常要用马,连我都轮不着。"

"可是如果你今天有马,妈妈的心愿就可以满足。"伊丽莎白说。

简最后从父亲嘴里问到的实情是马车派了用场,所以她只好骑马去。贝内特太太高兴地把简送到门口,一再说天象不佳。她的愿望果然没有落空,简没走多久天就下起了大雨。几个妹妹替她担心,但当妈妈的却求之不得。雨整夜没停,简当然回不来。

"我说了下雨就下雨,你看!"贝内特太太不止一次地邀功,仿佛雨是看了她的面子才下的。然而,第二天上午,她的巧算计到头来是喜中有忧。早饭刚吃完,内瑟菲尔德派了个仆人来,带给伊丽莎白一封信:

最亲爱的利齐:

今天早上我觉得身体不舒服,我想是昨天全身被雨淋湿的原因。几位朋友一定要看到我病好了才让我回家。她们还非叫琼斯先生给我看病不可,所以,如果你听说他到我这里来过,请不要感到意外。我仅有些喉痛和头痛而已,病情不重。

简

听伊丽莎白念完信,贝内特先生哼道:"亲爱的,如果你女儿发了什么危险病症,把性命丢了,那就可以看出追逐宾利先生有什么好处。这还是受你的指使!"

"我才不担心她丢命呢。受点风寒,小毛小病,死不了人。人家不会亏待她。她留在那儿不走是件再好不过的事。我想去看看她,可惜没有马车。"

伊丽莎白却是真着急了,没有马车也横下心要去看简。她不会骑马,只能走着去,但她声言志不可移。

"你怎会这样没头脑,想出这种事来!一路都是泥,就算到了那里,怎么好见人?"贝内特太太大声说。

"被看到没关系,我就想去看看简。"

父亲说话了:"利齐,你这不是要我去叫马车吗?"

"那倒不是。走走路怕什么?才三英里。我可以赶回家吃晚饭。"

玛丽说:"我佩服你关心人的举动,但是任何感情的冲动都要受理智制约。据我看,花力气得视需要而定。"

凯瑟琳与莉迪亚说:"我们陪你走到梅里顿。"

伊丽莎白答应了,姐妹三个一道上了路。

"如果我们走得快,也许卡特上尉还在,来得及见见面。"走到半路,莉迪亚说。

到了梅里顿,两个妹妹去了一位军官太太的住所,伊丽莎白独自继续赶路,快步走过一片又一片田地,遇上篱笆边的阶梯两步并一步跨过去,遇上水潭一纵身跳过去,终于看见内瑟菲尔德的住房了。这时她的脚发酸,袜子上全是泥,一张脸因赶路赶得红彤彤的。

她被仆人带进餐厅时,里面的人明显都吃了一惊,但是,简并不在这里。

赫斯特太太和宾利小姐几乎不敢相信,她会在一大早走三英里的路,不怕泥多路烂,不怕单身一人。

伊丽莎白知道，自己这副狼狈的模样一定会让她们瞧不起。然而，她们依然彬彬有礼地接待了她。她们的兄弟不仅仅以礼相待，还有着诚心与热情。达西先生很少说话，赫斯特先生根本没有开口。前者对伊丽莎白又喜爱又想不通，喜爱的是赶路以后她脸上可爱的红润，想不通的是是什么值得她单身走这么远。后者一心想着的是吃早饭。

她问起姐姐的病，得到的回答不太妙。贝内特家的大小姐昨晚没睡好觉，虽然现在已经起床，但高烧依旧未退，出不了房。见伊丽莎白急着见姐姐，宾利小姐马上带她前去简住的客房。

简其实希望家里有人来，不过担心信上写明会引起恐慌或麻烦，便没有说，此时看到伊丽莎白进来，当然非常高兴。然而她没有力气多说话，宾利小姐离开后，她也只提了提宾利兄妹几个的殷勤照料让她非常感激。伊丽莎白静静地陪着她。

吃过早饭，宾利姐妹俩来了。看到她们对简的爱护和关心，伊丽莎白对她们开始产生了好感。医生也来了，给病人做了检查，说是重感冒，不可掉以轻心，叮嘱病人卧床，开了些药。医嘱被完全照办，因为病人体温升高，头痛加剧。伊丽莎白寸步不离地守着简，宾利姐妹又来过多次。几个男人外出未归，实际上，她们不来看简也无所事事。

到了下午三点，伊丽莎白觉得非走不可了，迫不得已提出告辞。宾利小姐吩咐准备马车，伊丽莎白没有多做推辞，没想到简开口说离不了伊丽莎白，宾利小姐不得不改变主意，挽留伊丽莎白暂留内瑟菲尔德。伊丽莎白满心感激地答应了，赶紧请一位仆人到朗本，告诉家里人她暂时不回去了，给她带些衣服来。

第八章

五点钟的时候,宾利姐妹俩去更衣。六点半,伊丽莎白被请去吃饭。在场的人问长问短表示关心。叫伊丽莎白高兴的是,宾利先生的关心远远超过其他人,但可惜她没有好消息回报,简没有任何好转。宾利姐妹俩听了后,反反复复说了三四遍担心的话,又说得了重感冒真可怜,她们最怕的是自己生病,然后把简生病的事丢到了脑后。伊丽莎白原来就厌恶这两人,现在见她们漠不关心简,又厌恶起来。

在所有人中,她怀有好感的仅仅是她们的那个兄弟。显然他为简担心,对伊丽莎白也非常热心。由于宾利先生的热情,伊丽莎白才没感到自己在这里是个多余的人。除了宾利先生,她觉得没谁对她有多大热情。宾利小姐只顾与达西先生攀谈,她姐姐也好不了多少。赫斯特先生坐在伊丽莎白身旁,他是个不愿用心的人,靠吃、喝、打牌过日子,看到伊丽莎白放着炖肉不吃却去吃一道普通菜,便觉得与她无话可谈。

吃过饭,伊丽莎白回到简的房间。一见她出了餐厅门,宾利小姐便说起她的坏话来。在她看来,伊丽莎白的举止糟透了,傲慢而不知体统,谈吐不行,风度不行,眼光不行,相貌也不行。

赫斯特太太也是相同的看法,附和说:"总而言之,她什么都不行,除了两条腿走路行之外。今天早上她那模样我永远忘不了,一副疯疯癫癫相。"

"路易莎,你没说错,我差点没忍住笑。她跑这一趟真荒唐!不过是姐姐受了凉,犯得着在野地里跑吗?弄得蓬头散发!"

"正是。还有那裙子,你要注意她的衬裙,上面沾了六寸高的污泥,我看足足六寸。她把外裙放低想遮丑,还是没遮住。"

宾利说:"路易莎,也许她正是你说的这副模样,可是我一点也没觉察出来。伊丽莎白·贝内特小姐今天早上走进餐厅时,我没有发觉她有什么狼狈,也没见她的裙子脏了。"

宾利小姐说:"达西先生,我相信你一定看在眼里了。如果你妹妹出这种洋相,我想你一定很不是滋味。"

"那当然。"

"就一个人,连个伴都没有,踏着过脚踝的烂泥走三英里,说不定还是四英里、五英里,究竟为了什么呢?我看是别出心裁,自以为了不起,要显示一下敢于独来独往,根本就是乡下人的习气,全然不知什么是体面。"

"这说明她谨记骨肉之情,很可贵。"宾利说。

宾利小姐放低了声音,说:"达西先生,她冒冒失失跑这一趟,恐怕那双漂亮眼睛你就不大喜爱了吧?"

达西先生答道:"仍旧一样。走多了路,那双眼更亮了。"

这句话过后是一阵短暂的沉寂。再开口说话的是赫斯特太太。

"我特别关心简·贝内特,这姑娘倒是很可爱,可惜没有生在个好人家。父母是那个样,亲戚又是没出息的人,恐怕不会有多大的希望能攀门好亲事。"

"听说她有个姨父在梅里顿当律师,是吗?"

"没错,还有一个舅舅,住在奇普赛德①附近的什么地方。"

"顶呱呱呀!"妹妹补充了一句,两人哈哈大笑。

宾利说:"就算奇普赛德的人全是他们家的三亲六眷,也不关她们姐妹好坏的事。"

"可是这一来,她们嫁给社会上有地位的人的希望就小了。"达西接话道。

宾利听了没有回答,但是他的两个姐妹口口声声表示赞同,还幸灾乐祸了好一阵,笑话她们的这位亲密朋友只有下三流的亲戚。

然而,离开餐厅她们去了朋友房间,又表现出关心体贴,而且直

---

① 伦敦的一条东西大街,以珠宝、绸缎店驰名,中古时为一热闹市场。这是一句挖苦话。

坐到喝咖啡的时间。简的病情没有减轻,伊丽莎白寸步不离,直守到深夜,看到简睡着了才放下心,往楼下去了。在她看来,去楼下与其说是件高兴的事还不如说是件按礼节该做的事。走进客厅时,她见大家在玩牌,见到她后所有人都开口邀请她一起玩。伊丽莎白担心他们是在大赌,借口姐姐让她放心不下,自己只能在楼下稍坐,不如看看书,婉言谢绝了。

赫斯特先生感到不可思议,看着她说:"你愿意看书不愿意打牌?这倒少见。"

宾利小姐说:"伊丽莎白·贝内特小姐看着牌讨厌。她博览群书,对别的事不感兴趣。"

伊丽莎白说这话无论是褒是贬都没有说对,我读的书不多,但我的兴趣倒不少。

宾利说:"我相信你一定乐意照顾你的姐姐。她病好以后,我想你会更加快乐。"

伊丽莎白对他感激不已,然后走到张放了几本书的桌子边。宾利一见立刻说再给她拿书来,把书房的书统统搬来。

"可惜我的藏书不多。如果书够多可以任你挑,我脸上也光彩。但我是个懒人,藏书不多,读的更少。"

伊丽莎白说房间里的书已尽够她挑,叫宾利用不着再拿。

宾利小姐说:"不知为什么,我父亲留下的书那么少。达西先生,你在彭伯利的藏书真可观!"

"因为那是好几代人的积累。"达西答道。

"你自己也添了不少吧?我老是看到你买书。"

"到了现在这时代,让家里的书房遭冷落是不可思议的事。"

"冷落!凡上流人家有关门面的事,我相信你没有哪一件疏忽过。查尔斯[①],你造自家房子的时候,我看有彭伯利一半气派就不错了。"

"这倒不假。"

"但是我看你最好是在那附近买,要以彭伯利为榜样。英国再没有能比德比郡更漂亮的地方了。"

[①] 查尔斯(Charles),宾利先生的名。

"完全赞同。如果达西肯卖掉彭伯利,我一定把彭伯利买下来。"

"查尔斯,没有可能的事不要谈。"

"卡罗琳,说实在的,买下彭伯利的可能性比模仿它建房子的可能性还大些。"

伊丽莎白听到这些话已无心看书,干脆丢下书,走近牌桌,插在宾利先生与他的姐姐中间看牌。

"春天过后到现在达西小姐又长高了吧?将来会不会与我长得一样高?"宾利小姐问。

"我想她会。现在她大约与伊丽莎白·贝内特小姐一样高,也许还高一些。"

"我真想再看看她!像她那样叫我喜爱的人,我没有见过第二个。多漂亮的长相,多有教养,小小年纪就已经多才多艺了。她的一手钢琴弹得绝妙。"

"年轻姑娘个个多才多艺,我就不知道她们怎么会有耐心学那么多才艺。"宾利说。

"年轻姑娘都多才多艺!查尔斯,你这话究竟是从何说起呢?"

"没错,我看没有例外。她们都会装饰台面,装点屏风,编织钱袋。这些事我认识的人无一不会,而且听人谈起某位小姐时,一开始听说的便是她如何如何多才多艺。"

达西说:"你说的这几件不过是普普通通的本领。当然,许多女人的才艺也仅仅是装点装点屏风,或者织织钱袋。如果把多才多艺一词用来形容所有人,我不敢与你苟同。在我认识的人中,真正多才多艺的充其量只有四五位。"

"我也不敢苟同。"宾利小姐说。

伊丽莎白说:"那么你对多才多艺的女人一定有着多方面的要求。"

"对,我的确有多方面的要求。"

达西的可靠帮腔人说:"哼,那当然。如果仅有一些常见本领,不能超越一般人,便不能算是多才多艺。女人要精通音乐、唱歌、绘画、舞蹈、几种现代语言,才能享有这一美誉。除这些外,姿势步态,谈吐举止,都要见到几分功力,否则要打五分折扣。"

达西说:"这些要求是必不可少的,除此之外,还必须博览群书,脑子里有不少学识。"

"这么说来,你仅仅认识四五个多才多艺的女人就不足为怪了。其实我很怀疑你是否真的见到过,哪怕一个也好。"

"身为女人,你怎么会对女人如此苛刻,怀疑没有人能具备这些才艺呢?"

"这样的女人我自己从来没见过。你说的这些才气、本领、学识、风度兼而有之的人,我从来不曾见过。"

赫斯特太太与宾利小姐两人齐声表示异议,说这种怀疑毫无道理,达到这种要求的她们认识许多。这时赫斯特先生杀了出来,叫几人收场,埋怨他们没有专心打牌。于是争论宣告结束,过一会儿伊丽莎白离开了客厅。

等客厅门一关,宾利小姐说道:"有的年轻女人爱在男人面前贬低别的女人,以抬高自己的身价,伊丽莎白·贝内特就是这种人。她一定在许多男人面前得过手,但是依我看来,这种手法不足取,太卑下了。"

宾利小姐的话主要是说给达西听的,达西答道:"那不用说。有时候为了得到他人好评,女人会使用这一类手法,无论变化如何,总是心理卑下。耍滑头必然叫人厌恶。"

对这一回答宾利小姐并不十分满意,没有继续往下说。

伊丽莎白再次来客厅时,只为通知他们自己的姐姐病势加重,她无法离开。宾利主张叫人去请琼斯先生,他的姐姐不赞成,说乡下医生无济于事,应该火速去伦敦,请一位最高明的行家来。伊丽莎白听不进两姐妹的这话,却愿意接受她们弟弟的主意。最后议定,如果贝内特小姐到早上不见明显好转,就把琼斯先生请来。宾利内心不安,他的两个姐姐说感到难过。但吃过晚饭谈了一阵,他们总算心宽些。宾利急也无用,别无良方,只好吩咐女管家,尽心尽力照顾好病人和病人的妹妹。

第九章

　　伊丽莎白在姐姐的房间守了大半夜,所幸病人的病势未再恶化。第二天一大早,宾利先生派了个女仆来问候,不久后侍候他姐妹的两位举止文雅的伴女也来了,伊丽莎白把这个不算坏的消息告诉了来人。虽然病情有所稳定,她还是请主人家给朗本送封信,让母亲来看看简,决定该怎样办。信立刻送了过去,信上的话也很快被照办了。宾利先生家吃过早饭后不久,贝内特太太带着两个小女儿到了内瑟菲尔德。

　　如果简的病情危重,贝内特太太一定会十分着急,但她发现女儿的病并不值得惊慌,反而高兴了。她不希望简好得太快,因为康复就意味着简必须离开内瑟菲尔德。所以,当女儿说要回家时,她没有答应。几乎与她同时来到的琼斯先生也认为回家不可取。陪简坐了一阵,宾利小姐来了,把一母三女请进了餐厅。宾利先生见到母女几人后问贝内特太太,贝内特大小姐的病势是否比她想象的还重。

　　贝内特太太说:"是这么回事,先生。她的病太重,不能动。琼斯先生说,我们千万别打算接她走。只得再给你添一段时间麻烦了。"

　　宾利说:"接她走?!想都别想。我妹妹如果听说要接她走,也绝不会答应。"

　　"太太,你放心好了,你家大小姐只要住在我们这里,不愁照顾不周全。"宾利小姐说了句客气而又冷淡的话。

　　贝内特太太说了一大堆感激话。

　　然后,她又道:"多亏了有你们这么好的朋友,否则我真不知道她现在会怎样。她病得很重,非常难受,但好在世上数她最有耐性。她事事都能忍着,我就没见过第二个像她这样脾气好的人。我常对另外几个女儿说,她们与简一比就不算回事了。宾利先生,你这所房子真漂亮,那条卵石路的景致也很美丽。这个小镇上能比得上内瑟菲尔德的地方我还没有见过。虽然你订的租约是短期的,但是我希望你不要急着搬走。"

宾利答道:"什么事我都是说干就干,所以,要是我下了决心离开内瑟菲尔德,也许只需五分钟就搬走,不过现在我觉得我已经在这里定居了。"

"果然不出我所料。"伊丽莎白说。

宾利转过身,向伊丽莎白道:"你开始了解我了,是吗?"

"是的,我完全了解你。"

"但愿你这话是对我的恭维,这样轻易地让人看透,恐怕很可怜。"

"你容易让人看透,并不等于说,高深莫测的人比你这样的人更值得敬重或不值得敬重。"

"利齐,别忘了你在什么地方。这里不比在家,由得你放肆。"贝内特太太大声道。

宾利先生马上道:"我原先不知道你喜欢研究人的性格。研究人的性格一定很有趣。"

"是这样,但研究难捉摸的人最有趣,至少他们有这个特点。"

"在乡下进行这种研究能找到的对象很少。你在乡下的左邻右舍中走来走去见到的是清一色层次的人物。"达西说。

"但是人本身有许多变化,任何时候观察都会有所发现。"

贝内特太太听人左一声乡下右一声乡下,起了反感,大声说道:"这话一点不错。告诉你吧,乡下的事情与城里一样多。"

所有的人都吃了一惊。达西目不转睛地看了她一会儿,走开了。

贝内特太太认为自己大获全胜,打败了他,得意扬扬地继续说:"我看不出伦敦比乡下强到哪里去,不过多了些商店和公共场所。宾利先生,住在乡下可比城里舒服,你说是吗?"

宾利先生答道:"当我住在乡下时,从来没有想到过要离开,而当我住在城市时,又从来没有想过要离开城市。城乡各有各的好,我住在哪里都同样乐意。"

"嗯,这是因为你能随遇而安。只是那位先生,"她看看达西,"他似乎觉得乡下一无是处。"

伊丽莎白觉得母亲丢了脸面,便道:"妈妈,你误会了。你误解了达西先生的话。他的意思是,在乡下见到的人不及在城里见到的人多,有各种各样,你必须承认这话并没有说错。"

"这当然,并没有谁说过不是这回事,可是要说这一带遇不上许多人,那还有几个地方比我们这里人多?我记得我们在一起吃过饭的就有二十四家。"

只是看在伊丽莎白的面子上,宾利才没有露出声色。他妹妹耐性差些,对达西先生丢了个眼风,意味深长地一笑。伊丽莎白有意把她母亲的话题岔开,便问母亲,她离开后夏洛特·卢卡斯到没到过朗本。

"来过,昨天与她爸爸一道来过。威廉爵士这人多讨人喜欢,宾利先生,你说是吗?到底是个有身份的人!多么有礼貌,多么随和!遇上谁他都有话可说。这就是我心目中有身价的表现。有些人把身价二字理解偏了,自以为了不起,老是闭着嘴不说话。"

"夏洛特在我们家吃饭了吗?"

"没有,她一定要回去。我猜她是要回去做肉馅饼。宾利先生,我家里不一样,仆人们能各司其职,我的几个女儿没有教那一套。不过各人有各人的看法,卢卡斯家的几个女儿都是好姑娘,只可惜她们长得不漂亮!倒不是因为我嫌夏洛特的模样不中看,其实她与我们特别要好。"

"这姑娘给人的印象很好。"宾利说。

"你说得不错,但你也得承认她的长相一般。卢卡斯太太自己也常这样说,很羡慕简的容貌美。我不想夸自己的女儿,但说实在的,比简长得好的人还真不常见。人人都是这样说。我疼爱女儿,说话可不偏心。简才十五岁时,我弟弟加德纳手下有位先生,住在城里的,对简喜欢得不得了。我弟媳猜他临走时会向简求婚。后来他却没有。大概看她年纪太小。但是他写了些诗赞美简,写得好极了。"

伊丽莎白厌烦地说:"那人的感情也就这样收了场。我看,用这种方式了结的人有好些个。也不知道谁最先发现诗有这般妙用,可以赶走爱情。"

"我一直以为诗歌滋养爱情。"达西说。

"也许可以滋养坚贞强烈的爱情。什么都一样，扶强不扶弱。如果只是一点脆弱淡薄的意向，你看吧，反而会让一首十四行诗摧残。"

达西微微一笑，其他人也是沉默不语，伊丽莎白的心扑扑跳得厉害，唯恐她的母亲再度失言。她很想开口却又想不出可说的。沉默短短一会儿后，贝内特太太又对宾利先生说起了感激话，感谢他对简的厚意，又向他道歉，说利齐打扰了他。宾利先生的回答礼貌而又诚恳，以至于他的妹妹也不得不礼貌地敷衍了几句，但贝内特太太觉得很满意，过了一会儿就吩咐准备马车。她的两个小女儿一听立刻站了过来。她们来后一直在低声悄悄商量，商量的结果是，由最小的一个出面，提醒宾利先生别忘了他刚到小镇时许下的诺言，在内瑟菲尔德举行一次舞会。

莉迪亚年方十五岁，但发育成熟，胖胖的，肤色白皙，笑口常开，是母亲的掌上明珠，小小年纪便被母亲带出门见世面。她非常好动，有些不知天高地厚。由于她本性大方不矜持，姨父又经常宴请那些军官，她结识的军官们对她很是殷勤，使她以为自己很了不得。所以，由她向宾利先生谈舞会的事，直言不讳提醒宾利先生别忘了诺言，就不足为怪了。临了她还补上一句，如果言而无信，那就要在人前丢尽脸面。宾利先生对这个半路杀出来的人的回答，令她的母亲听了很高兴。

"放心吧，我早有打算，一定不会失信。等你姐姐病好以后，哪天举行舞会可以由你选择。现在你姐姐有病在身，大概你不会想现在就跳吧？"

莉迪亚表示她心满意足。

"说得对，等简病好了举行舞会好得多。到那时，卡特上尉应该已经返回梅里顿了。只要你举行了舞会，我非叫他们也举行一次不可。我会对福斯特上校说，他不举行就要丢脸面。"莉迪亚说道。

贝内特太太和两个女儿走了。伊丽莎白马上回到简的房里。等她一离开，她本人和她母亲、妹妹的言行便成了宾利姐妹俩与达西先生的话题。尽管宾利小姐谈到她那漂亮眼睛时妙语连珠，达西先生却始终按兵不动，没有附和姐妹俩说她的坏话。

第十章

这一天过得与前一天可说是相差无几。上午,宾利姐妹俩在病人房里坐了两三个小时。尽管病人好转得很慢,却在持续好转。晚上伊丽莎白与宾利一家坐在客厅。然而,赌局没有开。达西先生在写信,宾利小姐坐在他身边,看着他写,时不时地叫他给他妹妹捎上几句话。赫斯特先生与宾利先生在玩纸牌,赫斯特的太太在一旁看。

伊丽莎白一边在做针线活,一边听达西与坐在达西身边的宾利小姐攀谈,听得津津有味。这两人一个在夸另一个的字如何好,行行都很整齐,信又如何长,被夸的却完全不以为然,两人一热一冷,好不有趣,所说的话正好证实了伊丽莎白对他们的看法。

"达西小姐收到这样的信一定高兴极了!"

他没有答话。

"你写得快极了。"

"你说错了,我写得相当慢。"

"一年时间里你要写信的事真多,还有事务来往信。写那些信我想枯燥得不得了!"

"这么说来,幸好信由我写,不由你写。"

"千万告诉你妹妹,我很想见到她。"

"你叫我说,我已经说过一次了。"

"我看你的笔不大好用。我替你修修吧,我修笔非常内行。"

"谢谢你,每次我都是自己修。"

"你怎么能写得工工整整呢?"

他没有吱声。

"对你妹妹说吧，听到她弹竖琴进步快我很高兴。还请告诉她，她给桌子配的那小小的装饰品很漂亮，我喜爱得不得了，觉得比格兰特利小姐的设计高出百倍。"

"请让我下次写信再谈你的喜爱，怎么样？这封信实在是写不下了。"

"那倒没有关系。元月我可以与她见面。达西先生，你每次写给她的信都这么长、这么好吗？"

"一般都长，但是不是每封都好，那我可不敢妄言。"

"我发现有条规律，不费事能写出长信的人，就不会写得不好。"

宾利小姐的哥哥大声说道："卡罗琳，你用这话恭维达西可就错了，他写信并非不费事。他太讲究，老爱用四个音节的字。是不是这样，达西？"

"我写信的习惯与你大不相同。"

宾利小姐大声说："哼！查尔斯写信最马虎了事。要么说话只说半截，要么一句话涂改掉一半。"

"我的思路来得太快，想表达都表达不过来，这样一来，有时候别人看信时的确不知道我在说什么。"

伊丽莎白说："宾利先生，你很谦虚，都让人家不能对你有所非议了。"

达西说："表面的谦逊最不可靠。它常常是言不由衷，有时候又是一种间接的吹嘘。"

"我刚说的谦逊话你认为属于哪一种呢？"

"间接的吹嘘。实际上你为信中的缺陷而洋洋自得，因为你认为没写好是由于思路敏捷，但又不在乎怎样表达，这一点即使算不上难能可贵，至少也可在人前夸夸口。做事迅速的人总是看重速度，常常不计较事情的好坏。今天上午，你对贝内特太太说，如果你决心离开内瑟菲尔德，只需五分钟就能搬走，你是在有意卖弄，在夸耀自己。但是，草率必然导致疏忽，值得夸耀什么呢？对你自己，对别人有什么好处呢？"

"上午信口说出的事情到晚上还一件件全记着，这没有必要，让它去吧。但是,我完全相信我能够办到自己说出口事,说话时相信,现在也相信。所以,至少我并不认为那时说可以搬走全是为了在女人面前吹嘘。"宾利说。

"我知道你当时的确相信,但是我无论如何不相信你会有这种神速。你的行动有赖于具体情况,与其他人没什么不同。如果你上马要走时一位朋友对你说:'宾利,你再住一个星期吧',你也许会住下来,不走了。他再说一句话也许你会住一个月。"

"你这话只能证明宾利先生为人随和。他没有自夸的,你倒帮他夸了。"伊丽莎白说。

宾利说:"我的朋友并没有恭维我,经你一解释,却成了恭维话,夸我性格随和,我高兴极了。但是怕只怕你的解释绝非那位先生的本意。在这种情况下,如果我断然拒绝,策马扬鞭而去,那位先生肯定会赞同我的做法。"

"那么,达西先生是否认为,既然你说过想怎样做就毅然怎样做,在这种情况下就应该不改变主意呢?"

"老实说,这问题我无法说明白,必须让达西自己来解释。"

"你让我说明的看法是你自己的看法,你却说成我的,我从来没有认过这笔账。然而,即使情况正如你所说,贝内特小姐,你也不应忘记一点,就是那位朋友虽希望他改变计划住下来,却仅是希望而已,并没有在提出希望时说明这样做的必要。"

"你认为乐意听从或者说愿意听从朋友的话并无可取。"

"不问缘由的听从并不证明相互间的了解。"

"达西先生,我看你似乎否定了感情和友谊对一个人的影响。一个人如果尊重他人提出的请求,是不用他人说明理由也会心甘情愿地听从的。我并不是针对你对宾利先生所作的假设才这样说。也许,我们要等到真有其事发生,才能议论他的行为是否合适。但是,一般说来,在非特殊情况下,假设有两位朋友,一位请另一位改变一个无关紧要的主意,另一位不问缘由就满足了他的愿望,你不会因此而对另一位朋友产生不好的看法吧?"

"既然这一请求只关系到一个无关紧要的主意,那么让我们先具体明确紧要性的程度，以及两位朋友的关系的亲密程度，再讨论这个问题，不是更好吗？"

宾利说："我们一定要听到种种细节，包括两人的高矮胖瘦。贝内特小姐，你不一定知道高矮胖瘦作为缘由的分量。告诉你吧，如果达西不是又高又大，我不能与他相比，我对他的敬重必然减少一半。在一定场合，一定地方，我还没见过比他更讨厌的家伙。特别是星期天在他自己家，他无所事事时。"

达西先生微微一笑，但伊丽莎白能看出来，他已经有几分不高兴了，这才忍住没笑出声。宾利小姐见达西先生受了委屈，心里很不是滋味，叫她哥哥不要这样瞎说一气。

达西说："宾利，我知道你的用意。你不喜爱辩论，不想再说下去。"

"也许是这样。辩论无异于争论。如果你和贝内特小姐等到我离开客厅以后再舌战，无论你们怎样评论我都可以。"

伊丽莎白说："这样做对我来说没有什么可惜，达西先生也需要把他的信写完。"

达西先生听从了她的意见，去把信写完了。

之后，达西先生请宾利小姐与伊丽莎白弹几曲。宾利小姐快步走到钢琴边，却客气地请伊丽莎白先弹。伊丽莎白礼貌而诚恳地谢绝了，宾利小姐这才坐下。

赫斯特太太伴着钢琴唱起来。这姐妹俩一弹一唱，伊丽莎白翻着钢琴上的两本乐谱，却发现达西先生的眼光不时地投过来，注视着她。她可不敢想象自己会成为这样一位了不起的人物爱慕的对象，但是如果因为恨她而朝她看，那就更不可思议了。思来想去，她悟出了一种可能：按照达西先生的是非观念，她是在场的所有人中，最无是处，最可非议的一个，这才引起了达西先生的注意。这个想法并未使她不痛快。她不喜欢达西先生，也不在乎达西先生看她不入眼。

弹过几首意大利歌曲后，宾利小姐弹起了轻快的苏格兰曲儿，达西先生走到伊丽莎白身边对她说道："贝内特小姐，机会难得，来跳个苏格兰舞，不知是否有雅兴？"

她微微一笑，没有答话。达西对她的沉默有几分奇怪，又问了一遍。

她忙说道："嗯，你的话我听到了，但是一时间没想出该怎样回答才好。我知道，你希望我答应，然后好暗暗笑话我兴趣低下。可是我偏要让这一类如意算盘落空，不叫人想看笑话就看笑话。所以，我现在打定的主意是告诉你我根本不想跳苏格兰舞。你要有胆量说瞧不起人的话就说吧。"

"岂敢岂敢！"

伊丽莎白原以为会惹起他的火气，不想他倒宽宏大度。

伊丽莎白的模样是既尖酸又可爱，叫人想发火都难，而达西没被别的女人迷上却被这个女人迷上了。他知道，如果不是因为伊丽莎白三亲六眷不尽人意，他现在会怎样做就难说了。

宾利小姐见到这两人的情景，起了醋心。她十分关心她的好朋友简，现在又要甩开伊丽莎白，更加希望简尽快康复。

她常把达西与伊丽莎白拉扯到一起，故意说两人结亲会使他如何幸福，以激起达西对伊丽莎白的反感。

第二天，宾利小姐在矮树丛间与达西散步时说："等这门好亲事结成以后，我希望你对那位岳母吹几口风，让她知道她少开口有好处。如果你能够办得到，再治一治她的两个小女儿追求军官的毛病。还有，你那心上人有些小缺点，就是近于自傲和鲁莽，也要收敛点才好，就不知这话我说得该不该。"

"关于我成家的事，你还有想谈的吗？"

"当然！把你姨爹姨妈菲利普斯夫妻俩的画像挂到彭伯利的画廊里，紧靠你那位大法官伯祖父的画像。他们是吃同一碗饭的人，只是干的工作不同。至于你那位伊丽莎白的像，你别想请人画，她那双漂亮眼睛有谁画得出来？"

"要画出眼神的确不容易，但是那双眼的颜色、形状、睫毛都很漂亮，可以画。"

正说着，他们遇到了从另一条路走来的赫斯特太太和伊丽莎白。

"我没想到你们打算出来散步。"宾利小姐说，心里着慌，唯恐刚才的话被听到了。

赫斯特太太说:"你们太不够交情了,不对我们说一声就溜了出来。"

说完她挽起达西先生空着的一只手臂,丢下伊丽莎白,让她单独走着。这条小路只能并排走三人。

达西先生觉得这样做不礼貌,马上说:"这条路太窄,走不了四个人,还是上大路吧。"

伊丽莎白根本不愿意与他们在一起,笑着说道:"不用,不用,你们还是走这一条。几位在一起相配极了,非常出色。再加上一个就煞风景了。再见。"

说完她高高兴兴地跑开了。一边到处走,一边想着过一两天就能回家了。简已经有明显好转,这天晚上竟然想出房间消遣一两小时。

第十一章

吃过晚饭,伊丽莎白跑到姐姐房间,见她穿得多不会受凉,便陪她去了客厅。简在客厅受到宾利姐妹的热情欢迎,她们不停地说见到她很高兴。这时几位先生尚未到场,宾利姐妹俩待人随和,亲切得不得了,伊丽莎白还从没见过。她们非常健谈,能够把一件消遣的事说得有枝有叶,一段逸话妙趣横生,拿自己朋友开心能俏皮话百出。

但是,当先生们到场以后,她们的眼中就没有简了。宾利小姐的眼光立刻投向达西,像是有好些话要对他说。

达西首先礼貌地向贝内特大小姐表示问候,赫斯特先生也向她微微一鞠躬,说自己"非常高兴";但是做得最周到热情的是宾利。他无比高兴,无比殷勤,往壁炉里添柴加火忙了半小时,就怕简出了卧房又引出病来。简按宾利的指点,在火炉旁换了个位置,坐到了离门远的那边。他这才在简身边坐下,以后几乎没再与旁人搭过腔。伊丽莎白在对面的角落里忙着手上的事,看到这一切高兴得很。

喝完茶,赫斯特先生提醒姨妹别忘了牌桌,姨妹却没有理会。她早看出达西先生不想打牌。过了一会儿赫斯特先生提出要打牌,还是碰了壁。她对赫斯特先生说,没人想打牌。客厅里谁也不吭声,等于证实了她的话。这一来,赫斯特先生无事可干,往沙发上一躺,打瞌睡。达西拿起一本书。宾利小姐跟着也拿起一本。赫斯特太太一直在玩手镯与戒指,有时听到她弟弟和简的话会插上几句。

宾利小姐一心二用,既看自己手中的书,又注意观察达西先生的书看了多少,一会儿问一两句话,一会儿又伸过头望望达西看到哪一页。

然而，她引不起达西的谈兴。答过她的问话后，他又埋头看书。

宾利小姐选书时没看中别的，就选了达西先生那本书的第二卷，可惜没嚼出味道来，她终于厌倦了，张大嘴打了个哈欠，说："夜晚这样度过最愉快！我说呀，看看书比什么都有乐趣！别的事不容易使人疲倦，就看书疲倦得快！等到我自己有了一个家，要是缺少藏书室，那可说不过去。"

没有人答话。

她又打了个哈欠，把书扔到一边，满屋子扫了一眼，看看有什么事她会热衷。正巧她哥哥向贝内特小姐谈起舞会，她一听，忙转过身说："查尔斯，我问你，你当真想在内瑟菲尔德举行舞会？我劝你别忙决定这事，先问问现在在座的几位希不希望？恐怕我们这几个人里就有一两个不希望，觉得参加舞会与其说是消遣还不如说是受罪。"

她哥哥说："你是指达西吧？随他去，舞会开始前他就上床睡觉好了。但是舞会一定要开，等事情准备就绪了，我就把请帖发出去。"

"如果舞会换一个方式举行，我会喜爱得多。可惜这种聚会都是老一套，索然无味。要是把跳舞改为交谈，一定有意思得多。"宾利小姐答道。

"那不用说，卡罗琳，一定会有意思得多，但是那就不称其为舞会了。"

宾利小姐没有回答，她站起身，在客厅走来走去。她的身材苗条，步履轻盈。本来她是为了向达西卖弄，然而达西依旧埋头看书，无动于衷。她感到失望，决心再施一计，转身对伊丽莎白说："伊丽莎白·贝内特小姐，你也来吧，像我这样走动走动。坐了很久没挪动过身子，走一走会舒服得多。"

伊丽莎白很是意外，但马上依了她。宾利小姐表示关心的目的是声东击西，也果然得手——达西先生抬起了头。不但伊丽莎白感到意外，他也感到意外，不由自主地合上书。宾利小姐马上邀请他一道走走，但是他谢绝了，说他认为她们在客厅里走一走仅有两种原因，无论出于哪一种，他跟着她们都会成为多余。这是什么意思呢？她很想知道他的用意，问伊丽莎白听不听得懂这句话。

伊丽莎白答道:"我不明白,但是有一点可以肯定:他存心与我们过不去,所以不让他得逞的最好办法是别叫他解释。"

然而无论什么事宾利小姐都不忍心让达西先生失望,所以非问个水落石出叫他说说两种原因不可。

等到宾利小姐一住口,他马上说:"叫我说说完全可以。你们这样消磨时间一种可能是因为相互信得过,有秘密事交谈;另一种可能是你们觉得走路时更能显出你们的身材美。如果是第一种,我会妨碍你们;如果是第二种,那么我坐在火炉边更能欣赏到你们的体态。"

"哟,什么话!"宾利小姐嚷着,"我从没听人这样放肆。说出这种话该怎么罚他?"

"只要你想罚,那是轻而易举的事。捉弄他也行,笑话他也行。你们熟悉得很,该怎样罚你一定知道。"伊丽莎白说。

"说实在的,我不知道。告诉你吧,熟虽熟,但是不熟悉怎样罚。遇事不慌、稳定沉着的人捉弄有什么用!不行,不行,我看我们不一定斗得过他。要说笑话他,没什么笑话时勉强笑话也要自讨苦吃。达西先生说不定还会暗地里笑我们。"

"达西先生竟然没什么可让人笑话!这倒是一个少见的优点,我以后要少见这种人才好,认识多了我的损失会太大。我非常喜欢笑话。"伊丽莎白说。

达西先生说:"宾利小姐对我过奖了。再聪明、再优秀的人——不,应该说这些人再聪明、再漂亮的行为,也会成为某些人的笑柄,某些人活着就是为了看人笑话。"

伊丽莎白答道:"这种人肯定有,但是我恐怕不能算在此列。别人干得聪明、漂亮的事我想我还没有笑话过。蠢事、蠢话、怪主意、自相矛盾在我看来的确可笑,这我承认,而且能笑时必定会笑。但是这类情形你正好没有。"

"也许谁都没有这类情形。有些弱点使得头脑灵活的人也被笑话,我更要处处小心,尽量避免。"

"虚荣与骄傲就是两例。"

"没错,虚荣的确是一种弱点。但是骄傲不同,如果脑子当真胜人一筹，骄傲也会不失分寸。"

伊丽莎白偏过身偷偷一笑。

宾利小姐说："我想你对达西先生已经讯问完了，说说你的结论吧。"

"结论是达西先生没有缺点。他也毫不掩饰地招认了。"

达西说："不对，我没有夸过这样的口。我有很多缺陷，但是大概不是头脑方面的缺陷。说脾气我不敢夸耀，一定是过于倔强，倔强得使人感到不好相处。对于别人的蠢事、过失以及对不起我的地方，该忘记时还忘不了。我不会宽宏大量，不会尽量原谅对不起我的人。也许，我的脾气容易产生怨恨。我的好感一旦失去就会永远失去。"

"这倒真是一个缺陷！"伊丽莎白说，"怨恨难以平息的确是性格上的瑕疵。你看自己的不足看得很准，我当然不能笑话，你放心好了。"

"我相信，每个人的性格在某方面都会偏于不足，即自然有的缺陷，受的教育再好也难于弥补。"

"你的缺陷是动不动就怨恨别人。"

"而你是有意曲解别人。"达西笑着答道。

宾利小姐没能插上嘴，不免有些厌烦，道："我们还是来点音乐吧。路易莎，我吵醒了赫斯特先生你不介意吧？"

她的姐姐没有表示半点反对。钢琴又打开了。达西想了想，觉得听听无妨。他怀疑自己是否有对伊丽莎白过于亲近之嫌。

第十二章

贝内特姐妹俩商定以后,第二天上午伊丽莎白给母亲写了封信,请母亲当天派马车接她们。但是贝内特太太原指望女儿在内瑟菲尔德住到下星期二,简正好住满一星期,现在见女儿要提前回,心里不大乐意。所以,她的答复不尽如人意,至少是不如伊丽莎白的心意,因为伊丽莎白已归心似箭。贝内特太太告诉她们,要等到星期二才有马车。最后又补上一句,如果宾利兄妹挽留她们,她不会催促她们回家。然而伊丽莎白不愿再留,早已打定主意。她也没预计过会受到挽留。恰好相反,她担心让人嫌住得太久,催简马上向宾利先生借马车。最后姐妹俩谈妥按原计划办,当天上午离开内瑟菲尔德,向主人说明,并提出借辆马车。

这一说引来了许多关心话,大家你一言我一语地挽留,希望至少等到第二天,一切要为简着想。所以当天她们没有成行。这一来宾利小姐反而悔不该提出挽留。对这两姐妹她一个喜爱一个嫉恨,占上风的是嫉恨。

内瑟菲尔德的主人见她们这样快要走倒是真的恋恋不舍,一再劝贝内特大小姐,说她走不得,因为她的身体尚未完全复原,但是简认准了该做的事就坚持要做。

达西先生对这件事求之不得。伊丽莎白在内瑟菲尔德住得太久。她引起了他太多的注意,宾利小姐对伊丽莎白不大礼貌,对他说话也带着刺。他是个聪明人,决心多加检点,不让自己的感情有所流露,就是说不叫伊丽莎白看出任何蛛丝马迹,产生非分之想,认为能操纵他达西的终身幸福。他清楚,如果她已有所察觉,他在最后这天的行为便会产生两种可能的结果,或是使她抱定希望或是使她放弃希望。由于打定了主意,星期六一整天他对她没说一两句话。有半小时只有他们两人在一起,尽管如此,他却一直埋头书本,甚至没有瞧过她一眼。

星期天早礼拜做完以后的分手几乎使人人心情畅快。到这一刻,宾利小姐对伊丽莎白变得彬彬有礼,对简更加亲热。临别时她先对简说,以后无论在朗本或内瑟菲尔德见到她,都会十分高兴,说完以无限温情拥抱了简。她甚至与伊丽莎白握了手。伊丽莎白欢欢喜喜地向大家告了别。

回到家,姐妹俩的母亲并不十分欢迎。贝内特太太没料到她们会回来,认为她们给家人添了麻烦,断定简的感冒会复发。但是她们的父亲倒是很高兴,别看他没把高兴二字挂在嘴上。他对这两个女儿在家庭中的重要性已有所体会。离了简和伊丽莎白,晚上一家人在一起谈着不起劲,甚至几乎无话可说。

简和伊丽莎看到玛丽与往常一样,在钻研和声学与人性,又摘了些精彩段落,一一拿了出来叫她们欣赏,一些老道德的新解说也讲给了她们听。凯瑟琳和莉迪亚讲给她们听的完全是另一套。自星期三以来,民兵团里出了许多事,闹出不少传闻。好几位军官与她们的姨父一道吃过饭。一名列兵挨了鞭子。据说福斯特上校要结婚了。

第十三章

第二天吃早饭时，贝内特先生对太太说："亲爱的，今天的晚饭你叫他们做得丰盛些，我看很可能会有客人来。"

"你这是说谁要来呢？我没有听说有什么客，即使有，准是夏洛特·卢卡斯。我们的家常便饭招待她就可以，她在自己家吃的我看还不大比得上。"

"我说的客人是位先生，并不熟悉的。"

贝内特太太的眼睛一亮："是位先生，并不熟悉的！我猜一定是宾利先生。哎哟，简，这事你就没漏过一点口风，这小滑头！嗯，宾利先生来我最高兴。只是，要命！偏偏不巧今天就没有了鱼。莉迪亚，快拉铃，乖乖，我得现在就吩咐希尔一声。"

"不是宾利先生，是个我这一辈子还没有见过的客人。"她丈夫说。

这句话叫所有人发了呆，太太和五个女儿马上一齐追问，问得贝内特先生好生得意。

他把母女几个在闷葫芦里又闷了一阵，这才解释道："这里有封信，我收到一个来月了，两个星期前回了信。我觉得这封信不能等闲视之，得赶早把事办了。来信的是我外侄柯林斯先生。等我死了以后，他什么时候乐意就可以什么时候把你们统统赶出这屋子。"

他太太嚷道："哎哟哟，怎么会听到这种事呢？行行好，别提起这要命的人吧。你自己的财产亲生女儿不能到手，要旁人才能继承，我看世界上没有比这更让人痛心的事了。如果我是你，老早就想办法对付了。"

简和伊丽莎白向母亲解释继承财产的法定限制。以前她们常向她解释，但是贝内特太太对这事怎样也想不通，总是骂没心肝的才会规定得把财产让给一个毫不相干的人，不传给五个亲生女儿。

贝内特先生说："这当然是件太不合理的事，由柯林斯先生继承无论如何都要算罪过。但是你可以看看他的信，看到了他信上怎么说，也许你能得到一点安慰。"

"不行，我怎么会得到安慰？依我看，他给你写信就是不懂道理，也太虚伪。这样虚情假意的朋友我很讨厌。他爸爸以前与你吵得不可开交，为什么他不再吵下去？"

"你就听着吧，这人其实很有几分孝心。"

舅父大人：

　　舅父与先父曾有嫌隙，侄儿一直为之深感不安。先父不幸辞世后，侄常存弥补裂痕之念，然而又几度疑虑，恐交好与先父有龃龉者有负先父在天之灵……

"太太，你再往下听吧。"

　　……然而对此事侄现心已了然。复活节受命任圣职后，侄有幸蒙刘易斯·德伯格爵爷之遗孀凯瑟琳·德伯格夫人青睐，遴选在本教区供职。侄决心对英格兰教会尽职尽责，也报夫人厚爱于万一。再者，现既已身为牧师，在力所能及范围内让家家和睦，侄责无旁贷。因此，侄窃以为，现应掬献一片善意。对朗本产业将为侄承继一事，舅父一定不会心存芥蒂，笑纳侄之橄榄枝。因侄之故，令爱将蒙受损失，侄对此深感不安，还望海涵。侄当以一切可能举措对令爱予以补偿。但此事请待后议。舅父如不弃，请容侄登门，侄将于十一月十八日星期一四时至府上拜谒，拟打扰至次一周的周六告辞。此安排于侄并无不便。倘能另请牧师代劳，偶有一星期日外出，凯瑟琳夫人绝无异议。请代向尊夫人与令爱多多致意。

侄　威廉·柯林斯
10月15日
于肯特郡韦斯特汉
附近之亨斯福德

贝内特先生一边叠信一边说:"所以,我们就等着这位先生四点钟来讲和吧。看来他还是一个很讲道理、很有礼貌的年轻人。既然凯瑟琳夫人好心好意让他又来找上我们家的门,一定值得认识。"

"不管怎么说,他提到我们五个女儿的几句话还在理。如果他真愿意补偿一点,我不会干给他泼冷水的事。"简说,"虽然猜不出他认为应该对我们哪方面进行补偿,有这个心意就是他的可贵。"

伊丽莎白主要关心的是他为什么对凯瑟琳夫人异常恭敬,当有人需要时,他又如何尽职尽责为人进行洗礼,举行婚礼,主持丧葬。

"我看他一定是个怪物。"她说,"我捉摸不透他。他的信写得装腔作势。既要继承产业,还谈什么海涵?恐怕事能由己时他也会不愿由己。爸爸,他能是个有头脑的人吗?"

"我看他不可能。我想十有八九他正好相反。他的信就说明问题,不是失之谦卑,就是失之自大。我很想见见这个人。"玛丽说,"就文字而言,他的信看不出什么缺陷。橄榄枝的比喻也许不够新颖,但我想毕竟用得贴切。"

凯瑟琳与莉迪亚对这封信和写信人均无兴趣。她们的表哥不大可能会穿红色军装,而好几个星期以来,她们只喜欢与穿这种颜色衣服的人在一起。至于她们俩的母亲,柯林斯先生的信消除了她的许多成见,她打算平心静气地接待他。这让丈夫与女儿万万意想不到。

柯林斯先生来得非常准时,受到了贝内特全家人的礼遇。贝内特先生实际上很少开口,太太和女儿反倒话多,而柯林斯先生不但表现得主动,而且健谈。他已二十五岁,体态臃肿,神情一本正经,举动过于拘谨。落座一会儿,他便夸起贝内特太太的几个好女儿来,说早已风闻她们貌美,现在亲眼一见,才知事实胜过名声。后来又补上一句,说贝内特太太以后一定会见到她们一个个嫁给好人家。"

这句恭维话并不大对某些人的口味,但贝内特太太对别人的奉承素不推诿,脱口答道:"先生,非常感谢你的好意。我从心底里希望她们以后真能这样,要不然,她们就要变得可怜巴巴了。世上的事情总是稀奇古怪。"

"你大概是指家产的继承吧?"

"唉,说来正是,先生。你一定知道,这事对我几个女儿来说是很不幸的。倒不是我故意与你过不去,我也知道现今世上的这一类事全在于机缘。产业继承要限定,那就说不上会落到谁的手里。"

"太太,几位表妹的苦处我完全明白,要谈也话长,只是我初来乍到,不好贸然行事。但是我可以告诉几位小姐,我登门是对她们怀有一片好意的。现在我不想多说,等以后熟悉些,也许我们……"

话没有说完,仆人叫开饭了。几位姑娘相对笑笑。柯林斯先生的好意不仅仅是几位姑娘,客厅、餐厅、所有家具他都细细看过,赞赏一番。他见什么夸什么本会令贝内特太太心里高兴,可惜她存着一团疑云,猜测他把什么都看成了自己未来的财产。到吃饭时,饭也受到了赞赏。柯林斯先生还问起,是他哪位漂亮表妹的好手艺。这一问他出了差错,贝内特太太正颜厉色告诉他,她们家家境好,请了位高明厨师,几个女儿从来没有下过厨房。柯林斯先生见得罪了人,赶忙道歉。贝内特太太声气缓和下来,说她根本没有在乎,但是柯林斯先生道歉的话又足足说了大约一刻钟。

第十四章

吃饭时贝内特先生几乎没有开口，等仆人退下后，他认为是时候与客人攀谈了。他选了个预计客人乐意的话题开场，说他很幸运，遇上了凯瑟琳·德伯格夫人。夫人了解他的心意，关心他的需要，非常难得。贝内特先生果然神机妙算，柯林斯先生对她赞不绝口。

他提起夫人肃然起敬，说起话来神态庄重："我从未见过有地位的人像凯瑟琳夫人那般待人谦和。我非常荣幸，有两次讲道时夫人在座，两次都承蒙错爱，受到嘉许。她还请我去罗辛斯她家吃过两次饭，就在上星期六，牌桌四缺一，她邀请了我去凑一角。就我所知，许多人认为凯瑟琳夫人傲慢，但是我见到的唯有谦和。她对我说话的态度与对别的有身份的人没有两样。她从来不反对我与邻近的人多交往，也不反对偶尔离开教区一两个星期走访亲友。她甚至劝我尽早结婚，如果我考虑成熟选定了人的话。她还来过我的牧师府一次，十分赞赏我重新做的布置，甚至帮助出主意，就是在楼上的壁橱里添装几个架子。"

贝内特太太说："这样做的确再好不过。我肯定她是个非常随和的人，只可惜身份高贵的女人没几个像她。她住得离你近吗？"

"寒舍的花园与凯瑟琳夫人住的罗辛斯仅仅隔着一条小路。"

"你好像说过她孀居，是吗？她有没有子女呢？"

"只有一个女儿，是罗辛斯的继承人，财产非常可观。"

贝内特太太摇着头感叹道："哟，她这就比许多姑娘强。这位小姐怎样？漂亮吗？"

"她的确是位非常逗人喜爱的姑娘。凯瑟琳夫人亲口说过，要论真正的美貌,她德伯格家的这位千金比最漂亮的姑娘还强,因为她的长相具有大家闺秀的特色。不幸的是,她的身体虚弱,这一来,她在许多方面就比别的大家闺秀逊色。如果没有体质的缺陷,就不会出现那些不足。这是我听负责她教育的女人说的,现在这女人还与母女俩住在一起。话说回来,她为人极好,常常坐着小马车从寒舍边经过。"

"她受过引见吗?进过宫的人中我没有听说过她的芳名。"

"可惜她身体欠佳,去不了伦敦。有一天,我当面对凯瑟琳夫人说,因为她的千金去不了伦敦,英国王宫便失去了一颗瑰丽的珠宝。夫人听到这个比喻非常高兴。不瞒你们说,我喜爱一有机会就向小姐太太们说两句她们都爱听的巧妙恭维话。我不止一次对凯瑟琳夫人说,她的漂亮千金是天生的公爵夫人模样,公爵夫人的封号抬高不了小姐的身价,小姐反会给公爵夫人的封号增光添彩。这些话让凯瑟琳夫人非常高兴,我献这点殷勤也是责无旁贷的事情。"

贝内特先生说:"你真是高见,能说出这些巧妙的奉承话的确值得你高兴。请问,你献这些殷勤是一时的灵机一动,还是深思熟虑的结果?"

"主要是灵机一动想出来的。有时候虽然我也有兴趣想几句得体、巧妙的恭维话,但是我总希望每句话听起来尽量不像是经过事先考虑的。"

贝内特先生的预料全然正确,他的外甥果然如他的估计那样,是个荒唐鬼。听到他的话他内心暗暗好笑,而表面却装得若无其事,只是偶尔瞧伊丽莎白一眼,唯恐有人分享了他的快乐。

然而,到喝茶的时间,这人的戏已看够了,贝内特先生把客人领回客厅。等喝过了茶,又请客人给太太和几个女儿朗诵点什么听。柯林斯先生满口答应,女儿们拿了书出来。但是他瞧了一眼后(这本书一望便知是巡回图书馆借来的),很明显吃了一惊,说抱歉得很,他从来不谈小说①。基蒂瞪大双眼望着他,莉迪亚哎哟喊出了声。另外又拿出了些

---

① 18世纪末、19世纪初,英国封建贵族不愿谈小说,因当时的小说是反封建意识的现实主义小说。柯林斯说不谈小说是故作高雅。

书,他左挑右选拣中了福代斯①的《女儿经》。没等他翻开书,莉迪亚早惊得张大了嘴。他一本正经地才念了三页,莉迪亚就打断了他。

"妈妈,你知道吗,菲利普斯姨父说要把理查德请出门。如果那样,福斯特上校会雇用他。姨妈星期六亲口对我说过。明天我到梅里顿听听下文,再问问丹尼什么时候从伦敦回来。"

两个姐姐叫莉迪亚住嘴,但柯林斯先生已经很不高兴了,把书往旁边一放,说:"我已经多次发现,年轻姑娘对严肃的书缺少兴趣,尽管这些书完全是为她们所写。其中的原因老实说我猜不透,明明对她们来说最重要的事莫过于受开导。但是,我不会再勉强我的这位小表妹。"

说完,他转身对贝内特先生谈起想与他下双人跳棋。贝内特先生马上答应,说这办法好,几个女儿都有自己的爱好,不妨听其自便。贝内特太太与几个女儿一再道歉,说莉迪亚不该打断他,请他念下去,保证不会再出现这类事。柯林斯先生解释说他并不怪小表妹,绝不会认为她是故意冒犯。然后,他坐到另一张桌边,要与贝内特先生下双人跳棋。

---

① 福代斯(Fordyce,1720—1796),英格兰牧师,诗人,著有《女儿经》(Sermons to Young Women),向年轻妇女宣扬封建伦理道德。

第十五章

柯林斯先生的头脑并不灵活，既先天不足，又后天失调，二十几年来主要在他那个没文化而又吝啬的父亲的教导下度过。别看他上过大学，但只熬过几学期，也未交到过朋友。他从小到大对父亲俯首听命，这养成了他的恭顺态度。但是现在大大变了样，谦卑中掺进了大量自负，因为他头脑简单而又孤陋寡闻，再加意外地早早走了顺风，便更觉得自己了不起。当亨斯福德牧师缺位时，他机缘巧合遇上了凯瑟琳·德柏格夫人。一方面，他仰慕夫人的地位，敬重她这个大恩人，另一方面，他自视甚高，认为成了堂堂大牧师，很了不起，所以性格里傲慢与卑屈、骄气与谦逊兼而有之。

现在他有了所好住房，收入丰厚，所以打算结婚了。如果朗本家几个女儿果然名不虚传，美丽温柔，他想选择一个，结了亲与朗本的人握手言和。这就是他打算的补偿，继承她们父亲家产后的补偿。他认为这是一步妙棋，既名正言顺，又显慷慨大方。

见到几位姑娘后他的计划没有改变。贝内特家大小姐的可爱脸蛋证实了他的主意并没有打错，也使他认定了一切都应该由几姐妹中居长的所有。所以当天夜晚，简是他选中的目标。然而第二天上午早饭前与贝内特太太单独攀谈一刻钟后，他改变了想法。他先提起他的牧师府，自然而然话锋一转，转到了不妨在朗本物色一位牧师府的女主人。贝内特太太一听，一面谦逊地微笑和表示赞许，一面婉言告诉他，他看中的简已心有所属。

"至于我的几个小女儿，我不能就说——我不能肯定——不过呢，我从来没有觉察出什么苗头。最大的女儿我倒必须提一提，我觉得应该说一句——大概过不久会订婚。"

柯林斯先生不愁，简不行有伊丽莎白。他立刻打定了主意，仅在贝内特太太拨火的一会儿工夫就决定了。伊丽莎白是二小姐，论相貌仅次于简，当然取简而代之。

贝内特太太为刚说的话得意扬扬，心想过不久便能嫁出去两个女儿了。昨天一提起就令她咬牙切齿的人，现在很得她的欢心。

莉迪亚没有忘记去梅里顿的打算。几个姐姐除玛丽外都愿意陪她走一趟。贝内特先生巴不得甩开柯林斯先生，静心看书，便叫他也跟着。柯林斯先生吃完早饭就随贝内特先生进了书房，选了本最大的对开本，装模作样，手不释卷，实际上很少停嘴，与贝内特先生谈他在亨斯福德的房子和花园。这一来贝内特先生被吵得心烦。在书房里他一直能享受到安逸、宁静。他曾对伊丽莎白说，在家里随便哪个房间听到傻话、大话他都不会计较，唯独在书房里听不得。所以，他恭敬地提出请柯林斯先生陪几个女儿走一趟。柯林斯先生走路比读书内行，求之不得地合上书走了。

一路上他小题大做，夸夸其谈，几个表妹有礼貌地随声附和，不知不觉进了梅里顿。一进梅里顿，两个小表妹再也顾不上他了。她们的眼睛滴溜溜满街扫，看有没有军官出现，能分散她们注意的唯有特别漂亮的软帽或者商店橱窗里的全新布料。

但是过了没多久，一个仪表堂堂的年轻人吸引了四姐妹的注意。

这个从未见过的年轻人与一位军官并排走在街对面。军官正是莉迪亚要打听的丹尼先生，刚从伦敦返回，见到她们后鞠了个躬。四姐妹都欣赏陌生人的风采，想知道他是谁。基蒂与莉迪亚决心想法子打听，快步穿过大街，借口想到对面的一家商店买东西。事有凑巧，她们刚走上人行道，那两位转身往回走，于是在人行道上相遇了。丹尼先生马上招呼她们，热情介绍了他的朋友威克姆先生。原来两人前天刚从伦敦来，威克姆先生被委任为民兵团的军官。这真是天从人愿，这年轻人就缺一身军服，穿上军服定然英俊绝伦。他的容貌举止讨人喜欢，五官漂亮，身材出众，谈吐也不凡。介绍过后威克姆先生口若悬河地谈了起来，说的话非常得体、自然。

几个人正站在一起说得投机时,忽然听见一阵马蹄声,接着看到达西与宾利骑着马从街上走了过来。这两位也发现了贝内特家的几位千金,忙策马过来。宾利首先开了口,但他的话主要是说给贝内特家的大小姐听的。他说他正要去朗本,专程看望大小姐。达西先生表示此话属实。他注意的是伊丽莎白,但又不敢多看,刚移过目光,却突然发现了陌生人。两人相视时,脸色都有些异常,碰巧让伊丽莎白看到,对这情景吃了一惊。两人都变了脸色,一个发白,一个绯红。威克姆先生稍一迟疑还是碰了碰帽子,达西也碰了碰,算是回礼。这是怎么回事呢?既无从想象,又实在想知道。

宾利似乎并无所觉,聊了一会儿便提出告辞,与朋友骑着马一道走了。

丹尼先生与威克姆先生陪几位小姐走到菲利普斯先生家门口,虽然莉迪亚小姐恳切地邀请他们进去,甚至菲利普斯太太从客厅的窗口探出身来也高声邀请,但他们还是鞠躬走了。

菲利普斯太太见到外甥女总是很高兴,特别是有段时间未见两个大侄女,因此特别欢迎她们。她连声说她们回家太突然,根本没料到,就连自己家的马车也没有来得及去接。要不是凑巧在街上碰到琼斯先生家的店伙计,听他们说不用再送药到内瑟菲尔德,因为两位小姐已经走了,她还不知道她们回家了呢。

闲谈的时候,简向她介绍了柯林斯先生,她忙又招呼。她彬彬有礼地欢迎问好,柯林斯先生也礼貌地答谢,说自己是不速之客,与她素不相识却贸然登门,然而幸好与几位姑娘是表亲,这才得以经她们介绍与她相交。菲利普斯太太万万没想他会来一大堆文绉绉的客套,但还没等她仔细打量这一位新客,外甥女已经大惊小怪地问起另一位陌生人。然而她对另一位所知不多,只能告诉几个外甥女,是丹尼先生把他从伦敦接来,将在某某郡任中尉。她又说他在街上走来走去时,她看了他足足一个小时。如果威克姆先生再出现在街上,基蒂与莉迪亚一定也会去看。不凑巧的是,窗下走过的几个军官与新来的威克姆一比相形见绌,成了不入眼的蹩脚货。其中有两位第二天要到菲利普斯家吃饭。基蒂与莉迪亚的姨妈答应叫丈夫去拜望威克姆先生，也向他发出邀请，只要住在朗本的姐妹几个晚上都到场。这话人人赞成。菲利普斯太太又说要热热闹闹玩摸彩的游戏，玩过了吃点夜宵。有这样的好消遣人人求之不得，分手时个个兴高采烈。柯林斯先生出屋时又连声道歉。主人也不失礼，回答说完全用不着抱歉。

回家的路上，伊丽莎白向简谈起她见到的那两位先生见面时的怪事。即使他们中有一人看来内心有愧，或者两人都有愧，简都会为之辩解。但是她并不比妹妹强，解释不了两人的行为。

柯林斯先生回来后大大称赞菲利普斯太太的热情和客气，使贝内特太太心花怒放。他说，除了凯瑟琳夫人和她的千金，他没有见过谁比她有雅兴，因为她不但对他彬彬有礼，而且恳切邀请他第二天晚上也去，尽管以前对他完全不熟悉。他也猜到内中的原因是他与贝内特太太一家的亲戚关系，但是他的确从来没有见过这样的盛情。

第十六章

几个年轻人要去姨妈家谁也没有异议。柯林斯先生觉得在做客的时候把贝内特先生和太太留下受一整夜孤寂,很是过意不去,可是两人叫上他不要放在心上。于是,时候一到,一辆马车把表兄妹六个一车拉到了梅里顿。刚到客厅,几位姑娘就听说威克姆先生接受了她们姨父的邀请,已经到了,不由十分高兴。

听完这好消息,大家落了座。柯林斯先生从容不迫地四处打量,尽情欣赏。客厅的大小和摆设他看了十分喜爱,说他几乎有置身罗辛斯的夏日小早餐厅之感。对这个比喻开始没有人领情,后来菲利普斯太太听他说起罗辛斯是怎么回事,主人是何许人物,又说起凯瑟琳夫人某间客厅的情景,知道单单一个壁炉便值八百磅,这才体会到柯林斯先生这一恭维的分量,即使让他把她家的客厅比作罗辛斯管家的住房也不会计较了。

他兴冲冲地谈起凯瑟琳夫人的风采,府第的气派,也时不时地插几段话夸自己的住所和住所里的变化,一直谈到各位男宾进了客厅。他发觉菲利普斯太太听得出神。菲利普斯太太越听越对柯林斯先生有好感,还起了心要把自己的好感尽快在左邻右舍中传开。几位姑娘不同,只觉得时间难熬,表兄的话不爱听,又无事可干,想弹琴弹不了,只能照着壁炉架上的瓷器,漫不经心地画画打发难熬的时间。终于,男宾来了。当威克姆先生走进客厅时,伊丽莎白深感自己眼力没有丝毫差错,难怪她初次见到他时和后来想着他时会心生喜爱。某某郡的军官个个是像样的男子汉,佼佼者现在全部到了场。菲利普斯先生殿后进客厅,那些军官比宽面庞、索然无味、酒气熏天的菲利普斯先生强，但无论长相外貌、举止风度，他们都不如威克姆先生。

威克姆先生是个幸运儿，女人们的眼睛几乎全朝他看，而伊丽莎白是个幸运女，威克姆先生最后在她身边落了座，并立刻开始攀谈。虽然只是说些天在下雨，雨季可能来了之类的话，伊丽莎白还是觉得，无论怎样平淡、枯燥、陈旧的话题，经他的如簧巧舌一说，都会变得津津有味。

在威克姆与一帮军官面前，柯林斯先生算是遇上了劲敌，在女性眼中变得一文不值。年轻姑娘显然没有把他当回事，但是菲利普斯太太不同，他说话时仍然洗耳恭听。而且菲利普斯太太心细，咖啡与小松饼给他递了又递。

牌桌摆上后，柯林斯先生有了回报的机会，坐下来要打惠斯特牌。

他说："我现在还不会打这种牌，但我愿意学会它。以我的身份来说……"

菲利普斯太太非常感激他愿意打牌，但懒得再听他说什么身份地位。

威克姆没有玩惠斯特牌，因为他被盛情邀请到另一张桌旁，一边是伊丽莎白，一边是莉迪亚。开始，他几乎被莉迪亚一人独霸，因为莉迪亚的嘴说个没完没了，可是她又爱摸彩，没多久便玩得入了迷，忙着下赌注，赢了彩大叫大嚷，顾不上任何人了。所以，威克姆先生得以一边应付赌局，一边悠闲地与伊丽莎白攀谈。伊丽莎白乐意听他说，尽管她最想听到的事他未必肯讲，那就是他与达西先生昔日的往来。她甚至不敢提起达西。谁知后来她的好奇心意外地得到了满足，威克姆先生自己谈了起来。他先问内瑟菲尔德离梅里顿有多远，伊丽莎白回答后他顿了顿，又问达西先生在那里已住了多久。

"一个来月。"伊丽莎白说，之后，想想舍不得丢开这话题，补了一句，"听说他是德比郡的一个大财主？"

"没错。他的产业相当可观，每年纯收入不下一万镑。对这个人的底细，最清楚的只有我，从小我与他家就有着非同寻常的关系。"威克姆答道。

伊丽莎白不由得一惊。

"昨天贝内特小姐亲眼见到我们相遇时态度冷淡，现在却听我说出这种话，你会吃惊不足为怪。你与达西先生来往多吗？"

"多来往还不如少来往。"伊丽莎白话里带气，"我与他同在一家人家相处过四天，觉得这人很讨厌。"

威克姆说："他讨厌不讨厌我不能妄言，也不便发表意见。因为我与他相交太久又处得太熟，看法难免有失公正。我不可能不出现偏颇。但是我可以说，你对他的看法别人听了都会觉得奇怪。也许，换个地方你的话不会说得这样气冲冲。现在你还算是在自己家。"

"不瞒你说，除了在内瑟菲尔德，我在这里怎样说，到了左邻右舍哪一家也会怎样说。在赫特福德郡他就不招人喜欢。大家都厌恶他的傲慢。你等着瞧吧，遇上谁说起他，话都不会比我的好听。"

威克姆沉默片刻后说："说句实话，他也好，别人也好，我看都不应受到瞎吹捧，然而他却常常遇到这种事。世上有的人只注意他的财产和势力，而有的人又害怕他咄咄逼人的气势，都是顺着他的心意捧着他。"

"尽管我与他交往很少，还是可以看出这人脾气坏。"

威克姆听后摇了摇头。再次遇上机会谈起时，他说："不知道他在这地方究竟会住多久。"

"我完全不知道。但是我在内瑟菲尔德时，没有听说他想走。你总不会见他住在附近，就改变主意，不到某某郡来了吧？"

"那不会。我怎能因为害怕达西先生就不来了呢？如果他不愿见到我，那也该他走。我们的关系搞坏了，见到他我心里不好受。但是我没有必须避开他的理由，反而想让大家知道，他令我受害不浅，对他的为人我既惋惜又痛恨。贝内特小姐，他的父亲倒是位再好不过的人，是我最可靠的朋友。每当我与达西先生在一起，就会回忆起他父亲的种种可贵之处，内心隐隐作痛。他对我的所作所为非常可恶，但说实在的，什么我都可以不再计较，唯一不能宽恕他的是，他辜负了亲生父亲的期望，丢了亲生父亲的脸面。"

伊丽莎白对这件事越来越感兴趣，巴望着再听下去，但是过于敏感的事情是不便追问的。

之后威克姆先生谈的是一般性话题，如梅里顿，这里的左邻右舍，他交往过的人。似乎他对所见的一切都非常喜爱，特别是在谈到交往过的人时，明显带有几分赞颂。

"我到某某郡的主要目的是想与可靠的人交往。"他补充说，"我知道这个民兵团有极好的声誉。再加上朋友丹尼说梅里顿的人对他们非常热情，为人极好，我更想来了。老实说，我需要与人交往。我曾经失望过，精神再也受不了孤寂。我得有个职位，得与人往来。我原来并没有打算从军，但环境的变化使我走上了这条路。我本该当牧师，因为抚养我的人想把我培养成牧师。如果不是因为我们刚才说的那位先生不乐意，现在我就该享受到优厚的牧师待遇了。"

"当真？"

"没错。达西先生的父亲曾立下遗嘱，说最好的牧师职位空出以后由我继任。他是我的教父，对我关怀备至，有说不完的恩情。他真心实意关照我，以为此事万无一失，没想到牧师职位空出后，却落到别人之手。"

"太奇怪了！"伊丽莎白说，"怎么会有这种事呢？难道遗嘱还可以不执行？为什么你不采取法律手段呢？"

"原因只是职位继承的措辞太含混，打官司没有希望胜诉。正派人不会怀疑立遗嘱之人的意向，但是达西先生偏要怀疑，认为他父亲仅做了有条件的举荐，他说我生活铺张，做事莽撞，所以，我就没有了继承资格。总之，欲加之罪，何患无辞。那个牧师职位在两年前空出，正好我到了可以任牧师的年龄，可是却给了另一个人，而我不明白没有犯过错的自己为什么不配得到这个职位。我的性情急躁，心直口快，有时候难免说出了对他的看法，而且是直言不讳向他本人说的。此外我别无过错。但归根结底，我们是不同类型的人，而且他恨我。"

"这真是让人万万想不到！他这种人应该当众戳穿。"

"今后有一天他会被人当众戳穿，但绝不能由我戳穿。我忘不了他父亲，因此也就绝不会与他过不去，或者揭穿他的底细。"

伊丽莎白敬佩他的好心肠，而且，由于知道了他的好心肠，觉得他更显英俊。

沉默片刻,她说:"那么他究竟出于什么动机呢?什么原因使他做出这种狠心事呢?"

"因为他对我恨之入骨,恨的根源不能不说是嫉妒。如果他父亲没那么喜爱我,他也许会对我好些,但是他父亲对我特别喜爱,所以他一定从小就嫉恨在心。他心胸狭窄,容不得我比他强,也就是容不得我常受到宠爱。"

"没有想到达西先生这样坏!我一直不喜欢他,却没有想到他这样恶劣。原来只当他把别人都不放在眼里,但没有怀疑他是个小人,会这样恶毒报复,伤天害理,良心丧尽!"

她想了好一会儿,又说道:"在内瑟菲尔德时,有一天我记得他口口声声说他的怨恨难以平息,有不肯饶人的脾气。他的心术一定不正。"

"这方面的话我说不适宜。我对他难免有成见。"威克姆先生答道。

"竟然这样对待自己父亲喜爱的教子①,朋友!"伊丽莎白细想了一会儿,她本想再说下去的是"一个像你这样一望而知性格温和的人也没放过",却只说道,"何况你还从小与他是伙伴,记得你说过,你们的关系是亲密无间的。"

"我们出生在同一个教区,同一个园林,从小几乎一直在一起,住在同一所房子,一道玩耍,他父亲待我如同亲生。我父亲开始做的工作就是你姨父菲利普斯先生做的这种,但是为了给达西的父亲效力,他放弃了一切,之后一直经管彭伯利的产业。他很得老达西先生的好感,是老达西先生的知心密友。老达西先生常说,他多亏我父亲经管家产得力。在我父亲临终时,老达西先生主动承诺会好好照料我。据我看,他这样做一是为了回报我父亲,二是因为喜爱我。"

伊丽莎白说:"真奇怪!太反常了!这一位达西先生自以为是个了不起的人,既然要做个了不起的人,为什么他要坑害你呢?且不说其他

---

① 儿童受洗礼者,称"教子"或"教女",主持典礼者称"教父"或"教母"。教父母为模范教徒,教教子女熟悉宗教生活。

原因，他的自傲心理也不应该使他干出卑鄙的事来。我得说那样做就是卑鄙。"

威克姆答道："的确叫你想不通。他的所有行为几乎都受傲慢支配，傲慢是他形影不离的朋友。按理说他既然傲慢，就应该最讲究道德。但是，人不是由一种心理所支配的。他对我的所作所为出于另一种更强烈的心理，甚至可以使他连脸面也不顾了。"

"像他这样傲慢透顶的人能做出些什么好事来呢？"

"当然能。一来他常表现得慷慨大方，如花钱不吝啬，热情好客，为佃户解难，接济穷人。他这样做是为了维护家声，撑父亲的脸面，他一贯是以自己的父亲为荣的。他的主要动机在于不辱没达西家门，不丧失人心，或者说，不损伤彭伯利的声势。在同胞手足间他也有脸面要顾，再加上几分感情，对他妹妹可说是关怀备至，体贴入微。你以后会听到的，人人都夸他是个难得的好兄长。"

"达西小姐是个怎样的人呢？"

他摇摇头，说："她可不可爱我很难说。我不愿意说达西家的人坏话，但是她非常非常像她哥哥，骄傲得不得了。小时候她天真可爱，很喜欢我，我陪她玩，一陪就好几个小时。但是现在她与我无关了。她长得漂亮，才十五六岁，在我看来可算是多才多艺。她父亲去世后，她住在伦敦，有位太太陪着她，也教她读书。"

后来两人谈起许多别的事，谈谈歇歇，歇歇谈谈。

最后伊丽莎白忍不住又回到原先的话题，说："我想不通为什么他与宾利先生合得来。宾利先生性格温和，待人也很好，怎么会结交了这么个人呢？他们怎能情投意合？你认识宾利先生吗？"

"不认识。"

"他是个性格温和，对谁都亲切的大好人。他可能不了解达西的为人。"

"也许不了解，但达西先生想讨人喜爱时，有的是能耐。如果他觉得某人值得他攀谈，话会滔滔不绝。与地位相当的人混在一起时他是一个样，遇上不如他的人，又是一个样。他一直把自己看得高，但是与有钱人在一起时，他表现得豪爽，正直，诚恳，理智，德行好，也许还很容易相处，就看在财产与地位的分上。"

过不多久，惠斯特牌局散了，那几个牌客围到另一张桌边，柯林斯先生站在表妹伊丽莎白与菲利普斯太太之间。菲利普斯太太照例问起他的输赢，回答是不大妙——他盘盘皆输。菲利普斯太太听到这个结果，说了几句关切的话，但是他当了真，一本正经地说输赢无关紧要，损失几个钱在他来说是小事一桩，请她不要记挂在心。

"太太，我非常清楚，往牌桌边一坐，这种事就只能听天由命。还好，我的处境并不算坏，不会把五先令当回事。当然，有许多人不能这样说，但多亏了凯瑟琳·德伯格夫人，我远远没有到得计较这种小事的地步。"他说。

他的话引起了威克姆先生的注意。他细看了柯林斯先生一阵，小声问伊丽莎白，她的亲戚是否与德伯格一家关系十分密切。

"凯瑟琳·德伯格夫人前不久给了他一个牧师职位。我不知道柯林斯先生是怎样被她赏识的，但可以肯定两人认识的时间并不长。"伊丽莎白答道。

"照理说你应该知道凯瑟琳·德伯格夫人与安妮·达西夫人是亲姐妹。所以，她就是现在这位达西先生的姨妈。"

"你错了，我并不知道。我对凯瑟琳夫人的三亲六眷一无所知，而且直到前天才听说有这么一个人。"

"她女儿德伯格小姐会继承一大笔产业。谁都认为德伯格小姐与她表哥一定会把两笔产业合二为一。"

伊丽莎白一听这话，不由想起了可怜的宾利小姐，不禁一笑。如果达西先生已另有命中人，宾利小姐的所有殷勤都必然白献，她关心他妹妹，吹捧他本人，必将徒劳无益。

伊丽莎白说："柯林斯先生对凯瑟琳夫人与她女儿赞不绝口，但从他所说的这位夫人的一些具体事看，我怀疑感激之情使他难辨东西南北，凯瑟琳夫人对他虽然有恩，却是个神气活现、自命不凡的女人。"

威克姆说："我认为她是两者兼而有之，恩情不浅，傲气也盛。我有好些年没有见到她了，但仍旧记得清楚。我一直不喜欢她，她待人蛮横，气盛。她的聪明能干是赫赫有名的，但是我觉得她的能力一部分来自地位与财产,一部分来自说一不二的办事方式,另外靠她的外侄的夸耀。在她外侄眼里,凡与自己沾亲的人个个智力超群。"

伊丽莎白认为他言之有理。两人谈得投机,直谈到牌局收场吃晚饭的时候,其他小姐才有机会与威克姆先生说话。

菲利普斯太太的晚宴上,大家七嘴八舌闹哄哄的,没办法好好谈话,但是威克姆先生的风采人人欣赏。无论他说什么,句句话动听;无论他做什么,个个姿势优美。伊丽莎白走时满脑子装的唯有他。回家的路上,她什么也没想,只想着威克姆先生的模样,想着他对自己说的话,但是她连提起威克姆先生名字的机会也没有,莉迪亚与柯林斯先生两人都不曾闭过嘴。莉迪亚不停地谈摸彩,输了哪些注,赢了哪些注。柯林斯先生讲述菲利普斯夫妇如何好客,说他根本不在乎玩惠斯特牌输的钱,数晚餐吃了哪些菜,又反复担心挤得表妹不好坐,许许多多事还没来得及讲马车就到了朗本的大门口。

第十七章

第二天,伊丽莎白把威克姆先生对她说的话告诉了简。简听得又惊奇又出神。她简直不敢相信,与宾利先生要好的达西先生竟然这样不成器,但是由于天性上的原因,她也不会怀疑威克姆这样看上去温文尔雅的人说话的可靠性。受到这样大的委屈还能沉住气,这就足以打动她的心。所以,她别无选择,唯有对两人都抱好感,为双方的行为辩解,把无法解释的所有事情都归之为偶然或误会。

她说道:"我看一定是两人之间有误解,只不过内中的原因我们不清楚罢了。很可能有关的什么人让一方错看了另一方。总之,如果我们瞎猜他们产生隔阂的原因或情况,必然会责备某一方。"

"的确如此。不过,好心的简,对整个事情可能牵涉的有关人,你又怎样辩解呢?请证实他们的清白吧,要不然,我们只能把某人当作坏人。"

"你想取笑我只好由你,但是再取笑我也不会改变我的看法。利齐,你想一想,明明是他父亲喜爱的人,明明他父亲生前有言,要给予厚待,达西先生却这样亏待他,会多让人瞧不起。这种事不可能。凡是懂得人之常情、多少看重自己人格的,都干不出来。难道他最要好的朋友会看不出他的为人?哦,不可能!"

"宾利先生很有可能看不出他的为人。威克姆先生昨天晚上讲的是亲身经历,姓名、事实等等都脱口而出,我不相信会是捏造。若真不是这么回事,就让达西先生自己来澄清吧。再说,看威克姆先生的神情,不像在说假话。"

"这实在是叫人为难又费解。真不知如何看才好。"

"得了吧,该怎么看谁都一清二楚。"

其实,简只对一个问题看得准,就是宾利先生。如果他当真没看清达西的真面目,等到真相大白以后,不知会有多难过。

姐妹俩正在矮树丛中说着话,忽然听说有客人上门——恰巧是她们正在谈论的人。原来宾利先生决定下星期二举办大家盼望已久的舞会,特地与他姐妹亲自登门邀请贝内特姐妹们参加。宾利姐妹俩见到好朋友简非常高兴,口口声声说她们已如隔三秋,问长问短,关心简的别后情形。对其他人这两姐妹却很少理睬,尽量避开贝内特太太,与伊丽莎白说话不多,对别人更是一句也没有。没过一会儿她们就起身告辞,动作之快让亲兄弟吃了一惊,这般匆忙仿佛是为躲避贝内特太太多到让人心烦的礼数似的。

内瑟菲尔德要举行舞会,贝内特家的太太小姐都欢天喜地。贝内特太太认为开舞会是看在她大女儿的面子上,宾利先生亲自登门而不是派人送请帖,令她受宠若惊。简想象着与两位朋友相聚,受到她们的兄弟热情相待,晚上一定会过得愉快。伊丽莎白想的是可以与威克姆先生跳舞跳个痛快,对达西先生察言观色把所有事看出个究竟,内心也很高兴。凯瑟琳与莉迪亚之乐不在某件具体事、某个具体人。她们两人与伊丽莎白一样,都想与威克姆先生跳舞跳半个夜晚,但他却不是能使她们尽兴的唯一舞伴,无论如何,舞会毕竟是舞会。连玛丽也向全家人表示,她也想去。

"上午我一个人安安静静,这就够了。夜晚偶尔出去逛逛算不了什么大损失。"玛丽说,"我们大家都应该有社交生活。有人认为,适宜的玩乐消遣是必须的,我也抱有相同看法。"

伊丽莎白这一次兴致最高,虽然本来不大跟柯林斯先生说话,这次却忍不住问他,想不想接受宾利先生的邀请;如果接受,该不该在晚会上痛快玩乐。出乎她意料,柯林斯先生根本没有瞻前顾后,并不担心跳跳舞会招来大主教或者凯瑟琳·德伯格夫人的责备。

"你放心吧,这种舞会是一位正派年轻人举办的,参加的都是体面人,我绝不会怀疑有什么名堂。本人完全不反对跳舞,还希望晚会上几位漂亮表妹都能赏光。伊丽莎白小姐，借此机会我一定邀请你跳头两个舞。希望简妹妹不要见怪，我并非对她不恭，而是另有无可厚非的原因。"

伊丽莎白极度后悔。她一心盼望头两个舞能与威克姆先生跳，却不想半路杀出来个柯林斯先生！就怪她的一腔热情表现得不是时候。然而，悔之已晚。这一来，与威克姆先生共享快乐得在晚一些时候，柯林斯先生的邀请她出于礼节接受了。她一想到柯林斯先生的殷勤是醉翁之意不在酒，就更不乐意了。她已经发现，在几个姐妹中，她被当作了亨斯福德牧师府女主人的候选人，而且如果罗辛斯没有更合适的客人，三缺一的牌局可以拉她去凑数。过了没多久，她的猜测得到了证实，他对她越来越殷勤，还时常借题发挥，夸她聪明活泼。她的魅力竟招致这种结果，她并不高兴，而是惊讶。不过母亲的反应不同，她发现，如果她与柯林斯先生结婚，这门婚事在母亲看来十二分可取。但是伊丽莎白没有理会母亲的暗示，知道一理会便有严重后果，非吵翻不可。柯林斯先生也许根本不会求婚，既然不求婚，何必白吵一场呢？

如果不是要为内瑟菲尔德的舞会做准备，如果不是有内瑟菲尔德的舞会可谈，贝内特家的几位小姐一定会闷得发慌。从被邀请那天起，直到舞会举行那天，雨下个没停，她们连梅里顿也去不成。姨妈见不到，军官见不到，新鲜事听不到，连跳舞的鞋上要打的玫瑰结也是请人买来的。甚至连伊丽莎白也怨恨这天气坏了事，要不然她与威克姆先生可以进一步结识。好歹星期二的舞会使基蒂与莉迪亚有个盼头，所以星期五、六、日与星期一才一天天地熬了过去。

第十八章

伊丽莎白走进内瑟菲尔德的客厅后左瞧右看,都不见穿红军装的人中有威克姆先生,这才怀疑他没有来。尽管回想起许多事让她难免有些担心,却坚信一定能见到他。她梳妆打扮得格外精心,打算征服他那颗尚未完全归顺的心,相信在今天的舞会上,一定能把它赢到手。但现在的情形使她顿生疑窦,猜测宾利在邀请军官时,为了怕达西先生不痛快,有意避开了威克姆。虽然她猜得不对,然而他不来参加舞会的消息在莉迪亚追问他的朋友丹尼先生时得到了证实。

丹尼先生告诉她们,威克姆先生去伦敦办事了,还没有回来,又意味深长地一笑,补了一句:"他早不办晚不办偏偏在这时候去办什么事,我看恐怕是不愿见这里的某位先生。"

这句话莉迪亚没有听到,伊丽莎白却听到了。她因此断定,虽然原先的猜测有误,但威克姆没有来达西仍是祸根。她对达西本来就抱有种种恶感,现在的失望给恶感火上浇了油。后来达西走过来彬彬有礼地向她问好时,她答的话没带什么好气。对达西热情或忍让就等于对不起威克姆。她决心不与达西说一句话,转身气冲冲地走了。直到与宾利先生说话时,这股气还压不下,因为宾利盲目偏袒达西,令她反感。

伊丽莎白不是个爱生气的人,虽然这一夜她的所有希望全成了泡影,但怒气在心中还是不得久长。她把一腔苦恼向一星期没见面的夏洛特·卢卡斯吐出以后,主动转而谈起了她的表哥,还把表哥指给夏洛特看。但是,跳头两个舞时她又苦恼起来。柯林斯先生笨手笨脚,又一本正经,道歉内行,跳舞外行,常动错了脚还不自知,叫她丢了脸面又受罪。因此,她脱身后如获大赦。

接着她与一位军官跳,谈起了威克姆,听说他到处受人喜爱,心情才好了些。跳过以后她回到夏洛特·卢卡斯身边,攀谈起来,没想到达西先生插了进来,开口邀请她跳舞。她大吃一惊,不由自主地接受了邀请。达西先生立刻走开了,伊丽莎白悔恨起来,恨自己少长了心眼。

夏洛特安慰她说:"说不定你将来会觉得他挺合得来。"

"不可能!那一来才倒了大霉!跟一个我下决心去恨的人谈什么合得来!别让我吃这种苦头。"

舞曲再次奏响,达西走过来牵她手的时候,夏洛特忍不住凑近她耳边提醒她别做傻事,别因为一心惦念着威克姆,就得罪比他势力大十倍的人。伊丽莎白没有回答便下了舞场。她万万没想到,自己竟会有这样的体面,与达西先生面对面跳舞。她看到身边的人露出了诧异的神情。她与达西跳了一会儿,一句话都没说。她怀疑两人会不会沉默到两个舞跳完。一开始她打定主意不开口,后来突然觉得迫使对方说话会让他更难受,于是就谈论了两句关于跳舞的话。对方答了话,接着又闭上嘴。

沉默了几分钟,她第二次向舞伴说话了:"达西先生,现在该轮到你谈点什么了。我谈过跳舞,你就说说这房子大,跳舞的人多吧。"

他一笑,表示她想听什么他就说什么。

"那行,这句话也算你现在交的差。稍等一会儿也许我会说私人举办的舞会比公共舞会跳得开心,但现在我们可以不必作声了。"

"你跳舞时总要说话吗?"

"有时会。要知道人不能老闭着嘴。两人在一起半小时,连一句话都不说会显得别扭,但有些人还是让他们少开口为佳,少开口对他们来说有好处。"

"你这是指自己不想多开口呢,还是猜我不想多开口?"

"都是。"伊丽莎白答得圆滑,"我发现许多人的想法与我非常类似。我们俩的习性都是不爱交际,话少,懒得开口,除非是能够一语惊人,说出的话像格言一样流传千秋万代。"

"我可以肯定,你的性格不是这样。"达西先生说,"我的性格是否这样我不敢妄言。当然,你一定认为我的性格与你所说的毫无二致。"

"我的表现不能由我自己评说。"

达西先生没有接话,两人又默默无言。等到再上场,达西问伊丽莎白,她家的几个姐妹是不是经常去梅里顿。

伊丽莎白回答"是",又忍不住说了句:"前几天你看见我们时,我们刚刚认识了一个人。"

这话的效果非常明显,他脸上露出轻蔑的神态,但是没有开口说话。伊丽莎白在内心怨恨自己嘴不牢,却又不知该怎样往下说。

最后达西开口了,神态仍不自然,说:"威克姆先生天生一副讨人喜爱相,谁见了都愿意与他交朋友,至于朋友能不能交得长久,那就不一定了。"

"他不幸得很,失去了你这位朋友,而且很可能是一辈子的损失。"伊丽莎白加重了语气说。

达西没有回答,似乎是不想把这话题说下去。正在这时,威廉·卢卡斯爵士走到了他们身边,想穿过舞场往客厅另一边去,他一见达西先生,忙站住深深一躬,夸他和舞伴的舞都跳得好。

"先生,说实话,我真是佩服至极,舞跳得像你这样好并不常见,一看就知道是位舞场高手。但请允许我再说一句,你这位漂亮的舞伴也没有辱没你。真希望能够常饱这样的眼福,特别是在某件好事成功以后。你说对吗,利齐?"他边说边看了看伊丽莎白的姐姐和宾利,"事成之后,贺喜的人会一群接一群。达西先生,你说呢?不过,我还是别说了吧,先生。你不会高兴让我打断你与这位小姐的美谈,这位小姐的一双大眼睛也在怪罪我了。"

最后一句话达西没有听清,但威廉爵士提到他朋友的那句话却叫他吃了一惊,脸上的表情变得严肃,眼光投向了正在一起跳舞的宾利与简。只是他很快镇定下来,转过头对他的舞伴说:"威廉爵士打断了我们的话,刚刚我们在谈什么我都忘了。"

"当时我们好像没有说话,威廉爵士说不上打断。这房间随便哪两人说话都比我们多,试过两三个话题我们都谈不起来,下一个谈什么我想不出来了。"

"谈书,怎样?"他说完一笑。

"谈书！那不行。我们看的书一定不同，或者，看书的感受不同。"

"你要这样想我也无可奈何。但即使真是这样，也不见得就没话谈。我们可以比较我们的不同看法。"

"不行，我不愿在舞场里谈书，我脑子里绝不会想到书。"

"到这种场所你想到的全是眼前，对吗？"他问道，看模样心里起了疑团。

"对，只想眼前。"她随口回答，心不在焉地想着与眼前毫不相干的事，突然大声问，"达西先生，我记得你曾经说过，你不容易原谅别人，说怨恨一旦产生就难以消除。我想，你一定不会轻易产生怨恨吧？"

"不会。"他断然说。

"也绝不让偏见蒙住眼睛吗？"

"希望没有。"

"从不改变看法的人应该特别注意，一开始就必须把事看准确。"

"请问，你为什么说这些话？"

"只不过想了解你的性格。"她说，想装出若无其事的模样，"问问也许能知道。"

"了解得怎样呢？"

她摇摇头："什么也没了解到。我听到别人对你的看法不一，觉得非常奇怪。"

他严肃地答道："我可以相信，人们对我的看法也许相差十万八千里。贝内特小姐，希望你现在最好不要对我的性格匆匆下结论。可以说，这样做对你对我都没有好处。"

"但是如果现在不看出个大概来，以后也许再没有机会了。"

"那就悉听尊便吧。"他冷冷答道。

她没有再开口。两人又跳了次舞，然后默默分了手，都不大痛快，然而程度有所不同。达西内心深处对她有几分情意，没多久便谅解了她而把全部火气转向了另一个人。

他们分开不一会儿，宾利小姐向伊丽莎白走过来，脸上的表情不冷不热，劈面问道："伊丽莎白小姐，我听说你对乔治·威克姆很有好感，对吗？你姐姐刚刚向我谈起他，刨根究底左追右问。可惜那年轻人说了一大堆事还是忘了告诉你，他是达西先生父亲管家的儿子。我好歹是你的朋友，请允许我进一言：他的话你不要不分青红皂白全都相信。说什么达西先生亏待了他，全然胡说八道！恰好相反，尽管乔治·威克姆非常对不起达西先生，达西先生却一直好心好意对待乔治·威克姆。具体的细节我不清楚，但是我完全知道达西先生没有半点过错，他听人提起乔治·威克姆就受不了。我哥哥邀请民兵团的所有军官，也不能不请他，好在他自己知趣没来，我们的确是十分高兴。他跑到这附近来就是不知羞耻，亏他有这么厚的脸皮做得出。伊丽莎白小姐，真对不起，让你看了你喜欢的人的丑恶面目。不过，想想他的出身，谁都不会指望他有多好。"

伊丽莎白气不过，说："在你看来，他的丑恶与他的出身是一回事。听来听去，你数不出他有什么过错，仅仅错在不该是达西先生父亲管家的儿子。告诉你吧，这一点他亲口对我说过了。"

"对不起得很。打扰了，请原谅，但我是出于一番好意。"宾利小姐说完一哼鼻子，转身走了。

"不知天高地厚的家伙！"伊丽莎白暗自说，"以为这样恶意中伤就能说动我的心，你打错了算盘。听你这么一说，别的我不知道，起码知道你横蛮又无知，知道达西心地坏。"然后，她去找她姐姐，简答应过向宾利先生打听这件事。只见简满面春风，容光焕发，足以说明今晚的经历让她心满意足。伊丽莎白一眼看出了她内心的秘密，顿时把对威克姆的牵挂，以及对威克姆冤家的气愤，把一切都抛到了脑后，只等着听胜券在握的简汇报喜讯。

她笑得与姐姐同样开心，说："我想问问你打听威克姆先生的事究竟如何，但看来你满心喜悦，已经想不到第三个人了。如果真是这样，我一定体谅。"

简答道："你错了，我没有忘记威克姆先生，只是听到的结果不会让你满意。宾利先生不知道他的整个底细，也不大清楚主要是哪些事得罪了达西先生，但是他能担保他的朋友光明磊落，诚实无欺，还完全相信达西先生不但没有亏待威克姆先生,而且宽厚有余。从他说的话和他妹妹说的话看来,威克姆先生根本不是什么正人君子。我担心,他太不检点,失去达西先生的好感理所当然。"

"难道宾利先生原先并不认识威克姆先生?"

"不认识,第一次见面还是前几天在梅里顿。"

"这么说来,他的话也是从达西先生那里听来的。我完全明白了。那关于牧师的职位,他是怎么说的?"

"具体情况他记得不很清楚了,虽然听达西先生不止说过一次。但是他相信,虽然说了要把牧师职位给他,但肯定是有条件的。"

伊丽莎白不大高兴地说:"我一点也不怀疑宾利先生的诚实,但是对不起得很,单纯推断性的话无法使我信服。宾利先生为朋友做的辩解振振有词,但是既然他对整件事情有相当一部分不熟悉,而另一部分又是听了朋友本人一面之词,那么,对那两位先生我原来怎样看,现在也得怎样看。"

然后,她改变话题,谈起另一件叫两人都高兴、意见完全一致的事。简对宾利先生的心意抱着乐观而又谨慎的希望。简的剖白让伊丽莎白打从心底高兴,说了许多话给简加油打气,使她更有信心。后来宾利先生又凑了过来,伊丽莎白便让开,到了卢卡斯小姐那里。卢卡斯小姐问起她与后一个舞伴跳得是否愉快,她正要答话,柯林斯先生过来了,兴高采烈地告诉她,说真是机缘巧合,他有一个重大发现。

"凑巧得很,我发现了这房里有个人是我的恩人的近亲。我碰巧听到这位先生向主人家的那位小姐提起他的表妹德伯格小姐和他的姨母凯瑟琳夫人,这种事真是奇而又奇!谁能料到我居然能在这个舞会上遇到凯瑟琳·德伯格夫人的外甥!更叫我高兴的是发现得正是时候,来得及向他问个好,我现在就去。他一定能谅解我没有早去拜望,我完全不知道这层亲戚关系,他一定不会怪罪。"

"你不用人介绍,自己去找达西先生吗?"

"用不着了。我会请求他原谅没有早去看望他。我相信他定是凯瑟琳夫人的外甥无疑。我就对他说,六天前我离开夫人时,她的身体还相当好。"

伊丽莎白劝阻他别这样做，说不经人介绍贸然招呼达西先生，在他看来不是对他姨母的敬重，而是胡来。再说，双方根本没有必要打交道。即使必要，也应由地位高的一方主动打招呼才是常理。

柯林斯先生听不进劝，一心要按自己的意愿办，等伊丽莎白说完，他答道："伊丽莎白小姐，你对所知范围内的事情件件明察秋毫，我万分佩服，但是请允许我做个说明，一般人应遵循的礼仪与牧师遵循的礼仪有着很大不同。如果不算冒昧的话，我不妨告诉你，只要人们对两者都表现出应有的敬重，牧师的地位与英王国的国君地位同等尊贵。所以，在这件事上，你必须让我听从心灵的驱使，它指引我做的都是责无旁贷的事。在我们现在所谈的事上，我认为凭着所受的教育和惯有的分析习惯，我比你这样的年轻小姐更能决定进退，尽管在别的事情上你的高见都会为我所采纳。未能听从指教还请小姐海涵。"

说完，他深深一鞠躬走了，自己去招呼达西先生。伊丽莎白瞪大眼看着达西先生，想知道他会怎样对待这位不速之客。她看到自己的表哥未开口先毕恭毕敬鞠了一躬。说的话她一个字也听不见，却好像每个字都听到了。从表哥那蠕动的嘴唇，她知道他说的是"抱歉"，还有"亨斯福德"，或者"凯瑟琳·德伯格夫人"。他竟然在这样一个人面前丢丑，她心中好不气恼。达西先生看着他时抑制不住自己的惊异，等柯林斯先生终于让他有了开口的机会后不冷不热地答了几句话。然而，柯林斯先生并未气馁，又拉扯了一大堆话，达西先生似乎越听越瞧不起他，等他说完后略一躬身，走开了。柯林斯先生这才回到伊丽莎白这里。

他说："放心吧，他那样接待我，我没有理由不满意。对我的拜会，达西先生非常高兴。他的答话十分客气，很看得起我，甚至说他相信凯瑟琳夫人独具慧眼，看中的人一定错不了。他能这样想可见根本没有小瞧人。总而言之，我觉得他很好。"

伊丽莎白对这场舞会没有了热情，把心思完全转向了她的姐姐与宾利先生。观察着眼前两人的情景，描画着今后可能出现的一连串好事，她几乎与简同样高兴。她想象着姐姐就在这所房子里安下家，想象着由真情实感缔结的良缘会多么美满幸福。事情如果真到这种地步，她觉得自己甚至最终能喜欢上宾利姐妹。她看得出来，母亲与她想得一样，所以打定主意不往母亲身边去，免得听没完没了的唠叨。然而吃晚饭时偏偏与母亲坐得不远，不由暗叹倒霉。听着母亲与那位宝贝卢卡斯太太讲得那样无所顾忌、公开，满嘴不离简不久后会与宾利先生结婚一类的话，伊丽莎白心烦极了。这是个会越谈越起劲的话题，贝内特太太列举起这门亲事的好处来，简直不知疲倦。她首先庆幸的几点是：宾利是很逗人喜爱的年轻人，有钱，离她家才三英里。其次，他两个姐妹很喜欢简，她们肯定与她一样，盼望结成这门亲事，算来这又是一好。再者，给几个小女儿带来了希望：既然简能嫁个阔佬，她们跟着会找到有钱人。最后令她高兴的是，她已有了年纪，现在没出阁的女儿总算能让她们的姐姐关照，免得她非陪着应酬，可以少操心劳力。她说很高兴不用去应酬是言不由衷，因为在这类情况下，母亲不陪是定规，但是贝内特太太与任何人都不同，什么时候待在家她都不自在。最后，她千遍万遍表示希望卢卡斯太太不久后有同样的喜事，但实际上一副幸灾乐祸相，显然认定了没有可能。

伊丽莎白想阻止母亲的嘴放连珠炮，便劝她把欢天喜地的话放低声音说。因为达西先生就坐在她们对面，母亲的话他可能大部分都听到了。结果，母亲反而责怪她不该管，这让她十分气恼。

"哼，达西先生与我有什么相干，我干吗害怕他？我没有必要对他特别礼貌，难道他不爱听我就讲不得！"

"妈妈，你就行行好，小声些吧。得罪了达西先生对你有什么好处？你这样做，他的朋友知道了不会对你有好印象。"

然而，她说什么也不顶用，母亲照旧高谈不误。伊丽莎白又羞又气，脸一红再红。她忍不住一次又一次偷瞟达西先生，每瞟一次都发现她的担心并非多虑。她知道，达西先生虽然没有盯着她的母亲看，但一直在注意听。他脸上的表情先是不高兴与轻蔑，渐渐变得冷静，并一直板着面孔。

好不容易贝内特太太才把内心的话倒光。卢卡斯太太听人兴奋地颠三倒四说了一堆好事，自己却沾不到边，早就哈欠连天，见贝内特太太话说完了，忙埋头享用冷火腿和鸡。伊丽莎白也总算松了一口气。但是好景不长,因为吃过晚饭后,大家说起了要唱歌。她看见玛丽几乎没被人请就准备上场献艺,着急地不断冲玛丽使眼色暗示,打手势恳求,想阻止她出这种风头,却白费了心机。玛丽没有领会她的意图,再说这种出风头的机会她求之不得,很快就唱了起来。伊丽莎白紧紧盯着她,心里说不出的难受。好不容易听她唱完了好几段歌词,焦虑却丝毫没有减轻。因为玛丽听见有人叫好,只当是他们还想听,才停了半分钟,又唱起另一首歌。玛丽能力有限,她嗓门小,又爱做作,根本不适宜进行这种表演。伊丽莎白如坐针毡。她看了看简,以为她也会受不了,但是简与宾利正谈得起劲,无知无觉。转过视线,她看到宾利两姐妹正在互相做鬼脸,还对达西做着手势,达西仍耷拉着面孔。她最后向父亲使眼色,求父亲出面阻止。

父亲会意,等玛丽唱完第二首歌,立刻大声说:"行啦行啦,孩子。你让我们饱了很久的耳福,让别的姑娘也来表演表演吧。"

玛丽假装没听见,但能看出有几分难为情。伊丽莎白替她难过,也怨父亲不该公开大声叫,生怕自己的苦心白费。好在这时大家请别人唱歌了。

柯林斯先生说:"如果我有唱歌的本领,一定非常乐意给各位凑凑兴。我认为唱歌是一种正当的娱乐,与牧师的职业无一丝一毫的冲突。不过我并不是说我们可以花很多很多时间练唱歌,因为我们肯定还有别的事情需要做。教区的牧师工作很多。首先他必须安排好什一税①的征收,既于自己有利,又不至招纳税人怨恨。讲道必须自己动手写讲稿,这样剩下的时间就很紧张了,既要履行在教区的职责,又要收拾和美化自己的住宅,让住处尽可能舒适些只能靠自己动手。另外,我觉得有一点也并非无关紧要,那就是对每个人热情和蔼,特别是不能忘记提携过他的人。我认为这是一种必尽的责任。对于与提携他的人有亲缘关系的,也应在有机会时表达一份敬意,否则我认为是说不过去的。"

说完他向达西先生鞠了一躬。他的声音很大,房间里一半人都能听到。好些人瞪大了眼,好些人微微笑着,而最忍俊不禁的是贝内特先

---

① 欧洲基督教会向农民征收的一种宗教捐税。公元6世纪,教会利用《圣经》中有所谓农牧产品的十分之一属于上帝的说法开始征收。直到1936年英国才将其废除。

生。唯有他太太例外,真心夸柯林斯先生一席话句句在理,用并不算小的声音对卢卡斯太太说,他是一位极其聪明,非常难得的好青年。

在伊丽莎白看来,她的家人好像是事先约好今天晚上来出洋相,而且表演得这样卖力,这样精彩。叫她庆幸的是,有些场景宾利和她的姐姐没有留意,当然,宾利先生必定看到了些傻事,但好在他心宽,不会太在乎。糟糕的是宾利两姐妹以及达西先生抓住机会,在笑话她的家人不像样。达西先生没吭声,只是一脸轻蔑,那姐妹俩在冷冷地笑,究竟无声的轻蔑和冷笑哪种叫人更难受,伊丽莎白难以分清。

舞会的后半段伊丽莎白也过得不大痛快。柯林斯先生死死缠着她,就没有离开过左右,虽说再跟她跳舞的打算落了空,却也让伊丽莎白跟别人跳不成。伊丽莎白劝他去找别人跳舞,还表示他想认识哪位小姐她都愿意介绍。柯林斯却一再声明,跳不跳舞他完全不在乎,一心只想多多接近她,得到她的好感,所以他打定了主意整个晚上都跟她在一起。幸好她的朋友卢卡斯小姐做了她的大救星,时不时地凑拢来,把柯林斯先生的话接过去,好言好语攀谈着。

达西先生总算没有再带给她烦恼,尽管近在咫尺,又闲着,却不找她说半句话。究其原因,她觉得大概是谈过威克姆先生的缘故,心里暗自高兴。

所有宾客中,朗本来的一家人最后告辞。贝内特太太设了条巧计,让马车姗姗来迟,别的客人全走了,这一家还多待了一刻钟。这一刻钟的时间让他们看出,主人家的有些人巴不得他们快些走。赫斯特太太与她妹妹除了叫累就没说过别的话,显然是已经很不耐烦。贝内特太太几次想拉她们谈谈,却都让她们顶了回来,弄得在场的人都有些无精打采。唯有柯林斯先生滔滔不绝地夸宾利先生和他两个姐妹,又是赞赏舞会如何高雅,又是称道待客如何热情多礼,可是别的人依旧冷场,达西一句话也没有说。贝内特先生同样默默无言地冷眼旁观。宾利先生与简两个站在一起,与大家隔了段距离,只顾谈自己的。伊丽莎白一直闭着嘴,与赫斯特太太和宾利小姐一样,也不耐烦。连莉迪亚都觉得精疲力竭,仅隔一阵叫一声"哎哟,累死我了!"然后打个大哈欠。

到最后起身告辞时,贝内特太太仍然礼貌地再三表示,希望宾利一家不久后去朗本,又特意叮嘱宾利先生,叫他用不着等她家正式发邀请,方便时就可以去吃饭,她家的人见到他肯定都很高兴。宾利又感激又求之不得,立刻许下愿,说他第二天要去伦敦,但很快会回来,一回来便尽早拜望她。

　　贝内特太太心满意足地离开了内瑟菲尔德,一边高兴地暗暗盘算着,不出三四个月时间,女儿一定会成内瑟菲尔德的人,别的不用愁,只需准备好嫁妆、新马车、新婚礼服就行。另一个女儿嫁给柯林斯先生在她看来有着同样把握,也值得高兴,虽然高兴的程度不尽相同。五个女儿中,伊丽莎白最不讨她喜欢。在她看来,柯林斯先生其人与这门亲事相当不错,但两者与宾利先生和内瑟菲尔德相比,那就相形见绌了。

第十九章

第二天,朗本演出了新的一幕——柯林斯先生正式求婚了。他的假期只到下星期六,他觉得不能再拖延,必须马上开口。再说,他觉得自己没有羞涩的必要。他把事办得有条不紊,凡认为提亲该遵守的规矩,都一一恪守。

吃过早饭不久,他见贝内特太太、伊丽莎白和伊丽莎白的一个小妹妹在一起,便对做母亲的说:"太太,今天上午我想与太太的宝贝千金伊丽莎白单独谈谈,不知能否割爱?"

伊丽莎白没想到他会冒出这句话,顿时脸上绯红,还来不及有所表示,贝内特太太已经回答道:"哟哟,那理所当然。我看利齐一定很乐意。我知道她不会反对。走吧,基蒂,我们上楼去。"说完抓起针线活转身就走。

伊丽莎白大声嚷起来:"妈妈,你别走。我求求你别走。柯林斯先生一定不会怪我。他没有什么别人不方便听的话要对我说。我也走好了。"

"不行,不行,利齐,你说的什么话!我要你待在这里,不要走。"做母亲的见伊丽莎白当真想走,脸上的神色是又气恼又尴尬,忙补上一句,"利齐,你必须在这里听柯林斯先生谈谈。"

对这样的命令伊丽莎白不敢违抗。进而一想,她冷静下来,知道平心静气快快应付完这事方为上策,便坐了下来,手不停地忙着做活计,其实内心感到又好气又好笑。贝内特太太与基蒂上楼去了。

两人一走,柯林斯先生开口说:"亲爱的伊丽莎白小姐,请相信我,你的羞怯不但没有对你造成任何损害,反而使你更显完美。就因为你稍有不情愿,在我眼里倒变得更为可爱。不过,请让我对你提醒一句,今天我找你谈得到了你母亲大人的认可。无论你怎样生性腼腆,再三掩饰,你也不能对我谈话的目的有所怀疑,因为我的殷勤毫无遮掩,不至于让人猜错。我一走进这地方,就选择了你作为未来生活的伴侣。但是,关于这个问题最好暂时搁下,容我慢慢倾吐对你的衷情,先谈谈为什么我要结婚,以及,要到赫特福德郡来挑选一个妻子。挑选妻子的确是我来此的目的。"

看到柯林斯先生一本正经地说什么"衷情",伊丽莎白几乎要笑出声来,所以在柯林斯停顿片刻时,她没有来得及阻止他继续往下谈。

"我想结婚的第一个原因是,我觉得每个无牵无挂的牧师——例如我——理应为他所在教区树立一个婚姻的榜样;第二个原因是,我相信结婚会大大增进我的幸福;第三个原因是——也许这个原因应该先说——那位对我有恩情的高贵的夫人特别劝导和鼓动过我。她两度就这个问题向我提出了意见,而且是主动提出!就在我离开亨斯福德的前夜,当时我们在玩纸牌,詹金森太太在给德伯格小姐摆放垫脚的小凳,她说:'柯林斯先生,你必须结婚。像你这样的牧师必须结婚。选个合适的人。要选有教养的,才合我心意。为你自己着想,要挑又肯干又能干的,门第无所谓,可是要会把一个钱当两个钱花。这是我的意见。快去找个这样的人吧,带她到亨斯福德来,我会去看她。'表妹,请允许我顺带说一句,我认为凯瑟琳·德伯格夫人的关怀体贴是我的福分。你以后能看到,她对人好得无法形容。我想她一定会喜爱你的聪明活泼,在她这样有身份的人面前显得文静端庄,更能够得到她的欢心。我打算结婚的原因就是这些,现在我再来谈谈为什么我不就近选择而要来到朗本,其实我那一带有很多值得爱的姑娘。毋庸讳言,令尊大人去世以后——当然,他还可以活很多年——该由我来继承这儿的产业。一旦等他天数已尽——我方才说过,那是为期甚远的事——唯有我娶了他的哪位女儿,你家才不致受到太大损失,所以如果不这样做,我内心无法安宁。表妹,我的动机就在于此。我有理由相信,对这样的动机你会无可非议。现在,我想说的已经说完,只有我强烈的感情还有待用最有表达力的语言向你倾吐。对于财产，我看得十分淡薄，对令尊大人绝不会提出这方面的要求。我知道提出来也无法满足，你名下仅有年利四分的一千镑财产，还要等你母亲去世以后才能到手。所以，这方面我会只字不提，你可以放心，结婚以后我也不会有半句责怪的话。"

听到这里，伊丽莎白不打断他的话万万不行了。

"先生，你太心急了。"她大声道，"别忘了，我还没有给你回答。我这就对你说吧。非常感谢你对我的美意，务请接受我的感谢。我知道，你提出求婚是我的荣幸，但是，除了谢绝我别无选择。"

柯林斯先生郑重其事地一挥手，答道："我早知道，男人第一次求婚时，你们姑娘照例会拒绝，而内心其实想答应。有时候，到第二次，甚至第三次，仍旧拒绝。所以，听了你刚才的话我并不气馁，仍然满怀希望，等不久后与你结成百年之好。"

伊丽莎白道："先生，恕我直言，在我把话说明之后你还抱着希望就很有些莫名其妙。即使当真有的姑娘那么缺乏头脑，以为让男人多求一次婚就会得到幸福，那你也千万别把我错看成了这种人。我的拒绝完全是真的。你不能使我得到幸福，我肯定也不能使你得到幸福，绝对不能。我相信，如果你的朋友凯瑟琳夫人认识我，她一定看得出来，无论从哪方面说，我都不是个合适的人。"

"凯瑟琳夫人那样看仅仅是个假设。我猜，夫人无论怎样也不会看不中你。"柯林斯先生说话时的神态十分庄重，"你就等着吧，我回去见到夫人以后，一定会把你的谦逊、节俭、以及其他美德夸个够。"

"柯林斯先生，夸我的话一句也没有必要说。我是个怎样的人你必须让我自己评说，我的话请你务必相信。我希望你以后非常幸福，非常富有，现在拒绝你的求婚正是全心全意成人之美。既然你已经向我求过了婚，那么，你对我家就尽到了你的情分，无论什么时候轮到你继承朗本的这份产业，都可以问心无愧了。所以，这件事到此完结。"伊丽莎白说完站了起来，还没有出房门，又听柯林斯先生道：

"下次我有幸向你再提此事时，希望你别像这一次，能给我一个有利的答复。现在我并不怨你太无情，因为我知道你们女性素来的习气，就是拒绝男人第一次求婚。其实你刚才说的话正好证实了女人性格的微妙，使我有勇气再追求你。"

伊丽莎白有些气恼，大声说："柯林斯先生，你这人真是莫名其妙！如果我刚才说的那番话有一句半句叫你听了会产生勇气，那么我真不知道怎样表示拒绝才能使你相信是拒绝。"

"好表妹，请允许我说句有把握的话：你的拒绝单纯是走过场。我这种自信的主要缘由是，在我看来我的求婚并非不值得你接受，换句话说，我提出的亲事不能不说是一门十分理想的亲事。我的社会地位，我与德伯格一家的关系以及与你家的关系，都是我具备的有利条件。请你反复思量吧，尽管你有种种动人之处，但是否还会有第二个人向你提出求婚还很难说。不幸就不幸在你的陪嫁太少，使你的可爱以及种种优点十有八九变得毫不可取。所以，我这才不能不认定，你拒绝我并非当真。自然，我觉得你来这一手是想让我一时得不到你而更爱你，与所有乖巧女性的惯伎如出一辙。"

"先生，我明确告诉你，我根本不是那种乖巧女人，耍手段有意为难一位体面人。我仅仅想请你相信我的诚恳。你看得起我，向我提出求婚，叫我感谢不尽，但是要我答应绝对不可能。我的心无论如何也不让我答应。难道我说得还不够清楚吗？请你别再把我当作一个有意让你苦恼的乖巧女人，而是要明白我是个有理性、说实话的人。"

"你总是那么可爱！"他说的是恭维话，神态却尴尬，"我相信，只要你双亲认可，父命母命难违，我的求婚不愁不成功。"

对这种一意孤行，一厢情愿，自我欺骗的人，伊丽莎白不想再理睬，一声不响地走了。她想，如果柯林斯把她的一再拒绝看成是给他打气壮胆，再去找她父亲，那么，父亲说出的话一定能叫他死心，因为父亲的举动绝不会让他误解，把她当成乖巧女人在装模作样了吧。

第二十章

伊丽莎白走后,柯林斯先生独自做起了爱情的美梦,然而好梦不长。贝内特太太早就在走廊里荡来荡去,等候佳音,一见伊丽莎白打开门,急急忙忙奔上楼梯,她便马上来到餐厅,热烈祝贺柯林斯,也为自己庆幸,为两家就要亲上加亲而高兴。柯林斯先生同样高兴,又反过来热烈恭贺贝内特太太。接着,他说起了与伊丽莎白面谈的细节,说他自以为没有估计错,有千条万条理由对面谈的结果表示满意,表妹自始至终拒绝他,必定出于羞怯和聪明机灵。

然而,他的一番话使贝内特太太着了慌。如果女儿拒绝他的求婚当真只是激将法,她会与柯林斯先生同样高高兴兴,但是她不敢这样想,而且不得不把自己的想法说了出来。

说完她补上几句道:"柯林斯先生,你也别急,利齐一定会回心转意。我这就去找她谈。这丫头又倔强又糊涂,不知道好歹,让我去开导开导她。"

柯林斯先生道:"太太,对不起,请慢一步。我结婚自然是为了得到幸福,如果她当真又倔强又糊涂,我娶了她有没有好处就难说了。所以,如果她真执意拒绝,恐怕还是不要勉强为好。既然她性格上有这些缺陷,就不可能给我带来多大幸福。"

贝内特太太急了,说:"先生,你误解了我的意思。利齐只是在这一类事情上脾气倔强,在别的事上却温顺得很,像她这样的姑娘可难寻。我这就去找贝内特先生。我有把握,我们会叫她把事定下来,快得很。"

不等柯林斯先生再答话,她说走就走,三步并作两步往丈夫那里赶,进了书房便嚷开了:"哟哟,贝内特先生,你得赶快来,事情糟糕了。你得出面叫利齐一定要嫁给柯林斯先生。她赌咒发誓说绝不嫁他,要是你不赶快,柯林斯先生会变卦,不肯要利齐了。"

太太进门时贝内特先生正在看书,经她一嚷嚷,才抬起头来定睛望着她,不慌不忙地听完了她的话,脸没变色心没快跳。

太太住嘴以后,他才说:"对不起得很,我还没有明白过来。你在说什么事呀?"

"说柯林斯先生与利齐的事。利齐口口声声不嫁柯林斯先生,现在柯林斯先生也变了腔调,说不想要利齐了。"

"这事情我有什么办法?看来没有希望了。"

"你亲自去找利齐谈,对她说,她一定要嫁给柯林斯先生。"

"你去把她找来,我的意思得叫她听听。"

贝内特太太拉了下铃,把伊丽莎白叫到书房。

"孩子,快过来,我有件重要事情找你谈。听说柯林斯先生提出来想跟你结婚,是真的吗?"伊丽莎白一进门,做父亲的便大声说,伊丽莎白回答是真的。"好得很。这门亲事你拒绝了吗?"

"拒绝了,爸爸。"

"好得很。现在我们来谈那个关键问题。你妈妈叫你一定答应这门亲事。是这样吧,贝内特太太?"

"没错,不答应就别再见我的面。"

"伊丽莎白,你遇上件左右为难的事了。从今天开始,爸爸妈妈两个总有一个不会理睬你。如果你不嫁给柯林斯先生,你妈妈不愿意再见你了,如果你嫁了,我就不愿意见你了。"

伊丽莎白听到那样的开场和这样的结论,忍不住笑了,但是贝内特太太大失所望,她本以为在这件事上丈夫与她是一条心。

"贝内特先生,你这样说安的是什么心?你不是答应过我,叫伊丽莎白嫁给柯林斯先生吗?"

她丈夫答道:"亲爱的,我对你有两个小小的希望。第一个是,请你让我对这件事自己拿主意;第二个是,让我在自己的书房里能自由自在。你们现在就离开书房我简直求之不得。"

贝内特太太尽管对丈夫已经失望,却还不打退堂鼓。她在伊丽莎白那里费尽了口舌,又哄又威胁,软硬兼施。她想拉简帮忙,可惜事事顺从的简这次却不愿过问。无论她怎样说,伊丽莎白都应付自如,时而力争,时而说笑,虽然方式变化多端,决心却始终如一。

这期间,柯林斯先生独自揣摩着所发生的事。他自恃过高,因此猜不透表妹出于什么原因拒绝他。他的自尊心受了损伤,但其他方面并不感到难过。他看上伊丽莎白本不是出自什么真心,再一想她母亲说的缺陷大有可能存在,也就不感到惋惜了。

正当一家人乱糟糟时,夏洛特·卢卡斯来串门了。

莉迪亚在走廊里遇上她,立刻飞跑过去,用不大不小的声音说:"你来得正好,我们家今天可热闹了!你猜猜,上午出了什么事?柯林斯向利齐求婚了,可是利齐不愿嫁给他。"

夏洛特正想答话,基蒂又来了,也说了这件事。三人走进餐厅,餐厅里只有贝内特太太一个人在,见卢卡斯小姐来了,一张口说的又是这件事。她向卢卡斯小姐诉起苦衷,请卢卡斯劝劝利齐,顺从全家人的心意。

最后贝内特太太可怜巴巴地说:"卢卡斯小姐,请你一定帮帮这个忙。现在没有哪个人向着我,谁都不站在我一边。对我都没有良心,我可怜的神经受不了。"

正好简和伊丽莎白走了进来,省了夏洛特的麻烦,不用答话。

贝内特太太接下去说:"你看看她,一副毫不在乎的模样,没有把我们放在眼里,只当隔着十万八千里,她爱怎样就可以怎样。好呀,利齐小姐你听着吧,要是你总是这样拒绝求婚的人,这一辈子就别想找得着丈夫。到你老子死了以后,我看谁来养活你!先对你把话说明白,我没这本领供养你。从今天起我算是没有了你这个女儿。在书房里我对你说过了,今生今世我不再理睬你。等着瞧吧,我说话算话。不孝顺的女儿我不高兴理睬。你当我就那么喜爱理睬谁?我神经有病,得这种病的人不大愿意搭理人。我的苦处有谁知道哟!可是这也难怪,人不叫苦就没有谁可怜。"

几个女儿一声不吭，听着她唠唠叨叨，知道无论对她说清道理也好，或者安慰她也好，都会适得其反，使她更气恼。所以，只有她一人说个没完，谁也不插嘴。说到后来，柯林斯先生进来了，神态比往常更为庄重。

见柯林斯来了，贝内特太太对几个女儿说："你们几个全都听着，把嘴全闭起来，我要与柯林斯先生好好谈一谈。"

伊丽莎白一声不响地出了房门，简和基蒂也跟着出去了，唯独莉迪亚没挪脚，她打定主意要听个究竟。夏洛特也没有走。开初是碍于礼貌，因为柯林斯先生问长问短，问候她又问候她一家人。后来是为了满足好奇心，她走到窗口边站着，装作没在听。

贝内特太太伤心地先说了句："唉，柯林斯先生！"

"好太太，这件事我们别再提起吧。"柯林斯先生马上把话接过去，略停了停，又说道，"对令爱的行为我绝对不会见怪。"他的声气里带着明显的不快，"对于难以避免的伤害，我们所有人都应该处之泰然，特别是我这样早早就出人头地的幸运青年，更应该如此。我相信，我已处之泰然。想到如果表妹肯给我面子，接受了我的求婚，倒不见得真能得到幸福，我就更加心安。我经常发现，一旦得不到的福分开始在我们心目中失去它的价值，处之泰然就完全不是一句空话。现在，我不想请求太太和贝内特先生运用两位的威严，反而打消了与令千金结亲的意愿，好太太，希望千万不要以为这是我对府上的不恭。我受到令千金的拒绝，而不是太太的拒绝，这一点也许有些遗憾。但是，我们都难免出错。在这件事上，我自始至终都是一片好意。本来，我打算为自己找一个合适的伴侣，也照顾到府上的利益。如果我的方式有些失当，现在我只好请求太太大度宽容了。"

第二十一章

话说到了这个地步,柯林斯先生提亲的事基本算是告吹。伊丽莎白只感到几分免不了的别扭,还不时听母亲几句埋怨话,此外并没有什么大不了。至于柯林斯先生,他既不尴尬,也没有垂头丧气,更没有故意躲开伊丽莎白,而是板着面孔,气鼓鼓不吭声。他几乎没有对伊丽莎白说过一句话,这一天,他那些没完没了的话都只对着卢卡斯小姐说。卢卡斯小姐很有礼貌,静心听着。她这样做叫大家松了口气,特别是她的那位朋友。

第二天,贝内特太太的心情与身体都未见好转。柯林斯先生也一样,仍旧气鼓鼓不理睬人。伊丽莎白指望他一气之下会提早走人,谁知气虽气,却见不到他有半点想早走的迹象。他说过住到星期六,现在仍然决心住到星期六。

吃过早饭,姐妹几个去梅里顿看看威克姆先生有没有回来,说说对他没有参加内瑟菲尔德的舞会的惋惜。刚走到梅里顿,她们就遇上了他。威克姆跟着也去了姐妹几个的姨妈家。他说起自己的遗憾、苦衷,几位小姐说起她们的想念,句句动听。然而,他向伊丽莎白说了实话,承认他没有去是迫不得已。

他说道:"舞会临近时,我反复地想,觉得还是不与达西先生见面为好。待在同一个房间里,参加同一个舞会,又有好几个小时,这怎叫我受得了?闹出什么事来,不痛快的也许就不仅仅是我一个人了。"

伊丽莎白认为,威克姆退让一步的做法是上策。两人这次不愁没有足够的时间和机会开怀畅谈,还客客气气彼此恭维了一番。连回朗本的时候，姐妹几个都有威克姆和另一位军官作陪，一路上威克姆对伊丽莎白极为殷勤。他跟着走一趟好处有二：一是可以让伊丽莎白高兴；二是可以利用这个机会，顺理成章地认识伊丽莎白的双亲。

到家不久，贝内特家大小姐收到一封从内瑟菲尔德送来的信。她立刻拆开信，从信套里抽出张小小的信笺，纸张质地好，烫得平平整整，上面的字纤细秀丽，出自女性之手。伊丽莎白发现姐姐边看信边变了脸色，有几处看得格外仔细。过了没多久，简的神色又恢复了正常，她把信收了起来，与其他人有说有笑。但是伊丽莎白心里有数，暗自担心，甚至顾不得威克姆了。果然，威克姆与同来的军官一走，简便对她使了个眼色，叫她跟着上楼去。

到了自己房间，简拿出信，说道："这封信是卡罗琳·宾利写来的，信里的话我完全没有想到。他们一家人已经离开内瑟菲尔德去了伦敦，没打算再回来。你听听她说了些什么。"

她念了信里的第一句话，原来是说姐妹俩已决定马上跟宾利先生一道去伦敦，当天赶到赫斯特先生住的格罗夫纳街①吃饭。接着的几句话是：

> 实不相瞒，离开赫特福德郡，我们无所留恋，只是舍不得你这位最要好的朋友，但愿以后你与我们能像往日一样，常来常往，欢聚一堂。不能见面时，希望多多通信，无话不谈，以免相互牵挂。相信你一定能这样做。

这几句冠冕堂皇的话让伊丽莎白不以为然，认为不足为信。那两姐妹走得突然，在她意想之外，但是在她看来并不值得惋惜。她们离开了内瑟菲尔德并不等于宾利先生丢下了内瑟菲尔德。她相信，与她们见不见得到面无关紧要，只要见到了宾利，简一定会马上把她们忘在脑后。

伊丽莎白想了想说："你没来得及见上那两位朋友一面当然可惜，但是宾利小姐说希望以后能高高兴兴在一起，谁知道这一天会不会来

---

① 格罗夫纳街（Grosvenor Street），伦敦著名住宅区，靠近海德公园。

得比她预料得早呢？你们原来做朋友来来往往，谁又知道以后不会成为姑嫂，比过去还称心呢？她们去她们的伦敦好了，宾利先生不会久留。"卡罗琳说得肯定，今年冬天她家的人一个也不回赫特福德郡。我念信给你听。

  昨天我哥哥临走时还以为，这次去伦敦，只要三四天就可以把事情办好，但我们知道三四天不够，而且了解，查尔斯去了伦敦就舍不得走，所以决定也去一趟，以免他空闲时住在旅店又不舒适又寂寞。我的许多相识已去那里过冬天，非常希望你这位最要好的朋友也说一声想去凑热闹，但又知道这不可能。衷心祝愿你在赫特福德郡过个称心如意的圣诞节，希望你有数不胜数的男友，不致因为我们一走，就觉得少了三位朋友损失太大。

  简念到这里说："这样看来，今年冬天他绝对不会回来了。"
  "只能看出宾利小姐不想让他回来。"
  "你怎能这样猜呢？一定是他自己的主意，他自己的事自己做得了主。你现在只知其一不知其二。有段话叫我很不高兴，我念给你听，我什么都不瞒你。"

  达西先生急于去看妹妹。说实话，我们同样很想再去看她。论美貌、风采与教养，我认为乔治亚娜·达西无人可比。因为路易莎和我太喜爱她，我们希望以后她与我们能成为一家人。这个想法以前我可能没有向你提及，但是在离开乡下之际，应该向你吐露，相信你会认为我的想法情有可原。我哥哥对她已有强烈的爱慕之心，现在有机会常见面，他们一定会情投意合。女方的家人与男方一样，都巴望结下这门亲。我认为查尔斯能赢得任何一个女人的心，这样说并非因为我是他妹妹，出于偏心在胡说。最亲爱的简，种种实际情况有利于这门亲事，并不存在任何阻隔，而对一件许多人会皆大欢喜的事我满怀希望,该没有过错吧?

简念完了信,说:"利齐,你对最后这句话怎么看?难道还不明白吗?等于是一清二楚地告诉我,她卡罗琳既不认为也不希望我做她的嫂嫂;她有百分之百把握,她哥哥完全对我无心;由于怀疑到了我对她哥哥有意,她认为有必要让我清醒清醒。哼,难得她这番盛情!你看看,对这话还能做别的猜想吗?"

"当然能,我想的就与你想的完全不同。你愿意听听吗?"

"洗耳恭听。"

"说来非常简单。宾利小姐看出她哥哥爱上了你,可是她却希望他与达西小姐结婚。宾利小姐去伦敦是要把她哥哥缠住,同时想法让你相信,她哥哥没有看上你。"

简摇摇头。

"简,你应该相信我。凡是见过你俩在一起的人,谁还看不出他对你的情意?宾利小姐肯定也一样,她绝不是傻瓜。如果她看出来达西先生对她也有意,哪怕情意仅仅是宾利先生对你的一半,她也会去定做结婚礼服。现在的问题是,我们家钱少,势力小,与她家门不当,户不对。她巴不得把达西小姐与她哥哥凑成一对的更重要原因,恐怕是心想两家只要联成了一次姻,她来第二次也许就容易了。这算计可谓高明,如果不是多了个德伯格小姐,我可以断定她就成功了。但是,好姐姐,你别因为宾利小姐对你说了她哥哥很喜欢达西小姐,就当真以为他离开你以后,转头就忘了你有哪些好,他一星半点儿也忘不了。也别当真以为宾利小姐有本领叫她哥哥相信,他爱的不是你,而是她的朋友。"

简答道:"要是我们对宾利小姐的看法相同,你这番话会使我安下心来。但是你的话依据不对。卡罗琳不会故意欺骗人,我现在能抱的唯一的一线希望是她判断有误。"

"这话倒对,既然我的话安慰不了你,那么便只有这种设想能使你放宽心了,你就只当她判断错了吧。你现在算对得起她了,千万别再伤神。"

"但是,即使出现最好的结果,好妹妹,我明明知道他的姐姐妹妹、亲朋好友都反对这门亲事，嫁给这样的人能幸福吗？"

伊丽莎白说："你必须自己拿定主意。如果你认为得罪他姐妹招来的苦恼比嫁给他得到的幸福还要多，我看你还是拒绝他为好。"

简露出一丝笑容，说："你这算什么话！反正瞒不了你，虽然他姐姐妹妹反对使我很不痛快，我却绝不会瞻前顾后。"

"我早知道你不会。既然如此，我看你没有什么让人可怜的。"

"可是如果他这一冬都不回来，我还谈什么答不答应他求婚？半年时间一过，什么都难说了。"

简就怕宾利先生不再回来，伊丽莎白觉得这种担心十分可笑。在她看来，宾利先生不再回来完全是卡罗琳一厢情愿，任她公开叫唤也好，花言巧语也好，一个不需依赖任何人的年轻人听了只会当耳边风。

伊丽莎白把这件事分析得头头是道，收到了立竿见影的好效果。简生性不易灰心丧气，听妹妹一说，渐渐产生了希望。尽管有时疑虑多于希望，却认定宾利会回到内瑟菲尔德，让她事事如愿。

姐妹俩都认为，只能让母亲知道宾利一家离开了，不能告诉她宾利先生究竟如何，就怕引起她恐慌。但是，就吹了这小小一口风她也多了好些心事，唉声叹气说这两位小姐走得这样快太可惜，大家才刚开始熟悉。好在长吁短叹一阵之后又想开了，认为宾利先生很快会回来，到朗本吃饭。到最后，她甚至高高兴兴大声说，虽然宾利先生只来吃顿便饭，她也一定要精心安排两道大菜。

第二十二章

卢卡斯一家邀请了贝内特一家去吃饭。卢卡斯小姐不愧是个大好人，这一天的大部分时间都陪着柯林斯先生攀谈。

伊丽莎白好不容易才找了个机会向她道谢，说："你让他高兴了，我不知怎样感激你才好。"

夏洛特叫朋友别挂心，说帮帮忙理所应当，损失点时间事小，得到的收获却很大。她这番热心可谓难得，但夏洛特在帮忙之外其实另有所图，伊丽莎白没料到其中的奥妙。她意在拴住柯林斯先生，免得他向伊丽莎白献殷勤。卢卡斯小姐的这一条妙计，看来进行得十分顺利，到晚上分手时，她觉得已胜券在握，只可惜柯林斯先生眼见就要离开赫特福德郡。然而，在这件事上她低估了柯林斯火一样热的心和与众不同的个性。

第二天上午，柯林斯溜出贝内特府，赶往卢卡斯府，倒头拜在卢卡斯小姐的石榴裙下。柯林斯先生心虚，就怕被几个表妹发觉，认为如果她们见他出门，必然猜出他的打算，而在事情没有成功前，他不愿露出马脚。虽说他看出夏洛特对他颇有情意，因此觉得这次求婚十拿九稳，但他星期三刚碰过壁，变得有些胆怯。还好，他这次时来运转，一帆风顺。卢卡斯小姐在楼上的窗口看见他走过来，连忙出门，装作在路上巧遇，她完全没有想到，会听到一大通滔滔不绝的爱情表白。

柯林斯一口气说出一大堆话后，两人的终身大事便成定局，而且都称心如意。跨进屋门，柯林斯又央求卢卡斯小姐择定大喜日期，让他成为最幸福的人。本来现在提择日为时过早，但是卢卡斯小姐不忍心把他的幸福当儿戏。求婚应使女人如醉如痴,觉得回味无穷,柯林斯却天生笨拙,没有这本领。卢卡斯小姐之所以答应他,仅仅出于一种单纯的心理——有个归宿。只要能成家,多匆忙她都不在乎。

接着是请求威廉爵士与卢卡斯太太认可,结果马到成功。他们拿不出多少财产给女儿,就柯林斯先生现在的境况而论,配他们的女儿绰绰有余,更何况前景美妙,他注定将得到一笔相当可观的财富。卢卡斯太太原来并不关心贝内特先生的生死,现在却兴致勃勃,马上算计起他还有多少年的寿命来。威廉爵士把握十足地说,一旦柯林斯先生继承朗本的产业,他们两夫妇就可以朝见国王了。总而言之,一家人这一来都欢天喜地。两个小女儿有希望早一两年出入交际场,夏洛特的弟弟松了口气,不再担心姐姐会老守空闺。

夏洛特自己倒相当平静。她的目的已经达到,现在考虑的是往后的事。想来想去,总的说来她感到很满意。诚然,柯林斯先生既无才气,又不讨人喜爱,相处起来索然无味,对她有几分真感情很难说,但毕竟会成为她的丈夫。对男人,对婚后的生活,她没有多少要求,只希望能够结婚。对教养好而钱财少的姑娘来说,唯一巴望的康庄大道就是结婚,别看结婚并不一定能得到幸福,但可以肯定婚后起码生活不愁,这就是最大的好处。现在她已经有了这样一座靠山。由于年龄已到了二十七岁,又无美貌可言,她觉得找到靠山便福分不浅。这件事唯一的麻烦,就是必然会使伊丽莎白·贝内特大吃一惊,而她与伊丽莎白·贝内特的情分又太深,非任何人可比。伊丽莎白会想不通,很可能还要责怪她。尽管她的决心不会动摇,但伊丽莎白责怪起来,她的良心必定会过不去。于是她决定亲自把这件事告诉伊丽莎白,所以叮嘱柯林斯先生,回朗本吃饭时不要对贝内特家的任何人走漏风声。当然,叫他保密他并没有推脱,满口答应了,但是真要保密又谈何容易。他出去得太久,大家都感到奇怪,一见他回来,便七嘴八舌地询问,要想搪塞还得费几手真功夫。另一方面,他已在情场得手,巴不得向人报喜,他使出极大的毅力才忍住。

第二天一大早他就得启程,不能向大家辞行,所以在几位小姐快回房就寝时,大家便相互话别。贝内特太太不乏礼貌与热情,表示欢迎他再到朗本来，什么时候抽得出身什么时候都欢迎。"

柯林斯先生答道："太太，你这样说我特别高兴，因为我就眼巴巴盼着你这句话。请放心吧，我一定尽早来府上拜望。"

大家吃了一惊。贝内特先生就怕他来得太快，连忙说："先生，凯瑟琳夫人难道不会见怪吗？拜不拜望亲戚事小，叫你的恩人不高兴了事大，你不要冒冒失失。"

柯林斯先生回答说："你一番好意提醒我，使我感谢不已。不用担心，没有凯瑟琳夫人的认可，我不会冒昧行事。"

"小心谨慎对你有益无害。别的事都可为，让她不高兴的事绝不可为。我想，你到我们这里来她很可能会不高兴，如果你发现她果然这样，就安安分分守在家里，别担心我们，我们不会见怪。"

"先生，请你相信，你这样关心体贴，叫我万分感谢。我绝不食言，会尽快来信致谢，一谢这份关心，另谢我在赫特福德郡受到的种种款待。至于几位表妹，由于我也许不久后会再来，写信致谢没有必要，我就此祝她们健康快乐吧，包括伊丽莎白表妹。"

贝内特太太和几位小姐尽过礼数回房了，却都心里奇怪，他怎么会说出很快会再来的话呢？贝内特太太猜想，他是起了心向几个小女儿求婚，可能答应他的人会是玛丽。她不像其他几个女儿，没有把他看成蠢货，觉得他思路清楚，常令她佩服。玛丽认为，虽然柯林斯先生不如她聪明，但是如果有她这样的人做榜样，多读书，求长进，会有希望成为一个志同道合的伙伴。谁知，到第二天上午，贝内特太太的希望完全化成了泡影。刚吃过早饭，卢卡斯小姐来了，把昨天发生的事悄悄告诉了伊丽莎白。

伊丽莎白这一两天曾怀疑过，柯林斯先生可能看上了她的朋友，但是以为夏洛特准会像她一样，拒绝柯林斯，却万万没有想到朋友竟依了他，所以太过惊奇使她忘了礼貌，大声嚷了开来："跟柯林斯先生订了婚！我的好夏洛特，这不可能！"

卢卡斯家大小姐本来神态还算自然，但听到伊丽莎白脱口一声嚷，一时间不知所措。好在伊丽莎白只嚷了这一声，卢卡斯小姐对她的责怪也早有所料，很快镇静下来，不慌不忙地答道："伊丽莎，这有什么好大惊小怪呢？柯林斯先生没有福气娶到你，难道说所有女人都会看不上他吗？"

这时伊丽莎白也冷静下来，又费了一大把力气，才用像样的声气说出句话来，表示她觉得这门亲事有许多可取之处，祝愿卢卡斯小姐美满幸福。

夏洛特接着道："我看得出你现在的心理，你肯定感到意外。因为柯林斯先生几天前刚向你求过婚。但是，如果你有时间多想想，恐怕会认为我做的事情是理所当然。你知道，我现在并不抱奢望，以往从来也没有抱过。我仅仅想要一个舒适的家。从柯林斯先生的人品、亲属关系以及所处地位看，我相信大多数人结婚后能得到的幸福，他也能带给我。"

伊丽莎白淡淡地说了声"那自然"。两人相对无言，尴尬地坐了一阵后，与其他人聚到了一起。夏洛特没有久留，她走后伊丽莎白默默想着朋友说的那些话，想了很久，仍然觉得这门亲事太奇怪。柯林斯先生三天里向两个女人求婚本来就荒唐，现在偏有人答应了他，就更是荒唐透顶。她早就感到夏洛特对婚姻的看法与她不尽相同，但是万万没有料到，遇上有人求婚时，会全然不考虑内心是否喜爱，只图得到世俗的好处。夏洛特竟肯嫁给柯林斯做老婆，还有比这更丢人现眼的事吗？朋友自贬身价既使她痛心，又叫她瞧不起，这且不说，再一想朋友选了这么个宝贝，今后不可能有什么像样的日子过，心里就更加难受了。

第二十三章

伊丽莎白与母亲和姐妹们坐在一起,琢磨究竟该不该向她们提起卢卡斯小姐的事,正迟疑不决时,威廉·卢卡斯爵士来了,是受了女儿差遣来向贝内特一家报告喜讯的。他边谈喜事,边恭维这一家人,还说两家眼见要成为亲戚让他非常高兴,只是听的人不但发了呆,而且不敢相信是真的。贝内特太太把礼数丢到了一边,一口咬定他必然弄错了。

莉迪亚从来无所顾忌,大喊大叫起来:"哎呀呀!威廉爵士,你怎么会说出这种事?柯林斯先生想要娶利齐,你还不知道吗?"

遇到这种情况而不发作,除非有宫廷侍从事事逆来顺受的忍耐精神,多亏威廉爵士修养好,才没有计较这件事。他一面恳切地请求她们相信他说的事情,一面耐心听着对方无礼的言语而不动半点肝火。

伊丽莎白对这种难堪的场面看不下去了,觉得应该给他解围,挺身而出证实这件事的真实性,把夏洛特亲口对她说的话搬了出来。为了封住母亲和妹妹的嘴,又恳切地向威廉爵士道喜。简也忙凑进来帮腔。伊丽莎白还说两人一定会幸福,柯林斯先生人品极好,亨斯福德离伦敦近,来往方便。

贝内特太太被这一闷棍着实打得厉害,当着威廉爵士的面几乎说不出话来。但等他一走,憋在心里的想法一股脑儿全倒了出来。首先,她认定这件事完全不可信;其次,断定柯林斯先生上了当;第三,预言这两人搅到一堆绝不会幸福;还有,这门亲事可能泡汤。她思前想后地推断出两点:其一,伊丽莎白是这件祸事的祸根;其二,所有人都与她贝内特太太过不去。这一天,她主要为这两点生气。什么话都安慰不了她，宽不了她的心，连时间也冲淡不了她的怨恨。一个星期里，她见到伊丽莎白就要开口骂。一个月里，无论对威廉爵士或卢卡斯太太，说起话来都没好气。过了一年半载，她还是饶不了这两人的女儿。

贝内特先生对这件事可说是处之泰然。他说，他从心底里感到痛快。据他讲，他原以为夏洛特·卢卡斯还有些头脑，现在才知道与他太太没两样，是个傻瓜蛋，而与他女儿伊丽莎白比，就更傻得厉害，叫他怎能不高兴？

简承认对这门亲事感到有些意外，但她很少提起自己的惊异，倒常说衷心希望两人幸福。伊丽莎白分析两人幸福不了，她却没有听信伊丽莎白那一套。基蒂与莉迪亚根本不眼红卢卡斯小姐，原因是柯林斯先生不过是个牧师而已。她们仅仅把这事当作新闻传到了梅里顿，除此以外便不闻不问了。

卢卡斯太太得意扬扬，女儿嫁了个好人家，她可以对贝内特太太反唇相讥了。她往朗本去得比往常勤，一去就说起她的高兴事。贝内特太太对她没有好脸色，说话也没好气，却没能打消她的高兴劲儿。

伊丽莎白和夏洛特之间产生了隔膜，都不再提起这件事。伊丽莎白认为自己算是看透了，两人之间再也不会有真正的信任。由于对夏洛特寒了心，她更喜爱姐姐了。姐姐心术正，性格温和，她相信这一看法错不了。对姐姐的幸福她一天比一天担心起来。宾利先生已经整整一星期杳无音讯，不知还回不回来。

简及时给卡罗琳写了回信，一天一天数着日子，算算什么时候会又有信来。柯林斯先生许诺的感谢信星期二寄到，是写给贝内特先生的，说了无数感谢的话，就算在她们家住过一年的人，道起谢来恐怕也不过如此。道完感激之情以后，他告诉这一家人他的喜事——得到了他们的好邻居卢卡斯小姐的一颗芳心，满腔高兴跃然纸上。接着他解释说，临走时他痛快领了叫他再去朗本的盛情不为别的，只为要与卢卡斯小姐相聚。他希望再过两周，于星期一到朗本。他还说凯瑟琳夫人衷心赞同这门亲事，希望他及早完婚。他相信，看在凯瑟琳夫人的面上，夏洛特无疑会及早决定佳期，让他成为最幸福的人。

对于贝内特太太来说，柯林斯重返赫特福德郡已经不是件值得高兴的事。恰好相反，她与丈夫一样，说的话不中听了。他不去卢卡斯家，却往朗本跑，太莫名其妙，既不方便又麻烦。她身体正不舒服，讨厌家里来客人，而且她现在最看不入眼的，便是那些谈情说爱的人。贝内特太太天天唠叨这些话，如果不唠叨了，那准是想起了另一件更叫她头痛的事：宾利先生迟迟没有回来。

对这件事简与伊丽莎白也没少伤神。时间过了一天又一天，等来等去不见别的消息，只听梅里顿的人纷纷传说，宾利先生今冬不会再来内瑟菲尔德。贝内特太太觉得这话太不入耳，一提起总要骂是有人恶意造谣。

连伊丽莎白也担心起来，倒不是怕宾利无情，而是怕他姐妹当真拖住了后腿。她不愿说出口，因为这种想法对简不利，还坏了她情人的声誉，被人当他靠不住，可是她禁不住常常这样怀疑。他的姐妹心狠，朋友说话顶用，再加上达西小姐有其迷人之处，伦敦可供消遣的地方又多，纵使宾利对简的感情再真挚，也会招架不住。

至于简，在宾利杳无音讯的这段时间里，自然比伊丽莎白更心焦，但是她一心隐瞒所有的心事，从不在伊丽莎白面前提起。只是她母亲没有这种涵养，时刻都要提起宾利，埋怨他还没有来，甚至还逼简承认，如果宾利不回来，那她就是上了宾利的当。幸亏简向来性格温和，听了这些搅得人心烦的话才能默默忍受下来。

柯林斯先生在两星期后的星期一准时到达。但这趟来朗本不比初登贝内特府，受的礼遇大大减色。然而，他正喜气洋洋，不太在乎；另一方面，他忙于谈情说爱，用不着人陪，贝内特家也求之不得。他几乎每天都泡在卢卡斯家，一直待到贝内特家的人即将就寝才回朗本，仅赶得上说声对不起，外出太久了。

贝内特太太着实有些可怜。每逢有人说到这门亲事她就心酸，而她无论走到哪里，都有人说起。见到卢卡斯小姐就像遇上了冤家，想起自家的房子总有一天要落到她手里，贝内特太太又眼红又愤恨。每次夏洛特来拜望，她就认为是来刺探情况，盘算什么时候房子可以得手。每当夏洛特与柯林斯轻声说几句话，她又猜测两人是在议论朗本的这份产业，只等贝内特先生一断气，就要把她和几个女儿赶出屋。

她向丈夫诉说一腔苦水:"贝内特先生,你看看我怎能想得开,夏洛特·卢卡斯要成为这房子的主人,我倒要给她让位,眼睁睁看她接替我的地位,我却没有了住下去的资格!"

"亲爱的,你别老往伤心的事情上想。我们指望点好事吧。你该想想,说不定我的寿命会比较长,死在所有人后面。"

这两句话安慰不了贝内特太太,所以,她没有附和,继续哀叹着:"想到这份产业将要统统归他们,我就咽不下这口气。要不是有这继承权法,我才不在乎哩!"

"你不在乎什么?"

"我什么都不在乎。"

"那就谢天谢地,你还不算太糊涂。"

"贝内特先生,有关那个继承权法的事,我绝对不会去谢天谢地。我就想不通,哪个人会没良心,家当不让亲生女儿继承,倒要送给别人。再说,又是叫柯林斯先生捡便宜!为什么偏偏是他呢?"

"你自己去想想其中的是非吧。"贝内特先生说。

第二十四章

宾利小姐来信了。信首的一句话是说他们一家都在伦敦过冬,信尾是代她哥哥表示歉意,离开乡下前未来得及向赫特福德郡的朋友们告辞。

希望破灭了,完全破灭了,信的其余部分简勉强看过,没有看出一句能带来安慰的话,充其量只有写信人的虚情假意。对达西小姐的夸奖占了绝大部分篇幅,详细叙说她的美丽动人。卡罗琳得意扬扬地夸耀两家人越来越亲密无间,甚至预言,她上封信里表明的希望会成为现实。她欢天喜地说她哥哥住到了达西先生家里,还提到达西先生打算购置新家具,喜悦之情溢于纸上。

简把信的主要内容告诉了伊丽莎白,伊丽莎白没出声,内心却很气愤。一方面,她替姐姐担心;另一方面,她恨另一帮人。卡罗琳口口声声说她哥哥看上了达西小姐,伊丽莎白并不相信。她现在仍坚信宾利先生喜欢简。她一直对宾利先生很有好感,但是一想到他性格软弱,缺乏主见,让心怀鬼胎的朋友牵着鼻子走,不顾自己的幸福,听任那些人摆布,她就生气,甚至瞧不起他。如果他的幸福仅仅与他个人相关,那么他爱不当一回事就随他去,但是他的幸福还与她姐姐相连,对这一点她认为他自己一定心里明白。总之,这是件就算她在心里会反复思量也徒劳无益的事。但她摆脱不开这件事。究竟是宾利当真已经变心,还是受到朋友牵制而身不由己,究竟是知道简的心意,还是并没有看出来,两种不同的可能性必然会使她对宾利产生两种不同的看法,但是无论是哪种可能性,都改变不了她姐姐的遭遇,都搅乱了她内心的安宁。

过了一两天,简还鼓不起勇气向伊丽莎白谈自己的心里话。后来,听到母亲恨恨地骂了内瑟菲尔德又骂内瑟菲尔德的住户,骂得比往常久,等母亲走了以后,她忍不住说道:"唉,可惜我的这位妈妈就关不住她那张嘴!她不知道,提起那人叫我多难受。不过我会想开。这事不可能老搁在心里。把他淡忘了,我们还不又跟以前一个样?"

伊丽莎白不相信,望着姐姐,心焦却什么也没有说。

"你还信不过我?"简微红着脸说,"得了吧,别乱猜。在我脑子里,他是位很叫人喜爱的朋友,唯此而已。我既不指望什么,也不害怕什么,也不责怪他什么。谢天谢地,我没有那种痛苦。所以,过一段时间,我一定会恢复正常。"

过了一会儿,她提高了嗓门又说:"好在我顶多就错在想得太美了些,现在只害了我自己,没有害到别人,想到这一点就觉得没有什么大不了。"

伊丽莎白说:"我的姐姐,你真是个大好人。你善良,克己,比得过圣人,叫我能对你说什么好呢?看来我还是低估了你,爱你爱得不够深。"

贝内特家大小姐连忙说自己没有什么好,反过来夸妹妹待人宽厚。

伊丽莎白说:"你这话没有道理。你一厢情愿地以为世界上人人可敬可佩,只要听到我说谁有什么不好,你就觉得难过。我说你是一个完美的人,你又不承认。放心好了,凡事我都有个限度,你要把所有人当好人是你的事,我不会阻拦你。我真正喜爱的人没有几个,印象好的更加少。这世界我越看越不满意,每多过一天我就更相信人性的反复无常,浮现在表面的优点啦、感情啦,都靠不住。近来我就遇到过两个人的例子,一个我不愿谈,另一个是夏洛特的亲事。简直莫名其妙!随你怎么看,都是莫名其妙!"

"利齐,你快别这样往绝处想,想了你要自讨苦吃。你应该注意到每个人有每个人的境遇和习性,不要忘了柯林斯先生有体面,夏洛特生来谨慎、稳重。你得知道,夏洛特的弟弟妹妹多,要论财产,结这门亲再可取不过。想开些吧,就当她真对我们的表哥有好感,这样想对谁都有好处。"

"看在你的分上,你叫我怎样想我都愿意。不过,我当真那样想对别人就没有好处了。如果我的确认为夏洛特对柯林斯先生有好感,那么我不仅会觉得她没有良心,还会觉得她没有头脑。好姐姐,柯林斯这人自负爱摆架子,又心胸狭窄有股蠢气,不但我清楚,你也看得出来他是块什么料。用不着我说,你一定会觉得,哪个女人要是肯嫁给他,准是脑子出了毛病。现在碰上的这女人虽说是夏洛特·卢卡斯,你也不能替她辩解。你不能碍着哪个人的面子,连青红皂白也不辨,或者自欺欺人,把自私自利说成迫不得已,认为糊涂大胆才能得到幸福。你自欺欺人不行,欺我也不行。"

简答道:"我看,你说起这两个人来,言辞太尖锐。以后见到他们过得幸福,你才会相信我的话不假。别谈这件事了。你刚才提到了另外一件事,说遇到两个人的例子。你的意思我不可能误解,但是求求你,利齐,千万别埋怨那个人,别说你对他失去好感了,要不然我会伤心。我们不能随便就疑心人家有意捉弄我们。对性格活泼的年轻男人,我们不能要求他事事都思前想后。这事不能怪别人,只能怪自己迷了心窍想得太美。女人多幻想,见到人献殷勤便猜得太远。"

"而男人可以故意让女人想入非非。"

"要是男人故意,那就太不应该。但是我觉得世上没有那么多故意,别草木皆兵。"

伊丽莎白说:"我绝不是说宾利先生的行为有什么居心不良,然而即使不是蓄意害人,或者叫人痛苦,也会有害到人、造成痛苦的时候。粗心,对别人的感情不在意,以及优柔寡断,都会造成同样后果。"

"你是说这几条里他犯了一条?"

"没错,犯了后一条。但还是不说的好,如果说出我对你看得很重的那些人的看法,你会不高兴。"

"那么,你仍然认为他的姐妹拖住了他的后腿?"

"是这样。拉了那位朋友做帮手。"

"我不相信。她们为什么要想方设法拖他的后腿呢?她们只可能希望他得到幸福,而如果他的心向着我,别的女人不可能使他幸福。"

"你的第一个假设不对。除了他的幸福,她们还想着许多别的事情，会希望他发大财，有大势力，希望他娶的女人有钱有势有家世，三好俱全。"

简答道："毫无疑问，她们希望他选择达西小姐，但是也许其动机比你猜想的好。她们认识达西小姐比认识我们早，偏心达西小姐不足为怪。她们尽管有自己的希望，却不大可能干违背自己亲兄弟意愿的事。要不是遇上非阻拦不可的情况，哪个姐姐或者妹妹会插这种手？如果她们相信宾利先生看上了我，不大可能会想方设法把我们拆散；如果真看上了，她们也拆不散。如果你一定认为他对我有感情，那么，她们这样做，就显得伤天害理，也叫我非常痛苦。别用这种猜想折磨我。误解了别人我并不惭愧，或者说，与错怪了他和他的姐妹相比，我的惭愧不值一提，等于零。让我把人往好处想吧，设想人家也有人之常情。"

伊丽莎白无法驳斥这样的愿望。从此以后，姐妹俩几乎不再提起宾利先生。

见宾利先生再没回来，贝内特太太总是牵肠挂肚，怨声不断。伊丽莎白天天向她解释，却似乎总是白说，她的疑团并不见减少。女儿告诉她，宾利对简仅仅是一般的喜爱，两人在一起时有，两人不见面时就忘。对这个说法连女儿自己都不信，却还是拿来哄她。她听时承认，这种可能性也有，只不过第二天又旧事重提，天天如此。贝内特太太最信得过的安慰话是宾利先生夏天一定会回来。

贝内特先生对这事另有高见。有一天，他说："利齐，对你说吧，我看你姐姐情场失意了。这一来倒好。姑娘家除了结婚以外，还喜爱不时地尝点儿失恋的滋味。一来使她们有点事去回味，二来在小姐妹里便有了身价。什么时候轮到你呢？长期掉在简后面你哪会甘休！现在你就有机会。梅里顿有很多军官，这一带的姑娘个个想失恋都找得到主。你就挑威克姆吧，他这人讨人喜爱，栽在他手上体面。"

"爸爸，多谢你的好心，比他差些的人我就满足了。我们不可能个个都有简那么的好运气。"

贝内特先生说道："不错，无论你将来交到什么运，反正有个妈妈疼爱着，什么事她都能看出其中的好处所在。想到这个妈，你就有了安慰。"

住在朗本的这一家近来两度受挫，大都心绪不佳，但见到威克姆先生，心头的阴云的确会消散几分。她们与他常见面。本来威克姆先生就有许多叫人喜爱的地方，现在又多了一个优点：与谁谈话都无保留。伊丽莎白已经听过的种种事情，包括达西先生与他的关系，叫他受的委屈，现在他不但公开承认，而且任人评说。让大家感到得意的是，在根本不知道这些事的时候，自己早就讨厌达西先生了。

唯有贝内特家的大小姐例外，她认为这些事情有蹊跷，而赫特福德郡的人只知其一，不知其二。她心地善良，性格温和，总是叫人防止片面，别把人看错，但是其他人都认为达西先生坏透了顶。

第二十五章

柯林斯先生谈情说爱，筹划喜事，不知不觉过了一星期，转眼已到星期六，必须和心爱的夏洛特告别了。然而想到下次再来赫特福德郡，迎娶佳人的日期就可定下，他将成为最幸福的男人，内心便放宽了许多。与上次一样，他郑重其事地与朗本的亲戚告别，又祝愿了几个漂亮表妹健康幸福，答应给她们的父亲写信致谢。

星期一，贝内特太太高高兴兴迎来了弟弟与弟媳，这夫妻俩年年都来朗本过圣诞节。弟弟加德纳先生聪明、风度翩翩，无论是个性还是所受的教育，都远远胜过他的姐姐。若是内瑟菲尔德的那两位女士见了他，定会觉得难以相信，一个头脑里只想着货物的买卖人，怎么会这样有教养，叫人喜爱。加德纳太太比贝内特太太年轻好几岁，待人亲切，头脑灵活，气质高雅，很受朗本几个外甥女的喜爱。她与五姐妹中两个大的最合得来，她们常常去伦敦她那里住几天。

加德纳太太来后的第一件事是分礼物，讲述最新的服饰样式。分完讲完，她便用不着忙了，只需要用耳听。贝内特太太有满肚子苦水，一腔的委屈要倾诉。上次加德纳太太来过后，她一家倒了大霉。两位姑娘眼见就可以出嫁，到头来却空欢喜一场。

贝内特太太说道："我并不怪简，要是能嫁给宾利先生，简早就嫁了。可是利齐不一样。唉，我的好妹妹！本来她该成为柯林斯太太，可是她死活不肯，你看看，叫人怎么想得开！就是在这间房里，柯林斯先生向她求婚，她偏就拒绝了，结果便宜了卢卡斯太太，不光比我先嫁出个女儿，还把朗本的产业弄到了手。不骗你，妹妹，卢卡斯家的人手腕高明，只要能捞到手的，他们个个不让人。我不愿说这家人的坏话，但事实如此。自己家的人存心作梗，邻居自私自利，搅得我神经受不了，身体不舒服。还好，你赶在这时候来，叫我心宽了不知有多少。你对我们说的那些什么……时兴的长袖，我听得津津有味。"

这些事加德纳太太早有所闻，是简与伊丽莎白写信告诉她的。她了解外甥女的心，敷衍了大姑姐几句后，谈起了别的事。

后来只剩下伊丽莎白一个人，她才把话题又转回来，说："简那门亲事要是成了再好不过，可惜中途变了卦，但这类事屡见不鲜。你们说的那位宾利先生正年轻，见到漂亮姑娘，用不了十天半个月的时间就一往情深，可是等到有什么不凑巧分开了，把姑娘忘在脑后也容易，像他这样中途变卦的人到处都有。"

伊丽莎白说道："你的话完全是一片好心，但安慰不了我们，我们并不是吃亏在偶然的事情上。我们遇上的事是朋友插手，怂恿一个有了自己一份产业的人把几天前还迷恋的姑娘甩开，这种事就不常有。"

"不过'迷恋'二字用得太滥，含含糊糊，叫我看不出什么名堂来。它们既可以指仅仅相识半小时产生的感情，也可以指出自内心的强烈的爱。你说说吧，宾利先生是怎样'迷'的？"

"我从没有见过谁这样一往情深的，别的人都不在他心上了，只想着简。大家都看得一清二楚，错不了。他自己举行舞会时，因为没有邀请别的姑娘跳舞，得罪了两三位姑娘。我有两次对他说话他都没有搭理我。这还不是'迷恋'的迹象吗？动了真情的人是往往把大家都抛到一旁的吧？"

"原来如此，看来他动的的确是真情。简太不幸了！我替她难过，她的性格我知道，短时间内忘不了这事。利齐，这事要是发生在你身上会好得多，过不了多久，你就能一笑了之。照你看，叫她与我们一道去伦敦能行吗？换个地方也许有好处，离开家一段时间最能解除烦恼。"

伊丽莎白听了这话喜出望外，觉得姐姐肯定会答应。

加德纳太太又说："希望她不会因为担心遇上那年轻人，就不肯去了。我们和他住的地区不同，打交道的人也完全两样，再说你也知道，我们很少出门，只要那人不存心来找简，两人相遇的机会微乎其微。"

"相遇不大可能。现在他的朋友把他牢牢看管着，达西先生无论怎样也不会让他去伦敦的那种地区看简！舅妈，你怎会想到这上面去呢？达西先生也许听到过格雷斯丘奇街这类地方，如果让他到那里走一趟，恐怕他会觉得惹上的肮脏洗一个月都洗不掉。放心吧，他不会让宾利先生单独出门的。"

"这样更好，我就希望他们见不到面。只不过简与他的妹妹还有书信往来，对吗？他妹妹说不准会去看望简。"

"简不会跟她再来往，就当少认识了一个人。"

伊丽莎白虽然嘴上说得肯定，认为宾利先生一定被他的妹妹和朋友看管住了，不会去看望简，但内心却存着侥幸的，她左思右想，觉得事情还有一线希望。她认为，宾利的感情有可能再度被触发，简的魅力会使他摆脱姐妹和朋友的羁绊，在她看来这种可能性甚至还相当大。

贝内特家大小姐高高兴兴地接受了舅妈的邀请。这时，她并没有多想宾利家的人，只是希望卡罗琳没有与她的哥哥住在一起，这样，她也许可以偶尔去找卡罗琳玩儿，又不用担心撞见宾利。

加德纳夫妇在朗本住了一星期，天天赴宴，没有一天闲过，有时候在菲利普斯家，有时候在卢卡斯家，或者在军官们那里。贝内特太太盛情待客，顿顿丰盛，弟弟与弟媳俩没吃过一餐便饭。如果还邀请其他客人来家里，每次必有几位军官，而军官中又少不了威克姆先生。在这种场合，伊丽莎白总是对威克姆先生赞不绝口，加德纳太太起了疑心，仔细观察两人，发现虽不能肯定他们动了真情，但相互间明显存在着好感，便有些担心，打算趁自己还在赫特福德郡时，把这事向伊丽莎白摊开来，叫她小心谨慎，不要使对方产生希望。

威克姆讨好加德纳太太另有一套办法，与对其他人所使用的方法不同。十几年前，加德纳太太还没有结婚，在德比郡住过一段时间，威克姆先生正好是德比郡人，所以，两人有许多共同的朋友。五年前达西的父亲去世后，威克姆就很少去德比郡了，但是还能告诉加德纳太太她走后朋友们的一些消息，是加德纳太太闻所未闻的。

加德纳太太去过彭伯利，久闻老达西先生的大名。这一来，两人又有说不完的话。威克姆向她谈起彭伯利的详情，她都能一一记起。她对彭伯利往日的主人赞不绝口,自己说得高兴,威克姆也听得高兴。她听威克姆谈起现在这位达西先生怎样亏待他,便努力回想这位先生小时候的脾性,看是否与威克姆所说相符。她最终记起来曾听人说过,菲茨威廉·达西先生小时候就非常傲慢,心肠不好。

第二十六章

一见有了与伊丽莎白单独谈谈的机会,加德纳太太连忙好心地提醒她得多加注意。坦率地摊出自己的看法后,加德纳太太又说:"利齐,你是个懂事的孩子,不会因为有人劝你别谈恋爱你就偏要去谈,所以我才敢于开诚布公地说个明白。我真心希望你小心谨慎,自己不要放纵感情,也别让人家放纵感情,跟没有财产基础的人谈恋爱,非常莽撞。对他本人我无可挑剔,的确非常令人喜爱。就可惜他没有得到应得的财产,要不然,你嫁给他再好不过。实际情况如此,你就不能想入非非了。你很聪明,我们都希望你做的事也聪明。我可以肯定,你爸爸相信你有主见,处理事情牢靠。你千万不要辜负了你爸爸的信任。"

"好舅妈,你这番话的确是真心话。"

"那当然,我希望我的真心能换来你的真心。"

"一定会,你用不着担任何心。我自己会当心,也会当心威克姆先生。如果有可能,我一定叫他不要爱上我。"

"伊丽莎白,你说这话就没真心了。"

"你别急,我再重新讲讲看。现在我没有对威克姆先生产生爱情。当真,我的确没有。但是,在我见过的男人中,他最叫人喜欢,没有谁比得上。如果他真对我有心——我想,还是他没心更好。我知道这种事很莽撞。哼,怪就怪达西先生太可恨!我爸爸相信我,这是我的莫大光彩,我不会忍心叫他失望。不过,我爸爸也喜欢威克姆先生。总之,好舅妈,我不愿意使你们哪位不痛快。但是,话又说回来,有不少年轻人只要动了感情,决不会因为缺少财产而放手。如果我被某人打动,又怎能担保比那些人的头脑冷静呢?甚至,我怎能说,婚事不成就算头脑冷静呢?所以,我只能向你保证不会草率行事。我不会轻易相信我是他最中意的人。与他往来时,我不会希望什么。反正,我尽力而为。"

"你不让他来得太勤恐怕是办得到的。至少,你不应该向你妈妈提起邀请他来。"

伊丽莎白俏皮地一笑,说:"我前几天就已经这样了。的确,避开一步对我来说是个好办法。但是你别以为他老是来得这么勤。这个星期是为了你才次次邀请他。你知道我妈妈的习惯,来了亲朋好友总得有人陪着。话又说回来,千真万确,怎样办最明智,我就怎样办。现在你该满意了吧?"

她舅妈回答说满意了。伊丽莎白谢过舅妈的好心关照后,两人分开了。要说在这种事上能开口劝人而不招人怨,她们俩就做出了一个绝好的榜样。

加德纳夫妇带着简去伦敦后没有多久,柯林斯先生又到赫特福德郡来了。他这次住在卢卡斯家,没有给贝内特太太多添麻烦。他的婚事进展迅速,贝内特太太总算死了心,知道已不可避免,甚至说过几遍"祝愿他们幸福",只是声调不大自然。婚礼定于星期四举行,卢卡斯小姐星期三来辞行。等她起身要走时,伊丽莎白因为贝内特太太把几句祝福的好话说得太勉强和怪气,心里过意不去,便陪她走出了房门。

两人一道下楼时,夏洛特说道:"伊丽莎,希望你以后一定常来信。"

"这不用说。"

"我还有一个心愿。你会来看我吗?"

"我们可以常见面,最好是在赫特福德郡。"

"短时间里我不大会离开肯特郡。你就答应我吧,到亨斯福德来。"

伊丽莎白明知去那里不会有什么乐趣,却没法拒绝。

夏洛特说:"三月份我爸爸和玛丽亚会到我那里去,希望你能与他们一道去。伊丽莎,说心里话,我盼你去也像盼亲人去一样。"

举行完婚礼,新郎新娘出了教堂门直接去了肯特。对这种事大家和往常一样,议论纷纷的。很快伊丽莎白收到了朋友的信,从此两人书来信往,交往的频繁如同往昔,然而像昔日那样推心置腹却不可能了。每次提笔,伊丽莎白不由感到亲密无间的关系已经完结,虽然通信不打算偷懒,但这样做与其说是因为现在的交情,还不如说看在过去的分上。夏洛特开初的几封信她的确眼巴巴盼着,不为别的,就为满足好奇心,想知道夏洛特怎样看待她新建立的家,对凯瑟琳夫人印象如何,她觉得自己幸不幸福。但看了她的信,伊丽莎白觉得夏洛特对这些事的反应没有超出自己的预料。她的信里喜气洋洋,谈起什么都要赞扬一番。住房、家具、邻居、道路无不称心如意,凯瑟琳夫人待人亲切,善解人意。她笔下的亨斯福德和罗辛斯与柯林斯先生所说的没两样,只是注意了分寸而已。究竟实情如何,伊丽莎白觉得要等到亲自去一趟才知道。

简给妹妹来过一封信,寥寥几行,告诉妹妹平安到达伦敦。伊丽莎白盼望她再写信时能谈谈宾利兄妹。

第二封信让她等得心焦,但总算是来了。信上说,她到伦敦已经一个星期,既没有见到卡罗琳,也没有收到卡罗琳的信。简只能猜想,她从朗本写给朋友的信在路上遗失了。

简还写道:

"舅妈明天要去那一带,我也可趁此机会到格罗夫纳街走一趟。"

走这一趟后简又写了信。她见到了宾利小姐。信上的话是:

> 我觉得卡罗琳心绪欠佳,但见到我非常高兴。她责怪我到伦敦事先没有告诉她。可见,我猜对了,上次的信她没有收到。当然,我问起她的哥哥。他一切均好,但老是守着达西先生,难得见到一面。听说那天达西小姐会来吃饭,我很想见见她。在卡罗琳那里我没有久留,因为她要和赫斯特太太外出。可以肯定不久后她们会来我这里。

看到这封信,伊丽莎白心凉了。她相信,除非事出偶然,否则宾利先生不会知道简已经到了伦敦。

过了四个星期,简仍然连宾利先生的影儿也没有见到。她竭力自我安慰,自己并没有因此而难受,但最后她终于看清楚了宾利小姐的冷淡无情。她每天上午都在家里等宾利小姐，到了晚上，再替她想个没来的借口，日复一日，等了两星期才等到这位贵客。宾利小姐不但没有久留，对简的态度也与之前判若两人，使简无法再欺骗自己。对这件事她的感受有写给妹妹的信为证：

> 还是你有眼光，我承认原来完全错看了宾利小姐对我的态度。最亲爱的利齐，相信你不会因为比我高明而笑话我。这件事证明你对了。好妹妹，想想她的一套做法，如果我现在仍然说，我对她的信任与你对她的怀疑同样不足为怪，请不要以为我过于固执。我至今完全想不透她出于什么原因要对我亲亲热热。如果再度出现这种情况，我相信我会再度糊涂。卡罗琳直到昨天才回访，登门之前没有收到过她的任何书信，而且明显可以看出，她不乐意走这一趟。她有气无力地敷衍我，说没有早来看我，很对不起，又只字不提希望以后再见面。由于她处处显得前后判若两人，所以她出门时我打定主意不再与她交往。虽然我难免要责怪她，却又能体谅她。责怪她原来为何对我另眼看待，我可以问心无愧地说，我和她的亲密往来完全出于她的主动。我能体谅她，是因为她一定觉得做了错事，因为我可以肯定其中的缘由是替哥哥担忧。你我都知道，这种担忧纯属多余，只是如果她心里那样想，就很容易理解她对我态度的变化了。正因为她的哥哥值得她爱，她替哥哥担什么忧也就合情入理了。然而，我不能理解的是，她现在还有什么可害怕。如果她哥哥心里还想着我，我们早就见面了。不用说，她哥哥从她走漏的口风里一定知道我在伦敦，但是听她说话的口气，似乎她还怀疑他是否当真对达西小姐有了意。我闹不明白。不是我有意把人朝坏处看，十有八九可以说，前前后后的事情里有见不得人的名堂。但是我不会自寻烦恼，只会想那些令我高兴的事，如你的姐妹情，舅舅舅妈无微不至的爱护。希望你快快回信。宾利小姐提到他可能不再回内瑟菲尔德，房子不租了，但并没有肯定。我们最好别再谈起。听你说亨斯福德的朋友们美满幸福，我非常高兴。你一定要陪威廉爵士

和玛丽亚去看看她们，相信你会在他们那里过得愉快。

你的姐姐

这封信使伊丽莎白有几分难过，但想到简至少看破了那位小姐，心情又好起来。现在对她哥哥的所有指望都荡然无存。伊丽莎白甚至不希望他来个破镜重圆。她越想越觉得他不是个东西。听威克姆说，他娶了达西小姐准会后悔莫及，恨自己不该抛弃另一位。于是她反倒巴不得他赶快与达西小姐结婚，遭到报应，让简看笑话。

加德纳太太这时也来了信，叫伊丽莎白别忘了有关威克姆先生的保证，把情况告诉她。伊丽莎白的回信使舅妈很满意，但她自己却并不高兴。因为他对她的热情已经冷却，没有再献殷勤，缘由是他爱上了另一个人。伊丽莎白很敏感，事事全看在眼里，不过她能正视这结果，又在信上写下来，却没有感到什么痛苦，只是有些感触。她认为，如果不是为财所阻隔，自己会是他的唯一选择。现在叫他拜倒罗裙下的那位姑娘的最大魅力，在于意外获得的一万镑财产。但是这一次，伊丽莎白却没有对夏洛特的事看得那么分明，因此没有责怪他贪财。相反，认为这是理所当然的事。她想象着威克姆舍弃她一定颇为踌躇，觉得这是种对双方都有利的明智、可取的做法，她衷心希望他幸福。对加德纳太太谈完这些情况后，她还写道：

舅妈，现在我清楚地发现，自己根本没有产生过爱情。如果我真有过这种纯洁而崇高的感情，那么现在一提起他就会痛恨，会咒他不得好报。但是我不仅对他抱有好感，甚至为金小姐高兴。我对金小姐怎样也恨不起来，还乐意把她看成好姑娘。这样看来就不可能有爱情。说来是多亏了我小心谨慎。如果我当时头脑发热爱上他，现在就会成为亲朋好友的笑柄，与其这样还不如默默无闻。有时候，出风头是要付出重大代价的。对威克姆先生的变卦我不在乎，倒是基蒂与莉迪亚非常惋惜。她们年幼，不懂世事，看不到一个无情的现实：英俊的年轻人与其貌不扬的年轻人一样，得有生活的依靠。

第二十七章

元月和二月里,住在朗本的一家无大事可表,也无遣可消,只是跑跑梅里顿,有时顶着寒冷去,有时踏着泥泞去。三月伊丽莎白要去亨斯福德。起初她并不当真想去,后来发现夏洛特在眼巴巴盼着,才改了主意,决心走这一趟。离别以后,她反而想再见见夏洛特,对柯林斯先生的厌恶也淡薄了。走一趟也有好处:家里有这样的母亲和几个谈不来的妹妹,日子过得不太如意,换换环境也好。再说,她可以顺路看看简。总之,三月一天天临近时,她倒变得心切了。好在事事顺利,一切都按夏洛特当初的安排办妥。她陪同威廉爵士和威廉爵士的二女儿去做客。后来又决定在伦敦住一夜,于是,计划就可说是周密得不能再周密了。

她唯一舍不得的是父亲。伊丽莎白一走,父亲肯定会挂念她,说起来,他并不希望伊丽莎白离开,所以叮嘱伊丽莎白要常写信回来,甚至几乎答应亲自回信。

伊丽莎白与威克姆先生告别时,双方都十分客气,而后者更是热情有加。威克姆先生已另有所爱,却忘不了伊丽莎白是第一个使他动感情、值得他动感情的人;第一个听他倾诉往事、给予同情的人;第一个受到他爱慕的人。他祝她一路平安,事事称心愉快。又说起凯瑟琳·德伯格夫人的为人,相信两人对凯瑟琳·德伯格夫人的看法,以及对所有人的看法,都会一致。他表现出的关心体贴使她觉得,威克姆先生待她的确是一片真诚。两人分手后伊丽莎白心想,无论他结了婚也好,单身也好,要说可喜可爱,他永远是典范。

第二天与她同行的两个人,在伊丽莎白看来根本不能和威克姆先生相比。威廉·卢卡斯爵士没头没脑,他女儿玛丽亚虽然性格温和,却与父亲一样智力低下,父女俩说的话没有一句值得听,几乎就像马车轮叽叽嘎嘎一样枯燥无味。伊丽莎白爱听非同寻常的事,但她对威廉爵士的经历已经烂熟。威廉爵士觐见过王上,封了爵位,但这些非同寻常的事他已对伊丽莎白说不出个新名堂来。他的礼节又多,与他讲的经历一样,都是陈年老货。

这段旅程只有二十四英里,他们动身很早,是想赶在上午到格雷斯丘奇街。马车靠近加德纳太太家门口时,简早已在客厅的窗口瞧着,等他们来。他们走进过道时,简正在那里相迎。伊丽莎白仔细地看着她的脸,发现与平常一样血色好,叫人喜爱,觉得很高兴。楼梯上站着好几个娃娃,都想看表姐,在客厅里等不及,但因为整整一年没有见过面,有些怯生生的,不敢再往下走。到处是喜气洋洋、热热闹闹的气氛。这一天过得愉快极了,上午忙忙碌碌,又去了商店,晚上到一家剧院看戏。

剧院里,伊丽莎白特意坐到舅妈身边。她们先谈到简。伊丽莎白问得仔细。舅妈告诉她,简一直想振作精神,好些时候却振作不起来。伊丽莎白听了没有感到奇怪,但很难过。好在这种情绪低落的现象应该不会持续太久。加德纳太太还详细谈了宾利小姐来格雷斯丘奇街的情形,又把自己与简谈过的几次话原原本本告诉伊丽莎白。从简几次说的话看来,她下了决心不再与宾利小姐往来。

后来加德纳太太笑着问起威克姆抛开她另有所爱的事,夸外甥女看得开。

接着,加德纳太太又问道:"你再对我说说,伊丽莎白,金小姐究竟如何?威克姆先生是不是就贪人家的钱财?"

"舅妈,看你说到哪里去了。婚姻问题上何谓贪财,何谓谨慎?走到哪一步叫作不谨慎,走到哪一步叫作起了贪心?过圣诞节时,你担心他想娶我,说应该小心谨慎。现在他想娶的人不过有一万镑财产,你又怀疑他是贪人家的钱财。"

"听你说了金小姐究竟如何,我才能知道是怎么回事。"

"我相信这姑娘很好,没听人说过她什么坏话。"

"可为何这姑娘的爷爷没去世、她还没得到这笔财产时,他就瞧不上她呢?"

"没有的事,他怎么会那样?若是他不想娶我就是因为我没有钱,那么,他为什么要向另一个也没有钱、他又不喜爱的姑娘求爱呢?"

"所以金小姐一得到那笔钱,他的心就转到了她身上,未免太突然。"

"别人说长道短容易,处境艰难的人哪会思前想后地做那么些体面文章呢?人家金小姐自己都不说二话,我们为什么要挑剔呢?"

"金小姐不说二话不等于威克姆先生做得对,只说明金小姐有些缺陷,是没有头脑或者感觉迟钝。"

伊丽莎白道:"你爱怎么看就怎么看吧。男方肯定贪财,女方肯定有傻气。"

"你错了,利齐,这不是我的看法。在德比郡住过那么久的年轻人,我怎能把他往坏处想呢?"

"得啦,如果看人先看住的地方,那么我对住在德比郡的年轻人都没有好感,连他们住在赫特福德郡的亲密朋友也算不上好人。这帮人我都讨厌。谢天谢地!明天我要去一个地方,在那儿见一个一无是处的人,他外表不佳,也没有聪明才智。说来说去,值得认识的人只有那些傻头傻脑的男人。"

"利齐,别乱说一气。听你这样说,好像是对什么都心灰意懒了。"

剧快落幕时,伊丽莎白遇到了一件意外的高兴事:舅舅与舅妈夏天要去旅行,请她作陪。

"究竟去什么地方我们还没有最后打定主意,有可能是湖区①。"加德纳太太说。

这样的事伊丽莎白求之不得,高高兴兴满口答应下来。

"亲舅妈,好舅妈,太好啦,太妙啦!"伊丽莎白喜不自胜地说,"你让我又振作起精神了。我再也不心灰意懒没好气了。人比起高山巨

---

① 位于英格兰西北部,含坎伯兰、威斯特摩兰、弗尼斯、兰开郡的部分地区,不但湖多,且山峰多。昔日为湖畔诗人华兹华斯等长期居住或常来之地,今仍为重要旅游区之一。

石来算什么！一路上我们会多高兴！有的人出门游玩一趟回来什么也说不清，我们不像那些人。回来以后，我们对去过的地方会知道得清清楚楚，见过什么都能记得。在我们脑子里，湖呀，山呀，河呀，搅不成一堆乱麻。我们谈起某一处风景，绝对不会连位置也弄不明白，导致彼此争论。我们说起旅途的风光见闻时，一定不会像某些游客一样，说得乏善可陈。"

第二十八章

伊丽莎白见到简的气色很好，不再为她的身体担心，又想到不久后可以去北方游玩，精神便很愉悦，第二天在路上无论见到什么都觉得新鲜，看得兴致勃勃。

马车离开大路上了往亨斯福德的小路后，车里的人都睁大眼找牧师府，总以为再拐一个弯就到了——路的一边是罗辛斯园林的围栏。伊丽莎白想起她听说的住在罗辛斯的人，忍不住笑了。

终于，牧师府映入了眼帘。花园沿陵而下，过了花园是一条大路；花园里有一所房子；栏杆漆成绿色，以月桂为树篱。总之，一切都说明牧师府到了。柯林斯先生和夏洛特走出屋来。马车在栏杆的一道小门边停下，小门里是一条卵石铺的路，通到房子。转眼几个人下了车，主人与客人全笑逐颜开，频频点头致意。柯林斯太太迎接朋友时喜气洋洋，伊丽莎白见受到真心欢迎，觉得不虚此行。接着，她发现表哥本性难移，结婚后旧习未改，像往常一样，礼数太多，一本正经，在门口耽搁了好几分钟，一一问候伊丽莎白的家人。之后倒没再啰唆，只指给客人看他家门口多干净，便把客人请进了屋。到了客厅，他再一次向客人表示欢迎，咬文嚼字地说了一通，一次又一次地把太太送上来的点心敬给客人。

伊丽莎白早就料到他会得意扬扬。听他满口夸耀客厅的格局、装饰、陈设时，伊丽莎白不由心想，这些话其实主要是说给她听的，想使她后悔莫及，知道没嫁给他是多大的损失。然而，尽管见到客厅的确整洁舒适，伊丽莎白却没有表现出半点后悔的神情，叫他的如意算盘落了空。相反,她倒用迷惑不解的眼光看着朋友,奇怪朋友守着这么一个人过日子居然会这样高兴。柯林斯先生说的好些话实在不得体,连他的太太都应该觉得难堪,每次伊丽莎白都情不自禁地看一眼夏洛特。有一两回发觉夏洛特有些脸红,但却装作没听见。大家在客厅里坐了很长时间,夸奖每件家具,从食品柜一直夸到炉围,也把旅途的经历和伦敦的新事都说过了,柯林斯先生才请他们到花园散步。

花园很大,布局很有些讲究,是柯林斯先生自己照看的。料理花园是他的雅兴之一。夏洛特说,他在花园活动筋骨对身体有益,她完全赞同。伊丽莎白见她谈起这件事面不改色心不跳,简直佩服至极。柯林斯先生领着客人东游西看,走遍了花园里的所有小路,对每一处景致介绍得毫末必至,美在哪里却只字不提,而且说个不停,连客人插两句夸奖话的机会都没有。他能说出每个方位有多大地盘,最远的树丛里有多少棵树。但是,他的花园也好,整个乡间也好,整个英王国也好,再中看也不及罗辛斯中看。柯林斯先生住房的正面对着罗辛斯的园林,园林外围有很多树,透过树望得见罗辛斯。那是一幢漂亮的现代建筑,傲立在一个高坡上。

看了花园,柯林斯先生本还要带领客人去看他的两片草场,但是白霜没有化尽,三个女人会湿鞋,只好打道回府,只有威廉爵士随他去了草场。夏洛特领着妹妹与朋友把住房前前后后看了一遍,能撇开丈夫,由她来介绍自家的房子,显然让她高兴极了。房子较小,但建得好,舒适,收拾得井井有条,伊丽莎白知道这是夏洛特的功劳。忘记了柯林斯先生,她的心情就会变得畅快。伊丽莎白见夏洛特现在的这股高兴劲头,不由得想,她平常一定不把柯林斯先生放在心上。

伊丽莎白听说凯瑟琳夫人现在还在乡下,吃晚饭时,她又提起了这件事。

柯林斯先生马上接过话说:"是这样,伊丽莎白小姐。下周你有幸会在教堂见到凯瑟琳·德伯格夫人。不用说,见到她你一定高兴。她待人再谦和不过,我相信等做完礼拜,她一定会注意到你。我可以毫不犹豫地说,只要你们住在这里,每逢她邀请我们去做客,必会同时邀请你和我姨妹玛丽亚。她对我太太夏洛特好得不能再好。我们每星期

"夏洛特说她难得进门。德伯格小姐进人家的门,那是给天大的面子。"

伊丽莎白这时转了念,说道:"她的长相我倒喜欢。看起来她身体虚弱,但肝火不小。对了,要嫁给那一位倒好极了,这两个人真是绝配。"

柯林斯先生与夏洛特两人都站在门边与两位客人说话。威廉爵士站在门里,望着大驾光临的人物出神,每当德伯格小姐的眼光转向他时,他总要鞠一躬,伊丽莎白看得闷笑不已。

终于,话说完了,两位客人坐马车走了,另外两个回到屋子里。柯林斯一见姨妹与伊丽莎白,忙开口向她们道恭喜。夏洛特解释说,罗辛斯那边邀请所有的人明天去吃饭。

第二十九章

罗辛斯那边的邀请使柯林斯先生高兴得飘飘然。他正希望能让好奇的客人们见识他恩人的气派，看看恩人对他们夫妻俩如何礼貌周全。没想到机会竟然来得这样快，由此可见凯瑟琳夫人的居高不傲，他真要感激涕零。

他说道："如果夫人请我们星期天去喝茶，晚上在罗辛斯消遣，老实说，在我看来不足为奇。我知道她待人好，这样做在意料之中。但谁会预想到有如此盛情？谁会猜你们刚来就请我们过去吃饭，而且所有人一道去？"

威廉爵士接过话去说："对这件事我倒不太奇怪。像我这样有身份的人，对大人物的为人处世有所了解。在宫廷上下，贵人的这类佳话并非稀罕。"

整整这一天，以及第二天上午，除了去罗辛斯做客的事，别的几乎都未谈及。柯林斯先生把他们会受到怎样的礼遇，那里的房间是什么样，有多少仆人，享受怎样的盛宴，仔仔细细说了一遍又一遍，就怕他们见到大场面慌了手脚。

当几个女人要去梳妆打扮时，他又对伊丽莎白说："表妹，你不必在衣服的事情上费心。凯瑟琳夫人和她女儿的服装讲究，与她们的身份相称，却绝不要求别人也穿得与她们一样华丽。我看，你只要穿得比平日里好就行，用不着太考究。凯瑟琳夫人一点也不在乎你穿得朴素，倒认为应该保持身份的差异。"

当几个人在梳妆打扮时，柯林斯先生往每人的房门口跑了两三次，催她们快一点，说凯瑟琳夫人非常反感客人赴宴时迟到。玛丽亚·卢卡斯不太会应酬，现在听说凯瑟琳夫人的规矩这么可怕，对即将要进罗辛斯不免胆战心惊，就像她父亲当年进王宫一样。

天气晴朗，几个人高高兴兴地走过园林里的半英里路。每座园林都有自己的美色与风光。伊丽莎白觉得这座园林很值得一看，但是并没有像柯林斯说的那样，会看得忘乎所以。柯林斯先生一扇扇数着罗辛斯正面墙的窗户，介绍这些窗当初总共花费了刘易斯·德伯格爵爷多少钱，她听了却如风过耳。

几个人踏上台阶往门厅走时，玛丽亚越来越紧张，甚至威廉爵士也显得不自在起来。

伊丽莎白却依然胆壮。她没有听说凯瑟琳夫人有什么过人的天分或者了不起的功德叫人敬畏，仅仅仗着金钱和地位不能叫她见了就害怕。

进了门厅，柯林斯先生兴致勃勃地介绍着设计的考究与装饰的精美。随后跟着仆人穿过一间外室，才到了凯瑟琳夫人母女和詹金森太太坐的内室。夫人果然盛情，屈尊起身相迎。柯林斯太太与丈夫事先早商定好了，由她一一做介绍，所以话说得利落。如果换了柯林斯先生，少不了左道歉右道歉，千感谢万感谢。

威廉爵士虽然进过王宫，但仍然被眼前的豪华气派镇住了，只拿出勇气微微鞠了一躬，落座时一句话也说不出。他女儿怕得不知所措，坐在椅子边上，哪儿也不敢看一眼。伊丽莎白一点也不怯场，面对三位贵妇神色自然。凯瑟琳夫人个子高大，五官分明，年轻时也许楚楚动人。她的神态并不谦和，接待客人时的言谈举止并不会使客人忘记自己低她一等。不开口时倒还好，一说起话来，句句是大人物的口气，说明她认为自己了不起，使伊丽莎白想起了威克姆先生的话。从这天的观察来看，她认定凯瑟琳夫人与威克姆先生所说无异。

细看这位夫人，她很快发觉其外貌和举动与达西先生有几分相似，再转眼瞧她女儿，伊丽莎白与玛丽亚的感觉一样，认为这位小姐瘦小得出奇。母女俩无论是身材还是容貌，没有半点相像的地方。德伯格小姐面无血色，一副病态，五官虽然算不上丑陋，却无足称道。她难得开口，只轻声对詹金森太太说几句话。詹金森太太的外表无可夸耀，她的工作一是聆听德伯格小姐说话，二是管住她的眼睛，不该看的不让她看。

坐了一阵，几个人被请到窗口边看风景。柯林斯先生作陪，给他们指点优美所在，凯瑟琳夫人特地告诉他们，这里的风景到夏天更值得看。

晚宴丰盛极了，侍候的仆人以及各类餐具跟柯林斯先生说过的一模一样。他还预计夫人会叫他坐下首,果然也没错。看他那神态,仿佛夫人叫他坐了下首,一生也就再无所求了。高兴之中,他刀切得快,嘴吃得快,夸奖话也来得快。每上一道菜,他第一个叫好,威廉爵士接着帮腔。威廉爵士已不再胆怯,女婿捧一句他能应一声,但伊丽莎白怀疑,凯瑟琳夫人是否看得惯他这副应声虫模样。然而,凯瑟琳夫人对这些奉承话似乎非常满意,喜笑颜开的,特别是见到客人把桌上的每道菜都当珍奇,便更加得意。席间谈得不算热烈。逢到机会伊丽莎白本想开口,但是她夹在夏洛特与德伯格小姐之间,夏洛特一直洗耳恭听凯瑟琳夫人说话,而德伯格小姐一顿饭从头吃到尾都没有吭过半声。詹金森太太细心观察着德伯格小姐吃得怎样,叫她尝这尝那,就怕她胃口不好。玛丽亚不敢多嘴,两位先生除了吃和叫好,就是叫好和吃。

几位太太小姐回到客厅后,只有恭听凯瑟琳夫人发议论的份。她滔滔不绝地谈到喝咖啡时,无论对什么的看法都是说一不二,可见她一贯以自己的是非为是非,不容人唱反调。她毫不客气地问起夏洛特的家务事,连细枝末节都不放过,对应当如何料理家务做了一大堆指教,还盼咐她养好母牛、家禽。伊丽莎白发现,这位贵妇人非常精心,凡有能教训人的机会,她无一错过。她边与柯林斯太太交谈,边问了玛丽亚与伊丽莎白一大堆话。特别是伊丽莎白,因为她对伊丽莎白的三亲六眷所知太少,又觉得她有大家闺秀风范,漂亮(这是她对柯林斯太太说的)。她一时问这,一时问那,例如有几个姐妹,有没有快结婚的,长得漂不漂亮,在哪里受的教育,父亲有辆怎样的马车,母亲娘家姓什么等等。伊丽莎白觉得这些事问得冒昧,但还是耐着性子一一回答了。

"你父亲的家产该由柯林斯先生继承吧?"问完以后,凯瑟琳夫人转身又对夏洛特说,"这件事我替你感到高兴,否则我实在不明白为何自己的女儿不能继承财产,却要给别人。刘易斯·德伯格爵士家原来就反对。——贝内特小姐,你会弹琴唱歌吗?"

"会一点。"

"那好,什么时候我们听你弹弹吧。我们的钢琴挺好,也许胜过……哪天你来试试看。你姐妹里有人会弹吗?"

"有一个会。"

"为什么你们几个不都学呢？姐妹们应该都会才好。韦布家的几个女儿都会，她们的父亲还比不上你父亲收入多。你会画画吗？"

"一点儿也不会。"

"怎么，姐妹们都不会吗？"

"都不会。"

"这太奇怪了。不过，我猜你们是没有机会学。每年春天，你们的母亲应该带你们到伦敦来找名师教。"

"我妈妈并不反对，可是我爸爸讨厌伦敦。"

"家庭教师还在吗？"

"从来没有请过。"

"没有请过家庭教师！这怎么可能？放着五个女儿在家里连家庭教师也不请！你母亲为你们几个的教育一定够操心劳累吧？"

伊丽莎白好容易忍住笑告诉她，并不是这么一回事。

"那谁来教你们？谁来管你们？不请家庭教师，难怪把你们都耽误了。"

"与有些人家比，我们可能是被耽误了，但是，姐妹们只要肯学，不愁没有途径。父母一直鼓励我们多读书，该请的老师都请了。要是人懒散，那就难说了。"

"你说得也对，但是请了家庭教师，就懒散不了。可惜我不认识你母亲，要不然，无论如何也会劝她请一个。我总认为，没有系统的正规指导，就谈不上教育，而能进行系统正规指导的，唯有家庭教师。我帮许多人家介绍过家庭教师，做了大好事。看到年轻人找到好东家我就高兴。多亏了我，詹金森太太的四个侄女谋到了上好人家的差事。前两天我还介绍过一位姑娘，是我偶然听说的，但是东家对她非常满意。——柯林斯太太，我不是对你说梅特卡夫太太昨天来向我道谢吗？她对波普小姐中意极了，说：'凯瑟琳夫人，你给我送来了一件宝。'——贝内特小姐，你妹妹有已经出来交际的吗？"

"全部出来交际了，夫人。"

"全都出来了。哎呀，难道说五个人同时？咄咄怪事！你还只是二女儿哩！姐姐还没有出嫁，妹妹就等不得了！你几个妹妹年龄还很小吧？"

"对,最小的不到十六岁。也许她年龄太小,不宜多出入交际场合。但是夫人,如果姐姐不愿早早出嫁或者没有机会早早出嫁,就不让妹妹与人交往,那未免太苛刻了。最小的女儿与最大的女儿一样,也该享受年轻人该有的快乐。哪能用这样的规矩限制人!我认为这样做无助于姐妹关系,也无助于培养人的聪明灵活。"

"你年纪轻轻,出言这样武断真是少见。说说看,你多少岁?"夫人说道。

伊丽莎白笑着答道:"我的三个妹妹都已长大成人,夫人还用得着再问我多大年龄吗?"

凯瑟琳夫人万万没料到会得不到正面回答。伊丽莎白在想,这位自视甚高的贵人大概是第一次遇到人胆大包天戏弄她。

"你不可能超过二十岁,所以没有必要保密。"

"我还没有满二十一岁。"

两位先生进客厅时,茶已喝完,牌桌也摆上了。凯瑟琳夫人、威廉爵士、柯林斯夫妇坐下打纸牌四十张。德伯格小姐要打卡西诺①,伊丽莎白与玛丽亚让詹金森太太拉来帮忙,四人凑成一桌。这一桌索然无味。除了詹金森太太向德伯格小姐一会儿问是否冷,一会儿问是否热,一会儿问是否光太强,一会儿问是否光太弱,与打牌无关的话谁也不曾说过半句。另一张牌桌热闹得多。凯瑟琳夫人的话最多,不是指出另外三人的谬误,就是谈自己的轶事。柯林斯先生听夫人说什么就附和什么,赢一根筹码向夫人道一次谢,觉得赢得太多又向夫人赔不是。威廉爵士话不多,在忙着把听来的轶事和大人物的名字往脑子里灌。

等到凯瑟琳夫人与女儿不想再打时,牌桌撤了。她对柯林斯太太说叫马车送客,见柯林斯太太满心感激地说好,马上吩咐备车。接着,所有人围炉而坐,听凯瑟琳夫人断定第二天的天气会如何。几个人正受教时,马车来了。临行时,柯林斯先生千恩万谢,威廉爵士频频鞠躬。马车出门以后,柯林斯先生问伊丽莎白,对在罗辛斯的亲眼所见有何感慨。伊丽莎白碍着夏洛特的脸面,没有说实话,而是勉为其难地赞美了几句,柯林斯先生听了却嫌远远不够,接着把尊贵的夫人大大颂扬了一番。

---

① 卡西诺(cassino)也是一种纸牌。

第三十章

威廉爵士在亨斯福德仅仅住了一星期。时间虽短，却足以看出女儿过得美满幸福，嫁了个不可多得的丈夫，有一位世上难逢的邻居。威廉爵士在时，柯林斯先生每天上午坐着马车陪他到附近看风景；威廉爵士走后，这家人的生活一切照旧。伊丽莎白无比庆幸，威廉爵士走了，她见到表哥的次数也少了。每天早饭后晚饭前的绝大部分时间，表哥不是料理花园，就是在临大路的书房里或者读读写写，或者凭窗远眺。几个女人坐在后房。起初伊丽莎白有些奇怪，明明餐厅比较大，朝向也比后房好，夏洛特为什么不陪她们坐到餐厅。不久后她发现，朋友这样做考虑周密。如果她们也坐到临大路的房间，柯林斯先生守在自己房间的时间势必少得多。对夏洛特的巧妙安排，她不得不佩服。

她们坐在客厅里看不见大路上的情形，有什么马车经过，特别是德伯格小姐的四轮轻便马车过了几趟，全靠柯林斯先生通消息。尽管德伯格小姐的车几乎每天来来去去，他一见总要到客厅说说，没有一次错过。德伯格小姐的车常在牧师府门前停一停，与夏洛特攀谈一阵，但几乎不会走下车来。

柯林斯先生差不多每天都要去罗辛斯一趟，连他太太也觉得有必要多走走。伊丽莎白想不通，难道他们还有些重要的事需要去那边处理？否则为什么要这样劳神费时。德伯格夫人也常大驾光临。每次一来，什么事都休想逃过她的眼睛。她要过问夫妻俩怎样过日子，怎样理家，指教他们该这样不该那样，连家具摆放当不当，女仆人偷没偷懒也不曾放过。要是她答应吃顿饭，那也仅仅是为了看看，柯林斯太太是不是把两口子吃的肉一块块切得太大。

不久以后,伊丽莎白还看了出来,虽说这位贵妇人没有担任一郡的治安官,但在这个教区里她却俨然是位治安官,事无巨细,柯林斯先生都向她禀报。有谁吵架也好,不满也好,叫穷也好,她都要御驾亲征,调解纠纷,平息怨言,骂得一个个相安无事,知足服气。

罗辛斯一星期请他们赴两次宴,每次聚会与最开始的那一次并无二致,只是少了威廉爵士,晚上的牌桌也只摆一张。别的人家几乎没有请柯林斯夫妇赴宴的。因为左邻右舍生活阔绰,夫妇俩一般高攀不上。伊丽莎白倒觉得这并非坏事,总的说来她过得自由自在。经常与夏洛特闲谈个半小时,再加上天气晴好,又是在一年里最好的时节,她可以常常出门游玩。其他人去朝见凯瑟琳夫人时,她总爱去园林边的一座树林里走走。那里有一条幽静的小道,懂得其美妙的似乎唯有她一人。走在小道上,凯瑟琳夫人想刨根问底也问不着。

就这样,她太太平平、不知不觉地做了两星期的客。复活节临近了。复活节前的这星期,罗辛斯要新来一个客人,这两口之家无疑是遇上了件大事。伊丽莎白早就听说过,达西先生过几个星期会来。尽管在认识的人中,达西先生最叫她厌恶,但在罗辛斯,得另当别论。她可以留心观察他对表妹的态度,看看宾利小姐打他主意是不是枉费心机,这真的很有趣。凯瑟琳夫人明摆着要把女儿许配给达西先生,一说起他就赞不绝口,提起他要来更是欢天喜地。但一听说他曾与卢卡斯家的大小姐和伊丽莎白常来常往,却几乎变了脸色。

达西先生一来,牧师府这边就知道了。柯林斯先生在亨斯福德门前的小路上来来回回走了整整一上午,为的就是第一个获得确切的消息。马车进园林时他鞠了一躬,然后赶回家,报告这一重要消息。第二天上午他便急着去罗辛斯,拜望凯瑟琳夫人的两位外甥。达西先生还带着一位菲茨威廉上校同行,是他姨父某某爵士的小儿子。谁也没料到,柯林斯先生回家时,两位贵客竟然跟着他一道来了。

夏洛特在丈夫的书房隔着大路看见他们,转身便走进另一间房,告诉妹妹和伊丽莎白这个大喜讯,还补上一句:"伊丽莎白,他们这样赏脸我得感谢你,达西先生绝不会这样快就来看望我。"

还没等伊丽莎白来得及把这句恭维话奉还,门铃响了,客人已到,紧接着三人进了房。走在前面的是菲茨威廉上校,年约三十,长得不算英俊,但举止谈吐不失上流风范。达西先生与在亨斯福德郡时看起来一模一样,问候柯林斯太太依旧不卑不亢,不冷不热,见到柯林斯太太的朋友表情平静,看不出内心的情感。伊丽莎白仅仅向他施了一礼,没有开口说话。

菲茨威廉上校马上与大家攀谈起来,他的话颇为有趣,整个人也落落大方,显得很有教养。而他那位表亲向柯林斯太太略说过几句评价房子和花园的话以后,就坐着老半天没有吭过声。好不容易他才总算想起礼节,问伊丽莎白一家身体好不好。

伊丽莎白像过去一样敷衍了几句,停了停又说:"我姐姐这三个月一直住在伦敦,你一次也没有遇见过她?"

她是明知故问,想察言观色,看看他知不知道宾利与简之间现在的关系。达西回答说可惜得很,一次也没有见过,脸上似乎略显尴尬。这事没有再谈下去,两位客人很快告辞了。

第三十一章

牧师府对菲茨威廉上校的翩翩风度非常欣赏,几个女人觉得,有了他,去罗辛斯做客会多出许多风味。可是,来自罗辛斯的邀请过了好几天才到,原因是这几天另外有客,犯不着再请牧师府的人。一直到复活节那天,两位先生来了几乎一星期后,牧师府的人才被邀请,那是在凯瑟琳夫人离开教堂时,随口说了一声请他们晚上过去。这一星期很少见到凯瑟琳夫人和她的千金。菲茨威廉到牧师府来过不止一次,但达西先生仅仅在教堂才见到一面。

他们当然接受了邀请,几个人准时进了凯瑟琳夫人的客厅。夫人客客气气地接待了他们,但显而易见,他们这次来没有以往受欢迎。说实在的,夫人眼里几乎只有两个外甥,光顾着与他们、特别是达西攀谈,对房间里的其他人很少理睬。

菲茨威廉见到他们似乎是真高兴,罗辛斯的生活让他闷得慌,再加上柯林斯太太的朋友长得漂亮,正中他的心意。他坐到伊丽莎白身边,滔滔不绝地谈起肯特郡和赫特福德郡,谈起旅行,谈起居家,谈起新出的书和音乐,使伊丽莎白听了觉得哪次来都不及这次一半畅快。两人兴致太浓,话太多,不但达西先生留了意,连凯瑟琳夫人也有所察觉。达西先生觉得奇怪,视线一次又一次地转向他们。

过了一阵,夫人同样起了疑心,但她没顾及那么多,公然大声问道:"菲茨威廉,你们在谈什么?你跟贝内特小姐说了些什么话?说给我听听吧。"

菲茨威廉躲不过,只得答道:"我们在谈音乐,姨妈。"

"谈音乐！那你大声谈好了，我最喜爱音乐。要是你们谈音乐，我非凑凑热闹不可。爱好音乐，又有音乐天分的，在英国除了我恐怕数不出多少人。如果我学过音乐，我一定是个大行家。安妮也一样，可惜身体不好，不能学。要不然，她会弹会唱的，一定很动人。——达西，乔治亚娜现在技艺如何？"

达西先生把妹妹的技艺夸耀了一番。

凯瑟琳夫人说："你把她说得这样好，我非常高兴。告诉她吧，就说是传我的话，她如果不多多练习，休想出人头地。"

达西先生答道："姨妈，你放心好了，这道理她早就知道。她练得非常勤。"

"早知道更好。多练总不为过，下次写信时我一定叫她千万别荒废了一双手。我常对年轻姑娘们讲，音乐不练成不了大器。对贝内特小姐我就讲过好几次，如果练少了，她别想弹好钢琴。可惜柯林斯太太没有琴，但是没关系，我常对她说，詹金森太太房里有一架，欢迎她天天来罗辛斯弹。在那间房里弹，她碍不着我家的什么人。"

达西先生听自己的姨妈说话这样缺少涵养，觉得丢脸，便没有接腔。

喝过咖啡，菲茨威廉上校提醒伊丽莎白别忘记刚才答应为他弹钢琴，伊丽莎白一听马上坐到钢琴边。菲茨威廉上校搬过椅子坐到近旁。凯瑟琳夫人才听了半支曲，又与另一个外甥谈开了。后来，外甥撇开她缓缓往钢琴边走，在一个能看清演奏者美丽容貌的位置站住了。

伊丽莎白发现了他的举动，弹到一个可以歇手的地方马上转过身，狡黠地一笑，说道："达西先生，你这样摆出架势过来听，是想吓唬我吧？我才不怕哩，别看你妹妹的确弹得高明。我生性好强，谁存心想吓唬我可办不到。越是有人想吓我，我越有勇气。"

"我不想说你误会了，因为你并不当真以为我有意吓唬你。我认识你并非一日两日，知道你有时喜爱说些有嘴无心的话。"达西接过话道。

伊丽莎白听了对自己的这番评价笑出声来，对菲茨威廉上校说："你表弟在你面前这样美言我，我说的话你以后一句也不会相信了。到了一个新地方,我本想蒙混蒙混,获取几分信任,谁知有人当众揭穿我的底细,真是冤家路窄。达西先生,一点不假,你把我在赫特福德郡的短处全抖搂出来,太不讲情面。恕我直言,这样做太不合算,因为会遭到我的报复,说出些你家里人听了要大吃一惊的事来。"

"我不怕你。"达西先生笑着说。

菲茨威廉大声嚷着:"说吧,说吧,让我听听你要揭穿他什么。我很想知道在不认识的人当中他如何表现。"

"说就说吧,但是如果有意想不到的事你听了别太奇怪。告诉你吧,我第一次在赫特福德郡见到他是在一个舞会上。你猜猜,这次舞会上他怎么来着?他只跳了四次舞!我不想刺到你的痛处,然而事实如此。舞会上男少女多,他还只跳四次。我记得很清楚,不止一位姑娘坐着发闷,就因为没有舞伴。达西先生,你不能否认事实吧?"

"当时除了同我一道去的人,参加舞会的姑娘我全都不认识。"

"是这样。再说,舞场里哪能请人做介绍呢?这事别说了。菲茨威廉上校,你还想听什么?我乐于从命。"

"我没有请人介绍,也许考虑不周。但是我的确没本领主动与不相识的人结识。"达西说。

"你听听吧,你表弟这话有没有道理。"伊丽莎白的话仍然是对着菲茨威廉上校说的,"又聪明又受过良好教育,见的世面也多,还说没本领主动与不相识的人结识,我们要不要问问看,这是为什么?"

菲茨威廉上校说:"你的问题用不着找他,我能回答。就因为他不愿意。"

达西说:"有的人与从没见过的人谈起话来也应付自如,我自愧不如。我常见到有的人谈话时能迎合别人口味,对别人有兴趣的事假装也喜爱,但我干不来。"

"我见过许多人能熟练地弹钢琴,而我的手指动起来就不及她们灵巧。"伊丽莎白说,"力量不一样,速度不一样,表达的感情也不一样。但是,我一直认为,比不过人家是自己的过错,是我没有下功夫苦练。这就是说,别人比我弹得高明,并不是我的手指缺少本领。"

达西笑了,说:"你说得完全对。你比别人强在时间利用得好。

有幸听过你弹琴的人没谁挑得出缺陷来。你和我都不在陌生人面前显本领。"

话音刚落,凯瑟琳夫人插了进来,大声问他们在谈什么。伊丽莎白一听,马上又弹起琴来。

凯瑟琳夫人走过来,听了几分钟,对达西说道:"可惜贝内特小姐练得少,又未经伦敦名师的指点,要不然不会弹错。她对指法非常了解,但风味比不上安妮。如果安妮身体好,能学下去,一定能成为高手。"

伊丽莎白看向达西,想知道他是不是赞同夫人夸奖表妹的这些话。但无论这次也好,别的时候也好,都没有发现任何他对她存有爱意的迹象。纵观达西对德伯格小姐的态度,她得出了一个对宾利小姐有利的结论:如果宾利小姐是达西的亲戚,达西无疑会娶她。

凯瑟琳夫人不停地对伊丽莎白的弹奏说三道四,边评说边指点她怎样动作,怎样注意风味。伊丽莎白出于礼貌,耐心地听着。两位先生请她再弹,她一直弹到夫人叫来马车送客人回家。

第三十二章

第二天上午，柯林斯太太与玛丽亚进村办事，伊丽莎白一个人坐在房间里给简写信。突然门铃响了起来，她吃了一惊，知道来了客人。她没有听到马车声，心想也许是凯瑟琳夫人。她唯恐凯瑟琳夫人问些不三不四的话，正要把只写了一半的信收起，这时门开了，万万没有料到进来的是达西先生，而且只有他一个人。

达西先生看到只有她在，似乎也很意外，连忙道歉，解释说原以为太太小姐们都在，否则不会贸然闯进来。

两人坐下后，伊丽莎白问起罗辛斯那边的情形，接着再无话可说，眼看就要相对无言。这当然不成，得想想办法。

正着急时，她记起上次分手是在赫特福德郡，觉得该问问他为什么要走得那么匆忙，便说："达西先生，去年十一月你们离开内瑟菲尔德真是太突然了！宾利先生前脚走你们后脚就跟上，他一定相当惊奇吧？我记得清楚，他只比你们早走了一天。你离开伦敦的时候，他和他姐妹都好吗？"

"很好。谢谢。"

她一听，知道他不会回答更多的话了，等过了一会儿，才又问道："看来，宾利先生不大想再回内瑟菲尔德，是吗？"

"我从没有听他说过这话，但是以后他在那里待的时间极少倒有可能。他的朋友多，而且又处在交际应酬正有增无减的年龄。"

"如果他不打算在内瑟菲尔德常住，还不如干脆搬走的好，我们希望以后能来一户长住的邻居。但话说回来，宾利先生租那房子不是图左邻右舍多份热闹,而是出于自身的需要。住也好,搬走也好,我们只能随他的便。"

达西说:"如果他买到合适的房子以后马上搬走,我不会觉得奇怪。"

伊丽莎白没有答话。她不愿再谈他的朋友,又没有别的话可谈,便打定主意让达西费点脑子找话题。

他领会了她的意思,很快开了口,说:"这房子住起来似乎非常舒服。我猜,柯林斯先生刚来亨斯福德时,凯瑟琳夫人一定大翻修过。"

"我猜也是。她的好心没有白费,受惠的人那样感恩戴德,我相信再也找不出第二个。"

"柯林斯先生娶太太好像也很走运。"

"一点儿不错。愿意嫁给他,或者说,愿意使他幸福的女人得眼力好,非常难得叫他真遇上了一个,朋友们应当替他感到高兴。我那位朋友是个很聪明的人,虽然难说嫁给柯林斯先生是否真做了件明智的事。不过,她似乎心满意足。如果无苛求,她攀到这门亲的确很有好处。"

"她现在的家与娘家、与朋友来往之便,一定叫她中意。"

"你说方便?将近五十英里!"

"路好走的话,五十英里有什么关系?才多半天的工夫。在我看来,应该说方便。"

伊丽莎白说道:"我可从来没有想到过,路程的长短倒成了这门亲事的一大好处。但我可不敢说柯林斯太太住得离娘家近。"

"这证明你很舍不得赫特福德郡。只要离开朗本半步,看来你都会嫌远。"他边说边露出丝笑。

伊丽莎白能猜出这丝笑的含义:他一定是以为自己想到了简和内瑟菲尔德。马上脸红了,回答道:"我的意思不是说女人出嫁非紧挨着娘家不可。住远住近不一定,得看情况。如果有钱,来来去去花费不当回事,距离就不成问题。但这门亲事不同。柯林斯夫妇的收入可以使他们舒舒服服过日子,但不能支持他们经常旅行。就算路程比现在近了一半,我这位朋友也绝不会觉得离娘家近。"

达西先生把座椅往她身边挪近了些,说:"你与她不同,不会恋着从小就住的地方。你不可能一直没有离开过朗本。"

伊丽莎白神色有些诧异。达西先生也觉得心情有些异样,忙挪开座椅,从桌上拿起张报纸,整版扫了一眼,随口问了句:"你喜欢肯特郡吗?"

接着两人谈起肯特郡,态度都有些冷冰冰的,话也不多。没有谈多久,夏洛特带着妹妹从外面回来了。见到只有伊丽莎白与达西在房间里,她们觉得很意外。达西先生解释说没想到来得不是时候,打扰了贝内特小姐。然后跟谁都没有多谈,坐一阵就走了。

他一走,夏洛特马上问道:"这是怎么回事呢?伊丽莎,他准是看上你了,要不然,绝不会随随便便跨进我们的门。"

伊丽莎白说起刚才冷场的情形,夏洛特听了便觉得不像那么回事。两人推测半天,最后只能猜想达西是无事可干才来探望一下。这段时间,野外的消遣过了季节,室内只有书、弹子台、凯瑟琳夫人。男人们不可能一天到晚守在家,也许是因为牧师府离得近,到牧师府的路上风光好,而住在牧师府的人也不错,表兄弟俩这段时间总喜爱往这里跑,差不多每天都来。他们总是上午来,早晚不拘,有时单独来,有时一道来,姨妈陪着的次数也常有。她们都能看出,菲茨威廉上校上门是因为与她们合得来,这样她们当然也就更喜欢他。伊丽莎白见菲茨威廉上校显然对自己抱有好感,而自己也乐意与他相处,不由想起了原来喜爱的乔治·威克姆。两相比较,她认为菲茨威廉上校虽不及威克姆温文尔雅,却见多识广,聪明绝顶。

但是为什么达西先生成为牧师府的常客叫人很费解。不可能是因为合得来。他往往会坐着连续十分钟不开口,即使说话,似乎也是迫不得已,换言之,不是爱交谈而是出于礼貌应酬。他难得有兴致勃勃的时候。柯林斯太太捉摸不透他。菲茨威廉上校常常笑他在发呆,可见平常他不是这副模样,而据柯林斯太太自己所知,他也并非痴痴呆呆的人。她自然而然地怀疑这一变化是爱情造成的,他爱上了自己的朋友伊丽莎,于是决心细细观察个究竟。她们去罗辛斯时她盯住他,每次他来亨斯福德也盯住他,但收效甚微。不错,他的眼常常朝她的朋友看,但眼里的表情未见异常，只是认真的人的一种留心专注而已。她看不出他眼神里带有几分喜爱，有时看到的似乎是一片茫然。

　　她对伊丽莎白提过一两次，说他很可能对她有意，但伊丽莎白只笑着说她是瞎猜。柯林斯太太不敢多谈这件事，唯恐如果伊丽莎白真的动了心，到头来希望只会变成失望。在她看来，一旦她的朋友认为他拜倒在了自己的罗裙下，所有恶感无疑会消失。

　　她一片好心对伊丽莎白，有时设想过伊丽莎白不妨嫁给菲茨威廉上校。他讨人喜欢，对伊丽莎白应该也有好感，社会地位又非常理想，然而达西先生在教会里有相当大的势力，他表哥却势孤力单，这一来菲茨威廉上校就完全处在下风了。

在罗辛斯吃两次饭，从来没有让我们走路回家，夫人的马车到时间就在等着我们。我该说夫人的马车总有一辆在等着才对，因为她的马车有好几辆。"

夏洛特补上一句，道："一点不假，凯瑟琳夫人是个讲体面、事事考虑周到的人，也是位非常热心的邻居。"

"说得对极了，亲爱的，我的话正是这个意思。像她这样的人，你无论怎样敬重也值得。"

这天晚上主要的谈话资料是赫特福德郡近来的事，信上写过的搬到嘴上再炒一遍。等夜深人散，伊丽莎白回到卧房，默默想着夏洛特对于现状满意到什么程度，点拨丈夫的手腕巧妙到什么的程度，容忍丈夫的肚量又大到什么程度，最后只得承认，她的日子过得还不错。伊丽莎白还想了她这次做客的时间会如何度过，预料每天既有平凡而又安静的日常生活，也要听柯林斯先生的啰唆，让他搅得心烦，还会与罗辛斯往来，有些玩乐。她想象力丰富，很快把什么都估计到了。

第二天中午时分，伊丽莎白坐在房里，正想去散散步，突然间楼下传来闹哄哄的声音，仿佛一屋子人全乱了套。静听一会儿，发现有人急匆匆跑上楼来，大声叫她。

她打开门，见玛丽亚站在楼梯口，气喘吁吁地大声说："伊丽莎白，快来，快来，到餐厅里去，去开开眼界吧！是什么我不会对你说。你快点到楼下去。"

不管伊丽莎白怎样问，玛丽亚什么话都不肯说，于是两人跑进了楼下的餐厅。餐厅正对着房子外的小路，原来是来了两位女宾，坐的四轮轻便马车就停在花园门口。

伊丽莎白问道："就开这个眼界吗？我以为少说也是猪闯进了花园里，原来是凯瑟琳夫人与她女儿来了！"

"哎呀，亲爱的，那不是凯瑟琳夫人！"玛丽亚没想到伊丽莎白会猜错人，"年纪大的是詹金森太太，与她们住在一起，另一个是德伯格小姐。你看她，长得真是纤小，谁会想得到她又瘦又小！"

"外面风大，让夏洛特在风里站着，她怎么一点礼貌也不懂呢？为什么不进来？"

第三十三章

伊丽莎白在园林里散步时,不止一次遇到达西先生。没有碰见别人偏偏撞上他,伊丽莎白自认倒霉。为了避免再发生这种事,第一次相遇时她就特地对他说,她爱到这里来。所以,怎么会有第二次呢?奇怪!有第二次不算,又来了第三次。他似乎是有意跟她过不去,要不然,就是心存内疚,因为见面时他不是只说两句客套话,尴尬地沉默一会儿,然后转身走开,而是与她一道散步。他的话不多,而她既不想多开口,也无心听他说。想不到的是,第三次相见时,走着走着他就东拉西扯地问了一大堆问题,例如,在亨斯福德过得愉不愉快,为什么喜爱一个人散步,认不认为柯林斯夫妇在一起幸福。甚至,他在谈起罗辛斯时说,伊丽莎白并不完全了解那一家,似乎希望以后她来肯特郡,也能到那里住住。这是他的弦外之音。难道他是在为菲茨威廉上校着想吗?伊丽莎白猜测,如果他话中有话,那一定是指那一位对她有些动心。她内心有些难过,但幸好这时她已走到了正对牧师府的围栏门口。

有一天,她边散步边看简刚寄来的一封信,捉摸着简写的一些灰心丧气的话,正出神时又遇上了一个人,抬头一看,面前站着的不是达西先生,而是菲茨威廉上校。她立刻收起信,勉强笑着说道:"没有想到你也会到这里来散步。"

菲茨威廉上校说:"我每年临走时都要把整个园林欣赏一遍,然后去牧师府。你散步还要散很久吗?"

"不,我正准备回去。"

说完她转过身,于是两人一同往牧师府走。

"你们当真星期六就要离开肯特郡？"她问。

"对，只要达西不想再留，我随他的便。他高兴怎样就怎样安排好了。"

"像达西先生这样喜爱干什么就得干什么的人我还没有见过。"

菲茨威廉上校答道："他一直我行我素。但我们也一个样，不同的是，他比许多人有资格我行我素，因为他有钱，别人没钱。我说的是真心话。你也知道，排行小的儿子事事得忍气吞声，仰人鼻息。"

"依我看，伯爵排行小的儿子既不用忍气吞声，也不用仰人鼻息。说正经话吧，什么时候你忍气吞声，仰人鼻息过呢？你想去什么地方就去了什么地方，看中什么东西就买下来，什么时候因为缺钱不称心呢？"

"问得好，也许这类苦恼我很少有，但是比这大的事我就吃没钱的亏。排行小的儿子不能喜爱谁就娶谁。"

"那是因为他们喜爱的女人太有钱，我想这种情况屡见不鲜。"

"我们花钱的习惯决定了我们得仰仗他人，处在我这种地位的人，结婚不讲钱的没有几个。"

伊丽莎白心里犯疑，该不是指她吧？这一想，脸便泛红了，但又镇静下来，用俏皮的声音问："那你说说看，伯爵排行小的儿子一般要卖多大价钱？我想你开价不会超过五万镑吧？除非哥哥太体弱多病。"

菲茨威廉也用同样的口吻回答了她，这话题便不再谈了。

伊丽莎白怕不出声会使对方以为刚才谈的事触发了她的心病，忙又说："我猜，你表弟带你来，主要是为身边有一个人听他摆布。他不如干脆结婚，找一个人永远听他摆布。不过，也许现在有他亲妹妹就够了。她妹妹由他一个人管着，叫她怎样就只能由得他了。"

菲茨威廉上校说："不对，他只能做一半主，另一半得归我。我与他都是达西小姐的监护人。"

"真的？说说看，你这监护人是怎样当的？被你监护的人很难对付吗？她这种年龄的小姐有时候不大好办。如果她的脾气和达西一样，也许就爱我行我素。"

说这话时，伊丽莎白发现菲茨威廉目不转睛地看着她。他马上问她，为什么会猜想达西小姐难对付。

这一问伊丽莎白更感到她的猜想八九不离十，马上答道："你用不着害怕，我从没有听人说过她的坏话。我相信，世上像她这样乖的人很少。我认识赫斯特太太和宾利小姐，她们就非常喜爱达西小姐。你说过你也认识她们，是吗？"

"有一些往来。她们的兄弟人缘很好，气质不凡，与达西是莫逆之交。"

伊丽莎白不动声色地说道："这话很对。达西先生对宾利先生好得不得了，事事替他操心。"

"替他操心！没错，在宾利最需要人指点的时候，达西的确为他操了心，这一点不假。在来这里的路上，他谈了一件事，使我觉得宾利幸亏有他帮忙。不过，他说的人如果不是宾利，我瞎猜一气就对不起他了。这事仅是推测。"

"你怎么这样说呢？"

"这件事达西肯定不希望闹得满城风雨，传开了，让女方的人知道会不痛快。"

"你放心好了，我不会走漏风声。"

"别忘了。我猜想是宾利并没有多少根据。达西只是对我说，他很高兴最近做了一件好事，有位朋友在婚事上考虑不周，险些错走一步棋，是他挽救过来的，但并没有说出姓名，也没有提到具体如何。我猜想这位朋友是宾利，因为这种事下错棋的除了宾利还能有谁？而且，我知道这个夏天他们俩一直在一起。"

"达西先生对你说了为什么他要过问这件事吗？"

"据我所知，是女方太不相配。"

"他用什么办法把两人拆散了呢？"

菲茨威廉一笑，说道："他没提用了什么办法，他对我说的话现在我全告诉你了。"

伊丽莎白沉默地往前走着，内心燃起了一把无名火。

菲茨威廉细细看了她一会儿，问她在想什么心事。

"我在想你刚才对我说的事。我觉得你表弟做了件不该做的事。他凭什么左右人家的事呢？"她回答。

"你认为他是多管闲事吗？"

"既然是朋友所好，达西先生凭什么论断可取不可取？换句话说，他怎能以自己的是非为是非，对朋友如何才会得到幸福下结论，指手画脚呢？不过——"她变冷静了些，往下说道，"我们不知道这件事的底细，也不能对他妄加指责。大概那两人间也没多少感情。"

"这完全可能，但是你这样一说，我表弟就无功可言，没什么可吹嘘了。"菲茨威廉说。

菲茨威廉这句话本是调侃，但伊丽莎白听了觉得评说达西先生恰如其分，因此犯不着再接腔。她换了个新话题，谈些无关紧要的事，不知不觉走到了牧师府。等客人离开后，她回到自己房间，回想着听来的事。这件事里的两个人不会是别人，只可能是她熟悉的人。世界上对达西先生能够这样言听计从的人只有一个。达西参与了拆散宾利先生与简的勾当，这一点她从来没有怀疑过，但是她一直认为宾利小姐是主谋与主犯。简已经吃了苦头，现在还在吃苦头，所有苦头都要归咎于他，祸根在他的目中无人和胡作非为。一位世界上最温柔、善良的姑娘幸福的希望，被他三下两下就全部摧毁了，他造下的罪孽谁知道何时能够摆脱呢？

据菲茨威廉上校说，"女方太不相配"。也许，一不相配在有个姨父是乡下律师，二不配在有个舅父是伦敦的买卖人。

伊丽莎白心想："简本人有什么不相配！她长得漂亮，心地善良，头脑聪明，教养好，风度又美，连我爸爸也挑不出刺来，他虽然有点古怪，但能力连达西先生也不敢小看，他的品德，也许达西先生一辈子都赶不上。"当想到母亲时，她倒真有些气不壮，然而她并不相信达西先生会过多计较她母亲如何，达西在乎的是朋友结亲应该门户高，并不在乎女方家有谁脑子不行。想到最后，她认定达西先生一是太高傲，二是想把自己妹妹嫁给宾利先生。

这件事使她气不过，不由哭了起来，一气一哭头也痛了。到了晚上，头痛有增无减，再加上不愿看到达西先生，她打定主意不陪表兄表嫂去罗辛斯喝茶。柯林斯太太见她当真身体不舒服，没有勉强她去，还劝了丈夫不要勉强。但柯林斯先生担心，她不去会使凯瑟琳夫人不高兴。

第三十四章

柯林斯夫妇走后，伊丽莎白似乎对达西先生之坏还没有了解透，又搬出到肯特郡后简写来的信细细看。信上没有责怪谁，没有再提已过去了的事，也没有谈现在的痛苦。本来她性格开朗，无论对谁都热情有加，写的信也能让人看出她高兴的心情，但是现在，每封信的字里行间看不出她有好心情。伊丽莎白原来读得马虎，现在细读，发现字字句句都流露出心绪的不宁静。想起达西先生曾恬不知耻地自吹能给人带来多大痛苦，她更加体会到姐姐苦恼的程度。幸好达西过两天就要离开罗辛斯，而且，两星期后她会再见到简，姐妹情深，希望她的劝解能使简的精神振作起来。

想到达西要离开肯特郡，她不由记起他表哥要与他一道走。不过，菲茨威廉上校看来并没有那种情意，虽然他人好，她也犯不着为他得心病。

想得正出神时，突然听到门铃响，她以为是菲茨威廉上校，心脏不由得加速跳起来，想到他可能是特地来看望她。然而希望落了空，她万万没料到走进来的是达西先生，心立刻一沉。达西先生进门便问起她的身体，说明是来看看她好些没有。她的答话冷淡而不失礼貌。达西坐了会儿后站起身，在房间里踱来踱去。伊丽莎白觉得奇怪，但没有吱声。

达西沉默着，闷了好大一阵走到她跟前，神情激动，开口说道："我再也忍不住了。忍也无益。我的感情已无法克制。你一定得听我说，我有多喜欢你，有多爱你。"

伊丽莎白吃惊得不知所措。她瞪大眼，脸颊绯红，怀疑听错了话，没有出声。达西见了只当默许，马上把五脏六腑里的话全倒了出来。他口若悬河，除了一片爱慕之心要细细表白外，他还有万千思绪要和盘托出，而他吐露骄傲心理的口才比起倾诉柔情蜜意的口才又有过之而无不及。他认为人家是高攀，自己是低就，两方门不当户不对，顺了心愿，却逆了常理，谈得慷慨激昂，似乎非常痛惜伤了自己的身价，却没想到说这些话哪能求到亲？

伊丽莎白虽然恨透了他，但被这样一个人爱上又谈何容易，所以她不能不感到得意。该怎样办她没有丝毫犹豫，但想到必然会造成他的痛苦，开始还有些过意不去。后来，达西的话引起了她的反感，那点怜悯之意被怒火烧得灰飞烟灭。不过，她还是压住火气，打算等他说完后好言好语答复他。谈到末了，达西先生表示他的爱太强烈，无论怎样都压抑不住，希望伊丽莎白能马上答应他。伊丽莎白看得清楚，他满以为胜券在握。尽管他嘴上说担心着急，脸上却喜气洋洋。

这一来伊丽莎白更加反感，达西先生表白完后，她涨红了脸，说道："我知道这种事情有个定规，对别人表达的感情即使绝对不可能投桃报李，也得说上一声谢谢。感谢可说是情在理中，如果我的内心觉得该道谢，现在会向你说声谢谢。可是我不能。我从来没有想过要得到你的什么好感，而你说出的好话肯定也是完全言不由衷。我不愿意让任何人不痛快，但现在是迫不得已而为之，希望你不要耿耿于怀。出于你刚才说的那些顾虑，你犹疑很久才向我表明你对我有意。现在情分已经表达，那些顾虑使你割断情分并不难。"

达西先生靠在壁炉架上，紧盯着伊丽莎白，听到这番话既意外又气愤。他气得面色铁青，所有的五官都在诉说着懊恼。要不动声色绝非易事，他克制着，直到觉得能平心静气说话了才开口。这阵沉默叫伊丽莎白难熬。

最后，他用平静而不自然的声音说道："我盼星星盼月亮，就盼来一个这样的回答！恕我冒昧，我可以问问为什么会吃这样的闭门羹吗？不过，不知道也无关紧要。"

伊丽莎白答道："你对我说，你喜欢我，一是违背自己的意愿，二是失去应有的理智，三是甚至有损身价，说这种话明明会伤害我的自尊，对我是一种蓄意侮辱，那么，我可以问问你为什么要这样做吗？如果我的拒绝太不客气，你的这种做法难道不使我的不客气情有可原吗？而且，还有其他令我气愤的事。你知道还有。即使我对你并不厌恶，或者并无成见，甚至还有好感，你想想吧，遇到一个毁了我最爱的姐姐的幸福、甚至永远毁了她的幸福的人向我求婚，我怎么会鬼使神差地答应他呢？"

这些话说得达西先生变了脸色，但他马上又冷静下来，没有打断她的话。

她继续说："我有一千条一万条理由把你看成坏人。你在那件事上扮演了卑鄙龌龊的角色，无论出于什么动机，都是不可原谅的。他们俩被拆散了，一个让人骂朝三暮四，一个让人笑痴心妄想，你不敢否认，也不能否认，他们的这种可悲结局不是你一手造成，也是你主谋策划的。"

伊丽莎白停了下来，见达西先生无动于衷，不由火冒三丈。而达西竟然还假装不相信的样子冲着她微微笑。

"你能否认做了这事吗？"她又问了一遍。

他故作镇静地答道："我根本不想否认，我曾千方百计拆散我的朋友与你姐姐，也不否认我庆幸我的成功。我关心这位朋友胜过关心我自己。"

听了这两句老实话，伊丽莎白不愿意显露声色，其用意她当然明白，怒气也就消退不了。

伊丽莎白说道："我的厌恶不单单为了这件事。我很早就对你有了看法。好几个月前我听威克姆先生谈起他的遭遇，知道了你是何许人物。对这件事你又有什么好说呢？能搬出什么朋友情分作辩解吗？或者怎样颠倒黑白欺骗别人？"

"你对那位先生过于关心了。"达西回答道，声调变了，脸色变了。

"凡知道他的不幸遭遇的人谁不关心他！"

"他的不幸遭遇！"达西轻蔑地重复了一遍，"说得不错，他的确非常不幸。"

"正是你一手造成的!"伊丽莎白大声说道,"你害得他现在吃没有钱的苦。你分明知道应该给予他的,却不给予他。他本不会一无所有,你却叫他一无所有,误了他最好的年华。这些好事都是你干出来的,亏你还能因他的不幸遭遇瞧不起他,幸灾乐祸。"

达西大步往房间另一边走,边走边嚷:"你竟然这样看我!你竟然把我当成了这种人!把话说得这样痛快淋漓,难得,难得。"他停住脚步,转过身看着伊丽莎白,又说道,"这样看来,我的罪过的确不小。但话又得说回来,就怪我过于诚实,把久久下不了决心的顾虑和盘托出,伤了你的自尊。要不然,这些罪过也许统统算不了一回事。如果我多一分心计,把内心世界遮掩起来,奉承你一番,让你相信我完全出于真情实意,出于理智的选择,海誓山盟,好话说尽,你大概就不会这样痛斥我了。但是我偏偏讨厌言不由衷。而且,刚才说的那些想法我并不认为有错,顺情理,合公道。你的三亲六眷地位卑微,难道会叫我称心?明明知道要结的亲门不当户不对,难道你还能指望我会欢天喜地?"

伊丽莎白只觉内心的怒火一阵比一阵烧得高,但她压住了怒火,心平气和地说道:"达西先生,你想错了。如果你有礼貌些,拒绝你后我也许过意不去。但无论你用什么方式表白,我的回答只有一个。"

她见他听到这话吃了一惊,不过没有开口,便又说:"就算你用再高明不过的手法求婚,也说不动我的心,叫我答应你。"

他又吃了一惊,定睛望着伊丽莎白,看那表情,是既感到意外,又觉得丢了脸面。

伊丽莎白接着道:"从一开始,几乎可以说,从我认识你的那时起,我就看你不顺眼。你的一举一动都使我觉得你高傲,自命不凡,不知道尊重别人,因此产生了恶感。后来又有一连串的事情,恶感就根深蒂固了。与你相识不到一个月,我就想,即使无人可嫁,我也绝不会嫁给你。"

"小姐,你用不着再说了。我完全理解你的心情,现在我对自己的那些顾虑感到羞耻。对不起,耽搁了你这么长时间。衷心祝愿你早日康复，生活愉快。"

　　说完这几句话达西先生三步并作两步走了出去。伊丽莎白听到他打开前门，离开了牧师府。她心烦意乱到极点，不知道怎样解脱，又气力不支，坐下哭了半小时。回想刚才发生的事，她百思不得其解。简直叫人难以置信，达西先生会向她求婚，会爱上她好几个月了，会爱得想娶她！达西反对朋友与她姐姐成亲，现在轮到自己，与朋友的情况相比至少是半斤对八两，原来提出的理由却条条抛到了脑后！一个人在不知不觉中激起别人这样强烈的感情并非易事，她满可以扬扬自得。想想达西先生的一片心意，伊丽莎白片刻间产生过怜悯，但再一想他太傲慢，傲慢得出奇，一想到他能厚颜无耻承认对不起简的事，尽管无法辩解，承认起来却完全不以为然，一想到他提到威克姆先生时表现出的冷漠无情，毫不掩饰对威克姆先生的狠毒，伊丽莎白的怜悯又烟消云散了。

　　她思绪万千，正出神时，听到了凯瑟琳夫人的马车声，这才清醒过来，觉得不能让夏洛特发现反常，忙走回自己房里。

第三十五章

伊丽莎白好不容易才合上眼,但第二天早上醒来时,又心乱如麻。昨晚那件事仍让她觉得不可思议,不能不想。她无心做任何事,刚吃过饭便打定主意去散散步,换换新鲜空气。出了门径直往她爱去散步的地方走,却突然想起达西先生有时也会去,便没有进园林,走上那条小路,以便和大路离得远些。小路的一旁是园林的围栏,没多久她走过了围栏的一道门。

她又回头走到小路上,往返两三趟后,被清晨的美景迷得停住了脚步,站在园门边往园林里仔细看。她来肯特郡已经五星期了,这一带的景观大大变了样,早发芽的树一天比一天青葱。她正要再挪动脚步,却发现园林边缘的一个树丛里有人,在往她这边走。她怕遇上达西先生,连忙躲避。但那人已看见了她,边叫她的名字边加快了脚步。伊丽莎白听出是达西先生的声音,也只好转身回到园门口。达西先生这时已走到了园门边,拿出封信递给她,伊丽莎白不由自主地伸手接了。

达西用平静而傲慢的声气说:"我在树丛里走来走去已经有一会儿了,就希望遇上你。这封信请你看看,行吗?"说完,他略一躬身,转身进了园林,很快不见了踪影。

伊丽莎白根本没指望信里会有令她高兴的话,只是很想知道达西会说些什么,便拆开信。她没料到信封里竟装着两张信纸,密密麻麻写满了字。难怪信封会鼓鼓的。她在小道上边走边看。信上注明的地点是罗辛斯,时间是上午八点,全文如下:

小姐：

　　接到这封信请不要担心我重提旧话，向你倾诉衷情，再度求婚，像昨夜一样引起你厌恶。我写此信无意再谈什么心愿，叫你不痛快，也贬低我自己的身价。为了你也为了我的精神愉快，那些心愿忘记得越快越好。如果不是关系到我的人品，我不会提笔，倒既省了我写信也省了你看信的麻烦。所以，务请小姐原谅我的冒昧打扰。我知道你不愿过目的心情，但我希望你不抱成见。

　　昨天晚上，你数出了我的两条罪过，它们的性质迥然不同，轻重大大相异。第一条罪过是我无视双方的感情，拆散了宾利先生与你姐姐；第二条罪过是我不讲道理，不顾体面，不要人情，毁了威克姆先生未来的好日子，断送了他的希望。被我一脚踢开的人是自幼相处的朋友，谁都知道他曾受我父亲疼爱，年纪轻轻，别无依靠，一直指望我们帮他成年后立起门户。抛弃他是无情无义，拆散一对仅有一两个月感情基础的恋人与之不可相提并论。但是下面我要谈谈这两件事中我的行为与动机，希望你看过信以后，别再像昨天那样，把我当成大坏人。我少不了要进行解释，如解释时不得不说些与你相左的看法，那只好请你原谅了。既是迫不得已，你一定能包涵，不用我多求了。

　　到赫特福德郡后不久，我与大家一样看出，在那一带的姑娘中，宾利最喜爱你姐姐。但是直到在内瑟菲尔德举行舞会的那个夜晚，我才知道他的感情到了何等程度，不由担心起来。以往我多次见过他喜欢上某个姑娘。我在那个舞会上与你跳舞时，偶然听威廉·卢卡斯爵士说起，宾利对你姐姐的情意已闹得沸沸扬扬，大家只当两人必定结婚。卢卡斯爵士说起这件事时把握十足，仿佛就差婚期没有定下。之后我留心观察朋友的举动，果然发现他对贝内特家大小姐情深意厚，与历次萌发过的爱意都不同。我也观察了你姐姐，她的神情举止与往常一样大方活泼又可爱，但没有显露出动了真心的迹象。由此我抱定了一个看法：你姐姐虽然很高兴见到宾利态度殷勤，却没有以她的感情报答宾利的感情。对这件事如果你的看法没有错，我的看法就必然有错。由于你更了解你的姐姐，大概出错的是我。假若事实如此，我因有眼无珠而造成了你姐姐的痛苦，你的怨恨就不足为怪了。但是我要直言相告，你姐姐表情自然，态度大方，观察力再敏锐的人见了也必然觉得，别看她性格温和，那颗心却不会轻易为人所动。的确，我希望她没有动心，但是我敢说，无论希望有还是希望无，我的观察与判断都不受我的希望的影响。我并不因为希望她没有动心就相信她没有动心。我相信是因为我认为有真凭实据，我的希望也出自理智，这些都是真的。昨天晚上我承认，如果我自己的婚姻门不当户不对，我会拿出最大的感情力量来压制，而我反对朋友的亲事却并非单纯因为这个理由，对门第的差异，我朋友不及我看得重。此外还有别的阻隔，它们依旧存在，对于他与我两人来说都存在，程度一样，好在并不在眼前，我也就眼不见为净。这些阻隔得说个明白，哪怕只是三言两语。

你母亲家的门第不高，但比起常常毫无体统的行为来又不足挂齿了。你母亲也好，三个妹妹也好，有时甚至连你父亲也不例外，都不知体统。请原谅，说出叫你不高兴的话我心里也不好受。但是，在你惋惜最亲的人的缺陷时，在你看到别人提起他们的缺陷而不痛快时，你也不应忘了，你与你姐姐举止不凡，不但使人无可非议，而且受到交口称赞，同时也说明你们两位有头脑，有气质。想想这一点，你可以感到宽心。别的话我不愿多说，只想再告诉你，自那天晚上发生种种事后，我对各人的看法成了定见。我原先就觉得朋友结这门亲很不可取，这一来更想让朋友免遭不幸。

第二天上午他离开内瑟菲尔德去伦敦，你一定记得他打算马上回来，我也相信他打算马上回来。现在我来说明一下我起了些什么作用。宾利的姐妹与我一样替他担心。我们很快知道了彼此的看法，都感到事不宜迟，应该用缓兵计绊住宾利，决定立刻赶往伦敦。到伦敦后，我马上向朋友摊牌，指出这门亲事绝不可取。我把两家的不相配一点一点数给他听，耐心劝说。然而，从这方面来规劝仅仅使他产生了犹疑，我认为最后破了这门亲事的还是我的另一番话。我告诉他，我有把握，你姐姐对他其实无心。他原来满以为，你姐姐即使不像他那样钟情，却并不缺乏诚意。宾利生来耳根子软，缺少主见，常对我言听计从。所以，叫他相信看错了人并不为难。在他听信了我的话以后，劝他别再回赫特福德便未费吹灰之力。做这些事我问心无愧，现在回想我前前后后的作为，只有一点觉得欠妥，那就是玩了个花招，没有如实告诉他你姐姐已到了伦敦。宾利小姐知道她来，所以我也知道，但是宾利至今还不知道。也许，两人见面可能坏不了事，但是我觉得宾利有些藕断丝连，见到你姐姐难保会出意外。可以说，这次瞒天过海是我的不得不为的违心之举。对这件事我无话可说，也无须再道歉。如果我伤了你姐姐的心，那是出于无意。也许在你看来我的所作所为没有多少道理，但是我至今认为我没有什么过错。

至于另外一条罪过，一条严重得多的罪过，就是我坑害了威克姆先生，对这条我唯有否认而已。不妨向你摊开他与我家的关系，让你把事情看个明白。我不知道他说了我一些什么坏话，但是对我下面要列举的事实，我可以找到不止一个证人。威克姆先生的父亲是位值得敬重的人，多年来经管彭伯利的所有产业。由于他办事尽心竭力，自然而然使我父亲觉得不能亏待他。我父亲是乔治·威克姆的教父，对乔治·威克姆也就格外疼爱，出钱供他上学，后来还让他到剑桥读，给了他最重要的扶持。他亲生父亲的钱让他母亲挥霍得所剩无几，不可能供他跨进最高学府。乔治·威克姆总表现得彬彬有礼，我父亲对他很有好感。不仅如此，我父亲对他还无限信任，希望他以后献身教会，准备让他当牧师。我与我父亲不同，多年以前就看穿了他。此人心术不正，不讲德行，却善于隐蔽，没有让对他最好的人看出来，却躲不过我的眼睛。他与我年龄相仿，对我没有防范，很多时候让我有机会看到他的为人究竟如何，而我父亲却没有机会。

信看到这里你又会感到难过，难过的程度我不可能知道，只有你自己清楚。但是，无论他使你产生了怎样的好感，即使我已怀疑你对他的好感的性质，我仍然要揭穿他的底细。甚至，正因为有所怀疑我更要揭穿。我的好心的父亲五年前去世了。他对威克姆先生的喜爱至终未变，遗嘱中还特地交代我务必对他全力相助，使他能当上牧师，授神职以后，一等牧师府出缺，要让他住进牧师府。另外，还赠送了他一千镑。我父亲去世后不久，威克姆先生的父亲也去世了。又过了不到半年时间，威克姆先生写信给我说，他再三考虑后决定不要神职。由于不能当牧师，他提出多给他一笔钱作为补偿，希望我不要认为这个要求不合理。他在信中又谈到他打算学法律，我一定知道靠一千镑钱的利息学法律远远不够。我并不相信他说的是真话，但尽管如此，我仍打算满足他的要求。我认为，牧师不该让威克姆先生这样的人来当。所以，事情很快定了下来。他不再要求我帮他当牧师，即使到了牧师府出缺，他也不要，但作为补偿，我给他三千镑。这一来，我们之间的关系看来已到此为止。我对他的印象太坏，不会邀请他到彭伯利来，或者在伦敦与他来往。我相信他常住在伦敦，但学法律纯系借口。由于已经无所制约，他游手好闲，生活放荡。大约五年时间里，他几乎杳无音讯，但是等原打算让他接任的牧师一死，他又写信来叫我举荐他。他口口声声说他处境十分艰难，这话我倒不难相信。他发觉学法律无利可图，现在又铁了心要当牧师，希望我推荐他接替这个美差。他相信我一定会举荐他，因为他认定除他外我无人可推，还有一点是我难违父命。这个请求我断然拒绝了，哪怕他再三请求也没有理睬，你不能责怪我什么吧？他的日子越难过，对我也就越怨恨。他直接骂过我，在别人面前说我的坏话会有多难听可想而知。这件事以后我们一刀两断了。我不知道他怎样过活，但是去年夏天，却闹出一件使我伤透脑筋的事。

信写到此，我不得不谈一件让我巴不得忘记才好的事，如果不是出于现在迫不得已的情况，我绝不会对任何人提起。说了这两句话，相信你一定会严守秘密。我有个妹妹，比我小十岁，由我与我表兄菲茨威廉上校担任监护人。大约一年前，她离开学校，住到伦敦。去年夏天，她与管家太太去了拉姆斯盖特①。威克姆先生也去了那里，显然是有意所为。因为后来发现他与管家扬格太太早就认识，而我们不幸没有早识破扬格太太的为人。管家出谋划策，大力相帮，使威克姆先生得以对乔治亚娜献殷勤。乔治亚娜幼稚，再加牢牢记着小时他就待她亲切，竟然以为自己爱上了威克姆，还答应与他私奔。当时她才十五岁，十五岁当然情有可原。在说出乔治亚娜的荒唐时，我也得告诉你，我知道这件事还是多亏了她自己。在两人私奔前，我恰巧去了他们那里。乔治亚娜一贯把我这个兄长当父亲看待，不忍叫我伤心生气，将事情原原本本向我说了出来。当时我会怎样想，怎样做，你不难猜测。由于要顾到妹妹的名声和避免刺伤她的感情，我不能有半点声张，但给威克姆先生写了封信，他马上离开了那地方。扬格太太当然被辞退了。威克姆先生的主要目的无疑是把我妹妹的财产弄到手，数目有三万镑之巨，但我也不能不猜想，另一个重要动机是想报复我。的确，他的报复几乎得逞了。

小姐，对于我们两人都耿耿于怀的这件事，我已一五一十照实说明，如果你不认为全是一片谎言，希望从今以后你不要再责怪我对威克姆先生狠毒。我不知道他怎样欺骗了你，说过哪些谎话，但是由于事先你对双方的情况一无所知，他骗取了你的信任也就不足为奇。打探清楚事实你办不到，疑人之心更是不会起。你也许会问，为什么我昨天晚上不把这一切告诉你。当时我思绪很乱，不知道能说什么，该说什么。这封信句句话属实，菲茨威廉上校可以为我作证。我们是血亲，一直过往甚密，而且他又是我父亲的遗嘱执行人之一，当然了解所有来龙去脉。即使你由于痛恨我而对我的话不以为然，你该不会也痛恨我表哥，信不过他吧？为了让你来得及问问他，这封信今天上午一定想方设法交给你。我唯一要再说的一句话是：上帝保佑你！

菲茨威廉·达西

---

① 拉姆斯盖特（Ramsgate）位于肯特郡，为濒海小城，旅游胜地。

第三十六章

当达西先生把信交给伊丽莎白时,伊丽莎白知道他写这封信肯定不是为了再次求婚,可是绝对不可能料到信里的这些内容。既然如此,完全可以想象,她会怎样迫不及待地一口气从头看到尾,这个过程会怎样的心潮起伏。她看信时的心情,简直无法形容。开始她觉得奇怪,达西居然以为自己有本领开脱。她认定,只要还知道一点羞耻,他一定会明白,自己没有理由辩解。初看他对在内瑟菲尔德的事做的说明时,她因抱着深深的成见,认为这些话不过是花言巧语。她急急忙忙看,几乎不能思考。还在看上一句时,就巴不得知道下一句会说什么,结果连眼前的一句也明白不过来。达西说他看出她姐姐没有动心,她一见这话马上断定是撒谎。达西说结这门亲实际上最糟的在于什么时,她气得简直不想往下看。达西说他对自己所做的事并不后悔,这话当然使她不满。信里的口气不是悔悟,而是傲慢,说的尽是瞧不起人和蛮横无理的话。

达西谈完她姐姐接着谈到威克姆先生,伊丽莎白的头脑也冷静了些。信上写的许多事是威克姆先生说过的遭遇,如果达西先生的信属实,那么威克姆先生便要变得一文不值。尽管伊丽莎白的头脑冷静了些,内心却更加痛苦,更如一团乱麻。她惊奇,她怀疑,她甚至害怕。她恨不得一切都不可信,一遍又一遍叫着:"这一定是假的!""这不可能!""这是一派胡言!"最后一些话连看都没有看清她就把信收起,打定主意就当没有这封信,再也不瞧上一眼。

她信步走着,心烦意乱,怎样也静不下来。没有走出多远,她把信又打开了,好不容易才提起精神,再从头开始看有关威克姆的那些她无法置信的事。这时她已清醒了些，每句话都看得明白。威克姆与彭伯利一家的关系信上所说与威克姆本人所说完全一致，老达西先生对他好到何等程度她以前并不知道，但威克姆也亲口承认对他的确好。在这两点上，双方的话相互印证，但她发现谈到遗嘱时，却相距很远。威克姆讲到牧师职位的那些话她记忆犹新，现在回想起来，不由觉得双方不是这方撒了谎便是那方撒了谎，但有好一会儿她觉得自己的心向着的那一方不会有错。信上接着说到威克姆自己提出不要牧师职位，作为补偿拿了三千镑巨款，她仔仔细细看了一遍又一遍，不得不犹豫起来。她放下信，心想得不偏不倚地思量事情的前前后后，也就是分析两人说的话可否属实。但双方的话都系一面之词，得不出什么结果。她再往下看信，原来她认为达西先生再会诡辩也不可能为自己的可耻行为开脱，洗清罪过，现在信里的一字字一句句却越看越显得事情的真相完全是另一个样，他自始至终没有半点过错。

她万万没有料到，达西先生会一口咬定威克姆先生生活放荡，行为不轨。由于找不出证据说明这是不实之词，她更觉得其中必定有文章。在威克姆先生进某某郡的民兵团之前，伊丽莎白听都没有听说过他，而他去那里还是由于在伦敦偶然遇见一位只有泛泛之交的年轻朋友，听了那位朋友的鼓动。以往他在赫特福德郡的生活经历全是听他自己说如何如何。至于他的真正人品，伊丽莎白就算打听得到，也绝不会起心打听。他仪表堂堂，声音动听，彬彬有礼，使人一见就觉得他一定是位完人，品德高尚。伊丽莎白开动脑筋回想，希望找出什么事例说明他未沾恶习，品德高尚，心地善良，达西先生是在无中生有，或者至少能证实他品行好，达西先生说的游手好闲和多年劣迹她能归之为偶尔犯的小过错。但是想来想去，她脑海里能一下浮现出的只有威克姆先生风度翩翩、谈吐不凡的影像，但究竟他好在哪里，她记得起的唯有受到左邻右舍众口一词的夸奖，交际本领强，能赢得同伴的喜爱。伊丽莎白回忆了老半天以后又拿起信看。往下看糟了！往下是威克姆先生对达西小姐居心叵测，而昨天上午菲茨威廉上校曾对她说过一番话，从中可看出确有其事。信的末尾写到，她可以向菲茨威廉上校求证这些事是否属实。前一天她已经听菲茨威廉上校说了，他对他表弟的所有事情都非常熟悉，她又不能无缘无故怀疑上校人品不好。她也想过非去找上校不可，后来觉得去找难免冒昧，又犹豫起来。最后完全打消了念头，心想达西先生如果没有与表哥串通好，有了十足把握，绝对不会冒险叫她去找上校。

伊丽莎白还完全记得在姨父菲利普斯先生家那个夜晚威克姆先生对她说过的事，有些话言犹在耳。到了现在她才幡然醒悟，不该与一个刚结识的人那样交往，而奇怪的是她一直没有察觉到有失检点。她还感到威克姆谈出自己的身世未免贸然，又发觉了他的所为与所言不相一致。伊丽莎白记得他口口声声说不害怕与达西先生相遇，说过达西先生也许要溜之大吉，而等到内瑟菲尔德开舞会，他倒躲开了。伊丽莎白又记起，内瑟菲尔德的一家人未去伦敦前，威克姆只把身世对自己说过，没有向第二个人提起，但等到内瑟菲尔德的一家人走后，他的身世便无人不晓。一方面他诚恳地对她说，由于敬重父亲，绝不揭破儿子，另一方面，他败坏起达西先生的名声来不遗余力，肆无忌惮。

现在凡与威克姆先生相关的事都得颠倒过来看了！他追求金小姐不为别的，就为无耻地盯上了钱。他不在乎金小姐的钱有限，并不说明他胃口不大，而是说明他要钱心切，已无论多少。现在想想，威克姆先生对她似乎也心存不良，或者误以为她有钱打上了她的主意，或者要显显自己的本领故意玩弄她的感情，因为她的确不够谨慎，竟让他看出了她喜爱他。越思越想她越对威克姆先生失去了好感。与此同时，达西先生越来越成了好人。她又记起来了，早在简问起宾利先生时，宾利先生就说过达西先生在对威克姆的事上无可非议；记起自与达西相识以来，特别是最后一段时间，见面的次数多，对他更为熟悉，尽管达西傲气，叫人看不惯，却始终没有见过他有不规矩不正当的行为，他没做什么能说明他是个不讲道理和道德的人的事；记起达西先生在他的亲友中深得好感；记起连威克姆都承认他是位好兄长；她自己也常见他说起妹妹时充满疼爱。她分析，如果他果然干出了威克姆所说的那些事，那么太伤天害理了，不可能瞒过所有人，伤天害理的人也不可能与宾利先生这样心地善良的人相交莫逆。

伊丽莎白越想越羞愧难当。现在她觉得，既错看了达西又错看了威克姆，有眼无珠，心怀偏见，真莫名其妙。

她心里忍不住说："我实在太荒唐！亏我一直自以为眼光好，自以为人聪明！悔不该常笑话姐姐心肠好气量大，悔不该无根无据瞎猜疑自以为高明！现在想来真惭愧，但也应该觉得惭愧。别看我没有动真情，可是也与动了真情一样没长眼。我并不错在动了情，而是错在虚荣心重。刚认识时，一个对我殷勤我就高兴，另一个对我冷淡就得罪了我，所以在看待他们时，我缺乏理智，抱着偏见，表现得无知。一直到了现在，我才算有了自知之明。"

她从自己想到简，从简想到宾利，这才记起达西先生对他俩的事的解释不大可信，又拿起信看。看第二遍与第一遍的结果大不一样。在另一件事上，她不得不承认达西先生言之有理，在这一件事上，是否也是这样呢？达西说他根本没有看出她姐姐有心，她不由得想起自己一直错看了夏洛特。同时，她也无法否认，达西并没有把她姐姐乱说一气。简的感情虽然强烈，但是的确没有外露；简其实感情丰富，言谈举止却常常看不出声色。

信上还谈到她一家，话虽尖锐，却并非言过其实，看到那些话她感到非常难堪。人家言之有据，一语中的，想否认也否认不了。达西先生具体有所指的事，就是发生在内瑟菲尔德舞会上的事，丢人现眼，比门第之差更糟，不但达西先生忘不了，连伊丽莎白自己也忘不了。

伊丽莎白对信里称赞她和姐姐的话也有所感触。这些话多少能带来安慰，但是她与姐姐受的称赞挽不回家里其他人不争气丢失的脸面。她认为，简的好事落空其实是自家人造成的，可见这些人的不知体统对她和姐姐的名声损害有多大。想到这里，她灰心丧气之极，以往任何事都没有叫她这样灰心丧气过。

她在小路上来来回回走了两个小时，百感交集，重新掂量着好些事，分析着孰可能孰不可能，把突然间发生的大变化要尽量看个明白。走到最后，她乏力了，又想起已经出门很久，便往回走。进屋子以后，她装得像往日一样高高兴兴，决心抛开那些叫她一想起就会说话和神色反常的事。

一回来她便听说她不在时罗辛斯来过两位客人，一位是达西先生，来辞行，只坐一会儿就走了，另一位是菲茨威廉上校，至少坐了一小时，想等她来，甚至打算出去找她。伊丽莎白只好装模作样表示没有见到菲茨威廉上校真是可惜，实际上却庆幸没有见到。她已不再把上校挂在心上，想着的唯有那封信。

第三十七章

第二天上午，罗辛斯的两位客人走了。柯林斯先生早早恭候在门边，等着向他们鞠躬送行。回到家后，他兴冲冲地说，虽说两位贵客告别罗辛斯时难舍难分，但身体显得非常好，心情看上去也不算太沉重。回家报过了好事他又赶往罗辛斯，为的是安慰凯瑟琳夫人母女俩。从凯瑟琳夫人母女俩那里回来，他带来一条大喜讯，说夫人闷得难受，希望大家一道去吃晚饭。

见到凯瑟琳夫人后，伊丽莎白不由得心想，如果自己愿意，现在已经成了她未来的外甥媳。又想凯瑟琳夫人见到不称心的未来外甥媳准会一肚皮气恼，忍不住笑了。"就不知她会怎样说？会怎样办？"她暗暗想着这些问题，更觉得好笑。

大家首先谈起的自然是罗辛斯少了人。

凯瑟琳夫人道："不瞒你们说，我心里难过极了。我相信，再找不出第二个像我这样，因为亲友离开而难过到心痛的人。我特别喜爱这两个年轻人，也知道他们特别喜爱我。他们是真舍不得走。他们次次都是这样。那当上校的临走前总算还打得起精神，达西好像不一样，心酸到了极点。我看比去年走时还难过。不用问，他对罗辛斯的感情又深了许多。"

柯林斯先生趁机恭维几句，而且话中有话，那母女俩一听，都露出了开心的笑容。吃过饭，凯瑟琳夫人发现贝内特小姐有些无精打采，马上分析原因，猜想是不久便要回家，心里不情愿。她还说道："如果真不愿意，你应该写封信给你妈妈，求求她，让你再住一段时间。柯林斯太太一定乐意你留下来。"

伊丽莎白回答道："谢谢夫人好意挽留，可是我只能心领了。下星期六我一定得去伦敦。"

"哟，这样看来你只能在这里住一个半月左右，我原来以为你会住两个月。这话你没有来时我就对柯林斯太太说过。你用不着这样急急忙忙走，再住半个月，你妈妈一定会答应。"

"我爸爸不会答应。上星期他还来了封信，叫我快快回去。"

"怕什么！只要你妈妈能答应，你爸爸一定答应。当爸爸的没谁会把女儿看得那样重。要是你们两位愿意再住一个月，我可以把一个一直带到伦敦。六月里我自己也要去伦敦住一个星期。道森愿意赶那辆四轮马车，你们两位我带上一个还宽宽敞敞。就可惜到时候天气会热，要不然你们两个我都愿意带，反正两人个子都不大。"

"夫人，你是一番盛情，但是恐怕我们只能按原来的打算办。"

凯瑟琳夫人不再坚持，说："柯林斯太太，你一定得派个仆人送她们。你知道，我向来都有话直说，让两个年纪小小的姑娘坐邮车没人照应，这怎么行？世界上我最反对的是这种事。千万不能这样。你无论如何得派个人。无论有身份没身份，年轻姑娘好歹得有个照应，让人照顾着。去年夏天我外甥女乔治亚娜去拉姆斯盖特，我特地派了两个男仆人一路护送。达西小姐是彭伯利的达西先生和安妮夫人所生的千金，不派两个仆人侍候不成体统。遇上这一类事情我最讲究。柯林斯太太，你少不了叫约翰护送两位姑娘。亏得我心细，提醒你这件事，要是让她们两位单独回去，你可就没有脸面了。"

"我舅舅会打发一个仆人来接。"

"是你舅舅吗？这样看来他也用了个仆人，是吗？很好，总算还有人能为你想到这些事。你们在什么地方换马？一定是在布罗姆利。到了贝尔旅社只要提起我的名字，人家就亏待不了你。"

两位客人要去伦敦的事凯瑟琳夫人问的话还有很多，因为不全是自问自答，你就得专心听着，但伊丽莎白反而觉得好。如果让她埋头想心事，也许她会忘记是坐在谁家。想心事只能在身旁无人时。每逢这种时候，伊丽莎白就要想个痛痛快快。每天她都要独自出去散步，一边走一边回想那些并不愉快的事，她喜爱这样做。

没多久，她就几乎能把达西先生的信背出来了。每句话她都要反复琢

161

磨，对写信之人是好是坏的看法变化很大。想到信里的那种口气，她仍然气愤难平，但想到自己冤枉了他，错怪了他，又会转而怨自己，还会觉得他愿望落了空怪可怜。伊丽莎白感谢他的情意，佩服他的人品，但是怎样也不觉得他能中她的心意。她从未后悔过拒绝了他，也没有半点再见到他的愿望。想想自己以往的所为，她懊悔不迭；想到家里人不幸的缺陷，心情更为沉重。那些缺陷是无可救药的。她父亲仅仅一笑了事，见到两个小女儿不知体统从来不加管束。她母亲本身的行为举止就完全不守规矩。她已经见怪不怪了。伊丽莎白常与简同心协力，想要制止凯瑟琳与莉迪亚的胡来，但是有母亲放纵着，怎么可能不白费心机呢？凯瑟琳没头脑，脾气躁，只知道跟着莉迪亚团团转，每次都会顶撞两个好心相劝的姐姐。莉迪亚自以为是，无所顾忌，把伊丽莎白与简的话当耳边风。这一对宝贝又无知，又懒散，又好虚荣。见到了梅里顿的军官，总要勾勾搭搭。梅里顿离朗本又近，用不着乘马车，她们天天都往那地方跑。

　　伊丽莎白的另一大心病是替简惋惜。达西先生的解释使她恢复了原先对宾利的所有好感，然而也使她更心痛简受到的损失。果然，宾利的感情是真挚的，行为也无可指责。最多只能说他不该事事听信朋友。这门亲事再理想不过，有百利而无一弊，终身幸福不言而喻，可是简却被自己家里人的无知和不争气毁了，想起来有多冤！

　　想着想着，伊丽莎白又想到错看了威克姆其人。她生性开朗，以往难得有灰心丧气的时候，但现在一想到威克姆，就灰溜溜地装也装不出有精神的模样。

　　住到最后一星期，伊丽莎白与玛丽亚被频频邀请到罗辛斯，主人的盛情与她们刚来时丝毫不减，临行前一夜也是在罗辛斯度过的。凯瑟琳夫人关心备至，连她们明天上路事宜的细枝末节都问到了。又教给她们收拾行装的最好办法，千叮咛万嘱咐叶长衫的正确摆法仅有一种。玛丽亚信以为真，暗想忙了一上午的事得重新来，回房以后再把箱子收拾一遍。

　　她们告别的时候，凯瑟琳夫人屈尊降贵地祝福她们一路平安，还邀请她们明年再来亨斯福德。德伯格小姐也够情面，甚至行了屈膝礼，向两人伸出了手[①]。

[①] 在奥斯汀生活的时代，握手并不常见，是亲密或爱护的表示，比现在的握手有分量。

第三十八章

星期六上午吃早饭时，伊丽莎白比别人先来了几分钟，遇上了柯林斯先生。柯林斯先生本就觉得万万不可失礼，得说些话送别，忙抓住了这良机。

他说道："伊丽莎白小姐，承你看得起，光临寒舍。我不知道我太太有没有向你致谢，但是我认为，在你离开寒舍之前，你一定会获得她的感谢。请你相信我，你的光临我们已铭刻肺腑。舍下寒酸，我们知道难以令人赏光。我们生活简单，房间窄小，仆人太少，夫妻俩又孤陋寡闻，你这样的妙龄姑娘来亨斯福德一定觉得索然无味，但我希望你能相信，我们感激你屈驾来舍，并竭尽绵薄，尽量使你能过得愉快。"

伊丽莎白听后谢了又谢，一再说她过得愉快，近一个半月里一直高高兴兴，有了机会与夏洛特朝夕相处，又受到盛情款待，所以心怀感激的应该是她伊丽莎白。

柯林斯先生内心得意，微微一笑后神态更显庄重，又说开了："既然小姐没有什么事不称心，我感到万分高兴。的确，我们曾尽心尽意。最值得庆幸的是，我们能使小姐结识到贵人。由于我们与罗辛斯相交甚厚，你可以与他们常来常往，不致单单守在寒舍，所以我想，你这次来亨斯福德，大概还不至于觉得索然无味。你亲眼见到了我们与凯瑟琳夫人府上关系非同寻常，一般人家很难有这样的福分。夫人很瞧得起我们，让我们成为府上的常客。尽管牧师府简陋，不尽人意之处甚多，但无论谁住到此地，如果与罗辛斯也有我们这样的交情，那就不算是可怜巴巴，这话我想并非言过其实。"

言语并不足以表达柯林斯先生内心的得意。伊丽莎白简短说了几句话,既不失礼,又无虚夸,柯林斯先生边听边不由得在房间里来回踱着步。

"表妹,你回到赫特福德郡后谈起我们,说的也许会是喜讯。至少,我认为你有好事可说。凯瑟琳夫人对我太太关怀备至,你每天都能见到。总而言之,我相信,你朋友的选择并非——不过这事不谈为妙。伊丽莎白小姐,我只希望你能相信,我由衷地祝愿你的终身大事同样美满。夏洛特与我情投意合,琴瑟和谐,我们的性格、思想一脉相通,事事投缘,两人可说是佳偶天成。"

伊丽莎白回答得很有分寸,说既然如此,那一定非常幸福。又很诚恳地说,他的家的确舒舒服服,她看了高兴。她正要一一数出他这个家的舒适时,带给柯林斯先生惬意的家庭生活的人走进来,打断了伊丽莎白的话,但她并不觉得愧惜。可怜哦,夏洛特!守着这么个男人过日子哪能不痛苦?但是,这是她心甘情愿的选择。她的表情有些难过,但显然是舍不得两位客人走,而不是其他原因,她好像并不需要别人可怜。她有了归宿,成了牧师太太,一家的主妇,养着家禽,还有其他种种牵挂,想到这一切,她仍能心安。

马车终于来了,箱子捆牢,小包裹放进车里,就等客人上车了。夏洛特与伊丽莎白依依惜别,柯林斯先生送伊丽莎白上马车。在花园里,柯林斯先生边走边请伊丽莎白向一家人多多问候,没忘了谢谢冬天在朗本受到的殷勤款待,甚至没忘向并不相识的加德纳先生和加德纳太太致意。出了花园,他把伊丽莎白扶上马车,接着玛丽亚上了车。车门正要关上的时候,他突然想起件事,慌忙提醒她们,她们一直忘了该给罗辛斯的夫人和小姐留下几句话。

柯林斯先生又补上一句:"当然,你们一定也希望我代你们向她们两位致意,并且感谢这些日子对你们的盛情。"

伊丽莎白没有反对。马车门这才关上,车总算起了步。

好一会儿谁也没有出声,后来玛丽亚嚷道:"哎呀呀,我们好像是昨天才来的,可是见过的事真多!"

"的确有很多。"坐在她身边的伊丽莎白说。

"我们在罗辛斯吃过九次饭,另外还喝过两次茶哩!回到家我要说的话太多了!"

"但我不能说的话也太多了!"伊丽莎白心想。

两人的话很少,但一路平安。离开亨斯福德不到四小时就到了加德纳先生家,在这里要住好几天。

简的面色很好,但伊丽莎白很少有机会探索她的内心,因为舅妈太热情,有各种安排,没让她们闲过。好在简要与她一道回家,到了朗本,不愁没有时间观察。

然而,等回到朗本再告诉姐姐达西先生向她提出了求婚却谈何容易,伊丽莎白几乎按捺不住。她知道这件事的斤两,一旦摊开,简肯定会目瞪口呆,而她自己却可以扬扬得意,叫人佩服。其实她清楚这是虚荣心作怪,却一直摆脱不了虚荣心。所以,她很想告诉姐姐。但她吃不准该把这件事谈出几分,同时也担心,一等说出了口,不可避免地要再提宾利,而再提宾利只会刺痛姐姐的旧伤疤,这一来她才忍住了。

第三十九章

五月的第二个星期,三位姑娘一道离开格雷斯丘奇街往赫特福德郡的某某镇。贝内特先生的马车早在一家旅店等着,马车夫可谓尽职尽责。她们三人远远看见基蒂与莉迪亚站在旅店楼上餐厅的窗口望着她们。这姐妹俩先高高兴兴逛了旅店对面的帽子店,看了一阵值勤的哨兵,凉拌了一道黄瓜,才到餐厅里等。

把三个姐姐接上楼以后,她们得意扬扬地把一桌冷肉食摆了开来。这种菜家家旅店的食柜里都备着,她们却嚷道:"好极了吧?想没想到会有这样的好事吧?"

莉迪亚又说:"这些菜都是我们请你们吃的,不过钱你们先得借给我们,我们的钱刚才在那边一家店花光了。"说完,把买的东西摆了出来,"你们看,我买了这顶帽子。我并不觉得很漂亮,但买下来也不坏。等回到家,我把它一块块拆开,说不定我重新缝缝会漂亮些。"

两个姐姐都说难看,她听了不以为然,说:"没关系,商店里还有两三顶更难看的,等我买根漂亮的缎带装饰装饰,一定看得过去。再说,等民兵团离开梅里顿,今年夏天穿什么戴什么都一样。他们还有四个星期就要开拔。"

"是真的吗?"伊丽莎白求之不得,问道。

"他们要驻扎到布赖顿[①]。要是爸爸把我们带到那里过夏天该多好!想想都觉得美妙,我看也花不了几个钱。等着瞧吧,连妈妈都会乐意去!不去布赖顿,这夏天会过得多没意思!"

[①] 布赖顿(Brighton),英格兰南部滨海旅游地,距伦敦五十英里,多含铁丰富的泉水。

伊丽莎白心里嘀咕:"真去的话我们一定会忙死的。梅里顿才小小一个团,一个月不过举行几次舞会,我们都招架不住,更别说到布赖顿,守着整个大兵营的人!"

在桌边落座以后,莉迪亚说:"我有件新闻告诉你们,你们猜是什么?是条好消息,大喜讯,关系到一个我们大家都喜爱的人。"

简与伊丽莎白对视了一眼,把堂倌支使开了。

莉迪亚大笑着说:"看,你们就这样,事事都多心。好像人家堂倌存心要听似的!我看他听丑事是家常便饭,我要说的几句话算不了什么。可是这家伙长得丑,走开些好。这样长的下巴,我是头一回见到。好吧,现在听我说那件事吧,是关系到那位威克姆先生的,堂倌哪配听呢?威克姆不会与玛丽·金结婚了,你的机会来啦!玛丽·金去了利物浦她亲戚家,不再回来了。威克姆现在稳当了。"

伊丽莎白接过话道:"稳当的是玛丽·金!不会草率结婚,逃脱了只是看中她财产的人。"

"要是她真喜爱威克姆,这样走了就太傻。"

简说:"我看,双方都没有太动感情就没有关系。"

"威克姆是没有动感情的,这我有把握。男方根本就没有把女方放在心上。脸上有雀斑,又矮小,看着都不顺眼,谁还会喜爱?"

伊丽莎白听了内心一惊,原来,尽管这样龌龊的话她无论如何不会说出口,然而她自己原来的想法也同样龌龊,还只当理所当然!

吃完饭,简与伊丽莎白付了钱,马车也叫来了。车夫动了番脑子,才让几个人全坐进了车里,大箱小箱,大包小包,还有基蒂与莉迪亚买的东西,也放进了车里。

莉迪亚嚷道:"我们挤成了一堆,这才够味!我的帽子买得好,不说别的,起码多个帽盒凑热闹!好啦,我们就这样亲亲热热、说说笑笑到家吧。先告诉我们,在外面你们长了些什么见识。遇上了什么好男人吗?跟谁搭讪上了吗?我巴不得你们哪位回来时嫁了个丈夫。简已快满二十三岁,转眼要成老姑娘了!乖乖!要是我二十三岁还嫁不了人,那多没有脸面。你们不知道,你们俩还没有找到丈夫,菲利普斯姨妈有多着急。她嫌利齐不该拒绝柯林斯先生,不过我倒觉得嫁给那种人太没意思。不瞒你们说,我真想在你们两个前出嫁,那一来,哪里有舞会你们得让我带着。前几天在福斯特上校家,哎哟哟,那才好玩哩!我和基蒂说好了在那里玩一整天,福斯特太太答应举行一个小小的舞会。你们不知道,我跟福斯特太太交情有多深!因为要开舞会,她邀请了哈林顿家的两个女儿来。但哈里特生病,佩恩只好一个人来。你们猜,我们怎么来着?我们叫张伯伦穿上女人的衣服,把他装扮成女人。你们想,这多好玩!除了福斯特上校、上校太太、基蒂和我,再没有别人知道。另外也没瞒姨妈,因为我们得向她借衣服。张伯伦扮得像极了,可惜你们没有看到!丹尼、威克姆、普拉特,还有另外两三个人进来没有一个认出张伯伦。乖乖,笑死我了!福斯特太太也笑死了。我真以为会笑得没有命。这一来几个男的起了疑心,不久就看了出来。"

就这样,一路上莉迪亚谈着各次舞会,各种可笑的事,总认为一车人听了一定高兴。基蒂或者提醒她忘了的细节,或者补上几句。不知不觉到了朗本。伊丽莎白不愿听,但威克姆的名字还是时不时灌进耳。

两姐妹回到家,一家人喜气洋洋。贝内特太太看到简的美貌不减,高兴得很。

饭桌上贝内特先生忍不住对伊丽莎白说了好几次:"利齐,你回来了我真高兴。"

贝内特家的餐厅里人很多,原因是卢卡斯一家几乎全部出动,一为接玛丽亚,二为打听详情。大家各谈各的事,各说各的话。卢卡斯太太隔着张餐桌向玛丽亚问长问短:大女儿日子过得怎样,养了多少鸡鸭鹅。贝内特太太在一嘴两用,既要向坐在下首的简打听伦敦的时尚,又要把听来的话传给卢卡斯家的几个小女儿。莉迪亚的嗓门比谁都大,兴冲冲地把上午的经历讲给愿意听的人听。

"嘿,玛丽,可惜你没有跟我们一道去,很有趣的!"莉迪亚说,"路上基蒂和我把窗帘放下了,让人以为马车是空的。后来基蒂闷不过,要不然我一直不会拉开窗帘。在乔治旅店,我们很大方地请她们三个吃了冷盘,那味道天下少有。你要是去了,我们也会请你吃。出了旅店又有出了旅店的好玩事。我们几个挤进了一辆马车里,几乎把我笑死了。回家的路上我们有说有笑,十英里内的人没有谁听不见!"

玛丽听了莉迪亚的话，正颜厉色答道："妹妹，不瞒你说，这种好玩的事我不敢领教。当然，女人家没几个不喜欢，可是告诉你吧，我没有这份爱好，只有看书我才觉得是其乐无穷。"

玛丽的回答莉迪亚连一个字都没有听进耳。别人的话她难得听上两三句，对玛丽的话她从来一句都不愿听。

下午，莉迪亚催姐姐去梅里顿看看那里的所有人，但伊丽莎白说什么也不愿意，觉得不能让人抓住话柄，说贝内特家几位小姐回家待了不到半天，就要追逐军官们。当然，除此之外还有一个原因。她唯恐与威克姆再碰面，打定了主意能避开时尽量避开。民兵团马上要开拔，对她来说实在是求之不得的好事。再过两个星期，他们就得走了，她希望从此以后，自己用不着再为威克姆的事烦恼。

伊丽莎白回家的几个小时里，听到父母好几次谈起该不该去布赖顿，可见莉迪亚在旅店说的打算果有其事。她看出来父亲根本没有去的心思，只不过说话含糊，模棱两可，母亲几次都碰壁却没死心，以为最终会有好结果。

第四十章

伊丽莎白再也按捺不住,要把那件事告诉姐姐。想来想去,她打算把牵涉简的话一带而过,但知道简的惊异在所难免。回家的第二天,她把达西先生与她之间发生的那一幕向简大体说了出来。

贝内特家大小姐开始时大吃一惊,但毕竟骨肉情深,马上想到伊丽莎白是怎样的好姑娘,觉得达西爱上她不足为奇。过了一会儿,她不仅不再吃惊,反而有了另外的想法。她替达西先生惋惜,他的话太不妥当,一腔真情不该用那种方式表达。甚至替他难过,知道妹妹的拒绝一定造成了他的痛苦。

简说道:"他以为能马到成功,这就错了。而且是明摆着把握十足,这自然更糟。不过你想想吧,正因为把握足,会更失望。"

伊丽莎白答道:"说实话,我也由衷地替他感到难过。但是他还有些别的顾虑,我一想起来难免就顾不上他了。无论如何,我拒绝了他你总不会说不应该吧?"

"说你不应该?哪儿的话!"

"但我说了威克姆那么多好话你会认为不应该吗?"

"不会。你怎样想就怎样说,这有什么不应该呢?"

"别急。第二天还有件事,你听了,就会知道我不应该。"

接着伊丽莎白谈起那封信,凡有关乔治·威克姆的话一句句都端了出来。简听得呆住了,她是个好心人,完全没有想到人类会有这些恶劣行为,更何况现在听到的这些恶劣行为还集中于一个人。达西的解释表明了他的清白,简固然觉得是件好事,但由于发现了威克姆的恶劣,达像自己想的那样不中用,好虚荣,荒唐。唉,我真想念你!"

"你在向达西先生谈起威克姆时,不应该把话说得太重,现在看来,你完全冤枉了他。"

"是这样。但说话太尖锐是我对他的偏见越来越深的必然结果。有件事我想听你的高见。说说看吧,我们该不该让亲朋好友们都知道威克姆的本来面目?"

"没必要叫他声名狼藉。你说呢?"贝内特家大小姐想了想才答道。

"我看也用不着。达西先生没有嘱咐我把他说的事公之于众,刚好相反,与他妹妹有关联的,倒希望我对任何人都不要张扬。再说,我如果对人说起威克姆的品行,虽然是真实,又会有谁相信呢?大家对达西先生的偏见都很深,现在把他讲得如何好,梅里顿的人有一半会至死听不进。这种傻事我不干。好在威克姆就要走了,他是何样人物跟这里谁都不相干。有朝一日真相大白了,我们倒可以笑话别人糊涂,早没看出来。现在他们两人的事我闭口不提吧。"

"你说得很对。公开威克姆的过错,也许他这辈子就算完了。说不定他现在对以往的事已经悔悟,打定主意洗心革面。我们千万别把他往绝处推。"

与简谈过这一次以后伊丽莎白的心平静了下来。闷了她半个月的秘密,总算说出了两件,这让她松了口气。她知道,无论何时再谈起哪件秘密,简一定乐意听。但还有秘而未宣的事,没有告诉简是出于谨慎。她不敢提起达西先生那封信的另一半,不敢告诉姐姐达西先生的朋友对她有着一片怎样的真情。这样的事漏不得半点风声。她明白,如果没有双方的完全了解,说开来无益,她只能仍闷在心里。

伊丽莎白心想:"万一那件不大可能的事到头来真发生了,我便可以把这个秘密说出来,不过由宾利先生自己说,也许会更动听。等到我可以把秘密公开的时候,秘密已不是秘密了!"

回到家以后,她有了机会细细观察姐姐,了解姐姐的真实心态。简的心境不佳,对宾利仍恋恋不舍。以往她从来没有认为自己爱上过谁,所以感情就具有初恋的热忱,而由于年龄和性格的关系,又比少女第一次萌发的春心稳定得多。她对宾利先生一往情深，觉得哪个男人都不及宾利先生中她的心意。她没有因情而痴痴呆呆并不容易，一来是靠了理智的克制，二来唯恐亲人难过，知道放纵感情既有伤自己身体，又让亲人不安。

有一天，贝内特太太说道："利齐呀，你看看简的这麻烦事该怎么办才好？我自己是下了决心，今生今世再不向任何人提起。前两天我对你的菲利普斯姨妈就这样说过。可是我猜不透，简在伦敦时怎么会连那人的影儿都没见着呢？哼，这年轻人也太不像样，我看简是没有希望嫁给他了。没谁说起过夏天他再回内瑟菲尔德来，凡可能知道些风声的人，我一个个全打听过了。"

"我想他再也不会住到内瑟菲尔德来了。"

"哟，那由他的便，没有人稀罕他来。他太对不起简，这个账他永远赖不了。如果我是简，才受不了这种气。哼！简早晚会伤心死，等简一死，他就要后悔不该做对不起简的事了，看他后悔我才快活。"

出了这种事伊丽莎白快活不起来，所以她没有答母亲的话。

没多久，她母亲又开口了："利齐呀，看来柯林斯夫妻两个的日子倒美满，是吗？唉，希望这日子会长久才好。他们吃的饭菜怎样？依我看，夏洛特当家顶呱呱。她只要有她妈一半会精打细算，就能省出一大笔钱。这两口子过日子肯定不会乱花什么钱。"

"对，没有乱花一个钱。"

"做事反反复复打算盘，这不用说。是吗？是吗？夫妻两个心细，不会出得多进得少，一辈子都不用愁没钱的。唉，但愿他们事事都好！再有，我猜他们会常谈起等你爸爸一死，朗本要归他们。我看准了，他们已经把朗本当成自己的了，差只差那一天没来。"

"在我面前他们不会提这件事。"

"那还用说？怎么会在你面前提呢？不过我有把握，夫妻之间会常谈起。哼，不义之财拿了还心安理得，真是大好人。换了我，只靠一条什么法的东西才没有脸面要哩！"

第四十一章

转眼间姐妹俩回来的第一个星期过去,第二个星期开始了。这是民兵团在梅里顿驻扎的最后一星期,附近的年轻姑娘都无精打采。情绪低落几乎是普遍现象,唯有贝内特家的大小姐与二小姐与众不同,能吃、能喝、能睡,日常该做的事一切照旧。基蒂与莉迪亚则难过已极,多次埋怨她们太冷漠无情。虽然是自家的姐姐,这样没心肝,基蒂与莉迪亚看不过去。

"天呀天!我们以后会怎样呢?怎么办哟?利齐,你怎么会笑得起来?"她们苦恼,她们伤心,常这样喊叫着。她们的那位慈母也陪着发愁。她还记得,二十五年前她自己有过类似的经历。

"一点不假,米勒上校一团人走了以后我哭了整整两天,连心都要碎了。"她说。

"一点不假,我的也会碎。"莉迪亚说。

"就可惜不能去布赖顿!"贝内特太太说。

"说得对,就可惜不能去布赖顿!只怪爸爸太难说话。"

"在海里洗洗澡能保我一辈子不生病。"

"菲利普斯姨妈说对我也很有好处。"基蒂凑了一句。

朗本的这类叹息一句接一句,连绵不断。伊丽莎白听了觉得可笑,但是她笑不起来,反而感到羞愧。她在想,达西先生看不惯她们自有其道理。他替朋友着想,干涉简的事,现在看来的确情有可原。

但是没过多久,莉迪亚那看来渺茫的希望竟然可以实现了,民兵团福斯特团长的太太邀请她一道去布赖顿。这位难能可贵的朋友年纪轻轻,结婚不久。她与莉迪亚情投意合,都好寻快活,玩兴十足,相处三个月成了莫逆之交。

　　这一来莉迪亚欢天喜地,对福斯特太太赞不绝口,她母亲高高兴兴,而基蒂却愁眉苦脸。凡此种种,难以形容。莉迪亚把姐姐基蒂丢到了脑后,想也没想此时她心情如何,兴冲冲满屋子窜,让人祝贺她,说笑起来比任何时候都声音响。基蒂没交上好运,待在客厅里怨天尤人,怪这个怪那个。

　　"就算我不是最要好的朋友,但福斯特太太怎能邀请了莉迪亚不邀请我呢?有她的份就该有我的份,而且更应该有。就不想想我年龄比她还大两岁!"

　　伊丽莎白耐心开导她,简好言安慰她,结果都白说。

　　福斯特团长的太太邀请莉迪亚去布赖顿,伊丽莎白完全不像贝内特太太与莉迪亚那样大喜过望,她心想应了这邀请恐怕不是好事,会使莉迪亚忘乎所以,忍不住背地里恳愿父亲不让她去,也不怕莉迪亚知道了要恨她。伊丽莎白对父亲说起莉迪亚的种种不检点行为,认为她与福斯特太太这样的人搅在一起没好处,在布赖顿不比在家,叫她昏昏然的事多,跟着福斯特太太去只会更加胡来。

　　贝内特先生细心听着,之后说道:"莉迪亚不闹到在大庭广众丢丑死不了心,现在这样去丢丑既不花钱,一家人也眼不见心不烦,是千载难逢的事。"

　　伊丽莎白说道:"莉迪亚不懂事,瞎胡闹,叫别人看着必然使我们个个受害,其实已经受了害,只不过你不知道,要不然,你对这件事的看法会与现在完全两样。"

　　贝内特先生说道:"已经受了害吗?怎么回事?难道说,把哪个看中你的人吓跑了?利齐丫头算是倒霉!但你想开些吧,这种小子太挑三拣四,见了家里有个规矩少些的人就不愿攀亲,不值得你惋惜。乖乖,说给我听听,究竟有多少家伙不中用,见到莉迪亚懵懵懂懂就打起退堂鼓。"

　　"根本不是这么回事,我不是因这种事气不过,不是在埋怨她已经害了谁,是在埋怨这事对大家没有好处。莉迪亚历来轻浮,不知体统,不知天高地厚,她的言行必然影响我们家的名声和体面。你别见怪,我不直说不行。爸爸,如果连你也不出来收拾一下她的野性,开导开导她,让她明白像现在这样继续下去万万不行,那么过不了多长时间,她就无可救药。她的人品会定型,才十六岁便成了十足的轻浮女人,自己

175

让人笑话不算，连一家人都要让人笑话。而且，她轻浮到了极点，挑逗起人来简直不成样子。除了年轻，长相不错，她一无可取。她巴望引人喜爱，可是却无知又头脑简单，结果大家反而瞧不上她。基蒂也难免落到这一步。莉迪亚走到哪里她跟到哪里，一心爱虚荣，什么都不懂，什么都不愿干，还完全不知节制！爸爸，你想想吧，像她们两人这个样，走到哪里不会招来闲话，招来鄙视，连几个姐姐都常常要丢脸面？"

贝内特先生看得出来，女儿说的这番话完全是真心话，他亲切地拉起她的手，说道："宝贝，你别着急。你和简无论走到哪里，别人都瞧得起，都夸奖。虽说你们有两个——也可以讲三个——傻妹妹，你们的身价并不会因为她们降低半分。莉迪亚要是不去布赖顿，我们住在朗本就别想太平。她想去就去吧。福斯特上校是个聪明人，会留心不让她真闹出荒唐事来。幸亏她穷，没人会打她的主意。她想逗引人却没有什么资本，在我们这里都没有谁看中，到布赖顿就更不用说了。比莉迪亚好的女人，那些军官才看得上眼。所以，我们等着瞧吧，到布赖顿去一趟也许会让她得个教训，知道自己不行。退一万步说，她再变坏还能坏到哪里去？难道会非让我们把她关在家里一辈子不成？"

听了父亲这番回答，伊丽莎白想反驳也开不了口，但内心的看法并没有改变，却只能无可奈何地走了。然而，她没有自寻烦恼的秉性，没有再费神去想这件事。她认为已经尽到自己的本分，既然是无法避免的坏事，发愁也好，着急也好，那都犯不着。

伊丽莎白与父亲谈的一席话如果让莉迪亚和母亲知道了，这两人都会指着她的鼻子骂也消不了心头的火气。在莉迪亚想来，去了布赖顿，世上的幸福便稳当到手。她在做着美梦，仿佛看到了海滨那片圣地的大街小巷都是军官，尽管现在还一个不相识，却有几十几百人在向她献殷勤。她也看到了兵营的壮观：帐篷一座连一座，一排靠一排，座座如一，排排如一；营帐里住满了年轻人，长得很帅，红军装鲜艳夺目。她最后想象到的情景也最美妙：她在营帐里卖弄着风情，身边的军官不下六七个。

如果让她知道了姐姐企图断送她这样美妙的前程，这些看见了的大好事，她会做何感想呢？她的心情只有母亲能够理解，因为母亲与她可说是心心相连。

眼见丈夫已打定了主意不去布赖顿，贝内特太太想起就难过，现在莉迪亚有了机会，对她来说是莫大的安慰。

但是这母女俩完全蒙在鼓里，不知道那父女俩说过些什么话，所以她们仍旧兴高采烈，直到莉迪亚离家那天都不知什么是烦恼。

莉迪亚离家的一天也是伊丽莎白与威克姆先生最后分手的一天。回朗本以后伊丽莎白与威克姆先生相见的次数很多，心早就平静下来了，原来对他的好感更是消失得无影无踪。她曾喜爱威克姆的温文尔雅，现在看来，那不过是一种矫揉造作，一套刻板话叫人听得生腻，生厌。而且，威克姆现在的举动使她产生了新的反感。刚认识时，威克姆对她频频献殷勤。时过境迁，他又拿出这一套，徒然只叫伊丽莎白气愤。她已经明白，这个人根本就是虚情假意，也就根本不再把他摆到心上。威克姆满以为，无论多久未见，无论出于什么原因让他对她冷淡下来，只要重温旧梦，满足对方的虚荣心，对方必然投桃报李。他却不知道，对方是一直在克制着，虽然没有说出口心里其实在骂。

民兵团离开梅里顿的前一天，威克姆先生与几位军官一道在朗本吃饭，又谈起伊丽莎白在亨斯福德的生活。伊丽莎白存心不想和他好声好气地分手，故意提起菲茨威廉上校和达西先生在罗辛斯住了三个星期，问他认不认识菲茨威廉上校。

他顿时变了脸色，满面乌云。但定了定神后又一笑，回答说原来与菲茨威廉上校常见面，菲茨威廉是位风度翩翩的人，问伊丽莎白喜不喜欢。伊丽莎白用热烈的口吻回答很喜欢。

又过了一会儿，威克姆用似乎随意的口气问："刚才你说他在罗辛斯住了多久？"

"将近三星期。"

"与他常见面吗？"

"几乎每天见。"

"他待人接物与他表弟不同。"

"有很大不同，但是我觉得与达西先生相处久了，他给人的印象就好了。"

"那可不！"威克姆大声说，但他的表情没有逃过伊丽莎白的眼睛，

"我想请问一声——"他顿了顿,似乎高兴起来了,往下说道,"是说话给人的印象好吗?他现在能放下架子,对人也讲讲礼貌了吗?"接着,他压低声音,一本正经地说,"我只怕他是江山易改,本性难移。"

"这不对!"伊丽莎白说,"我相信他的本性是好的,过去与现在完全一个样。"

威克姆听到她的这番话,似乎不知道该高兴,还是该表示怀疑。

伊丽莎白又说道:"我说与他相处久了,他给人的印象会好,这话的意思不是他的思想或者态度好,而是别人对他越熟悉,就越了解他的习性。"

伊丽莎白说这话时的表情叫威克姆内心忐忑不安起来。

由于内心的恐慌,威克姆脸红了,神态很紧张。很长时间他没有吱声,直到一脸尴尬相消失了,才转过身,把声音放得轻而又轻,说:"我对达西先生的看法你很了解,现在听说他变得明智,也学会了装装门面,我感到高兴,你一定不难理解我的高兴完全出自真心。他把傲慢掩饰起来了,虽然对自己不见得有好处,却对别人有好处,他对其他人就不会像对我一样恶劣。我算是吃够了他的苦头。但是怕只怕你说的那种收敛仅仅在去他姨妈家时才有,他就担心姨妈对他没有好印象。据我所知,他有几分畏惧姨妈。究其原因,很大程度上是由于想与德伯格小姐成亲。对这件事他看得很重,瞒得了别人瞒不了我。"

伊丽莎白听了这话忍不住想笑,但她仅仅略一点头。她知道,威克姆想旧话重提,对她再念那本苦经,而她却无心听了。这天晚上,威克姆仍显得高高兴兴,但没和伊丽莎白多说话。到分手时两人客客气气,却也许都希望永远别再相逢。

聚会散后,莉迪亚跟着福斯特太太去梅里顿,打算第二天一起从梅里顿启程。莉迪亚与家里人分手时话多伤感少,流眼泪的只有基蒂一个,而且她哭是因为又气又嫉妒。贝内特太太一遍又一遍地祝女儿快乐,一次又一次叮嘱见到良机别错过,一定要玩个痛快。不用说,这种叮嘱女儿会照办不误。莉迪亚欢天喜地大声嚷着再见,她几个姐姐也说了再见,声音没有她大,但即使大她也听不见。

第四十二章

　　如果仅仅看自己一家的情形,伊丽莎白一定不会认为结婚是喜事,成家会幸福。她父亲当年只求妻子年轻貌美,而世人也都以为娶到妙龄美女是好福分,结果他娶的女人脑子不中用,眼光太短浅,结婚没多久,就再也谈不上对她有什么真正的喜欢。夫妻两人永远别想相敬相爱,永远别想心心相通,他的幸福家庭梦全部破灭。有的人或因失算,或因失检,干下了倒霉事,为了摆脱苦恼,便纵身玩乐,但贝内特先生不在此种人之列,虽然由于自己考虑不周吃到苦果,却不在玩乐中求解脱。他喜爱乡村,喜爱读书,主要从这两大喜爱中得到乐趣。太太对他来说仅仅好在无知,傻乎乎,叫他见了忍不住笑。哪个男人会希望妻子带来这种幸福呢?遇事真能想得开的人与众不同,既然别的福分到不了手,也可以有什么福分享什么福分。

　　伊丽莎白并非缺乏眼力,早就看出,作为丈夫,父亲这样做太不应该。她总是看在眼里,痛苦在心里。但是,父亲的聪明叫她佩服,父亲对自己的喜爱叫她感激,眼睛不能不见的事她只好少想为佳。尽管父亲不顾夫妻情分,不顾夫妻应有的敬重,常常故意使母亲在女儿面前出乖露丑,这样做太说不过去,她也只丢到脑后了事。但现在伊丽莎白有切肤之痛,深感婚姻不美满必然祸及子女;也看得明白,聪明用错了地方会产生恶果。如果使用得当,即使父亲不能使母亲脑子开化,至少也可保全女儿的体面。

　　威克姆走了伊丽莎白是求之不得,然而,她发觉民兵团开拔并没有带来别的什么好处。外出的聚会与以往相比黯然失色,坐在家里有听不完的怨气话，母亲和一个妹妹总唉声叹气，说生活枯燥无味，引得一家人都不快乐。搅得基蒂魂不守舍的那些人走了，基蒂可能会安下心来，但是另一个妹妹却叫人担心。她秉性本就不好，现在去了一个又有浴场又有兵营的地方，如火上浇油，十有八九会变得更糊涂，更不知收敛。所以，总的说来她现在感到（以前也常有同样感触），一件望眼欲穿的事一朝到来，并不能完全如她所愿。这样一来，她只好期待真正的幸福一定会在未来某日来临，把希望寄托在别的事上，又从盼望中得到安慰，同时也准备经受一次新的失望。眼下想来最高兴的事情是能去湖区。母亲与基蒂满心不痛快，一家人势必不能安宁，在这种时候，能去湖区带来了最大的安慰。如果这件事也有简一份，那就再美妙不过。

伊丽莎白在心里嘀咕："不过呢，觉得美中有不足反而好。要是处处周全，我必然有所失望。这一次正由于姐姐不去使我惋惜不已，失中有得，也许我到头来倒会玩得高兴。什么都想得美的事一定落空，觉得美中不足的反而不会使你太失望。"

莉迪亚离家时答应给母亲和基蒂多写信，详详细细告诉她们出门在外的情况，可是她的信不但隔很久才来一封，而且每次只寥寥数语。写给母亲的信无非是谈些琐碎事，例如去了一趟图书馆，有哪些哪些军官陪着，在图书馆里又看到了什么什么漂亮装饰品，几乎使她失声叫好。又例如买了一件新长衫，或者一把新阳伞。本来想说个详细，但是福斯特太太在叫她，她们要去兵营，只好匆匆搁笔。给基蒂的信虽然长得多，但几乎全是一行行公开不得的话。

莉迪亚走了两三个星期，朗本的人才恢复了好心情。事事出现了可喜变化。到伦敦过冬的那些人家回来了，人们换上夏装，夏天的交往也开始了。贝内特太太的心平静下来，唠唠叨叨又话多。到六月中，基蒂的情绪恢复了正常，去梅里顿不再眼泪汪汪。这件事叫人高兴，伊丽莎白满怀希望，但愿到圣诞节时，基蒂会完全清醒过来，不再每天几次三番提起军官，但怕只怕军事部门干缺德事，又调一团人驻扎到梅里顿。

往北方去游玩的行期一天比一天近，眼见只差两星期就可以动身了，却不料加德纳太太来了封信，不但说游玩要延期，而且去的地方也要减少。加德纳先生有事要办,动身日期改到七月,拖延了半个月,还只能最多玩三十天,又得赶回伦敦。这一来,原来的计划落了空,一个月里去不了那么远的地方,看不了那么多的美景,至少,不能游玩得那么从容,那么舒适。他们不得不放弃去湖区的打算,缩短行程。按照现在的安排,他们只能到德比郡,再往北就不行了。德比郡可观赏的地方很多,够游玩三个星期,加德纳太太又特别想去看看。她不但要去游览马特洛克①、查茨沃思②、德文谷③、皮克山④等等名胜,而且要重返她曾生活过几年的小镇,在那里住几天。

伊丽莎白大失所望。她一心想去湖区游览,觉得即使三十天也完全来得及。但是她只能听从别人安排,好在她心境开阔,所以很快就不以为意了。

提起德比郡,就会产生许多联想。自然而然,见到这三个字,伊丽莎白便记起彭伯利和彭伯利的主人。她心道:"没关系,我去他那个郡怕什么?多捡几块莹石⑤他还看得见吗?"

等待的时间现在多出了一倍,她舅舅、舅妈要再过四个星期才能来。等四个星期终于过去,加德纳先生带着太太和四个孩子总算到了朗本。四个孩子中两个是女儿,一个六岁,一个八岁;两个是儿子,年纪还小。孩子们都留在朗本,由表姐简照看。几个孩子都喜欢简,简心细,脾气好,照看孩子最合适,能教他们读书,能领他们玩,对他们是真心喜爱。

加德纳夫妻俩在朗本只住了一夜,第二天一早就带着伊丽莎白去游山玩水,逍遥快活了。他们结伴游玩再合适不过。合适就合适在三人都身体健康,个性随和,路上有不方便的地方能忍耐,这实在叫三人都满意。

---

① 马特洛克(Matlock),德比郡的一旅游地,多温泉及钟乳石洞穴。
② 查茨沃思(Chatsworth),英国最豪华的居住区,曾为德文郡(Devonshire)公爵与德比郡公爵住地,花园极美,仅次于凡尔赛。
③ 德文谷(Devondale),靠近查茨沃思的一小山谷,因其岩石形状奇特、树木茂密而闻名。
④ 皮克山(the Peak),高636米,是德比郡北部山区的最高山。该山区称皮克山区(Peak District)。
⑤ 莹石(petrified spar),一种透明的晶石,因系德比郡的著名矿石,又名"德比莹石"。

他们三人游兴浓，感情丰富又头脑灵活。即使出门在外遇上扫兴的事，他们仍然会过得很快乐。

本书用不着详细介绍德比郡，也用不着介绍他们此行经过的胜地，牛津①、布伦亨②、沃威克③、凯尼尔沃斯④、伯明翰⑤几乎人人皆知。现在需要花些笔墨的是位于德比郡中部的一个小地方，即小镇兰布顿。加德纳太太原来在兰布顿住过，近来听说一些故旧仍在，游览过乡间的主要名胜后，几个人特地去了兰布顿。伊丽莎白听舅妈说，彭伯利离兰布顿不到五英里，离他们的必经之路仅有一两英里之遥。

前一天晚上谈起行程时，加德纳太太表示想再去看看彭伯利，加德纳先生欣然赞同，后来便问伊丽莎白愿不愿意。

伊丽莎白的舅妈说："好孩子，你就不想去看看很多人说起过的地方吗？好些你认识的人都与那地方有关系。你也知道，威克姆没有成年以前一直住在那里。"

伊丽莎白被触到了心病。她认为自己与彭伯利毫不相干，于是毫不犹豫地表示不想去看。她推托说，大户人家的住宅已经看腻了，他们无非是挂些绣幛，铺些锦毡，她觉得索然无味。

加德纳太太骂她不懂行，又道："如果只是房子漂亮，摆设豪华，我也懒得去看。但那地方风光好，树林漂亮无比，英国少有。"

伊丽莎白不作声，但内心还是不情愿。她立刻想到，去彭伯利看风光很可能撞上达西先生。这怎么行呢？她不禁红了脸，继而心想与其撞上达西先生还不如对舅妈把话摊开来说。可是把话摊开也有摊开的难处，最后她定下的主意是，先暗中打听达西先生家的人在不在彭伯利，

① 牛津（Oxford），此处指牛津郡，位于英格兰中部。
② 布伦亨（Blenheim），此处应指布伦亨园（Blenheim Park），位于牛津郡，马尔伯勒公爵（Marlborongh）的布伦亨宫（Blenheim Palace）所在地。马尔伯勒（1650年—1722年）为英国名将，曾于1904年在德国击败法军。
③ 沃威克（Warwick），英格兰中部一郡，其森林地带风景优美，名冠英国，且有沃里克男爵之城堡，颇为宏伟。
④ 凯尼尔沃斯（Kenilworth），位于沃威克郡，以凯尼尔沃斯城堡著名。凯尼尔沃斯城堡建于1120年，废于17世纪。英国历史小说家司各特（Scott）在其小说《凯尼尔沃斯》中对此城堡有详尽描写。
⑤ 伯明翰（Birmingham），位于英格兰中部。

如果在，她再采取这迫不得已的办法。

于是，睡觉前她问女仆，彭伯利这地方风光好不好，业主姓什么，然后再问这一家回不回来过夏天，心里唯恐女仆说回。但女仆说不回来，伊丽莎白求之不得，这才松了口气。定下心后她很想去看看达西先生的住处。第二天早上，当这事重又提起，问她愿不愿去时，她若无其事地马上答道，其实她并没有当真反对走一趟。

于是，几个人定下了去彭伯利。

第四十三章

马车一路不停。看见彭伯利的树林时,伊丽莎白的心扑通扑通跳起来,等到进了园林,她更加心神不定了。

园林很大,起起伏伏,气象万千。马车从一处地势最低的地方进了园林,在一大片美丽的树林里走了好一会儿。

伊丽莎白心事重重,没有开口说话,但处处美景她都看在眼里,心里赞赏不已。马车沿坡而上,走过半英里,到了坡顶。坡顶的地势相当高,树林在这里到了尽头。放眼一望,彭伯利的住房就建在山谷的对面,有一条蜿蜒而陡峭的路通到那里。住房很大,气派十足,由石头砌成,矗立在山坡上。房背面是连绵的山冈,山上树木繁茂。房前有一条小溪流过,水势不小,不像人工造就,而是天然形成。溪岸也不见着意装点,一路景色不一。伊丽莎白非常喜爱,她第一次见到大自然这样好的杰作,这里的自然美不掺杂人的俗气。三人都赞不绝口。这时伊丽莎白动了心,觉得做彭伯利的女主人并不是件坏事。

马车下了坡,过了桥,来到住房前欣赏景致,伊丽莎白边看边又担心会撞见房主人,她唯恐旅馆女仆弄错了。三人说明来意后被请进了客厅,在客厅等待女管家。伊丽莎白没有想到竟然会来这里,不由得暗自感慨。

管家是个模样体面,上了年纪的女人,长相没有伊丽莎白想象的好,但礼貌周到却超乎伊丽莎白的想象。三人跟着管家进了餐厅。餐厅宽敞舒适,陈设讲究。伊丽莎白往四下扫了一眼后走到窗口欣赏窗外的风景。刚才马车经过的山坡树木丛生,从远处看坡更陡,山更美。极目远望，无论是小溪、溪两岸的树木，蜿蜒的山谷，映入她眼帘的景色，她看了都喜爱。走到其他房间，这些山水林木变换了姿态，但无论从哪扇窗口看，它们都很美丽。各个房间全高雅气派，家具显现出主人的阔气。

伊丽莎白觉得，与罗辛斯的相比，这里的摆设不重豪华，却求风雅，没有花哨俗丽之感，不由得佩服房主人的喜好不凡。她心想，"本来我可以成为这地方的女主人，享受这些美景，自由随意地在这些房间走动，而不是以一个毫不相干的人的身份来参观，而且我还可以把舅舅、舅妈接来做客！"接着她清醒过来，想道，"这不行，绝不可能有这种事。那样一来我就见不到舅舅、舅妈了，他绝不会允许我请他们来做客。"

她多亏想到这一点，要不然一定会懊悔起来。

她很想问问女管家，她的东家是否当真不在，可是没有勇气开口。后来她舅舅问了这件事。

管家雷诺太太回答说不在，接着补上一句："他明天回来，会带一大帮朋友。"伊丽莎白一惊，转过身来。她暗暗庆幸，他们一路上连一天都没有耽误过。

正这样想时，舅妈叫她过去看一幅画像。她走近前去，原来是威克姆先生的画像，与另外几幅小型画像一道挂在壁炉架上方。舅妈笑着问她觉得这幅画像好不好。女管家走过来，告诉她们，画像上的年轻人是已去世的老东家管家先生的儿子，一直由老东家供养长大。

女管家还说："现在他参军了，恐怕已变得不可收拾。"

加德纳太太向外甥女一笑，可是伊丽莎白笑不起来。

雷诺太太指着另一幅画像，说道："这是东家的画像，画得像极了，与那一张同时画的，离现在大约八年了。"

加德纳太太望着画像，答道："听说你东家一表人才，这脸就长得很漂亮。不过，利齐，你说画得像不像？"

雷诺太太听说伊丽莎白认识她东家，似乎肃然起敬。问道："这位小姐认识达西先生吗？"

伊丽莎白脸一红，说："不很熟识。"

"小姐,你觉得达西先生长得漂亮吗?"

"很漂亮。"

"我的确没见过比他还漂亮的。楼上的画廊里还有一幅他的画像,比这一幅大,也更好。老东家最喜欢这个房间,画像按老东家在世时的原样挂着。老东家很喜爱这些画像。"

伊丽莎白这才明白,为什么威克姆先生的像与达西先生家里人的画像挂在一起。雷诺太太接着叫她们看达西小姐的画像,那时达西小姐年仅八岁。

加德纳先生问道:"达西小姐有她哥哥那样漂亮吗?"

"那还用说?从来没有见过这么漂亮的小姐,还多才多艺。她整天弹琴,唱歌。隔壁房间摆着架新钢琴,刚刚给她买来,是东家送给妹妹的礼物。小姐明天跟她哥哥一道回来。"

加德纳先生健谈随和,与女管家有问有答,聊得高兴。雷诺太太也乐意谈东家兄妹俩,可能是觉得兄妹俩值得夸耀,也可能是对兄妹俩感情深厚。

"你们东家一年中在彭伯利住的时间多吗?"

"我就嫌他住的时间太少,先生。前前后后在这里大概住半年,达西小姐每年夏天少不了会在这里。"

"可是也要去拉姆斯盖特。"伊丽莎白在心里嘀咕了一句。

"等到你们东家娶了太太,在这里的住的时间就多了。"

"这话说得好,先生,可是就不知在哪年哪月。配得上他的人太难找。"

加德纳夫妻俩都笑了。

伊丽莎白忍不住说了一句:"你这样夸他,他真要感谢你了。"

"我不是有意夸他,认识他的人个个都这样说。"女管家答道。伊丽莎白的看法不一样,认为管家的话过了头。女管家又说,"我从来没有听他说过一句重话。我来他家时,他才四岁。"这话更是伊丽莎白没有想到的。

相比之下,别的夸奖话都显得微不足道,伊丽莎白做梦也料不到。她原来已经认定,达西的脾气不好。她觉得太奇怪,很想再听女管家还会说些什么，正好舅舅接了句："他这样的人实在太难得，你有这样的好东家要算好运气。""说得对，先生，我知道我运气好。就算走遍天下，也找不着比他好的东家了。我常说，人的生性好不好，看小时候怎样就知道长大了怎样。东家从小就是个再温和善良不过的孩子。"

伊丽莎白看着她，大睁着眼。"达西先生会是这样吗？"她暗想。

"他的父亲为人再好不过。"加德纳太太说。

"一点不错，太太，他正是这样。有其父必有其子，东家对穷人同样体贴。"

伊丽莎白听了又惊奇又怀疑，巴不得她再说多点。雷诺太太的话题唯有这一个她听得有兴趣，谈画像也好，房间的大小也好，家具的价格也好，伊丽莎白都没有当一回事。加德纳先生认为女管家这样夸赞东家无非是说自家人的好话，觉得可笑，很快又把话题引回来。四人走上大楼梯时，女管家滔滔不绝地数着达西先生的好处。

"东家无论对佃户还是对仆人都好得不能再好，世上难寻，不比现在外面的一帮年轻人，只顾自己怎样过得快活。谈起他来，自家佃户仆人没有一个不说他好。旁人有骂他傲慢的，可是我看不出他傲慢在哪里。依我猜想，不为别的，就为他不像别的年轻人那么爱说话罢了。"

"这真是太吹捧他了！"伊丽莎白心想。

伊丽莎白的舅妈对她悄悄说道："他无情地对待我们那位可怜的朋友，并没有像管家说的千好万好。"

"我们也许上了当。"

"那不大可能，我们听他说的事有根有据。"

上楼以后是一条宽敞的走道。女管家把三人领进一间非常漂亮的客厅，是新近摆设好的，比楼下的房间艳丽醒目，原来是专供达西小姐用的。她上次住彭伯利时，看中了这一间房。

"他对妹妹看来也很好。"伊丽莎白说着走到一扇窗前。

雷诺太太料定达西小姐见到这间房一定高兴。她说："他对妹妹一直这样，妹妹喜爱的事说办就办，没有一件不顺着妹妹的心意。"

最后要看的是画廊和两三间大卧室。画廊里挂着许多优美的画作，但是伊丽莎白对绘画一窍不通。有些画楼下似乎也有，上了楼她懒得再去瞧,只选了达西小姐画的几张蜡笔画看,这些画不但是她喜爱的题材,而且能看出些好歹。

画廊里有好些达西家里人的画像,但是不可能引起素不相识的人的兴趣。伊丽莎白往前走着,寻找她唯一认识的人的画像。终于发现了一张与达西先生很像的画像,面容惟妙惟肖,那笑容伊丽莎白记得清楚,他看着她时,脸上就浮现过。她在画像前站了好几分钟,边看边想得出神。离开画廊前,她又走过去看了看。

雷诺太太告诉他们,这幅画像还是东家的父亲健在时画的。

此刻伊丽莎白对画中人产生了一种好感,以往即使在接触时,这种感觉都没有出现过。雷诺太太对他的好评是不能低估的。谁的赞扬比一个有头脑的仆人的赞扬更有价值呢?他对妹妹好,对佃户好,对家中的仆人好,想想吧,多少人的福分都仰仗于他!快乐也罢,痛苦也罢,还不是全看他会给予什么!善事也罢,恶事也罢,还不是全看他会怎样作为!从女管家说的每句话看,他并不是一个坏人。伊丽莎白站在画像前时,觉得达西先生在目不转睛地看着她,想到他对自己的深情,一种从未有过的感激之情油然而生①。现在她记得的是达西爱慕的强烈,没有再计较表达爱慕时说话的不得体。向客人开放的房间全看过以后,三人回到楼下。他们告别了女管家,管家嘱咐在大门边遇见的园丁送送他们。

过草坪往溪边走时,伊丽莎白又回转身看,她舅舅、舅妈也站住了。正当伊丽莎白估量彭伯利住房的建造时间时,房主人突然从房后通到马厩的路上走了过来。

两人相隔仅二十码,房主人又出现得意外,已来不及躲开他。立刻,四目相遇,两张脸唰地红了,直红到耳根。房主人呆若木鸡,显现这一惊吃得不小。但他很快清醒过来,走到客人跟前,对伊丽莎白说话,尽管心尚未完全平静,礼貌却未少一分。

伊丽莎白本能地转身想走,但一见他过来,只得站住,也以礼相

---

① 至少,在奥斯汀笔下,当男方向女方求婚时,即使女方看不起男方(如伊丽莎白对柯林斯)或厌恶男方(如伊丽莎白对达西),女方也要对男方表示感谢。原因很简单,求婚是出于爱慕。现在伊丽莎白了解到达西并非真傲慢,自然衷心感谢达西的爱慕。

见,只不过掩盖不住一脸尴尬。就算是初次见面,就算刚才看到的画像与真人有差异,使她舅舅、舅妈认不出他们现在见到的人是达西先生,那么园丁发现主人时露出的惊异也能使他们猜出来者是谁。他们看他在跟外甥女说话,有意站开了些。伊丽莎白惊魂未定,不敢正视达西先生的脸,达西先生问她一家人近况如何,她几乎不知怎样回答。由于这次见面达西先生的举止变了许多,他每说一句话都增加她的一分尴尬。也由于她不停地后悔不该来这里让达西先生撞见,虽然两人在一起只站了短短几分钟,对她来说却比任何时候都难熬。达西也不自在,说话时失去了常有的从容,翻来覆去问她什么时候离开的朗本,在德比郡住了多久,还语无伦次,可见心神错乱。

最后他再也想不出话说,站了一阵没有开口,定了定神,便告辞离去。

伊丽莎白的舅舅、舅妈这才走过来。他们都夸达西长得一表人才,但伊丽莎白一句也没听进耳,她心事重重,闷声不响地跟在他们身后,又羞又悔,有苦难言。到彭伯利来真是自找倒霉,愚蠢透顶。难道他不会奇怪吗?像他这样傲慢的人,这一来难道不会把她看扁吗?她似乎是有意找上他的门。糟糕!她为什么要来呢?或者说,他为什么要提前一天回来呢?

如果早走十分钟,就不会撞上他,让他瞧不起了。显然,他是刚刚到家,刚刚下马或者下马车。想到不期而遇的难堪,她的脸红了一阵又一阵。他的举止完全变了,这意味着什么呢?他竟然还跟她说话,这就不可思议。说起话来彬彬有礼,还问起她一家人的近况,这更是奇而又奇了!这次虽说是意外相逢,他的态度之谦、声气之和却从未有过,与在罗辛斯园林把信交到她手里时有天渊之别。她不知该作何分析,或者说,不知该做何解释。

三人上了溪边的路,路旁风景如画,地势步步变低,树林步步走近,但是伊丽莎白对一切都几乎无知无觉。舅舅、舅妈不停地叫她看这看那,用手指这指那,她信口回答着,眼也望着他们手指着的地方,然而就是不知道在看什么。她一心想着彭伯利的住房,想着达西先生现在会在房子里的什么地方。她惦念的是这时达西先生在想什么,会怎样看待她,是否不在乎前前后后发生的事情,仍然喜爱她。也许,他彬彬有礼单纯因为对她已无牵挂,但是听他说话的声音却并不像。他见到她是痛苦多于高兴,还是高兴多于痛苦,她无法知道,不过可以肯定,他的内心并不平静。

最后,听到舅舅、舅妈责怪她心不在焉了,伊丽莎白才清醒过来,发觉不该显得反常。

几个人走进树林,离开小溪,爬上一处高坡。在高坡上从树林的空隙中望去,山谷、山谷那边的山丘、沿溪生长的一带树丛尽收眼底,小溪半隐半现,断断续续。加德纳先生说想在整个园林兜一圈,只是担心脚力不够。园丁得意地一笑,告诉客人逛一圈有十英里路。客人这才无可奈何地沿着往常的路线走,左转右折一会儿后在树林中沿坡而下,回到溪边,是一处水面最窄的地方,在这里过桥。桥很简陋,但是与四周的环境协调。他们所到之处要数这里景色最单调,连山谷也最窄,仅容小溪流过,溪旁留下一条路,路边长着参差不齐的矮树丛。伊丽莎白想沿这条路看个究竟,但是过桥以后离住房太远,不善走路的加德纳太太气力不支,一心要赶快回头上马车。外甥女只好依从,几个人抄近路往溪对岸的房子走。他们的脚步很慢,原因是加德纳先生爱钓鱼,平常极少机会尽兴,这时见水里有鱼儿游,看得高兴,还跟花匠谈钓鱼,走走停停的。就在慢悠悠挪动脚步时,一件意外的事又发生了,伊丽莎白更是惊讶不已。原来,达西先生又走过来了,已到不远处。这一带树少,不比溪对岸,所以达西先生还没有到眼前他们就看见了。但这一回不是完全来不及防备就撞上了,伊丽莎白内心已有打算,如果达西有意来找他们,她便镇定自若地与他攀谈。有好一阵她以为他走上了另外一条路,因为路拐了弯,看不到他了。不过等弯道一过,他便出现在他们面前。伊丽莎白一看,只见他与刚才一样,没有一点儿失礼的地方。为了表示也有礼貌,她开口夸这里的美丽。但是,才说出"叫人高兴,着迷",她又起了顾虑,唯恐她意在赞美彭伯利这地方的话被误解,脸一红,住了嘴。

加德纳太太站在伊丽莎白身后不远处。达西先生问伊丽莎白,可不可以介绍他与她的朋友们认识。伊丽莎白完全没有料到他会如此礼貌周到。求婚时,他由于骄傲,曾出言不逊,说瞧不起她家的人,现在却表示要结识原来瞧不起的人。伊丽莎白想了想，不禁笑了，暗想："告诉他这两个人是谁他岂不要大吃一惊？现在他一定是把他们当上等人了。"

她马上做了介绍。她在说明这两位与自己的关系时，偷瞟了达西先生一眼，想看看他脸上是不是一副躲都来不及的表情。显然，他始料未及，然而按捺住了内心的惊异，非但没有避让，反而陪着他们一起走，还与加德纳先生攀谈起来。伊丽莎白忍不住高兴和得意。达西总算看到了，她的亲戚并不丢脸。她细心听着两人的交谈，舅舅的言语表现出他是个有头脑、有品位、有礼貌的人，她听了内心直叫好。

没多久两人谈到钓鱼。伊丽莎白听得清楚，达西先生非常有礼貌地对她舅舅说，既然住在附近，欢迎他常来。同时主动表示借给他钓鱼工具，告诉他小溪哪几段鱼多好钓。加德纳太太与伊丽莎白手挽着手走，她意味深长地看了伊丽莎白一眼。伊丽莎白没有吱声，内心却十分高兴，因为这番盛情全是靠了她的脸面。

不过，她还是十分惊异，反反复复想着："他为什么完全变了呢？是出于什么原因？不可能是因为我，他今天抛开了傲气不可能是为了我的缘故。我在亨斯福德的几声斥责不可能引出这样大的变化。他也不可能依然爱着我。"

伊丽莎白与加德纳太太在前，达西先生与加德纳先生在后，就这样走了一段路。等到去小溪边欣赏过几种少见的水草，再往前走时，四人的位置有了些变化。原来加德纳太太游玩一上午后觉得乏力，挽着伊丽莎白不大支撑得住，便挽住了丈夫的手臂，达西先生取而代之站到伊丽莎白身边。四人沉默地走了一段，伊丽莎白开了口。她觉得该向达西先生说明，她是打听清楚他不在家后才来的，因此第一句便说遇上他完全出乎意想。接着她又说道："你的女管家告诉我们，你说定了明天才回来。其实，在离开巴克韦尔前，我们还以为你最近不会回乡下。"

达西先生承认确有其事，说本来他与其他人一起走，因为急于要找管账的人，这才比其他人先到一步。他又说道："其他人明天一早到家，当中有人与你相识，就是宾利先生与他的姐妹。"

伊丽莎白听了仅仅略一点头。她又回想起上一次两人谈起宾利先生的情形。如果看脸色能做推断，她可以断定达西先生脑子里想的与她大同小异。

稍过一会儿，达西先生又说："同来的还有一个人，特别想与你认识。你住在兰布顿期间，我可不可以介绍我妹妹与你认识呢？你不会介意吧？"

这个请求是万万意料不到的，伊丽莎白惊喜过望，不知道怎样表示认可才好。她马上想到，无论达西小姐有几分想认识她，反正，想认识就是因为她哥哥起了作用。别的都不用再提，仅这一点就令她高兴。看来，尽管他曾怒气冲冲，却并没有因此而恨她。她总算放心了。

四人后来都没有说话，默默地走着，各人在想各人的心事。伊丽莎白心神不定，觉得这一切不像真的。但是她又十分高兴，心里有些小得意。他想介绍自己的妹妹与她认识，这就是把她放在心目中什么地位的最好说明。他们很快把加德纳夫妇甩到了后面，等走到马车边时，加德纳夫妇已落下了相当大一段距离。

达西先生请伊丽莎白进屋坐，但伊丽莎白说并不觉得累，两人便都在草坪上站着。这时候该多说话，不开口会十分尴尬。伊丽莎白想谈，可是什么话题都想不起来。最后她记起她正在游玩，于是两人不停地谈马特洛克和德文谷的风光。但是时间与舅舅、舅妈都走得太慢，伊丽莎白有些心慌，只觉得快要无话可讲。

加德纳先生和加德纳太太终于赶了上来，达西先生再三请他们进屋休息。客人婉言谢绝，双方都极有礼貌地告辞。达西先生把两位女宾扶上马车。马车起步后，伊丽莎白回头一看，达西先生是慢吞吞走进屋的。

马车上，她舅舅、舅妈都夸赞达西先生，认为比他们原来想象的好出百倍。

"他举止文雅，很有礼貌，没有什么傲气。"舅舅说。

舅妈接过话道："他确实显得有些派头十足，但也只是看起来这样，并非故意摆架子。我看女管家说得很对，旁人有骂他傲慢的，可是我看不出他傲慢在哪里。"

"我完全没有想到他会对我们这样好。不能只说他客气，应该算殷勤周到了。这样殷勤并没有必要，他与伊丽莎白虽说认识，却只是泛泛之交。"

加德纳太太说:"利齐,说实在的,他不及威克姆长得英俊,虽然五官端端正正,整个脸部给人的印象却赶不上威克姆。可是,你怎么能对我们说他这人很讨厌呢?"

伊丽莎白找借口辩解,说在肯特郡见到达西时对他的印象比以往才有好转,而今天这样的热情还是她第一次见到。

"不过他的多礼也许是心血来潮。这些大贵人常常心血来潮,所以我不会把钓鱼的话当真。说不定他到时候主意一变,把我拒之门外。"她舅舅说。

伊丽莎白认为舅舅误解了他的为人,但是没有吭声。

加德纳太太又说话了:"看他今天这副模样,我绝不会相信他会无情无义,做出坑害威克姆之类的事情来。他不像一个坏心肠的人,相反,说起话来倒嘴甜。他脸上的表情庄重得很,但也不至于叫人怀疑他心狠。不过那女管家真是把他捧上了天!有时候我简直忍不住了,想笑出声来。但我猜他是个开明的东家,东家开明,仆人把他就看得千好万好。"

听了这话伊丽莎白觉得有必要澄清事实,说明他没有坑害威克姆。她唯恐这一来会引火上身,便只告诉舅舅、舅妈,她听达西先生在肯特郡的亲友说,他的事与传闻天差地别,达西的人品没有赫特福德郡的人想象的那么坏,威克姆的人品没有赫特福德郡的人想象的那么好。为了表明言之有据,她举出两人间的金钱纠葛为证,但隐瞒了她是听何人所说,只声明来源可靠。

加德纳太太感到意外,想问个明白,可是马车到了一处她曾常来游玩的地方。旧地重游,达西与威克姆的事都被她搁到了一旁,她忙着领丈夫看这一带的胜景,其他一切全置之脑后了。尽管上午走得有些累,刚吃过中饭,她就去寻访故旧。夜晚与阔别多年的朋友开怀畅谈,过得好不痛快。

伊丽莎白一心一意想着白天发生的事,顾不上结交新朋友,她细细捉摸,捉摸达西先生为什么变得彬彬有礼,特别是为什么希望她与自己的妹妹结识。

第四十四章

伊丽莎白估计,达西先生会在他妹妹回彭伯利后的第二天来,所以打算这一天的上午留在旅店。但是她错了,两位客人在她所估日期的前一天就来了。这天上午,他们与几位新结识的朋友在兰布顿游玩了一圈,刚回旅店准备换了衣服去这位朋友家吃饭,却听到窗外有马车声。一看,是辆轻型两轮敞篷车,坐着一男一女。伊丽莎白一眼认出了车夫穿着谁家的衣服①,心里马上明白了。她心慌意乱地对舅舅、舅妈说,马车上的人是为了看她而来。她舅舅、舅妈完全没料到会有这样的事,但是见伊丽莎白说话时神态尴尬,再联想拜访彭伯利时见到的种种情景,顿时醒悟过来。以往他们没有发现过任何蛛丝马迹,现在却感到,这样的人物大驾光临不能做其他解释,一定是看上了他们的外甥女。当舅舅、舅妈由迷糊变清醒时,伊丽莎白却一刻比一刻更不安。她奇怪为什么自己会发慌。她怕这怕那,还怕达西先生在妹妹面前把自己夸过了分。就因为格外心切地想得到别人的喜爱,她才唯恐没有资格得到别人喜爱。

她不愿让达西先生发现,忙从窗口边走开,在房间里踱来踱去,想让心静下来,然而偏看见舅舅、舅妈用异样的目光望着她,心反而更乱了。

达西带着妹妹进门后,作了一番郑重其事的介绍。伊丽莎白只见她的新相识与自己一样,神情很不自然,感到非常意外。到兰布顿后,她听人说的是达西小姐极端傲慢,但现在才观察了短短几分钟,她就认

---

① 当时英国各家仆人有统一的服装。

定达西小姐其实是过于羞怯，答话除了"是"和"不"，再也不多说半个字。

达西小姐比伊丽莎白长得高，身材也大些。虽然刚满十六岁，却已发育完全，是一位亭亭玉立的大姑娘了。她不及哥哥漂亮，但看上去聪明可爱，举止文雅，待人彬彬有礼。伊丽莎白原来以为她与达西先生一样，看人专挑短处看，现在见了面，发觉她并非如此，便松了一口气。

达西坐了没有多久便告诉伊丽莎白，宾利也会来拜望她。伊丽莎白表示高兴与欢迎的话还未出口，楼梯上就响起宾利急促的脚步声，转眼间人就进了房门。伊丽莎白对他的怨恨早已烟消云散，当然，即使余气未消，宾利与她重逢后表现出的善意与诚恳也会使她再恨不起来。他问起伊丽莎白一家人的近况，几句关心话虽然很寻常，但说话时的表情和语气却不失以往的自然、亲切。

加德纳夫妇对宾利的印象与伊丽莎白的一样好。他们早知其人，只是未见其面。实际上，他们对眼前的人个个观察得仔细。由于已经开始怀疑达西先生与外侄女之间的关系，他们特别留心这两人，处处察言观色，很快便看了出来，认为这两人至少有一人已经动了真情。对女方的内心他们仍无十足把握，然而男方的爱慕却是一见分明的事了。

非常为难的人是伊丽莎白。她既要了解到每位来客的心理，又要不让人看出她心乱如麻，使在场的人都对她有好感。她就怕在后一件事上失败，可是，她十拿九稳的正是后一件事，因为她希望给予好感的人正是为了博得她的好感才登门拜访的。宾利盼着让她高兴，乔治安娜急切地想和她交好，而达西就怕求之不可得。

见到宾利，伊丽莎白自然而然想到了她姐姐，但宾利是否与她一样，也想到了她姐姐呢？她非常想知道这一点。有时候，她发现宾利比往常话少，有一两次她觉得宾利看着她时，仿佛在寻找她与姐姐的相似之处，不由感到几分高兴。也许，这只是她想当然，但是宾利对达西小姐的态度她看得真切，达西小姐并非如人所说，是简的情场对头。两人之间看不出有特殊的情意，没有能叫宾利小姐如愿以偿的任何迹象。伊丽莎白的这种看法很快得到了证实。客人告别前，发生过两三件小事，在爱姐姐心切的伊丽莎白看来，足以说明宾利对简依旧情意绵绵，很希望多说几句话，以便能够谈起简，但可惜没有胆量。

有一次，趁着别人在一起攀谈，宾利带着无限惋惜的声气说："我很久没有机会见到她了。"不等她答话，他又说，"算时间有八个多月。我们分手那天是十二月二十六日，在内瑟菲尔德舞会结束以后。"

伊丽莎白见他把事情记得这样一清二楚，非常高兴。后来他趁别人不注意又问伊丽莎白，她的四个姐妹是否全都在朗本。他这个问题问得寻常，前面那句话也说得寻常，然而，当时他的表情、神态却耐人寻味。

伊丽莎白的目光并不常转向达西先生，但是，每当她对他看上一眼时，都发觉他待人亲切。听他说话，已听不出半点傲气，听不出对她舅舅、舅妈的鄙夷。伊丽莎白心想，昨天见到他的态度有了变化，曾怀疑是一时的改变，现在看来至少他保持到了今天。几个月前他不屑一顾的人，现在他乐意结交了，想取得他们的好感了。他不仅对伊丽莎白一人彬彬有礼，而且对曾经公开表示轻蔑的她的近亲也彬彬有礼，使她想起了在亨斯福德牧师府求婚的那一幕。摆在眼前的变化太大了，她觉得达西与往日相比判若两人。伊丽莎白几乎掩饰不住内心的惊异。在内瑟菲尔德时，他与最亲密的朋友一起相处，到罗辛斯时，他是在一位贵妇人家做客，但其表现都非现在可比。现在他一心想博取人的好感，没有摆出半点架子，谈话无拘无束，然而，即使他达成了目的，也挣不来任何身价，甚至他好言好语结交了她的舅舅、舅妈，日后还会招来内瑟菲尔德与罗辛斯的太太小姐们的讥笑、责怪。

几位客人坐了半个多小时。起身告辞时，达西先生表示希望加德纳夫妇与贝内特小姐在走之前能去彭伯利吃顿饭，还叫妹妹帮腔。达西小姐看来很少出面邀请过客人，羞答答的，但还是依了她哥哥。加德纳太太觉得达西请的主要是伊丽莎白，望着外甥女，看她愿不愿意去，但是伊丽莎白把头偏了过去。加德纳太太只当伊丽莎白头的动作是出于羞怯，并非有意推脱，又见喜爱交朋结友的丈夫满脸高兴，正求之不得，便当机立断答应下来，日期定在第三天。

宾利因为又可见到伊丽莎白而喜形于色，表示非常高兴。他还有许多话要对伊丽莎白说，赫特福德郡的朋友们别后如何他一个个都想知道。伊丽莎白觉得宾利醉翁之意不在酒，实际上是想听她说说她姐姐，不由暗自欣喜。刚过去的半小时对伊丽莎白来说，是当时不大自在，客人走后想起却收获不小。原因很多，宾利的事只是其中之一。她唯恐舅舅、舅妈追问或者旁敲侧击，急着避开，等听完他们赞扬宾利的话，忙去换衣服。

其实她过虑了，她舅舅、舅妈已心中有数，并不想找她盘根究底。显然，她与达西先生不是泛泛之交，只不过他们原来不知情罢了。明摆着达西先生已经对她一往情深，他们看得分明，但是不便开口问。

现在伊丽莎白的舅舅、舅妈关心的是，达西先生究竟是否人品好。就他们的接触所见，达西先生无可挑剔。他待人有礼，他们对此不可能没有感受。如果仅凭自身的感觉和那位女管家的话，把那些对他说三道四的人所言抛开，他们对他的为人所作的结论就完全与赫特福德郡一帮人相异，赫特福德郡凡认识达西的，几乎没有一个会认同。现在看来相信那位女管家的话不会有错。她认识达西时他才四岁，对达西有多年的了解，而且本身一看就知道是个正派人。加德纳夫妇稍稍一想就觉得，这样的仆人说主人如何不会信口开河。他们住在兰布顿的朋友所说与女管家的话并不相左。除了傲慢，他们对他别无非议。也许达西先生有些傲慢，当然即使他并不傲慢，由于他不登住在这个小镇上人家的门，小镇上的人也必然会说他傲慢。不过，谁都承认，他慷慨大方，为穷苦人做过不少好事。

至于威克姆，伊丽莎白与舅舅、舅妈发现，在这一带口碑不好。当地人不太了解他与少东家的主要纠葛，但是谁都知道他走时欠了许多人的债，是达西先生代他偿还的。

这天夜晚伊丽莎白比前天夜晚更一心想着彭伯利。她嫌夜长，时间过得慢，又嫌夜短，因为经过一夜还不能断定自己对住在彭伯利的那一位怀有怎样的感情，她左思右想，躺在床上整整两小时没有合眼。可以肯定她并不恨他。怨恨早就消逝了，而且她还感到惭愧，悔不该冤枉了他。对于他的难能可贵之处，开始她仅勉强认账，后来转而敬重。现在听了那些称赞他的话，敬重中又夹进了两分喜爱。而昨天所见说明，他还是个心细礼多的人。最重要的是，也可以说比敬重更重要的是，她内心还有一种情感在活动，不能小视。这种情感就是感激，不单纯因为他曾经爱过她，还因为他并不计较她拒绝时态度粗暴，语言尖刻，罗列的罪名都是不实之词，却至今仍然爱着她。她原以为达西先生会把她当成生死冤家，再也不见面，现在有这次巧遇，才看出他一心想与她保持来往。对于两人间的事，他既没有说过冒昧的话，也没有做出不适当的举动。他只是多方争取她的舅舅、舅妈的好感，介绍自己的妹妹与她认识。一个十分傲慢的人竟然出现这样大的变化，固然始料难及，但也令人高兴，究其原因，无疑是出于爱情，出于一种强烈的爱情。对于他的爱，伊丽莎白难以捉摸透，但是并不厌恶，反倒觉得应该让它滋长。她敬重他，觉得他是大好人，也对他怀着感激。她真心实意地关心他的终身，尚不明白的是，她是否当真就愿意左右他的终身。在她想来，她依旧有本领使他再度求婚，但是她没有把握，一旦使出这个本领，是否当真就能给双方带来幸福。

　　这天晚上，伊丽莎白还与舅妈商量，说达西小姐非常客气，上午才回彭伯利，却当即就赶来看望她们，礼尚往来，她们也应该有所表示，最好的办法是第二天上午回访达西小姐。所以，她们决定明天一大早就去拜访她。伊丽莎白很是高兴，但是为什么自己这么高兴，她却想不出一个所以然。

　　加德纳先生吃过早饭便单独走了。昨天又谈起过钓鱼，与人约定中午在彭伯利碰面。

第四十五章

伊丽莎白现在心中完全有数，宾利小姐恨她是出于嫉妒，她自然而然地猜想，这次去彭伯利势必会受到冷遇，也非常想看看，狭路相逢时，这位小姐会做一番怎样的表面文章。

到了彭伯利的住房，她与舅妈被人领着穿过门厅，走进客厅。从客厅往北望，便能见到如画的风景。窗外有一片空地，屋后山峦耸立，群峦叠峰，林木繁茂，充满生机，草地上长着美丽的橡树和西班牙板栗树，一派赏心悦目的夏日风光。

达西小姐在客厅接待她们，坐在客厅的还有赫斯特太太、宾利小姐，以及在伦敦陪伴达西小姐的那位太太。见到客人来，乔治亚娜非常客气，但又别别扭扭。这种不自然的态度一是出于羞怯，二是唯恐出差错。但在一个地位不如她的人看来，往往会将其误认为是傲慢，是冷淡。好在加德纳太太与她外甥女不但没有错怪她，反而能体谅她。

赫斯特太太与宾利小姐只向客人行了一个屈膝礼。落座以后是一阵长时间的沉默，使人觉得好不尴尬。后来安斯利太太第一个开口。她气质很好，模样可亲，现在又主动打破沉默，可见比另一位太太以及小姐有教养。她和加德纳太太两人唱了主角，伊丽莎白演个配角，再没有冷场。达西小姐似乎也想一起谈，可惜太胆怯，只在没有人会注意听的时候，插上一句半句。

坐了没多久，伊丽莎白便发现宾利小姐在悉心观察她，她每说一句话，特别是对达西小姐说话，宾利小姐都留意听着。要不是因为与达西小姐隔得远，不方便，伊丽莎白一定会与达西小姐多攀谈，根本不会顾忌宾利小姐的态度。但事实是没有必要多谈,她现在神思不定,时刻都在准备着见到哪位先生走进客厅,既希望又害怕进来的会是房主人。究竟希望多于害怕呢,还是害怕多于希望,她自己也闹不清。宾利小姐闭着嘴坐了一刻钟以后说话了,伊丽莎白听见她冷冰冰地问起她一家人身体好不好,便转过身,也冷冰冰敷衍一句了事。宾利小姐又闭上了嘴。

　　第二次给客人解围的是仆人,他们端来了冷肉、糕点、各色时鲜水果。但这也多亏了安斯利太太,她笑着对达西小姐使眼色,提醒达西小姐这件事。吃的端来以后大家就都有事做了,虽然不是人人健谈,但人人都会吃,见到一盘盘鲜美的葡萄、油桃与桃子,大家都围坐到桌边。

　　正吃着时,达西先生进了客厅。究竟是希望还是害怕他来,伊丽莎白凭达西先生进来时的心情能判断了。判断的结果,她认为是希望多于害怕,可是他进来还没一分钟,她又觉得他还是不进来的好。

　　达西先生原来在河边与自己家的两三个人陪加德纳先生钓鱼,后来听说伊丽莎白与加德纳太太上午会来拜访乔治亚娜,便立刻离开,回到家中。伊丽莎白在达西先生走进来的瞬间,便知道自己一定要大方镇定。她的主意打得完全没错,然而真要显得大方镇定又谈何容易。她发现所有人对他们俩都起了疑心,达西一走进客厅,双双眼睛都盯上了他,观察他的举动。最心切的莫过于宾利小姐,但她无论对伊丽莎白还是达西先生说起话来都笑容可掬。她心怀嫉妒,可是并没有到不顾一切的地步,而且对达西先生她也远远没有死心。达西小姐在哥哥进来以后话多了起来。伊丽莎白看得出来,达西先生很希望妹妹与她交上朋友,想方设法与她们两人多谈。

　　宾利小姐也看出了这一点,她妒火中烧,把礼貌放到了一旁,抓住插话的机会,怪声怪气地说道:"伊丽莎白小姐,听说某某郡民兵团离开了梅里顿,是吗?他们一走,你家的损失未免太大。"

　　因为有达西在场,她不敢指名道姓说威克姆,但是伊丽莎白立刻会意,她指的就是威克姆。回想起与这个人的种种往来,她感到一阵难过。然而,遇上了存心不良的人与她过不去,她立刻又振作起来,不慌不忙地回答了问话。她边答话边不由自主地看了达西和他妹妹一眼,发现达西涨红了脸,焦急地望着她,他妹妹已六神无主,连头都不敢抬。

如果宾利小姐知道她那句不三不四的话会让意中人心里不痛快，无疑不会说出口。但是，她只想到要给伊丽莎白一个难堪，以为伊丽莎白肯定倾心那个人，提出来她就会露馅，叫达西瞧不起，甚至使达西记起她两个妹妹因为有了那个民兵团而干出的一些糊涂事和荒唐事。至于达西小姐曾打算私奔的事，她根本不知情。达西先生守口如瓶，除了对伊丽莎白，没有走漏过半点风声。对于宾利家的人，他更是倍加防范，就怕秘密传到他们耳里。伊丽莎白早猜测过，达西想把妹妹嫁给宾利，他特别对宾利家的人保密的原因就在这里。他的确有过这一打算，也许分外关心朋友的终身大事就与此有关，但处心积虑拆散朋友与贝内特家大小姐却不是出于这一动机。

伊丽莎白镇定自若的态度使达西先生心上的石头落了地。宾利小姐大失所望，再不敢提起威克姆，这一来，乔治亚娜也渐渐缓过气来，只是再没有说话。乔治亚娜不敢正视哥哥的眼睛，然而她哥哥并不在乎她与威克姆有过的那段事。宾利小姐不怀好心，本想使达西瞧不起伊丽莎白，到头来适得其反，达西对伊丽莎白的好感变得更深了。

这一问一答后不久，客人告辞了。达西先生把两位客人一直送上马车，宾利小姐趁他不在，把伊丽莎白的长相、举止、穿着数落了一大通，出出心头怨气。乔治亚娜没有随声附和。有了哥哥的好评，她当然对伊丽莎白有好感。哥哥看人不会有错。达西的赞扬备至，使乔治亚娜只会觉得伊丽莎白可亲可爱，不会往别的方面想。达西回客厅后，宾利小姐忍不住把刚才对她姐姐说过的话又说了几句给达西听。

"达西先生，伊丽莎白·贝内特今天的脸色多难看！才一个冬天没有见面，就变成这样，我出生以来还是第一次见到这种人。她的皮肤又黑又粗！我和路易莎都说，她简直叫我们认不出来。"宾利小姐嚷着。

尽管达西先生听了这样的话很不高兴，却没有外露，只敷衍了一句，说伊丽莎白只是晒黑了些，看不出别的变化，夏天在外旅行，晒黑了不足为奇。

宾利小姐接着说道："老实说，我看不出她漂亮在哪里，脸太瘦，皮肤不柔嫩，五官根本就不中看。鼻子长得一点不挺，线条太不分明。牙齿还算可以，但也是平平常常。有人认为那双眼很漂亮，我瞧来瞧去却瞧不出个名堂来。她的眼光简直有些凶神恶煞，我根本就不喜欢。她的神态举止充满了傲气，却又登不得大雅之堂，真是糟透了。"

宾利小姐认定达西爱上了伊丽莎白，但用这种办法抬高自己的身价并不高明，可惜火气上来时人往往脑子不清醒，她见达西露出了不痛快的神色，还以为自己达到了预期的目的。可是，达西打定了主意不吭声。

为了让他开口，宾利小姐又说话了："我还记得，我们在赫特福德郡刚认识她时，听说她是出了名的美人儿，大家都吃了一惊。我特别忘不了的是，有天她一家人到内瑟菲尔德吃晚饭，告辞以后你说：'她还算个美人！她如果是美人，我看她妈妈就得算聪明人。'只是后来你似乎对她的印象变好了。你一度还当她长得漂亮，对吗？"

达西已忍无可忍，答道："不错，但那时我刚刚认识她。最近好几个月里，我一直认为，在我认识的姑娘中，她算得上是最漂亮的一个。"说完他就起身走了。

宾利小姐终于让他开了口，可惜的是，她根本高兴不起来，反而觉得不痛快。

回旅馆后，加德纳太太与伊丽莎白谈起做客的情形，但都没有提起两人最关心的事。她们把所见到的每个人的神情举止全议论了一通，唯独放过了最注意的那个人。她们说到了那个人的妹妹，他的几位朋友，他的住房，他的水果，他的一切，偏偏不说他本人。其实，伊丽莎白很想知道舅妈对他的看法，而舅妈也准会乐意告诉她，可惜她做外甥女的一直没有开这个头。

第四十六章

伊丽莎白到兰布顿的时候,没有立即接到简的来信,内心很失望;第二天又盼,收获的还是失望。到第三天,她不用心急了,姐姐没有食言,她同时收到了两封信,一封上写明误投。简把收信人的地址写得太潦草,被误投伊丽莎白并不觉得奇怪。

信送到时几个人正打算去散步,信到后舅舅、舅妈走了,留下她一个人静心看。误投的一封得先看,是五天前写的。开头谈的是几次小聚会以及乡下的一般性新闻;信的后半段内容却是一个重大的消息,并且注明是第二天写的,看得出来简写的时候内心很不平静。信的后半段是:

亲爱的利齐,写完上面这些事后,发生了另一件完全出乎意料的大事,恐怕会使你大吃一惊。我们一家身体都好,你可以放心。我要说的事出在莉迪亚身上。昨夜十二点,一家人都睡觉了,突然接到福斯特上校的快信,告诉我们莉迪亚跟着他手下一名军官去了苏格兰。实话实说,就是跟威克姆!我们的惊奇你可想而知。然而,基蒂似乎并不完全感到意外。我非常非常难过。他们搅到一起双方都是胡闹!不过,我愿意从好处着想,希望是别人误解了他的人品。要说考虑欠周,做事轻率,我想他在所难免,但是这一步他也许并非存心不良。如果这样,那就万幸了。至少,他选择莉迪亚不是贪图钱财,因为他一定知道,父亲没有钱给莉迪亚。可怜的母亲伤心透顶。父亲倒还支持得住。幸好我们瞒着父母亲那些不利于威克姆的话，我想我们做得完全对。我们自己也应该不把那些事放在心上。那两人据推测是星期六晚上十二点左右出走的，但直到昨天早上八点才发现他们失踪。福斯特上校立刻发了快信。亲爱的利齐，他们一定是从离我们不到十英里的地方经过的。福斯特上校说他很快会到我们家来。莉迪亚给他太太留下了几句话，把他们的打算告诉了她。写到这里我必须搁笔，因为我不能离开妈妈身边太久。恐怕这封信你会看得莫名其妙，我自己就不知道究竟写了些什么。

伊丽莎白不等分辨心头的酸甜苦辣，马上抓起第二封信，一把拆开，又看起来。第二封信比第一封信晚写一天。

亲爱的妹妹：

现在你该收到我匆匆写的那封信了。但愿这封信会写得明白些，然而我不敢担保它是否句句前言能搭后语，因为我的脑子很乱，尽管用不着赶时间。亲爱的利齐，我不知道该怎样写才好，反正我要告诉你的是坏消息，而且不能拖延。尽管威克姆先生与我们那位莉迪亚妹妹结婚实在是荒唐，不过，现在我们却非常希望他们已经结婚，因为看来大事不妙，恐怕他们并没有去苏格兰。福斯特上校发出快信后没多久便离开了布赖顿，已于昨天来到我们家。莉迪亚给福斯特太太那封短短的信里说，他们要去格雷特纳格林①，但是丹尼漏出口风说，他认为威克姆绝对不会去那里，也根本没有与莉迪亚结婚的打算。这话传到了福斯特上校耳里，上校非常焦急，马上离开布赖顿，想去追这两人。他顺利地追到克拉珀姆，但是往后就为难了。这两人坐轻便马车离开埃普瑟姆②，到克拉珀姆后换了辆出租马

---

① 格雷特纳格林（Gretna Green），苏格兰与英格兰边境一村庄。1856年前，苏格兰婚姻法放得很宽，所以私奔的情人多从英格兰往该地结婚。
② 埃普瑟姆（Epsom），伦敦南部一小镇，18世纪为旅游地，现以赛马场闻名。

车。有人看到他们往伦敦方向去了，但打听不到其他线索。我不知做何感想。福斯特上校在往伦敦的路上多方打听他们的下落未果后，到了赫特福德郡，又在所有路口询问，跑遍了巴尼特与哈特菲尔德的所有旅店，都没有他们的踪影。没有人见过这样两个人。上校一筹莫展地来到朗本，对我们以诚相见，把内心的忧虑全倒了出来。我由衷地替他和他太太感到难过，我们并不能责怪他们。亲爱的利齐，我们一家都十分苦恼。爸爸妈妈认为威克姆什么都干得出来，但我并不想把他看得太坏。也许事出有因，他们没有按原先的打算办，觉得还是在伦敦秘密结婚为好。退一万步讲，就算威克姆欺莉迪亚年幼无知，又没有显贵亲戚，生出歹心，不择手段，你想想，难道莉迪亚会完全听他摆布，什么都不明白吗？不可能！然而，不妙的是福斯特上校根本不相信他们会结婚，听了我的分析后直摇头，说他担心威克姆这种人恐怕靠不住。可怜的妈妈真病倒了，出不了房门。假使她能克制也许会好得多，可惜她办不到。爸爸素来对什么都不以为意，这一次我却看到他从未有过地难受。基蒂很生气，气的是莉迪亚把与威克姆的关系瞒着她，但这种事是不能漏风的，瞒着她并不奇怪。利齐，这些叫人心酸的场面你没有亲眼看见，这倒是好事。现在最大的浪头已经过去，老实说，我盼望你回来。当然，如果你不方便我也不会催你，我不能只为自己着想。再见！

我再提起笔是为了做一件我对你已说过我不会做的事。但现在由于情况所迫，我不能不请求你和舅舅、舅妈都尽快赶回。我了解舅舅、舅妈，才敢提出这个请求，而且还有其他事我得请舅舅帮忙。爸爸马上要与福斯特上校一道前往伦敦，去找莉迪亚。我不知道他会怎样办，但我知道，他过于苦恼，办事不可能想得周到可靠，福斯特上校明天晚上又得回布赖顿。情况这样紧急，舅舅的主意与帮助就万不可少了。他一定会完全理解我的心情，我相信他会帮忙。

"哎呀，舅舅在哪里呢？"伊丽莎白看完信后一跃而起，急着要找舅舅，事情已刻不容缓了。她刚走到门边，门就开了，一位仆人领着达西先生站在门口。达西先生见她脸发白，慌慌张张，不由吃了一惊。

伊丽莎白想到的唯有莉迪亚的下落，不等他镇定下来开口说话，便抢着道："对不起，我这就得走，有急事不能拖延，我要去找我舅舅，一时半刻都不能耽误。"

"天啊，这是怎么啦？"达西先生出于惊奇没顾得上礼数，大声问，接着，他冷静下来，说，"我不会耽误你。让我去找你舅舅、舅妈，或者仆人去找也行。你身体不行，不要自己去。"

伊丽莎白有些犹豫，但是两腿正发软，知道想跑出去找也力不从心，于是只好吩咐仆人马上把她的舅舅、舅妈找来。这时她说话上气不接下气，几乎叫人听不明白。

仆人离开房间以后，她站立不住地坐了下来，脸色非常难看。

达西不放心离开她，关切地轻声说道："我把女仆找来。你吃点什么会不会觉得舒服些？我给你拿一杯葡萄酒来，好吗？你的脸色很难看。"

伊丽莎白强打精神，答道："谢谢，用不着。我没有生病，身体正常，只是刚收到朗本的家信，家里出了大事，我心里难过。"话音刚落，她哭了起来，好一阵连一个字都说不出来。达西不知所措，只泛泛说了两句安慰话，然后默默地望着她，觉得她怪可怜。

伊丽莎白终于又说话了："我刚刚收到简的信，听到一个非常不幸的消息。这种事反正谁也瞒不了。我妹妹丢下所有人，私……私奔了，让……让……让威克姆先生捏在手心里。两人是从布赖顿出走的。你很了解他，这以后会怎样你可想而知。我妹妹没有钱，没有人做靠山，什么都没有，只能听任威克姆……她一生就这样完了。"

达西听得目瞪口呆。

伊丽莎白用更激动的声调接着说："我已知道了威克姆是个怎样的人，现在想想，出了这件事也许多少要怪我。我怎么会没有把那件事告诉家里人呢？只要说一部分……多少说一点也好。要是都知道他的人品，可能就不会闹出这种事来。但是现在悔之莫及了，悔之莫及了。"

"我也痛心。很痛心,又感到震惊。可是,没有弄错吗?会不会不是真的呢?"达西大声说。

"千真万确!他们在星期天一道离开布赖顿,人家追到伦敦附近就不见了他们的踪影。两人肯定没有去苏格兰。"

"想了些什么办法找你妹妹呢?"

"我爸爸去了伦敦,简写信来请舅舅去帮忙,我们这就得走。但是无能为力了,我再清楚不过,已经无能为力了。对付这种人能有什么好办法?又如何才能找得到他们?我半点希望也不抱。想想都可怕呀!"

达西点点头表示赞同,却没有说话。

"当我看清他的真面目以后,怎么就不知道该怎样办,就没有胆量办呢?我糊涂,我就怕过犹不及。真要命呀,要命!"

达西没有接话。他似乎没有听清她说了些什么,不停地在房间里踱来踱去,皱着眉沉思默想,脸阴沉沉的。伊丽莎白很快发现了他这模样,猜到了他的心思。她的身价跌落了。家里有人这样不争气,丢尽了脸面,就什么都不用说了。她既不感到奇怪,也不埋怨别人。她相信他能委曲求全,但是这不能给她的内心带来安慰,不能使他的痛苦得以减轻。恰好相反,她这一来倒看清了自己的心意:原来,她已经爱上了他。但是,就在她觉醒过来的时候,所有的情意都落得了一场空。

虽然她这时想到了自己,却没有一直想着自己。过了一会儿,她把自己的事抛到一旁,又想起了莉迪亚,想起莉迪亚给一家人丢的脸,造成的痛苦。伊丽莎白用手帕捂住脸,其他一切全顾不上了。好几分钟以后,她听到达西先生的声音,才转过脸来。

达西说话的声气,是同情里夹杂着拘谨:"恐怕你早就希望我走,我的确也没有必要久留,还没有走只是出于一种真挚却无济于事的关心。遇上这样的伤心事,可惜我既不能用言语,也不能用切实可行的办法来安慰你。如果表示空洞的心愿,不但会显得我有意讨好你,而且会使你更加痛苦,我也绝不能这样做。出了这件不幸的事,恐怕我妹妹今天没有福分在彭伯利见到你了。"

"是这样。就请代我们向达西小姐表示歉意,说发生了急事,不能不马上回家。这件不幸的事,能隐瞒多久请你隐瞒多久。我知道,瞒是瞒不长的。"

达西一听，马上答应替她保密，又对她的痛苦表示了同情，说希望事情到头来能比现在估计的好，请她代为问候家人，然后恋恋不舍地看了她一眼，便告辞了。

目送达西出门，伊丽莎白不由想到，他们在德比郡几次相逢，都情深意长，但以后再见面，恐怕会好景不再来。回忆两人交往的前前后后，真是曲曲折折，变化多端，原来巴不得一刀两断，现在唯恐不能继续交往，不禁长叹一声。

如果爱情产生于感激与敬重，那么，伊丽莎白的感情变化就完全可能，也顺理成章。反之，世上还有所谓的一见钟情，也有连一两句话都未交谈就相爱的事情。如果基于感激与敬重的爱，比一见钟情显得不近人情或不自然，那么，就找不出什么话为伊丽莎白辩护，充其量只能说，她看中威克姆是一见钟情，结果碰了壁，既然在这里碰了壁，她就只好退而求其次，不求浪漫，但求真情。

她看到达西离开，还是很有些舍不得。而且，莉迪亚干的丑事必然产生恶果，她最早成了受害人，想想这件倒霉事，她比刚才还觉得多一分痛苦。看过简的第二封信后，她根本没有抱任何指望，以为威克姆会与莉迪亚结婚。她想，除了简，没有第二个人会存有这种奢望。事情落到这步田地，她丝毫不觉得奇怪。只看到第一封信时，她倒既奇怪又惊讶，想不通威克姆为什么会娶一个没钱的姑娘，而莉迪亚又怎么会爱上他？然而，现在这一切都显得理所当然。如果是图男女间的快活，有莉迪亚这样的姑娘自然就心满意足；莉迪亚不会存心私奔而不结婚，但不难想象，她品德欠佳，头脑简单，容易上钩。

当民兵团驻扎在赫特福德郡时，伊丽莎白一点也没有看出来，莉迪亚对威克姆有意，但是她相信，莉迪亚只是没有人勾引，无论谁来勾引，她都会倒过去。她今天喜欢这位军官，明天喜欢那位军官，谁对她献殷勤，她就看得中谁。她的感情摇来摆去，没有定向，却又总有所向。对这样的姑娘不加管束，反而放纵，注定结局可悲。唉，她现在感到了切肤之痛！

她归心似箭。家里乱了套，父亲不在，母亲动弹不得，还时时要人侍候,千斤重担落在简一人身上,她要回去听个明白,看个明白,为简分忧,也出一把力。她觉得莉迪亚的事已无可挽回,但又感到舅舅出场能起很大作用,所以等得心焦,好不容易才盼到他们回来。加德纳夫妇听了仆人的话只当外甥女得了急病,火速赶回,见伊丽莎白没有生病,这才放了心。但伊丽莎白却仍在着急,连忙告诉舅舅、舅妈找他们回来的原因。她念了两封信,第二封信补写的一段话念得特别响,声音却有些发颤。加德纳夫妇并不喜欢莉迪亚,但是也立刻忧心如焚,因为这件事不单纯关系到莉迪亚,还关系到一家人。加德纳先生先连说奇怪、糟糕,然后欣然答应尽全力帮忙。伊丽莎白早料到舅舅会这样,但还是流出了感激的眼泪。三人同心协力,很快把一切都收拾妥当,巴不得越快走越好。

加德纳太太突然嚷道:"可是彭伯利那边怎么办呢?约翰告诉我们,你叫他去找我们时,达西先生来了,是这样吗?"

"来过了。我对他说,我们不能赴会了。这件事已经交代清楚了。"

"把这件事交代清楚了?"加德纳太太边赶回自己房间收拾,边自言自语,"难道两人已经好到了这个地步,能实话实说了?哎哟,我倒真想知道是怎么回事!"

但是,她再想也不可能知道,顶多只能在忙忙碌碌收拾行李的这一个小时里,自己猜猜,安慰一下她那颗焦灼的心。她很清楚,遇上了这样的伤心事,伊丽莎白哪里还有闲情逸致来谈这种事,何况伊丽莎白与她一样,也在忙着收拾自己的东西。何况还有别的事要处理,其中之一是给兰布顿的朋友们一一写信,编造一个突然离开的借口。一个小时后,一切办妥,连加德纳先生也和旅馆结好了账,只等上路。伊丽莎白苦恼了整整一上午,没想到这么快能坐上马车回朗本。

第四十七章

马车出了小镇以后,伊丽莎白的舅舅说:"伊丽莎白,这件事我又想了一遍,经过仔细考虑,觉得你姐姐的分析有道理。莉迪亚并非无依无靠,无亲无友,还住在顶头上司上校家里,没有哪个年轻人会对这样的姑娘起那种歹心,所以我认为事情肯定可以往好处想。难道他能指望莉迪亚的三亲六眷都袖手旁观?得罪了福斯特上校,难道民兵团里还留得下他?就算他色胆包天也不至于冒这种险。"

"你当真这样想吗?"伊丽莎白一听,高兴地大声问道。

加德纳太太说:"我看你舅舅的话的确很有道理。他要是干出那缺德的事,就会声名狼藉,又得不到什么好处,当真犯不着。威克姆再坏也不至于坏到这种地步。利齐,你就觉得他糟透了,肯定什么事都干得出吗?"

"也许对他自己太没好处的事不会干,但除此以外,他会无所不为,什么都不在乎。但愿他有所顾忌才好!但是我不敢抱这个希望。如果像你们所想象的那样,他们为什么不去苏格兰呢?"

加德纳先生接过话道:"首先,他们没有去苏格兰还缺乏可靠的证明吧?"

"那么,他们为什么不坐原有的车,要临时雇一辆车呢?再说,去巴尼特的路上怎会不见他们的踪影呢?"

"那就不妨设想他们在伦敦。去伦敦不为别的目的,就为躲藏起来。两人的钱都不会太多,也许不去苏格兰结婚在伦敦结婚是图省钱,不在乎为不为难。"

"那为什么要秘密行事呢?为什么怕被人发现?为什么要偷偷摸摸地结婚?不对!不对!这不可能。简的信上说得明明白白,威克姆最要好的朋友认为他根本就没打算与莉迪亚结婚。没有几个钱的女人,威克姆绝对不会娶。他才不干呢!娶个有钱女人他能得好处,莉迪亚除了年轻、健康、活泼,就别无资本,别无叫人喜爱之处,怎么能叫威克姆为了她堵死自己的财路呢?至于他会不会顾虑带着莉迪亚私奔不光彩,会没有脸面回民兵团,我就不敢说了,因为我不知道做出这种事会招致什么后果。你说的另一个理由,恐怕更站不住脚。莉迪亚没有哥哥为她出头,他知道我爸爸的习性,知道他是无心人,家里无论出了什么事,都懒得过问,所以他不怕我爸爸,以为遇上这样的事依然会不闻不问的父亲,那就得数我爸爸。"

"你难道认为莉迪亚会爱他爱得不顾一切,不结婚都愿意跟着他过日子吗?"

伊丽莎白眼里噙着泪水,答道:"竟然怀疑亲妹妹会不顾脸面,不要贞操,这似乎太可怕,也的确太可怕。不过,我当真不知说什么才好。也许,我把她说得太过分。但是,她年纪太轻,从没有谁教导她该怎样考虑重大的事情,这半年里——不,应该说这一年来,她只知道寻快活,图虚荣,别的全不想。家里人放纵了她,眼看着她天天游游荡荡,轻浮不知检点,什么人的话都听信,却不闻不问。自从某某郡的民兵团驻扎到梅里顿以后,她满脑子就想着谈恋爱,显风情,找军官。本来她天生就容易动情,可是还唯恐人家不知道她是——我该说是什么呢?——是多情女。心里想的,嘴上说的,不离那个事。威克姆呢,大家知道他人漂亮,嘴甜,迷惑女人的本领大。"

"可是你知道,简没有把威克姆看得这样坏,认为他一定会干出这种事来。"舅妈说道。

"简又把谁看成过坏人呢?不管过去有过什么恶劣行为,如果没有确凿的证据明摆着,简还相信谁会干出这种事来呢?威克姆的真面目我很清楚,简同样清楚。我们俩都知道,他是个十足的浪荡子,没有道德,不讲脸面,善于讨人喜爱,其实只有虚情假意。"

加德纳太太见伊丽莎白说得把握十足,起了疑心,大声问道:"你当真知道这许许多多事吗?"

伊丽莎白脸一红,答道:"当真知道。前两天我对你说过他对不起达西先生的事。人家那样宽宏大量对待他,他反过来怎样说人家的坏话,你上次去朗本是亲耳听到了的。还有些事我不便说,也不值得说。他没完没了地造谣,中伤彭伯利一家。原来我听信了他的话,以为达西小姐傲慢,冷漠,难相处。其实他完全知道,事实正好相反。我们看到了,达西小姐性格温和、不摆架子,他怎么会不清楚呢?"

"难道莉迪亚全蒙在鼓里吗?你和简似乎非常了解的事她怎么会不知道呢?"

"对,是这样!事情糟就糟在这里。我也是到了肯特郡,与达西先生和他的表哥菲茨威廉上校常见面以后才知道了真相。回家才一两个星期,某某郡的民兵团就离开了梅里顿。我把什么话都对简说了,但是由于民兵团已经离开梅里顿,我和简都认为没有必要把我们所知道的事情公开。左邻右舍对威克姆都有好印象,我们却说他不是好人,这样做有谁会信?甚至莉迪亚定下了跟着福斯特太太一道走时,我连想也没有想过应该让她看清威克姆的本性。我根本没有料到她会上他的当。你一定要相信,出现这种后果,我完全估计不到。"

"这么说来,当那团人都到布赖顿去的时候,你还一点也没有察觉出来,他们两人已经好上了?"

"半点都没有。我记得清楚,双方都看不出谁对谁有意的迹象。你知道,在我们这样的家庭里,如果发现有这样的迹象,绝不可能轻易放过。威克姆刚来民兵团时,莉迪亚一见就觉得他逗人喜爱,但是我们大家都一样。开始一两个月里,梅里顿和梅里顿附近的姑娘个个被他迷倒,但是他对莉迪亚并不特别殷勤,所以,朝思暮想过一阵以后,莉迪亚对他的迷恋消逝了。民兵团还有些军官对莉迪亚很热情,莉迪亚又喜欢上了他们。"

在路上,这件叫人关心的事被他们谈了又谈,虽然除了担心、希望、猜测,再也谈不出什么名堂,他们却很少转到其他话题。即使谈起其他话题,说不上几句又折回了这件事。这也不难理解。伊丽莎白一直在想着这件事。她十分痛心,狠狠责怪自己,没有一刻安宁过,没有一刻忘记过。

三人一路匆匆，途中只过了一夜，次日中饭前赶到朗本。想到没有让简久盼，伊丽莎白舒了口气。

加德纳夫妇的几个孩子见房前的空地上来了辆马车，都站到台阶上看。马车走到大门前，他们喜出望外，一个个笑逐颜开，又蹦又跳，首先表示竭诚欢迎，叫车里人见了高兴。

伊丽莎白跳下车，急匆匆给了每人一吻后忙跑进门厅，这时简也从母亲的房间里跑下楼，进了门厅，迎了过来。

伊丽莎白紧紧搂着简，姐妹俩眼里都涌出了泪花。她迫不及待地问私奔的那一对有没有下落。

"还没有。但是现在舅舅回来了，我想什么都好办了。"简答道。

"爸爸在伦敦吗？"

"还在。我信上说过，他是星期二去的。"

"收到过爸爸几封信？"

"才来过一封信。星期三写的，没有几句话，说已平安到达，告诉了我详细地址，是我在他走时一再请他写的。另外他只是说，等到有了重要消息，才会再来信。"

"妈妈现在身体怎样？你和两个妹妹呢？"

"妈妈身体好多了，只是精神受的刺激太大。她在楼上，见到你和舅舅、舅妈都回来了，一定很高兴。她现在仍然出不了房门。玛丽与基蒂两个还好，真是谢天谢地。"

"可是你身体怎样？"伊丽莎白大声问道，"你脸上没有血色。这么些天真是难为了你！"

然而姐姐叫她放心，说身体很好。姐妹俩说话时，加德纳夫妇在应付几个孩子，后来这一大帮人也进来了，姐妹俩便不再谈话。简跑着迎向舅舅、舅妈，又是说欢迎和感谢的话，又是笑，又是流泪。

进了客厅，伊丽莎白刚刚问过的事，舅舅、舅妈当然还要问起，只是简没有消息可以告诉他们。当然，简生来心肠好，凡事总往好处指望，还没有心灰意冷。她仍然在等待一个圆满结局，认为哪天上午会收到莉迪亚或者爸爸的信，说到他们的近况，甚至报告结婚的喜讯。

谈了一会儿，几个人都去看贝内特太太。贝内特太太见到他们的情景可想而知，眼泪汪汪，唉声叹气，骂威克姆不是个东西，坏事做绝，怨恨自己吃的苦多，怄的气多，责怪这个，责怪那个，但就是不责怪没有头脑、放纵女儿、对女儿的过错负有主要责任的人。

贝内特太太说道："要是当初听了我的话，一家人都去布赖顿，哪会闹出这种乱子来？我可怜的莉迪亚宝贝，连一个照应她的人都没有。为什么福斯特两口子让她从身边跑开呢？我看一定是他们太没把莉迪亚当回事。有人时刻关心谁还会做出这种事？她不是那种人。我早就知道把莉迪亚交到他们手里不行，可是说话不顶用，什么时候都得听人家的。真可怜呀，我的心肝！现在贝内特先生又走了，我知道，他不管在哪里遇上威克姆，都会跟那小子拼了，送掉一条命，这一家人怎么得了哟？他尸骨未寒柯林斯夫妻俩就要把我们撵出去。兄弟，要是连你也不帮我们一把，我看我们真会走投无路。"

这一通危言说得满座皆惊。加德纳先生安慰她，说会尽力照顾她和她的几个女儿，还告诉她，第二天一定去伦敦，帮姐夫千方百计找回莉迪亚。

他补充道："别太心急，急也无益。虽说应该做最坏的打算，但事情不一定会闹得不可收拾。他们离开布赖顿还不到一个礼拜，也许再过几天我们就会得到他们的消息。除非他们没有结婚，也不打算结婚，事情就还有希望。我一到伦敦，就去找姐夫，把姐夫接到格雷斯丘奇街，然后一起商量出个办法。"

贝内特太太答道："哎，好兄弟，我的心意正是这样。你到了伦敦，走遍大街小巷都要把他们找到。要是这两人还没有结婚，一定要叫他们结婚。结婚礼服叫他们不要等，就对莉迪亚说，结了婚，想要多少钱做衣服都会给她。最要紧的是，千万别让贝内特先生跟人家动手拼命。对他说说我现在有多可怜。我已经吓得掉了魂，全身乱抖，腰酸背胀，头痛，心跳得厉害，日日夜夜不得安宁。告诉我那心肝宝贝莉迪亚，等回家见到了我再买衣服，别乱作主张，她不知道哪家店最好。哎，兄弟呀，多亏有你！我知道，你事事都有办法。"

加德纳先生再给她吃了颗定心丸，说一定尽心竭力把事情办好，但是也不得不告诉她,既不要抱太大的希望,也不要过于担心。就这样一直谈到饭摆上了桌,几个人才离开她。她心头各种各样的气只好向女管家吐,女儿不在身边时,照料她的是女管家。

弟弟与弟媳觉得她没必要与一家人分开吃饭,但是也没有开口反对。他们知道,她的嘴不管三七二十一,当着仆人的面也闭不住,与其让几个侍候一家人吃饭的仆人都听到,还不如只让一个仆人,一个最可靠的仆人知道她对这件事怎样担心,怎样牵挂。

进餐厅没一会儿,玛丽与基蒂来了。她们在吃饭时才露面是因为在自己的房间里各忙各的事,一个埋头看书,另一个梳妆打扮。然而,两人脸上的表情平静,没有出现变化,只是基蒂说话比平常气躁,大概是由于心痛失去了亲爱的妹妹,或者是对这件事也觉得愤恨。玛丽与她不同,完全沉得住气。

大家坐下吃饭后不久,玛丽带着严肃的神情对伊丽莎白轻声说:"这件事情太不幸了,也许会招来非议。但是我们必须不畏小人言,姐妹间用骨肉深情来彼此安慰受到了伤害的心灵。"

见伊丽莎白无意答话,玛丽又说道:"这件事对莉迪亚来说肯定是很不幸的,然而对我们来说,前车之覆乃后车之鉴。女人失去了贞操,那就永无出头之日,一失足成千古恨。红颜固然易老,名声亦难保全。世上轻薄男儿多,女人不可不步步提防。"

伊丽莎白听了惊异得大瞪着眼,但由于心情过于沉重,一句话也答不上来。玛丽则继续对姐妹们遇上的这件不幸事念着道德经,自念自慰。

下午贝内特家的大小姐和二小姐总算单独在一起坐了半小时。伊丽莎白马上抓住机会,问起一些事,这些事也正是简就等着有机会对她说的。姐妹俩首先都表示担心大事不妙,结局可怕,伊丽莎白说得十分肯定,而大小姐也不敢完全排除结局可怕的可能。

接着伊丽莎白说道:"我还有什么没有听到的事,你一件件全告诉我吧。说得具体些。福斯特上校怎么说的?两人私奔前难道他们无知无觉?他们一定看见了这两人形影不离。"

"福斯特上校承认,他多次怀疑过两人间有一些情意,特别是莉迪亚,可是他见怪不怪。我拿他也无可奈何。他待人很热情,又心地善良。早在他还不知道他们没有去苏格兰时,他就打算到我们家来安慰我们,后来一听到那怀疑,他急忙赶了来。"

"丹尼真认为威克姆不会结婚吗?有没有听说过他们想走?福斯特上校有没有找过丹尼追问?"

"找过了。福斯特上校问起他时,丹尼不承认事先知道他们的打算,究竟对这件事怎样看也秘而不宣。他没有再说他们没打算结婚的话,所以我猜,有可能人家误传了他的话。"

"福斯特上校没有来时,你们是不是个个都相信他们真会结婚?"

"对结不结婚我们怎么可能会有怀疑?我只是放心不下,唯恐亲妹妹嫁给威克姆不会幸福,因为我早知道威克姆的为人不大可靠。爸爸妈妈一点也不知道,只觉得这门亲结得太轻率。基蒂比我们谁都了解内情,当时还得意扬扬不打自招地说出看了莉迪亚上一封信就知道她会走这一步棋。看来,她几个星期前就知道,这两人好上了。"

"不至于是在他们去布赖顿之前就知道吧?"

"我看那倒不会。"

"福斯特上校是不是对威克姆没有好感?他知道这个人的真面目吗?"

"他以前说威克姆的好话,后来的确变了些腔调,认为威克姆过于轻率,太爱花钱。这件不幸的事发生后,大家说他离开梅里顿时欠了一大堆债没有还,我真不希望这传言是真的。"

"简!如果我们不守口如瓶,如果我们把他的底细说出来,这件事可能不会发生。"

"也许那样做了会好些。"她姐姐答道,"但是,不管人家现在的为人如何,就揭人家往日的过错,这似有不妥。我们的做法完全出于好意。"

"福斯特上校能把莉迪亚留给他太太的信的主要内容说出来吗?"

"他带来了给我们看。"简说着从皮夹里取出信给了伊丽莎白。信是这样写的:

亲爱的哈里特：

你知道了我已经去的地方一定会笑起来。想到明天一早你发现我失踪会大吃一惊，我也忍不住要笑。我要去格雷特纳格林，如果你猜不出是跟谁一起，我真要把你当成大笨蛋。世界上我爱的人只有一个，他是位天神。没有他我就没有幸福，所以别担心我失踪是什么坏事。如果你不愿意写信到朗本，说我出走了，那你也用不着写。等到我给他们写信时，签上"莉迪亚·威克姆"①的名字，他们更加倍吃惊。这个玩笑开得多有意思！想到这一点我笑得几乎写不下去了。请找一个借口对普拉特说，我今晚不能赴约，不能跟他跳舞了。请告诉他，我希望他知道了原因后，会原谅我，下次开舞会我一定高高兴兴与他跳舞。到朗本后我会托人来拿我的衣服，但是希望你叫萨利把我那件绣了花的细布长衫上一条长裂口补好，补好了再装箱。再见。请向福斯特上校问好。希望你祝我一帆风顺。

你的好朋友
莉迪亚·贝内特

"莉迪亚真是太荒唐了！没有脑子！到了这种时刻，还写出这样一封信来！不过，从信上至少可以看出，莉迪亚出走是当真要结婚的。不管后来威克姆花言巧语哄她怎样做，反正她没有蓄意干丢脸的事。可怜爸爸不知会有多伤心！"伊丽莎白看完了信大声说道。

"爸爸足足呆了十分钟没有说出半句话来，我没见过谁吃惊成那个样子。妈妈眼见就病倒了，一家人全乱了套。"

"简，难道家里所有仆人当天就知道这件事了吗？"伊丽莎白问。

"说不上来，但愿还有人不知道。不过，这时候想瞒也难。妈妈有些疯疯癫癫了，我虽尽了全力照顾她，恐怕还是顾不周全。我担心闹出什么大事来，几乎不知如何是好。"

"侍候妈妈真够你累的，现在脸色就不大好。可惜我不在家，千斤重担全落到了你一人肩上。"

---

① 在英美等国，女子结婚后必从夫改姓。

"玛丽和基蒂倒算懂事,怕我太累,要来帮我,但是我觉得她们俩都帮不了。基蒂长得单薄,体弱;玛丽读书又太用功,不能占用她们的休息时间。爸爸走了以后,菲利普斯姨妈星期二来了,陪我住到星期四才走,帮了很多忙,给了我们很多安慰。卢卡斯太太是好心人,星期三上午跑来安慰我们,说要帮忙,还说要打发她女儿来,只要我们用得着。"

伊丽莎白说:"她还是守在家里好。也许她是一番好意,可是出了这种不幸的事,越少与邻居见面越好。帮忙不可能,安慰反而叫人难过。谁要幸灾乐祸就远远地去幸灾乐祸吧,我们眼不见为净。"

接着,她问起父亲到伦敦以后打算采取哪些办法找回亲生女儿。

简回答道:"我知道他会去埃普瑟姆,就是他们换马车的地方,他要去找那些马车夫,看他们是否知道些线索。他主要想打听到他们在克拉珀姆乘的那辆马车的车号,那辆车拉了客从伦敦来。一男一女中途换马车会引起人的注意,所以他想到克拉珀姆去打听。如果他能打听到车夫把客人送到哪一家,便到那一家问,也许可以找到马车的停放地点和车号。是不是有别的办法我没有听说。他走得实在太匆忙,心绪又乱,问出这些事来已经是很不容易了。"

第四十八章

　　第二天上午，大家都在盼贝内特先生的信，但邮差来时，却不见他的只言片语。家里人都知道他平常最懒得动笔写信，最会拖拉，不过到现在这个时候，他们心想他不会再这样。所以，他们只好猜测是没有好消息可谈。然而即使没有好消息，他们也希望知道个确切情况。加德纳先生没有动身就是为等他的信。

　　加德纳先生走了以后，一家人至少有一件事放了心：无论有无进展，他们天天都会知道消息。这位舅舅临走时答应，一定劝贝内特先生尽早回朗本。这一来，他的姐姐得到了莫大的安慰。她认为，丈夫回朗本是个万全之策，回了朗本绝不会在决斗时送命。

　　加德纳太太决定带着几个孩子在赫特福德郡再住几天，她觉得留下来可以给几个外甥女帮帮忙。她帮助照看贝内特太太，几个外甥女空闲的时候，还能给她们带来安慰。菲利普斯姨妈到朗本来得比较勤。据她自己说，她来是为给朗本一家人鼓气，使她们振作起精神，而实际上每次都要讲几件威克姆花天酒地、胡作非为的新事例，结果走时朗本一家人更灰心丧气，她还不如不来好。

　　三个月前，梅里顿的人把威克姆捧上了天，现在大家争着往威克姆头上泼脏水。据说，每家店里他都欠了债，又是个花蝴蝶，往所有老板家里都伸过手。每个人都在骂他是世上最坏的年轻人；每个人都声称，自己早就怀疑他不是个好东西。对外面的这些传言，伊丽莎白半信半疑，但听了以后也觉得，原来的猜测没有错，妹妹算是完了。甚至简几乎也不再抱希望。她本不相信莉迪亚完了，总以为那两人去了苏格兰，但时至今日，他们仍然杳无音讯，想来想去，不由得她不失望。

加德纳先生星期日离开朗本，星期二太太收到他的信，说一到伦敦便找到了姐夫，劝他住到了格雷斯丘奇街。贝内特先生在他到伦敦前已经去了埃普瑟姆和克拉珀姆，但是无功而返。现在贝内特先生决定到伦敦各大旅馆打听，心想威克姆和莉迪亚初到伦敦时可能先住旅馆，然后再找房子。加德纳先生怀疑这样做是否会有收获，但是因为姐夫心切，他打算也帮他到旅馆打听。信上又写道，贝内特先生现在似乎完全无意离开伦敦。加德纳先生还答应不久后再写信。这封信的末尾另有一段附言：

> 我已写信给福斯特上校，如有可能，请他在民兵团里向威克姆的要好朋友打听，威克姆是否有三亲六眷会知道他在伦敦的藏身之地。如果能找到这样的人提供此类线索，也许很有用。目前我们只好瞎碰。我相信，福斯特上校会尽力帮我们寻找线索。但是，我又想，利齐也许比别人都知情，能告诉我们他有些什么亲友。

伊丽莎白心中有数，明白舅舅为什么会抬出她来。但是，她也一无所知，提不出这样重要的线索，有负舅舅的厚望。

除了亲生父母，她没听说过他有其他亲戚，而父母又已经去世多年。然而，他在某某郡民兵团的朋友也许比她知道得多。伊丽莎白对这些人并不寄以多大希望，只觉得找找他们未尝不可。

朗本的人现在天天在焦虑中过日子，而一天中最心焦的时间莫过于等信的时间。每到上午，大家巴望的头等大事是来信。信上的消息无论是好是坏，反正有信就有消息。第一天没有等到，又盼第二天的信带来重大发现。

但是，加德纳先生的第二封信没有盼到，却收到了一封给贝内特先生的信，不是来自伦敦，而是来自柯林斯先生。贝内特先生曾经交代，在他离家期间，所有寄给他的信都由简拆阅，于是简看了这封信。伊丽莎白知道柯林斯的信总是写得古怪，站在简身后也看了一遍。信是这样写的：

舅父大人：

　　昨接赫特福德郡来鸿，知舅父正心急如焚，不管是出于亲戚关系还是身为牧师的职责所在，侄皆深感责无旁贷，应对舅父谨表慰问。舅父大人，侄与内子对于舅父母及诸表妹目前之不幸有着发自肺腑的同情。此次不幸由于起因独特，污名永无洗清之日，当然叫人痛心疾首。天下父母，最可悲的就是遭遇这种事情、这种大祸，如语言能减轻痛苦，宽慰舅父，侄当不吝笔墨。相形之下，令爱早逝，还当称庆。据贱内夏洛特云，令爱此次干出荒唐事系平日管束不严所致，这就更令人惋惜了。然而，我想舅父舅母恐不致如此，看来令爱一定是本性恶劣，否则小小年纪必然不会铸成大错。无论如何，舅父大人可痛可怜。不但内子与侄有同感，凯瑟琳夫人与其千金听侄说了此事后亦有同感。她们与侄一致认为，一个女儿走错这一步，必然殃及所有女儿之命运。凯瑟琳夫人亲口断言，如此家庭，谁人敢与其攀亲呢？听夫人此言，为侄不禁想起去年十一月某事，倍感庆幸。当时如果换了一种情形，今日我势必也要分担府上的忧伤与耻辱。盼舅父大人善自宽慰。不孝女儿，不必挂怀。她自作自受，就听之任之吧。（下略）

　　直至收到福斯特上校的回音，加德纳先生才又来信，但并没有报告喜讯。没人听说过威克姆有什么亲戚，近亲已查明无在世者。原先的相识很多，但自从他到民兵团后，未见有谁与他特别要好。所以，找不出一个人能说出他的任何去向。他除了害怕被莉迪亚的亲人找到外，行动诡秘还有一个重要原因，就是囊中羞涩，这个底细不好见人。现在才知道，他留下了一大堆赌债，数目相当可观。福斯特上校估计，他在布赖顿挥霍无度，还清欠债需要一千镑开外。他在当地欠了很多人的钱，但与赌债相比，都是小巫见大巫。加德纳先生认为这些事应该让朗本的一家人知道清楚。

简听得心惊肉跳,嚷道:"一个赌棍!真没料到。谁会想到他是这样的人呢?"

加德纳先生信上又说,贝内特先生可能第二天,即星期六回家。两人已多方努力,仍然一无所获,他灰心丧气,只好听从内弟劝告打道回府,让内弟相机而行,继续查找。贝内特太太原来担心丈夫丢掉性命,几个女儿满以为她听说父亲要回来,一定会高兴,然而她们估计错了。

"怎么啦?可怜的莉迪亚还没有找到他就要回家?"她大声道,"他不把这两个人找到就想离开伦敦吗?要是威克姆想溜之大吉,谁跟他交手,逼他娶莉迪亚呢?"

加德纳太太也想要回家了,于是商定,就在贝内特先生从伦敦起身时,她便带着几个孩子去伦敦。所以,贝内特家的马车把他们先送一程,然后接贝内特先生回朗本。

加德纳太太直到离开朗本还是糊里糊涂的,猜不出伊丽莎白与德比郡那位遥遥相隔的朋友究竟是怎么回事。外甥女从未在舅舅、舅妈面前主动提起过那位朋友;她以为他们到朗本后那位朋友很快会有信来,可是结果并没有,伊丽莎白一直没有收到过彭伯利来的信。她看到伊丽莎白整天无精打采的,可是,家里遇到了不幸,自然难免精神消沉,不能把这种现象归咎到别的原因上去。因此她还是摸不着头脑。

不过,伊丽莎白对自己的内心世界已了解得八九不离十,因此一清二楚,如果她与达西形同陌路,莉迪亚闹出这种丢人的事后,她的心情可能会多少好一些。她想,那一来她的不眠之夜也许要减少一半。贝内特先生回到家时,看上去与往常一样,镇定自若,似乎处变不惊。平日里他难得开口,现在也很少说话,对那件叫他离家远征的事只字没提,几个女儿过了很久才有勇气向他问起。

一直到下午,他与女儿一道喝茶时,伊丽莎白壮着胆子谈起了这件事,但也只是说,爸爸一定吃了不少苦,叫她心里难过。

做父亲的听了答道:"你就别说了吧。活该我吃苦,这是我自己造成的,我最明白这道理。"

"你太自怨自艾了,犯不着。"伊丽莎白答道。

"你的话很有道理,是犯不着。可是人本性如此,犯不着也会犯!

利齐,别担心,这辈子我还是第一回后悔做了错事。我不会变得一蹶不振的。后悔过一阵,也就没事了。"

"你认为他们会在伦敦吗?"

"会在。除了伦敦,还有什么地方好藏身呢?"

"莉迪亚早就想去伦敦。"基蒂插进一句。

"这么说来,她就称心如愿了,也许会在伦敦住一段时间。"做父亲的冷冷地说。沉默了一会儿以后,他又开口了,"利齐,五月里你劝过我,说得很有道理,我原来还小看了你。果然出了这种事情,可见你有几分先见之明。"

正说话间,大女儿进来给妈妈端茶点,打断了他的话。

贝内特先生大声道:"倒真会享福!享福当然是件好事。闹出祸事来了有福享,这就是祸兮福所倚!等哪一天我也来享享吧。我坐进书房里,戴着睡帽,穿着睡衣,想怎么使唤人就怎么使唤。不过,也许我要等到基蒂私奔了再享这个福。"

基蒂不高兴地说:"爸爸,我不会私奔。如果我也去布赖顿,我不会像莉迪亚这样胡来。"

"你也去布赖顿!只要靠近布赖顿的地方,比方说伊斯特本[①]我都不会放心让你去。基蒂,你想都别想,至少我得吸取教训,小心为妙,你就等着瞧吧。以后哪个当军官的都别想踏进我家的门,连从村里过都不行。以后绝对不许你参加舞会,除非是与你姐姐跳。你也不能出家门半步,如果你每天在家不能规规矩矩连续安稳十分钟的话。"

基蒂把这些威吓的话当了真,大哭起来。

她爸爸见了说:"得啦,得啦,别伤心了。如果往后十年你做个乖孩子,十年后我带你去看阅兵。"

[①] 伊斯特本(Eastbourne),在伦敦以南五十七英里。布赖顿在伦敦以南五十英里。

第四十九章

贝内特先生回家后两天,简和伊丽莎白在房后的树丛中散步时,见女管家朝她们俩直走过来。姐妹俩以为女管家是来叫她们去母亲那里,便迎了过去。

等到走近了,女管家对简说道:"大小姐,对不起,打搅你了。伦敦有了喜讯来,我想小姐大概早知道了,这才大胆来问问。""希尔,你这是从什么地方听来的风声?我们没有听说伦敦有什么喜讯。"

希尔太太觉得奇怪,大声道:"大小姐,这是怎么啦?你不知道加德纳先生派人给老爷带来了封信吗?人家到我们这里都半个小时了,老爷早拿到了信。"

姐妹俩心急,连话也没有答,转身就跑。她们穿过门厅进了早餐厅,从早餐厅又跑进书房,两个地方都没有见到父亲。她们正要到楼上母亲那里去找,却遇上了男管家。

男管家说道:"两位小姐恐怕是在找老爷吧?老爷到小树林那边散步去了。"

两人听了男管家的话,马上又跑出门厅,穿过草地,去找父亲,果然看见父亲正慢悠悠地往草坪一侧的小树林走。

简不及伊丽莎白身量轻,平日又少跑动,很快落到了后面。她妹妹追上父亲后,上气不接下气地急着问道:"爸爸,快说,什么消息?什么消息?舅舅来了信,是吗?"

"来了,是派专人送来的。"

"那——那是什么消息?好还是坏?"

"还会有什么好呢?"说着,他从口袋里拿出了信,"不过,你也许会高兴看看。"伊丽莎白性急地接过信，正好简过来了。

"大声念吧，我自己也不知信里说了些什么。"她们的父亲说。

姐夫：

　　我终于能把莉迪亚的一些情况告诉你了，但愿你会认为还过得去。星期六你走后，由于机会巧合，我很快知道了他们在伦敦的住地。细节我想等到我们见面后再谈。反正，你知道已经找到了他们就行。他们俩我都已经见到。

"果然我没有估计错，他们结婚了吧！"简叫道。

伊丽莎白继续念着信：

　　他们俩我都已经见到。没有结婚，而且据我所见没有结婚的打算。但是，如果你愿意按我冒昧为你认可的条件办，不久以后他们就会结婚。你得向莉迪亚明确保证，本打算在你和姐姐往生后平分给几个女儿的五千镑遗产，现在立刻就把她应得的一份给她；另外，答应在生时每年给她一百镑。经过仔细考虑后，我觉得我可以代你做主，毅然同意了这些条件。这封信我将派专人送给你，以便我能及时收到你的答复。从这些事不难看出，威克姆先生并不像别人所想，已到了山穷水尽、走投无路的地步。在这方面大家作了错误估计。值得高兴的是，莉迪亚除自己名下有份财产外，等威克姆还清全部债务后，还可得到若干余钱。如果你委托我全权办理所有事项，我便马上吩咐哈格斯顿准备办理有关手续。估计你会这样做。你完全没有必要再来伦敦，就请安心坐守朗本，我一定尽心竭力。请尽快回信给我，务必把话写清楚。我认为莉迪亚最好从我家出嫁，希望你能赞同。她今天会来我家。如有其他情况，将及时信告。

爱德华·加德纳

伊丽莎白念完信后说道："这可能吗？威克姆会与莉迪亚结婚？"她姐姐说道："这样看来，威克姆并不像我们想象的那样不成器。

爸爸,这倒是可喜的事。"

"你回了信吗?"伊丽莎白问。

"还没有,但是得赶快回。"

伊丽莎白叫爸爸别再耽误时间,应该马上回信,话说得非常恳切。

"好爸爸,快快回去写吧。这种事情一时半刻都不能耽误,越快越好。"她说道。

简说:"要是你不愿意动笔,我来替你写吧。"

她父亲回答:"我的确很不愿意动笔,但是不写又不行。"说完,他转过身,与两个女儿一道往回走。

"我想,条件不答应恐怕不行吧?"伊丽莎白说道。

"完全答应!我还嫌他开价太低。"

"那么两人非结婚不可了。可是,男方是那么一个人。"

"说得很对,他们非结婚不可,没有别的出路了。但是,有两件事我很想弄个明白。第一件,你舅舅究竟出了多少钱才办到了这一步;第二件,他的钱我以后怎样还?"

"出钱!舅舅出了钱!爸爸,这是怎么回事呢?"简叫了起来。

"你想想,我在生时一年一百镑,到死也才五千镑,为了这个区区小数,头脑正常的人有谁愿意娶莉迪亚?"

伊丽莎白说道:"这话很对,原来我怎么没想到呢?威克姆哪能还清一身债后,还有余钱?没错,一定是舅舅出了钱!舅舅真慷慨,真好心!怕只怕他苦了自己。小小一笔钱不可能办这么大的事。"

她父亲说道:"办不了。一万镑少了一分一文,威克姆娶莉迪亚都是个傻瓜。亲还刚刚开始攀,我把他想得这样坏是万不得已。"

"一万镑!怎么得了!别说一万镑,就是五千镑又怎能还?"

贝内特先生没有回答。父女三个各自沉思默想着,都不说话。回到家里,做父亲的到书房写信,两个女儿去了早餐厅。

父亲一走,伊丽莎白便嚷道:"这两人当真要结婚了!多奇怪的事!但我们还得谢天谢地。别看他们不大可能幸福,男方的人品又很糟糕,我们也不能不感到庆幸。唉,莉迪亚啊莉迪亚!"

简接着说道:"如果威克姆对莉迪亚缺乏真正的感情,肯定不会与莉迪亚结婚,想到这一点,我觉得是个安慰。我们的舅舅心好,帮助他还清了债,但是我不相信他能垫付万镑之巨。他已经有了几个孩子,以后也许还会生。就是叫他拿出五千镑来,恐怕也不可能吧?"

伊丽莎白说道:"如果我们能摸清威克姆债务的底细,知道以他的名义给了莉迪亚多少钱,那么舅舅在他们身上所花的数目就一清二楚了。因为威克姆自己一文不名。舅舅、舅妈的恩情这一辈子也报答不了。他们把莉迪亚接回家,直接保护她,给她撑腰,这样一心为了她,莉迪亚应该今生今世都感激不尽。现在这时候她一定在舅舅家了。要是他们的一片苦心还感化不了她,叫她惭愧,那莉迪亚一辈子得不到幸福活该。见到了舅妈,真不知她把脸往哪里搁!"

简说道:"这两人过去的事我们应该统统忘记。我希望他们还会幸福,也相信他们会幸福。我认为,威克姆愿意与莉迪亚结婚就证明他心术已经正了。相互间有感情,关系就会变得稳定。你等着看吧,他们会太太平平安安下家,稳稳当当过日子,到时候以往的荒唐事别人自然而然也就忘了。"

"他们的行为我忘不了,你忘不了,谁都忘不了。别谈了吧,谈也无益。"伊丽莎白答道。

这时姐妹俩才想起,她们的母亲也许还什么都不知道,于是走进书房,问父亲,他希不希望她们把这件事告诉母亲。

父亲在写回信,头也不抬,只冷冷回答了一句:"随你们的便。"

"舅舅的信可以拿去念给妈妈听吗?"

"拿什么都可以,你们走吧。"

伊丽莎白从父亲的书桌上拿起信,与姐姐一同往楼上走。玛丽与基蒂也在母亲那里,告诉了母亲也就告诉了她们俩。伊丽莎白与姐姐先说有了好消息,简便念起了信。贝内特太太喜不自胜。简刚念了加德纳先生说莉迪亚不久后可望结婚的话,立刻心花怒放。再往下每听一句都多一分兴奋。原来她因恐慌与烦恼而坐卧不安,现在却因大喜过望而激动不已。知道女儿要结婚,她是一好百好,既不担心女儿以后会不会幸福,想起女儿的行为不轨也不再觉得丢脸面。

她嚷道:"哟,我的心肝宝贝莉迪亚!这真叫人高兴!她会结婚!我又能见到她了!才十六岁,她就会结婚!全亏了我那肯帮忙的好兄弟!我早知道事情不会弄糟,早知道他会想方设法,圆满收场。就是这衣服,这结婚礼服该怎样才好呢?我给弟媳妇写封信,叫她帮忙。利齐,快跑下楼去找你爸爸,好孩子,问问你爸爸会给莉迪亚多少陪嫁。你等等,别忙,我自己走一趟。基蒂,你拉铃,叫希尔来。我这就把衣服穿好。我心肝宝贝的莉迪亚呀!等到母女又见了面,那有多高兴哟!"

她的大女儿见她这样得意忘形,想让她冷静一点,谈起舅舅出的大力,说一家人都应该感谢舅舅。

"现在结局圆满是因为多亏有了舅舅鼎力相助。我们都在想,他一定是答应了拿出钱来给威克姆先生。"简又补充道。

她母亲说:"嗯,这是理所当然的事。亲舅舅不拿钱出来还叫谁拿钱?如果他自己无儿无女,那你看吧,他的钱也就是我的钱,我女儿的钱。往常我们只得过他几件礼物,真得他的好处这还是破天荒头一回。哟,我太高兴了!眼见着我就要嫁出一个女儿了。变成威克姆太太!这称呼多好听呀!今年六月她刚刚满十六岁。简,我太兴奋了,想写信都写不了,就我来说,你替我写吧,好孩子。钱的事我跟你爸爸可以慢慢商量,但是衣物嫁妆得马上置办。"

接着,她报出了各色各样的布名:白棉布,细纱布,麻纱,一口气吩咐采买一大堆货,简很费了些口舌才劝住她,叫她等到父亲有空时先商量了再买,反正,晚一天无关紧要。她正值兴冲冲的时候,没像平常那样固执。而且,她想起了还有一些别的事该做。

她说道:"我穿好衣服马上去梅里顿,把这大喜讯告诉你菲利普斯姨妈。从梅里顿回来再去看卢卡斯太太和朗太太。基蒂,快下去叫准备马车。出去兜兜风对我很有好处,这是不用说的。你们几姐妹有什么想叫我帮你们在梅里顿买的吗?哟,希尔来了。希尔太太呀,你听到了好消息吗?我女儿莉迪亚快结婚了。她大喜那天,你们个个少不了一杯喜酒,大家高兴高兴。"

希尔太太马上就表达了高兴的心情,连连向太太小姐们道贺。伊丽莎白讨厌这一套可笑的把戏,躲到自己房间去,自由自在地在脑中梳理这些天发生的事。莉迪亚已经把人弄得焦头烂额,但谢天谢地,终于可以收场。她松了口气,虽朝前看时觉得妹妹既不可能有精神上的愉快,也不可能有物质上的享受,但一回想两小时前大家还在提心吊胆,又觉得现在的结局还是值得庆幸。

第五十章

在这件事之前,贝内特先生就后悔不该把进款花得精光,如果每年能有点积蓄,以后比太太先走一步,女儿们和太太的日子也会好过些。现在他更有了体会。就因为他没有尽到这份责任,现在得要靠莉迪亚的舅舅掏腰包,买回她的面子,以及说服全大不列颠最不成器的家伙做她的丈夫。

一件对谁都无益的事全要他内弟破费才得以办成,叫他实在过意不去。他下了决心,只要可能,一定要打听清楚内弟帮了多大的忙,尽快把欠的情分还清。

贝内特先生刚结婚时,只当完全没有必要省吃俭用,夫妻俩肯定会生一个儿子。儿子一成年,就不怕什么继承权限制法,他太太和女儿也就生活不愁。后来五位千金一个接一个出了世,儿子还是没有见到影。生下莉迪亚以后好几年,他太太还一直以为一定会再生个儿子。到头来,生儿子的事落了空,非但如此,连省吃俭用也为时已晚。贝内特太太没有精打细算的习惯,还是亏得丈夫不愿仰仗别人,才没有闹到出的比进的多,需要借债度日的地步。

按结婚契约①所书,太太和几个女儿可得五千镑遗产,但是女儿各得多少应由父母在遗嘱上另行交代。关于这个问题,至少莉迪亚应得多少的问题,现在就得明确。贝内特先生毫不迟疑地同意了加德纳先生提出的办法。他给内弟的复信只有不多的几句话,先感谢内弟的帮助,然后表示完全赞同内弟所采取的做法,愿意按内弟代他答应的条件办。他

---
① 结婚契约是婚前协议,既写明结婚时授予妻子的财产,也对今后子女的继承问题有所交代。

做梦也没有料到,威克姆会愿意娶他的女儿,更没有料到几乎用不着他自己操心劳力。虽说每年要掏给那两人一百镑,但实际损失至多十镑,因为莉迪亚在家里也得吃得花,她母亲还时不时地塞钱给她,种种开销加起来也接近这个数目。

另一点他意想不到而又高兴的是,他自己无须操劳。现在,他巴不得这件事能省多少心就省多少心。开始,一急一气之下,他御驾亲征,去找莉迪亚,现在心不急了,气也消退了,自然而然又与以前一样,多一事不如少一事。他的信马上送了出去。他不愿意找事干,但办起事来还是比较迅速的。他请内弟详细告诉他是怎样为他帮的忙,不过对莉迪亚仍然气不过,提都没有提起。

好消息很快传遍了一家主仆,接着左邻右舍一个接一个也全知道了。左邻右舍听到喜讯的反应很冷淡。如果莉迪亚·贝内特小姐在伦敦的社交界进进出出,或者,走到另一个极端,在天涯海角的哪个农家住了下来,那么大家倒有个闲谈资料,可以七嘴八舌议论。但是,对有人要娶她这一点,闲话仍然不少。梅里顿那些坏心眼的老太太,起先口口声声祝她嫁个阔郎君,现在事态有变,依旧喋喋不休地谈个不停,认为她跟着威克姆这样的丈夫肯定要吃苦头,下场不会好。

贝内特太太已经有半个月没有下过楼,今天听到了喜讯,便兴高采烈地坐到了桌子的上首。她得意扬扬,见不到半点丢了脸面的羞愧。自从简满了十六岁,她的一大心愿就是嫁女儿,现在眼见心愿要成现实,脑子里想的,嘴上说的,都不离婚礼的热闹场面,漂亮的细纱布,崭新的马车,成群的仆人。她绞尽脑汁想在附近为女儿物色一处好住所,嫌这里太小,那里又少气派,挑三拣四,可就是没有顾到她女儿、女婿的进款有多少,要不然,就是根本还不知道他们的进款有多少。

她说道:"海伊园满可以,就可惜古尔丁家不会搬出去。斯托克的那幢房子大,偏偏客厅又小了点。住到阿什沃思太远。莉迪亚离我顶多不能超出十英里。要说珀维斯洛奇,几间顶楼又太糟。"

因为仆人在场,她丈夫忍耐着听她说个没完没了,并没有阻止她。

等到仆人离开,丈夫立刻打断她,不客气地说道:"太太,这些房子你替女儿女婿挑一幢也好,全要了也好,都先别忙,有一件事我们要谈个明白。这一带有一幢房子他们永远别想踏进一只脚。我不会让他们两个到朗本来,让他们进朗本等于又纵容他们胡来。"

这句话引起一场长时间争论,贝内特先生寸步不让。争到后来,说起了另一件事,贝内特太太万万没有料到,丈夫竟然不肯拿出分文给女儿买嫁衣。他不客气地说,这一次莉迪亚休想得到他的半点疼爱。贝内特太太无论如何都想不通,丈夫怎么会恨女儿恨到这种程度,连这点恩也不肯开。女儿结婚却连新衣服都没有,婚礼定然会不成体统,她深觉丢了脸面;而女儿私奔,与威克姆同居了半个月还没有结婚,本是件丢脸面的事,她倒完全不放在心上。

这时,伊丽莎白懊悔不迭。当初她由于一时内心痛苦,让达西先生知道了她一家为什么替莉迪亚着急。现在两人若是结了婚,私奔的事就算了结,不光彩的开头瞒得过不知内情的人,可是现在瞒不过达西了。

她并不担心达西会向别人张扬。要说保守秘密,没有第二个人比他更能让她信得过,但是,与此同时,要说有谁知道了她妹妹的失足最叫她觉得丢丑,这个人就是达西。这倒不是因为这会给她本人带来什么不利。无论如何,她与达西之间存在一条不可逾越的鸿沟。她家本来缺陷就多,现在又添了他最不齿的人做女婿,更休想达西会与这样一个家庭攀亲。

伊丽莎白觉得,他对这门亲事望而却步不足为怪。在德比郡,她看得分明,达西把她当意中人,现在闹出这种大乱子,理所当然地再不能指望人家还痴痴想博得她的爱。她自卑,她伤心,她也后悔,但又不知道究竟后悔什么。正因为已经没有希望得到他的喜爱了,她倒稀罕起他的喜爱来。到了似乎毫无可能知道他的消息的时候,她反而想知道他的消息。现在他们已再不会见面,她却认为与他在一起,一定会幸福。

仅仅四个月以前,她毫不客气地拒绝了他的求婚,但换到现在,她一定会欣然答应。她常想,自己的心思若让他知道了,他一定会得意扬扬。她并不怀疑,他是个最宽宏大量的男人,但既然是人,怎会没有得意的时候呢?

现在她认识到了,达西的气质和头脑正与她相配。他的思想与性格尽管与她的相异,然而恰好能补她之短。他们的结合于双方都有益。她大方、活泼，能使达西变得随和、热情。而达西眼光锐利，见多识广，又能使她变得老成练达。

可是如今佳偶难成，天下的有情男女也就看不到真正良缘的榜样了。不久后她家要结的亲完全是另一回事，它还堵死了另一门姻缘的路。

她难以想象，威克姆与莉迪亚单靠自己怎能过得了日子。但她能够预言，只有情感冲动而完全不顾道德的人凑合成的一对，很少能得到长久的幸福。

加德纳先生很快给姐夫写了回信。对贝内特先生的感激话，他只略为应酬两句，说只要能使他家的人幸福，无论为谁，都愿助一臂之力，最后还请贝内特先生不要再提感激二字。他写这封信的主要目的是告诉姐夫一家，威克姆先生决心离开民兵团。他还写道：

> 我非常希望，他决定结婚以后立即离开民兵团。我想，你会与我看法一致，认为这样做是上策，对他本人与对莉迪亚都有好处。威克姆先生打算进正规军，他往日的朋友中有人还在军中，能够也愿意帮他一把。现驻扎在北方某某将军手下的一个团长答应任命他为少尉。他还是远远离开这一带为好。来日方长，希望他换个环境以后，别人也许不知道他们的底细，他们两人都会自重。我已经给福斯特上校写信，告诉他我们现在的安排，请他通知布赖顿一带威克姆先生的所有债主放心，我言而有信，一定从速偿还债务。梅里顿的债主我根据他所说随信附一名单，想烦你告诉他们也放心。威克姆已招认一共欠下了多少债，但愿他没有对我们说假话。我们已嘱咐哈格斯顿，一周内将所有事情办妥。届时如果你不欢迎他们去朗本，他们便直接去部队。我听我太太说，莉迪亚非常希望在离开南方前，能与全家人见一面。她现在身体很好，叫我问候你和姐姐。
>
>   弟　爱德华·加德纳

贝内特先生和几个女儿与加德纳先生一样，能清楚看到威克姆离开某某郡的种种好处，但贝内特太太不然，对这事大不高兴。她并没有死心，还想让莉迪亚住在赫特福德郡，认为把莉迪亚留在身边能享到无限快乐，是莫大福分，现在女儿却要远走高飞，往北方去，她顿时大失所望。另外，莉迪亚认识民兵团所有的人，喜爱她的人为数很多，丢下这个团太可惜。

她说道："她那样喜欢福斯特太太，怎么会把她往外推呢？真叫人想不通！还有那些年轻小伙，她非常喜爱的也数得出好些来。某某将军手下的军官恐怕比不得他们可爱，要差一大截。"

贝内特先生的小女儿请求（可以说她是在请求）允许她回家看一次再往北方去，一开始贝内特先生断然拒绝，后来多亏简和伊丽莎白，事情才得以转圜。她们俩体谅妹妹的心情，怕太伤妹妹的脸面，都希望父母在她结婚时能网开一面，恳切地婉言相劝，最终打动了父亲。贝内特先生接受了她们的想法，说会按她们的希望办，等莉迪亚与威克姆结婚后，让两人回一趟朗本。做母亲的总算心满意足，因为这一来能在女儿流落北方前让左邻右舍看看做了新嫁娘的心肝宝贝。所以，贝内特先生给内弟回信时表示同意让两人来朗本。这就是说，等婚礼结束他们便来朗本成了定局。

不过，伊丽莎白突然想到，威克姆会不会同意这样做。仅就她自己的意愿而言，巴不得今生今世别再与威克姆碰面。

第五十一章

妹妹的婚期到了,简和伊丽莎白替妹妹捏着把汗,也许比她本人还要担心。家里派了辆马车去接人,新婚夫妇大约在吃午饭前到。贝内特家的大小姐和二小姐其实有些怕他们来,特别是简。她为莉迪亚设身处地想过,如果这不肖女是她自己,她会有何感觉,所以,一想起妹妹要过什么关口,心里就难过。

新婚夫妇来了。一家人聚集在早餐厅等着他们。马车到门边时贝内特太太泛起满脸笑容,她丈夫却板着面孔,四个女儿则惶恐不安。

莉迪亚刚到门厅,大家就听到了她的声音。又见门一开,她飞跑进来了。她母亲迎上前去,拥抱她,喜不自胜。接着她满面春风地向跟在女儿身后进来的威克姆伸出手,祝两人新婚愉快。听她那喜气洋洋的声气,就知道她对两人的幸福把握十足。

当两人走到贝内特先生跟前时,贝内特先生就不像他太太那样热情相待了。他阴沉着脸,没有开口。见到这一对新人一副心安理得的模样,他非常恼火。伊丽莎白觉得恶心,连简都看不入眼。莉迪亚依旧是莉迪亚,胆大,多嘴,胡来,不知羞耻,不知体统。她从这个姐姐跟前跑到那个姐姐跟前,要她们恭贺她。等到所有人落座以后,两只眼往房间里四处扫,看出了一点变化,打个哈哈,说离开家真是太久了。

比起莉迪亚来,威克姆是半斤八两,也一点都不难为情。但是他风度翩翩,言谈不凡,如果他人品正,结婚没有走歪道,这次以女婿身份来,那一脸微笑和动听的话语一定会讨得朗本一家人的喜爱。伊丽莎白原来没有估计到他会这样若无其事。她坐了下来,内心在想,以后对于不知羞耻的人不要高估,什么时候他们都会不知羞耻。她脸发红,简也脸红,但是使得她们不安的那两位倒面不改色。

冷场的局面没有出现过。新娘与她母亲的话滔滔不绝。威克姆刚好坐在伊丽莎白身边,向她问起邻近一带认识的人近来如何,说得兴致勃勃,叫答话的人相当为难,因为她没有这样好的谈兴。这夫妻俩记忆中的事似乎都是世界上最令人高兴的事,回想起过去没有半点痛心。莉迪亚说着说着,提到了几个姐姐无论如何都说不出口的话题。

莉迪亚大声嚷着:"真没想到,我离开家已经有三个月!不瞒你们说,我还只当才十天半月。话又说回来,这些日子发生的事情够多了。乖乖,离开家的时候,我做梦也没有想到,再回到家,我就结婚了!不过,我倒想过,要是我能结了婚回来,那可真有意思。"

她父亲瞪大了眼,简感到难过,伊丽莎白对莉迪亚使眼色,但是莉迪亚素来不管三七二十一,仿佛什么也没听见,没看见,兴冲冲又说道:"哟,妈妈,这一带的人知道我今天结婚吗?我担心他们不一定知道,所以我们的马车赶上威廉·古尔丁的马车时,我打定主意让他知道,把靠他那边的玻璃放了下来,又脱下手套,手搁到窗上,露出戒指给他看,再笑容满面地点点头。"

伊丽莎白再也听不下去,起身几大步走出了门,直到听见大家穿过走廊去吃中饭才又出场。她来得不早不晚,正看到莉迪亚急急忙忙、大模大样地走到母亲右侧,又听见她对她的大姐姐说:"喂!简,现在你得给我让位,往边靠了,因为我是出了嫁的女儿。"

既然莉迪亚一开始就不觉得难为情,那就不能指望时间可以教会她知道羞耻。她比以往更大大咧咧,更兴高采烈。她想见见菲利普斯太太、卢卡斯一家人,还有其他邻居,想听听每个人称她一声"威克姆太太"。吃过中饭,她把戒指炫耀给希尔太太和两个女仆看,显示自己嫁了人了不得。

回到早餐室以后,莉迪亚说道:"妈妈,你觉得我嫁的人好不好?这样的男人不逗人喜爱吗?我相信,姐姐们一定都眼红。我看她们的运气赶得上我一半就万幸。她们都得去布赖顿,那是个找丈夫的好地方。妈妈,我们没有一家人都去,太可惜了!"

"是这么回事,要是能由我做主,我们都会去。可是,莉迪亚心肝宝贝,你去那么远的地方我根本就不赞成。不去行吗?"

"你说什么呀?那有什么关系,不去我才不高兴呢。你和爸爸,还有几个姐姐,一定要去看看我们。整个冬天我们都在纽卡斯尔①过,少不了要开几个舞会,我会帮忙给她们找到好舞伴。"

"那就再好不过了。"她母亲说。

"那么,你回家的时候,要让一两个姐姐留下来。我敢打包票,不消一个冬天,我能给她们个个找到丈夫。"

伊丽莎白说话了:"我感谢你心里还惦记着我,但是像你那样找丈夫我可不大愿意。"

朗本一家的客人至多只能在朗本住十天。威克姆先生在离开伦敦前就接到了任命,必须在两星期内到团部报到。

惋惜他们住的时间太短的人只有一个,就是贝内特太太。在这十天里,她抓紧时间,不是带着女儿走东家串西家,就是在家里请客,宴会难隔一两天。这种宴会大家都欢迎,喜爱家里来客人的乐意,不喜爱的甚至更乐意。

果然不出伊丽莎白所料,威克姆对莉迪亚的喜爱,不如莉迪亚对他那样深厚。从整个事件以及两人现在的言行推断,他们私奔与其说是出于男方的情,还不如说是出于女方的意,在伊丽莎白看来,这真是显而易见的事。至于他并不怎么爱莉迪亚却带她私奔,伊丽莎白并不奇怪,她认定是因为威克姆债台高筑,日子难过,不得不一走了之。既然只得逃债,像他这样的人遇上良机有个女伴跟着,自然不会放过。

莉迪亚把威克姆看成了宝。张口闭口,离不了一声我亲爱的威克姆,一副能与威克姆匹敌的人,走遍天下也找不着的模样。无论干什么事,他都举世无双。到了九月一日打鸟,全英国打得最多的不用说也是威克姆无疑。

回家后的一天上午,她与两个姐姐坐在一起,对伊丽莎白说道:"利齐,我还没有跟你讲过我婚礼的情形。我对妈妈和别的姐姐讲时你不在场。婚礼怎样举行的你就不想听吗?"

---

① 纽卡斯尔(Newcastle),英格兰北部一工业城市,有钢铁、化工、造船等多种工业,也盛产煤。

"说实话,我不想听。"伊丽莎白答道,"这件事我看没有什么好谈。"

"哎哟,你这人真是个怪物!不过,这件事你不想听我也得说。你知道,我们是在圣克利门教堂结婚的,因为威克姆住在那个教区。说定了我们在十一点前都要到教堂,舅舅、舅妈和我一道去,其他人在教堂等我们。哟,一到星期一上午,我紧张得要死,就怕万一出个什么事情,婚礼得改期,那就会要了我的命。我梳妆的时候,舅妈一直守在我身边,千叮咛万嘱咐,像牧师在讲道。可是她十句话我还没有听进一句,心里只想着我亲爱的威克姆,挂念着他会不会穿那件蓝上衣结婚。

"所以我们的早饭与平常一样,十点才吃。这餐饭好像吃来吃去吃不完。顺便告诉你吧,我住在舅舅、舅妈那里时,他们一直叫我害怕。说来你不一定相信,我在他们家住了半个月,就没有出过大门一步,没参加过一次舞会,什么也不敢想,什么消遣也没有。真的,伦敦太不好玩,好在小剧院①还开着。哦,话说远了。话说那天我好不容易等到马车到了大门口,谁想到来了个不知趣的什么斯通先生,有事找舅舅。你不知道,他们两个凑到一起,话说得没完没了。当时我真着急,不知道怎么办好,因为舅舅是要送我去教堂的,万一错过时间,这一天就不能结婚了。但是还算幸运,舅舅只耽搁了十分钟。不过后来我想到,就算他不能去教堂,婚礼也用不着改期,达西先生去了也一样。"

"达西先生!"伊丽莎白完全没有想到,跟着说了声。

"嗯,一点也没错。你不知道,达西先生要来陪威克姆。哎,该死,我怎么全忘了呢?我不该说漏了嘴。我答应了他们两个,一定不对人提起的呀!威克姆会怎样责怪我呢?这件事不能漏风声的呀!"

"既然不能够漏风声,那你就一个字也不要再提起了吧。我这里你放心,不会叫你说下去。"简说道。

伊丽莎白内心巴不得莉迪亚说下去,却只得也道:"那当然,我们不会追问你。"

莉迪亚答道:"那太好了,因为如果你们追问,我一定会把什么都

---

① 小剧院(Little Theatre),原为斗鸡场,1663年改为剧院,后两度被焚,两度重建。许多名演员曾在此演出。

告诉你们，这一来威克姆要气得不得了。"

这话明明是叫人追问，伊丽莎白只好跑开，要不然她会忍也忍不住。

但是对这件事不可能不闻不问，至少也得去打听一下。达西先生竟然参加了她妹妹的婚礼！本来，她妹妹结婚与他毫不相干，这种场合他绝对不会想去，参加婚礼的人与他也不相干，他也绝对不想交往。伊丽莎白思绪万千，胡猜乱想，却想不出一个所以然。往最好处估计，她应该高兴，达西先生有成人之美，但这种想法明显不切合实际。她闷得受不了，抓起张纸，给舅妈写了封简短的信，打听莉迪亚无意中说起的事，心想尽管她答应了为莉迪亚保密，向舅妈打听并不能算泄密。

她在信中又写道："你也许不难理解，我很想知道，一个与我们非亲非故的人，一个与我们家可以说并无来往的人，为什么会在这样一种时候与你们走到了一起。如果你不是也像莉迪亚那样非保密不可的话，请尽早回信，为我解开这个谜。若此事一定要保密，我就只好不闻不问了。"

"不过我也不会就此罢休。"她写完信接着又想，"舅妈呀舅妈，如果你不对我说实话，迫不得已我就只好千方百计地去打听了。"

简是信守诺言的人，没有与伊丽莎白背地里谈起莉迪亚漏了口风的事。伊丽莎白求之不得。在没有问出个结果以前，她不想对人说起藏在心里的话。

第五十二章

伊丽莎白如愿以偿,信寄去后很快得到了回音。她接到信后,连忙躲进那片小树林里。这里不会有人打搅,她在一条长凳上坐下,满心高兴。信很长,一定是舅妈没有拒绝她的要求。

亲爱的外甥女:

你的信刚刚收到,我得花整整一个上午给你一个回音,因为我要对你说的事估计三言两语是交代不清的。老实说,你的要求使我感到意外,我没有想到提出这个要求的竟然是你。但是,请不要以为我在生气,我只是想让你知道,我没有料到,你居然还要来问我。如果你不能理解我的这些话,我只好请你恕我出言不客气了。你舅舅与我一样感到意外,而且如果不是相信事情牵涉到你,他就什么都不会做了。但是,如果你当真一无所知,那我倒必须说个明白。在我从朗本回家那天,你舅舅接待了一位不速之客。是达西先生来了,与他闭门长谈了几个小时。等我到家时,谈话已经完结,所以我并没有像你现在这么好奇。达西先生来告诉你舅舅,他找到了莉迪亚和威克姆先生,与两人见了面,谈了话,威克姆谈过几次,莉迪亚只一次。据我推测,我们离开德比郡后,第二天他也从德比郡到了伦敦,决心找到他们两个。他自称,他之所以要这样做是因为他有过失,如果威克姆的卑鄙龌龊早为人所知,那么,哪个正派姑娘都不可能爱上他,信任他。他坦然自责,说他的骄傲心理误了事，承认原来对威克姆不屑一顾，认为向世人公开威克姆的所作所为反而自贬了身价，他的真面目自会被人看穿。所以，他责无旁贷，要挺身而出弥补他所犯的过失。我相信，如果除此之外他还有别的动机，那也不会是卑劣的。

他在伦敦花了几天便找到那两人的下落，他是按线索寻找的，而我们却没有这种线索，他决定在我们之后也来伦敦的另一个原因，正是知道他有线索而我们没有。听说有位扬格太太，先前做过达西小姐的家庭教师，后来由于做了不好的事被解聘了，但是究竟什么事他没有说。解聘后她在爱德华街包了一栋大房子，靠转租过日子。他知道这位扬格太太与威克姆关系密切，到伦敦后马上找她打听威克姆的下落。但是过了两三天，他才问出了真情实况。扬格太太其实知道威克姆的住处，我猜，她是不见钱不肯开口。威克姆到伦敦的当天就去找了她，如果扬格太太的房子能让他们住，他们就会住在扬格太太那里了。

最后达西先生总算获得了他所需要的线索。那两人住在某某街。他找到了威克姆，后来又坚持要见莉迪亚。他说，见莉迪亚的首要目的是劝莉迪亚迷途知返，在家人同意她回家后立刻回到家中，并主动表示帮忙帮到底。但莉迪亚铁了心不走。她不在乎任何亲友，不需要达西先生帮忙，死活不离开威克姆。她认为两人迟早会结婚，她不计较时间的早晚。既然莉迪亚是死心眼，达西认为唯一可走的路是完婚。但是他第一次与威克姆谈话时就知道了，威克姆根本没有结婚的打算。威克姆承认，他离开民兵团是由于赌债所迫，但是把和莉迪亚私奔的责任推得一干二净，说一切后果都是她自己的愚蠢造成的。他打定主意立即辞职，至于以后怎样生活，他无从猜想。他必须有个去处，却找不到去处，也不知道靠什么过活。达西先生马上问他为什么不与你妹妹结婚，尽管你父亲不能算富翁，但总能够帮他一把，结婚以后他的处境会好得多。从威克姆对这个问题的回答看，他还是心存侥幸，希望另择高门，发笔好财。然而目前因为处境艰难，如有机会解燃眉之急，他也未尝不可。

他们相见了好几次，因为要商讨的事太多。当然，威克姆要价很高，想大捞一把，但最后还是恢复了点理智。

所有事情谈妥以后，达西先生下一步便是让你舅舅知道。他第一次到格雷斯丘奇街是在我回家的前天下午，但他不能见你舅舅，因为打听到你父亲还在你舅舅那里，要第二天上午才离开伦敦。达西先生觉得可以与你舅舅谈，但与你父亲谈有所不便，决定等你父亲走后再来找你舅舅。他没有留下姓名，只吩咐说是有位先生因事来访。星期六他又来了。你父亲已经走了，舅舅在家，两人在一起商讨了很久，这我在前面已经说过。星期天他们又会了面，我也见到了达西先生。所有事定下来是在星期一，接着一封快信送到了朗本。

但是我们的客人非常固执。利齐，我认为他性格的真正缺陷在于固执，不在其他。人家常常说他有这样那样的缺点，但是固执是真有其事。他把所有事都揽了过去，尽管你舅舅认为应该把一切都承担下来（我这样说并不是为了得到你的感谢，请你不要向别人提起）。他们两人争执了很久，虽然事情牵涉的那位先生和那位小姐都不值得他们这样做。到最后，你舅舅不得不让步，不但不能为自己的外甥女出力，而且要担个虚名，无劳居功，他一想起就惭愧不已。我完全相信，你今天上午的来信使他感到非常高兴，因为你叫我们把事情说清楚，而一说清楚他就不会再掠人之美，可以让该受到赞扬的人受到赞扬。但是，利齐，这个情况至多只能你知道，简知道，千万不要再告诉第三个人。

威克姆与莉迪亚受了达西先生多少恩惠你大概非常想了解。威克姆需偿还的债务大大超过了千镑，此外，达西先生又送了莉迪亚一千镑，还给威克姆买了个委任状。为什么他要这样做我前面已经说过。他觉得应该怪他，就因为他守口如瓶，考虑欠周，威克姆的为人才没有被识破，结果被大家所喜爱、信任。也许，他的这些话有一定道理，但是我总怀疑，发生了那样的事情与他守口如瓶或者别的什么人守口如瓶没有多大关系。

亲爱的利齐，你要相信，尽管他这些话说得非常动听，但若不是我们断定了他另有所想，你舅舅绝对不会依从他。等到所有安排定下来以后，他回到彭伯利，他的亲友都还在那里。举行婚礼时，他会再来伦敦，所有金钱手续待他再来伦敦后了结。

我想，我把全部情况统统告诉你了。你对我说的所谓叫你大吃一惊的事，前前后后的经过就是这样。我希望，你看了至少不要感到有什么不高兴。莉迪亚后来住到了我们家，威克姆也常来。他仍是我在赫特福德郡时见到的一副模样。莉迪亚住在我们这里时的种种表现叫人很难满意，我本不打算告诉你，但从上星期三简的来信看，回家以后她又是那个样，所以，我对你说了并不会使你多一分难过。我向她极其严肃地谈过多次，向她指出她所做的事大错特错，给一家人造成了种种不幸。对我的话，她是置若罔闻，如果听进了一句两句，那大概是凑巧。有时候，我简直气不过，但一生气又想到了你和简，看在你们两人的分上，我饶过了她。

达西先生准时回到伦敦参加了婚礼，这你已听莉迪亚说过了。第二天，他在我们家吃了一顿饭，说打算星期三或星期四离开伦敦。亲爱的利齐，以前我一直不敢开口，如果借写这封信的机会说，我非常喜欢他，你会很生我的气吗？他在我们这里时，与在德比郡时一样，处处都给我们留下了好印象。他头脑聪明，遇事很有见地，叫我们喜爱。他没有别的什么缺陷，唯独略欠年轻人的活跃。如果能娶个合适的太太，也许他太太会让他变得活跃。我看他面皮太薄，几乎没有提起过你。但是，薄面皮的人似乎现在很多。如果我出言太冒昧，还请不要计较，至少不要报复得过于厉害，以后连彭伯利也不让我去。那儿的园林我没有逛遍，逛遍了才会觉得满足。别无所求，只求逛园林时坐一辆两匹漂亮的小马拉的轻便马车。我只好就此搁笔,几个孩子要我,已嚷嚷了半小时。

舅妈9月6日
于格雷斯丘奇街

看过这封信,伊丽莎白思绪如潮涌,她很难断定,心头有多少酸甜苦辣。由于不知道达西为什么会参加婚礼,她曾隐隐约约怀疑是他从中出力,促成了妹妹的婚事,但是又不敢往这方面多想,因为促成这门亲事并非轻而易举,要花费不少金钱。同时她也害怕难以回报,还不如不受人之惠。然而,现在她怀疑的事竟然千真万确,绝无虚假!舅舅、舅妈前脚走,他后脚就到了伦敦,不辞辛苦,不怕委屈,就为找到莉迪亚和威克姆。他不得不去央求一个他深恶痛绝、不屑理睬的人,也只好与一个他一辈子不愿再见面,一提起就恶心的人相见,而且多次相见,向他讲理,规劝他,最后还用钱买通他。他做的这些事只是为了一个他并不喜爱,并不以为然的姑娘。

伊丽莎白的心里有一个声音轻轻说,达西做的一切是为了她。但是,进而一想,她不再抱希望。接着,她觉得,她即使再自认为了不起,也不能设想他还会爱她,爱一个已经拒绝了他的女人,更不会摒弃前嫌,与威克姆沾上亲,而且成为连襟!他对威克姆的痛恨是情有可原的。与这种人沾亲带故凡有自尊心者都会不乐意。的确,他帮了很大的忙,究竟帮了多大忙她不敢多想,想来惭愧,但是他说了过问这件事的理由,在常情之内,是可信的。他觉得自己有过错,这不足为怪。他为人慷慨,也有钱,可以慷慨解囊。她不能设想达西主要是为了她,然而达西也许对她还存有几分情意,见她精神苦闷,出来帮了一把,这倒可能。她知道欠了一个从来不要回报的人的情分,觉得不安,非常不安。一家人多亏他才找到了莉迪亚,使莉迪亚得以见人,以及有了以后的一切。她原来说过他的坏话,种种事上错怪过他,回想起来,她简直无地自容!反省自己,她感到自卑;想想达西,她觉得他了不起,了不起在同情人、帮助人的时候,他能委屈自己。舅妈赞扬达西的话她看了一遍又一遍。舅妈对他的赞扬远远不够,但是她看了高兴。她从字里行间发现，舅舅与舅妈都认为，达西先生与她之间仍然存在着感情，存在着信任，不由得有些兴奋，而兴奋中又夹杂着懊悔。

正想得出神，越来越近的脚步声将她惊醒过来，她忙站起了身。没等她来得及躲进另一条小路，威克姆过来了。

"姐姐，你一个人优哉游哉散步，我来恐怕是打搅你了吧。"威克姆走到了她身边说。

伊丽莎白一笑，说道："你的确打搅了，但是打搅不见得引起不快。"

"如果那样，就很对不起了。原来我们相处得很好，现在的关系更密切了。"

"是这样。别的人也出来了吗？"

"我不知道。妈妈带着莉迪亚坐马车去梅里顿了。好姐姐，听我们的舅舅与舅妈说，你其实去看过彭伯利。"

她回答说去过。

"我有些羡慕你的这份眼福，但是真叫我去看我又会消受不了，要不然，去纽卡斯尔的我完全可以顺便走一趟。那位上了年纪的女管家你遇见了吧？雷诺太太真是个好人！她一直非常喜欢我。不过，她用不着对你谈起我。"

"谈起过了。"

"她说了些什么呢？"

"说你成了军人，可是，她担心——担心你并不成器。你知道，她与你隔着那么远的路，话传来传去就不知传成什么样了。"

"那当然。"他从牙缝里挤出了句话。

伊丽莎白以为这一来可以叫他住嘴，谁知刚过一会儿他又开口了，说道："上个月我意外地在伦敦见到了达西，碰了好几次面，但就是不知道他去伦敦干什么。"

伊丽莎白说道："也许是为了准备与德伯格小姐成亲。他这个时候去伦敦肯定是有要事。"

"错不了。你在布赖顿见过他吗？我记得舅舅、舅妈好像都说你见过。"

"见过，他还向我们介绍了他妹妹。"

"你喜欢他妹妹吗？"

"很喜欢。"

"其实，我已经听说，这一两年里她的进步很快。我最后一次见到她时，还看不出她能有多大出息。你喜欢她就好。我希望她能够成器。"

"我相信她一定会。她已经过了最不稳定的年龄。"

"你经过了金普顿村吗？"

"我不知道有这个村。"

"我提起这个村只是因为我本来应该在这个村里当牧师。真是个好地方！牧师府的房子特别漂亮！那里什么都称我的心。"

"你真喜欢讲道吗？"

"喜欢极了。本来讲道应该是我的职责，要说难也不过是万事开头难而已。人都不应该自寻烦恼，但说实在的，我没有当上牧师太可惜。当牧师能过安静自在的生活，我理想中的幸福也就只是安静自在的生活。但是已经不可能了。你在肯特郡时，听起过达西谈这件事情吗？"

"我听说让你当牧师是有条件的，而且由现在管理这件事的人决定取舍。对我说这话的人在我看来是一位可以信得过的人。"

"你已经听说了！的确，这话并不错。你也许记得，一开始我也是这样说的。"

"我还听说了，原来有段时间你并不像现在这样，那时你不喜欢讲道。实际上，你明确表示了，以后永不当牧师，所以这件事就此解决了。"

"你听说了！这话也不是完全无根无据。你也许记得，我们第一次谈到这件事时，我也对你这样说过。"

这时两人快走到房子的大门口了。伊丽莎白为了摆脱威克姆，有意走得快。但看在自己妹妹分上，她不想戳穿威克姆，只是一笑答道："行啦，威克姆先生，现在我们已经是至亲了，别为了过去的事发生争执，也希望以后无论遇上什么事我们能看法一致。"

伊丽莎白伸出手来，威克姆殷勤地亲吻了一下，然而脸上的表情却十分尴尬。然后，两人进了屋子。

第五十三章

威克姆先生对这次谈话满意极了,他就此放下心来,不再向二姨姐伊丽莎白提起这些事搅得她心烦。伊丽莎白也高兴了,觉得给了威克姆一点颜色看,封住了他的嘴。

转眼间到了威克姆和莉迪亚动身的日子。贝内特太太与女儿这一别大概至少有整整一年不能相见。她主张一家都去纽卡斯尔,但是贝内特先生无论如何不赞成。

"唉,莉迪亚,我的心肝宝贝呀,什么时候我们母女才能再见面呢?"她嚷道。

"哎哟哟,那我怎么知道?也许要隔两三年。"

"心肝,你要常写信来。"

"我能常写就常写。不过你知道,女人结了婚就别想有多少时间写信。几个姐姐可以给我写信,她们没有别的事可做。"

威克姆先生的告别显得比他太太情深意长。他满面堆笑,热情大方,漂亮话说了许许多多。

等女儿、女婿一出家门,贝内特先生便说道:"他这样可爱的人我还真没见过,又是假笑,又是傻笑,还对所有人都亲亲热热。有了他,我光彩极了。这样的宝贝女婿我看连威廉·卢卡斯爵士的都比不上。"

女儿一走,贝内特太太好些天都无精打采。

"我总觉得亲人走了最难过。他们一走,你就好像成了孤零零的可怜虫。"她说道。

伊丽莎白说:"妈妈,这就是嫁女儿的后果了。要是另外四个暂时嫁不出去，你一定会舒服些。"

"话不能这样说。莉迪亚抛开我不是因为出嫁了，怪只怪她丈夫那个团驻扎得太远。要是隔得近，她不会这么快走。"

贝内特太太这种垂头丧气的日子并没有持续多久，因为一条正在朗本流传的消息，让她的精神振作了起来。据说，内瑟菲尔德的主人再过个一两天就要回来，这次是为打鸟而来，要住一两个月，他的女管家正在收拾东西，准备迎接。这个消息让贝内特太太坐立不安，她时而看看简，时而笑笑，时而又摇头。

"嗯，这么说，嗯，宾利先生马上就要来了，妹妹。"（首先给贝内特太太带来好消息的是菲利普斯太太。）"嗯，回来就好。倒不是因为我稀罕这事。你知道，他跟我们没有什么关系，我也再不想见他。不过呢，话又说回来，只要他愿回内瑟菲尔德，那倒应该热烈欢迎。以后的事谁说得准呢？但我们一点也不在乎。妹妹，你明白，我们早定好了，永远只字不提起。那人要回来这就肯定了吗？"

做妹妹的答道："你等着瞧吧。昨天夜里尼科尔斯太太到了梅里顿，我看见她走过，特地跑出门向她打听。她对我说，这事千真万确。宾利先生最晚星期四来，也很可能在星期三到。尼科尔斯太太正去肉店，告诉我是叫肉店星期三送肉来。她还有六只鸭养到了刚好可以宰。"

贝内特家大小姐听说宾利先生要来时不禁变了脸色。她已有好几个月没有在伊丽莎白面前提起过宾利先生了，但现在等旁人一走，她就说道："利齐，今天姨妈来告诉我们那消息时，我发现你老是朝我看，我知道自己脸上的神情反常，可是你别以为那是我在发什么傻。我只是觉得人家朝我看不大好受，一时间不知如何是好。你相信我好了，这消息我听了既没有高兴，也没有痛苦。只有一点我觉得庆幸，那就是他会单独来，这样我们可以与他少见面。我并不担心自己会怎样，怕的是别人的闲言闲语。"

伊丽莎白感到遇上了难题。如果她在德比郡没有见过宾利先生，也许会猜想他说来打鸟当真只为了打鸟，但是她的确看出了他对简还恋恋不舍，而且，他这次来得到了朋友认可的可能性大，还是未得到朋友认

247

可、自己壮着胆的可能性大,她无法下判断。

她也这样想过:"这位先生也可怜,花了钱签了约租下幢房子,回来住却叫人疑神疑鬼,这太说不过去了!我还是随他的便吧。"

对宾利先生要来,无论姐姐嘴上怎样说,心里怎样想,反正伊丽莎白明显看得出,她乱了方寸,似乎六神无主,坐立不安,这种情形平日很少见到。

姐妹俩的父母大约一年前谈来谈去谈不拢的事又摆开了。

"亲爱的,宾利先生一回来,你理所当然要去看看他。"贝内特太太说道。

"那可不行。去年你非叫我去拜访他说什么我去看了他,他就会娶我们的哪位女儿,可是到头来一场空,现在又叫我跑腿,这种傻事我才不干哩!"

太太对他说,宾利回到内瑟菲尔德,左邻右舍中的男人都得去看看他,这是必不可少的礼节。

他答道:"这种礼节我才懒得管它哩!宾利要与我们往来,让他自己找上门吧。他认识到我们家的路。邻居来来去去要我跟着团团转,我可不愿花这冤枉时间。"

"哎,我别的不知道,就知道你要是不去看看他,那就太不近人情了。不过,你看也好,不看也好,我打定了主意请他到我们家吃饭,这你阻拦不了。朗太太和古尔丁一家本来是马上非请不可的,加上我们自己,一共十三个人,再邀请宾利刚好还能坐得下。"

定好了这个办法她心宽了,丈夫不讲礼貌她不愿再多计较,然而想到这一来邻居也许会比她们母女先看到宾利先生,又觉得非常气馁。

很快,宾利回来的日子便近在眼前。简对伊丽莎白说道:"我现在觉得他还是不来为好。本来这事无所谓,我见到他能大大方方,但是听到风言风语不断,我就不大受得了。妈妈是一番好心,可是她不知道,人家也都不会知道,她的话我简直吃不消。我就等他再离开内瑟菲尔德,他一走我就高兴了!"

伊丽莎白回答她道:"我很想说几句能安慰你的话,但想来想去说不出来。你肯定会感到难过,我对你又不能像对一般内心难过的人那样,劝你想开些,因为你无论遇到什么事都能想得开。"

宾利先生果然来了。贝内特太太靠着仆人相帮,最早得到了消息,因此焦躁不安的时间谁也不可能有她长。由于不可能先登门看望宾利,她便扳着指头算日子,看还有几天可以请客。但是在宾利先生来赫特福德郡后的第三天上午,她在梳妆室的窗口意外地看见他进了屋前的草坪,径直骑着马往她家走。

她喜出望外,连忙叫女儿过来看。简不肯挪脚,坐在桌边没有动。伊丽莎白没有让母亲失望,站到窗前向外看,却见达西先生跟着宾利一道来了,赶紧又坐回姐姐身边。

"妈妈,还有一个人跟他一道来,会是谁呀?"基蒂问道。

"反正是他的朋友熟人吧,究竟是谁我不知道。"

基蒂又说道:"瞧,好像是原来老跟他在一起的那个人,挺傲慢的那高个子,叫什么先生的。"

"哎呀呀,达西先生!我敢打赌,就是他!嗯,既然与宾利先生是要好的朋友,当然应该欢迎,要不然,老实说吧,我见他就讨厌。"

简吃了一惊,关心地看看伊丽莎白。她并不清楚伊丽莎白在德比郡见到过达西,所以,还以为这是妹妹拿到那封解释信后,第一次看到达西,一定感到尴尬。姐妹俩都心事重重,既互相体贴,又各有隐衷。尽管母亲在唠叨讨厌达西先生,只是看在他与宾利先生有交情的分上,才愿意客客气气待他,但是她们一句都没听进耳。伊丽莎白内心不安的原因简猜想不到,舅妈的来信伊丽莎白不敢拿给她看,对达西感情的变化也没有说给她听。简只知道达西的求婚遭到妹妹拒绝,妹妹低估了达西的长处,却不知道另外的隐情,实际上达西对她一家人都恩重如山,妹妹对他的感情即使不比她自己对宾利的感情来得深切,却也至少是合情合理,自然而然的事。至于伊丽莎白,她在德比郡第一次见到达西态度的变化时曾觉得非常意外,现在见到达西到了内瑟菲尔德,到了朗本,还主动来找她,又觉得非常意外,两次的惊异不相上下。

伊丽莎白心想,达西对她的情意仍然没有变,愿望也没有变。一想到这里,她那苍白的脸上又恢复了血色,甚至显得容光焕发,眼睛里露出了喜悦的光芒。然而,她毕竟也有些放心不下。

"我先看看他的态度如何吧,现在抱希望尚为时过早。"她盘算着。

伊丽莎白只顾低头做手上的活计,努力想静下心来,连眼也不抬一下,但是后来听见仆人走近门边了,再也忍不住,目光转向了她姐姐的脸。简的面色有些发白,不过神情比伊丽莎白预想的镇定。等客人进了门,她脸红起来,但是大大方方接待了他们,举止自然,既看不出有怨气,又不显得想讨好。

说过两句应酬话后,伊丽莎白没有再开口,又坐下做手上的活,而且比往常似乎更专心。她仅鼓起勇气看了达西一眼,只见他依然神情严肃,与上次来赫特福德郡时相差无几,完全无法与在彭伯利时相比。不过,也许在她母亲面前不像在她舅舅、舅妈面前,他只能摆出一副严肃的模样。这种猜测令她很不好受,然而却可能是完全正确的猜测。

她也望了望宾利,一眼就看出他既高兴,又尴尬。贝内特太太对他客气得连两个女儿都看不入眼,而对他的朋友只行了个屈膝礼,冷冰冰敷衍了几句,相比之下,更使两个女儿感到难为情。

伊丽莎白知道内情,如果不是多亏了达西,母亲的掌上明珠早已身败名裂,现在母亲却把该厚待的薄待,她见了比简更难受,更过意不去。

达西向她问起加德纳先生夫妇后再没有说什么话,但是这一问却问得她有些心慌。他没有坐在伊丽莎白身边,大概不开口的原因就在这里。然而,在德比郡他并不是这样。当时,他如果不对她说话,便会与她舅舅、舅妈攀谈。现在却好几分钟里都听不见他的声音。有几次伊丽莎白实在忍不住了,抬头看着达西,只见他有时望望简,有时望望她,有时谁也不望,眼盯着地面发呆。比起上次见面,他显得心事重重,并不在乎能不能博得谁的好感。伊丽莎白觉得失望,同时又恨自己不该失望。

"我怎么能够抱有奢望呢?"她在想,"可是他为什么要来呢?"

除了达西先生,她没有兴致与别人谈话,但她又没有勇气与他搭话。

她问起他的妹妹,之后又是无话可说。

"宾利先生，你走了很长一段时间。"贝内特太太说。

宾利先生并不否认。

"我还以为你再也不来了。大家都说，你打算到了米迦勒节就搬出这地方，只有我不相信。你走了以后，这一带的变化多极了。卢卡斯家的大小姐结了婚，安了家，我有个女儿也一样。你该已经听说了吧？要不，一定在报上看到了。《泰晤士报》与《信使快报》都登了，可惜登得太简单，只说'乔治·威克姆与莉迪亚·贝内特小姐已于近日结婚'，新娘的父亲是谁，住在哪里，还有别的事都只字未提。是我弟弟加德纳起草的，真不知道这件事为什么他会办得这样糟。你看了报吗？"

宾利回答说看了，还祝贺一番。伊丽莎白眼皮也不敢抬，所以，达西的表情如何她没有看到。

她母亲继续说道："女儿嫁了个好人家当然值得高兴，可是呢，宾利先生，她嫁的人虽好，可一出嫁就跑远了。小两口去了纽卡斯尔，在北方，离得远，还不知道他们在那地方要住多久。女婿的团部在纽卡斯尔。他离开某郡的民兵团，入了正规军，你听说了吧？谢天谢地！他有些朋友，本来也许朋友还要多。"

伊丽莎白听得出弦外之音，是在骂达西先生，难为情得坐不住了。然而，她母亲的话也起了神效，引得一直没有勇气开口的伊丽莎白说话了。她问宾利，这次来会不会在这里久住。宾利说，要住几个星期。

她母亲又说话了："宾利先生，你把自己家的鸟打光了以后，请到我们家来，贝内特先生园里的鸟你爱打多少就打多少。你来他会万分乐意，把最好的鹧鸪统统留给你。"

伊丽莎白听了母亲明显是有意讨好的话，心里更难受了。一年以前，她们家曾满怀希望，现在好似又出现了同样的希望，但是，恐怕也会像之前一样被母亲搅黄。她甚至觉得，就算简或者自己以后一辈子幸福，也忘不了这些难为情的要命时刻。

"我希望以后千万千万别与这两位在一起。与他们往来即使再愉快，也忘不了现在的难堪事。但愿我今生今世都别再与他们两人见面！"她暗暗想着。

可是没过多久，就算以后一辈子幸福也忘不了的苦恼就开始被淡忘了。原来，她看出姐姐的美貌使原先爱过她的人又心跳得厉害。刚来时，宾利很少与她姐姐说话，后来一分钟比一分钟殷勤起来。那一位发现简与一年前一样漂亮，一样温和、大方，只是话少了些。简就怕人家看出她有所变化，自以为话并不比过去说得少，但由于她心事太重，没有察觉有时候该说话却没有说。

等到两位客人起身要走时，贝内特太太这才想起早就存在心中的美意，邀请他们过几天来朗本吃饭。

临了她补上两句："宾利先生，去年冬天你到伦敦前，答应回来后就带一家人来我们这里吃饭。这么长时间，我一直没有忘记这个约定。不瞒你说，你没有赴约，真叫我失望。"

提起这事宾利发了呆，半天才说很抱歉，当时因为有事耽误了。说完，他与达西先生走了。

贝内特太太本来巴不得当天留下两人在她家吃饭，她家的饭菜餐餐都好，但是进而再一想，不让她寄予了厚望的人多吃两道大菜，那太说不过去，加上人家一年的收入上万，不多摆两道大菜，他不会有胃口，也看不上眼。

第五十四章

等客人一走,伊丽莎白便出了屋子,想让头脑清醒清醒,换句话说,就是自由自在地想想那些她百思不得其解的事。对达西先生今天的表现,她感到意外,也很苦恼。

"奇怪,他来了以后沉默寡言的,还沉着一张脸,既然这样,何必来呢?"她思忖道。

她想来想去想不出满意的答案。

"在伦敦,他对我舅舅、舅妈随和热情,为什么对我却不呢?如果害怕我,为什么还来呢?如果已经没有再把我摆在心上,为什么一声不吭呢?莫名其妙!我再也不要想他了。"

当然,其实她想也想不成了,因为姐姐来了,一脸喜气洋洋,可见对客人比伊丽莎白满意。

她说道:"这初次见面的关算是过了,我现在松了口气。我知道了我有毅力,他要是再来,我一定不会尴尬。他星期二来吃饭,这是好事,到那时候,大家都能看出来,我们只是普普通通、没有什么大不了的朋友。"

伊丽莎白笑嘻嘻地说道:"当真只是普普通通、没有什么大不了的朋友吗?简,小心为妙!"

"哎呀,利齐,你别以为我不中用,又会掉进什么危险里。"

"我看你又会使他像过去那样爱上你,这可危险得很。"

她们到星期二才又见到两位客人。贝内特太太因为上次宾利先生在来访的半小时里,不仅兴致勃勃,又极有礼貌,所以这些天一直在打如意算盘。

星期二，朗本高朋满座。主人翘首以待的两位贵客是守时的典范，到场分秒不差。大家进餐厅后，伊丽莎白留了意，就想看看宾利是否会照以往每次宴会的惯例，坐到姐姐身边。她母亲更是有心人，也在转同样的念头，故意没有邀请他坐到自己身边。宾利进门后似乎有些犹豫，凑巧简一回头，笑了笑，这一来他打定了主意，坐到了简身边。

伊丽莎白心中一喜，不由得望向宾利的朋友，却见达西先生对这件事满不在乎，要不是她刚好发现宾利先生又惊又喜地向达西先生看了看，她还以为宾利能高高兴兴坐到简身边，一定是事先得到了朋友的认可。

吃饭的时候，宾利对她姐姐的态度流露出了爱慕，尽管没以前明显，伊丽莎白还是觉得，如果他不听信别人的话，自己做主，简与他结为百年之好指日可待。伊丽莎白尚不敢断言一定会出现这个结果，不过宾利的举动的确值得她高兴。高兴是应该高兴，但这时候她的心情并不好。达西先生与她相距遥遥，几乎各在餐桌的一端。他紧靠着她母亲。她知道，挨着这样近，母亲和达西先生都不会痛快，两不方便。她因为隔得远，他们说的话一句也听不见，只是看到两人很少开口，即使交谈，态度也冷冰冰的，模样一本正经。眼见母亲怠慢他，再想到他对一家人的情分，伊丽莎白十分难过。她多次起心，不管要冒什么风险，得告诉达西先生，他的好心她家的人并非全都不知道，全都不感激。

她希望这天晚上有机会与达西先生单独在一起，不甘心仅仅在他进客厅时招呼一声，什么话都来不及谈就得送客。由于内心焦躁不安，她在客厅里只觉得时间过得太慢太乏味，几乎忍耐不住了，却还不见男宾来。在她看来，只有男宾进了客厅，这一晚才不会白过。

"如果在客厅里他还不到我身边来，那我再也不会想着他。"她心里在叨咕。

男宾来了。看达西的神态，伊丽莎白觉得希望不会落空。可是，谈何容易！太太小姐们团团围住了桌子，简在沏茶，伊丽莎白在倒咖啡，大家换着坐，身边连一张椅子也摆不进了。

男宾进客厅时，坐在她旁边那一位小姐又向她靠近了些，小声说：

"别让男人插到我们中间来,不管是谁,我们都别让,好吗?"

达西走到客厅另一边。伊丽莎白注意着他,见他与谁攀谈就羡慕谁,几乎再没有心思倒咖啡。接着,她又责怪自己这样未免太愚蠢。

"他是遭到了我拒绝的人,我怎么发傻气,指望他还会有情呢?哪个男人会连这点骨气都没有,碰了壁又求婚呢?这种丢面子的事没有谁做。"

这时,达西先生端着咖啡杯过来了,她心头一喜,马上抓住机会,问道:"你妹妹还在彭伯利吗?"

"还在,她要一直住到圣诞节。"

"就她一个人吗?朋友们都走了吗?"

"安斯利太太跟她在一起,其他人三个星期前去斯卡伯勒①了。"

她想不出别的话可说了,而达西恐怕是不想与她多攀谈,要不然他一定有话可说。但他只是在她身边站了几分钟,并不开口,后来见坐在伊丽莎白身边的小姐对她说起悄悄话,便走开了。

等茶具撤走后,摆起了牌桌,小姐太太们都站起身。伊丽莎白满心希望达西会借这个机会再来找她,可是她母亲到处拉人打惠斯特牌,把他也拉上了,眼睁睁见达西与别人坐到了牌桌边。于是希望又落了空。这一夜他们俩各守着一张牌桌打牌。伊丽莎白没有了指望,只是达西的眼老是朝她这边望,结果伊丽莎白输了牌,他也输了牌。

贝内特太太打算留内瑟菲尔德的两位客人吃夜宵,无奈他们早就吩咐套了马车,她想留都留不住。

客人全走了以后,贝内特太太说道:"女儿呀,你们觉得今天怎样?告诉你们吧,照我看是百事顺利。菜烧得好极了,鹿肉的火候最合适,大家都说这么嫩的腿肉还是头一回尝。汤比卢卡斯家上星期的好百倍,连达西先生都承认鹧鸪的味道妙绝。别忘了他家会有法国厨师,我猜至少两三个。哟,我的宝贝简,你今天比什么时候都漂亮。我问过朗太太你漂不漂亮,她也是这样说的。你们猜猜看,她还说了什么来着?她说:'贝内特太太呀,我看她是要嫁到内瑟菲尔德去啦!'她当真说

---

① 斯卡伯勒(Scarborough),位于英格兰北部,滨海,多温泉,有铜器时代村落遗址与古罗马望塔,十七世纪末后成为旅游地。

过。朗太太为人好,我看没有谁比得上。她侄女是规规矩矩的姑娘,只可惜长得不行,但我特别喜欢她们。"

总之,贝内特太太喜气洋洋。宾利对简的态度她看准了,自信简终究会嫁给宾利。高兴之余,她又想入非非,盘算这门亲事会给她家带来多少好处。等到第二天,却不见宾利来求婚,她不由大失所望。

"今天过得非常顺利。"贝内特家大小姐对二小姐说,"客人邀请得好,大家也合得来。希望以后能多聚聚。"

伊丽莎白听了一笑。

"利齐,你别笑,不要对我起疑心。你这样会使我难受。实话告诉你,我喜欢与他攀谈只是因为我觉得他这人性格随和,又聪明,并没有存别的心。从他现在的表现看,我认准了,他根本没想让我爱他。他比别人不同的只在嘴甜,希望人人对他有好感。"

做妹妹的答道:"你这是安的什么心?叫我别笑,又句句话引我发笑。"

"有些事叫人相信你谈何容易!还有些事叫人相信你又怎么可能!我说了没有的事你怎么非叫我说有不可呢?"

"这个问题我简直无从回答。我们都爱指点别人,哪怕我们的指点都不值得听。对不起,要是你一口咬定没什么,可别指望我会相信你。"

第五十五章

这次做客后,没过几天,宾利先生又登门了,是单独来的。他的朋友上午去伦敦了,要十天才会回来。他坐了一个多小时,谈得高高兴兴。贝内特太太留他吃饭,他一再道歉,说已经另有所约。

"下次你来希望能赏光。"贝内特太太说。

宾利先生表示他时时乐意来,刻刻乐意来,只要贝内特太太不嫌麻烦,一定尽早拜望。

"那明天行吗?"

正好,他明天没有约,贝内特太太一邀请,他痛痛快快地答应了。

宾利先生说来就来,而且很早,太太小姐们还没有一个穿戴梳妆好。贝内特太太穿着睡衣,头发才梳了一半,急急忙忙跑进大女儿房间,嚷道:"简,乖乖,快点,这就下楼去。他来了——是宾利来了。当真是他。快,快!萨拉,你这就到大小姐这里来,帮她穿好衣服。利齐小姐的头发你先放着。"

简说道:"我们收拾好马上会下去。基蒂比我们两个都要快,她到楼上去已经有半小时了。"

"哼,管什么基蒂!跟她有什么相干?快点,快点!宝贝,你的腰带放到哪里去了?"

母亲走后,简没有理她那一套,打定主意要等一个妹妹陪着才下楼。

到了晚上,贝内特太太又着了急,就怕宾利与大女儿没有机会单独在一起。喝完茶,贝内特先生照例回了书房,玛丽也上楼去练琴了。五个障碍除了两个后,贝内特太太便开始对伊丽莎白和凯瑟琳眨眼睛,不停地眨了老半天,却没有眨出个结果。

伊丽莎白装憨,只当没看见。

基蒂最后看见了,却又傻乎乎地问道:"妈妈,你怎么啦?干吗老对我眨眼睛?叫我干什么?"

"没什么,孩子,没什么。我没有对你眨眼睛。"说完,她又坐了五分钟,但毕竟良机不可失,她站起来,对基蒂说,"宝贝,你来吧,妈有话对你说。"

基蒂跟着她出了屋子。简马上对伊丽莎白使了个眼色,意思是这样做叫她为难,求伊丽莎白别理会母亲这一套。

果然,没有过多久,贝内特太太推开半扇门,叫道:"利齐,你来,妈有事跟你说。"

伊丽莎白不得不起身。

她母亲一进走廊就说道:"我们还是别妨碍他们两个吧。基蒂跟我到楼上的梳妆室里去。"

伊丽莎白不愿意与母亲争辩,没有吱声,站在走廊里不动,等母亲与基蒂走远了,又回到客厅里。

贝内特太太的算计落了空。宾利处处讨人喜爱,可是偏偏没有说爱她女儿。他无拘无束,谈笑自若,晚上多了他,贝内特一家人都很高兴。做母亲的不知分寸,他全然不在意,无论说什么胡话,他都耐心听着,不动声色,这就使那位女儿松了口气。

他几乎不用主人邀请,就留下吃了夜宵。走前又约好第二天上午来与贝内特先生一道打鸟,这主要是他自己与贝内特太太的主意。

这天过去,简没有提起"没有什么大不了"几个字。姐妹们都不谈宾利,但是伊丽莎白睡觉时高高兴兴,认为只要达西先生不提前回来,一切都会很快见个分晓。然而,她又怀疑,正因为有了达西先生的认同,才会出现今天的这一切。

宾利准时赴约,贝内特先生也如约陪了他一上午。贝内特先生比宾利想象的容易相处。这是因为宾利没有什么失礼和愚蠢的行为让贝内特先生取笑,或者是叫他厌恶得闷声不响。自从相识以来,宾利发现就数这天上午贝内特先生最健谈,不古怪。自然,宾利跟他回来吃了中饭。到晚上,贝内特太太又想了办法把所有人支开,让宾利与大女儿能单独在一起。伊丽莎白有封信要写,喝过茶不久坐到早餐室去写信了。其他人都坐下打牌了,犯不着由她来与母亲作对。

信写完后再回客厅,眼前的情形让她吃惊得不得了,暗暗佩服母亲比自己高明。她推开门时,只见姐姐与宾利并肩站在壁炉前,似乎谈得火热。这还不算,更重要的是,两人慌张地转身,站了开来,脸上的表情足以说明一切。他们一脸尴尬,但伊丽莎白尤甚。双方都没有说出一句话。伊丽莎白正要转身离开,不料已经与姐姐同时坐了下来的宾利却突然站起身,对她姐姐轻声说了句话,便大步走出客厅。

简有了值得高兴的事从来不瞒伊丽莎白,她一把抱住妹妹,欢喜地说出了实话,她成了世上最幸福的人。

"这真是太好了,实在太好了!我怎么配得上呢?哎,要是大家都像我这样幸运就好了。"她又补了两句。

伊丽莎白忙向姐姐表示恭贺,其诚挚、热烈、高兴非言语所能形容。她每多说一句祝贺的话,简就多一分幸福感。但是,这时简不能跟妹妹多待,虽然想说的话还有一半没有说,但不能再说下去了。

她大声道:"我这就得去见妈妈。妈妈那么疼爱、关心我,我不能辜负了她,我要亲口告诉她这件事。宾利去见爸爸了。利齐,你想想,一家人听到我的消息会多高兴!我怎么就会有这样好的福气呢?"

说完,她跑去找母亲了。母亲神机妙算,早撤了牌局,在楼上与基蒂坐等。简走后,伊丽莎白心想,一家人盼望、苦恼了近一年的事,最后竟一蹴而就,忍不住笑开了。

她还想道:"他朋友操心费神,妹妹机关算尽,仍然出现这个结果,出现这个最令人高兴、最圆满的必然结果!"

过了没一会儿,宾利回来了。他与她父亲谈得干脆利落。

"你姐姐呢?"他一推开门,马上问。

"在楼上我妈妈那里,马上会下来。"

他笑着关上门,走到她身边,要听听这位姨妹会说些什么恭贺、祝愿的话。伊丽莎白对他与姐姐喜结良缘表示了由衷的高兴。两人亲切地握了握手。接着宾利说起自己如何幸运,简如何十全十美,一口气讲到简下楼来才停。虽然这些话是出于一个处于热恋中的情人之口,但伊丽莎白却完全相信，宾利对幸福的种种期望并非空想，因为简的确聪明绝顶，温柔体贴无人能比，与宾利又可谓意气相投。

这一夜，贝内特一家人人喜气洋洋。大小姐因为婚事已定，内心高兴，脸上容光焕发，显得更加漂亮。基蒂笑嘻嘻的，一脸傻气，巴望不久以后她会时来运转。贝内特太太与宾利长谈了半小时，尽管句句话不离赞成和同意，仍嫌没有尽意。吃夜宵时，贝内特先生也来了。听他的言谈，看他的举动，他显然是真高兴。

不过，客人没有告辞时，他只字不提这一天的大事。客人一走，他转身对大女儿说道："简，恭喜你。你会非常幸福。"

简马上走到父亲跟前，亲吻父亲，感谢父亲的美意。

她父亲又说道："你是个好姑娘，你的终身大事能美满解决，我十分高兴。我相信你们在一起会相处得很好。你们两人的性格非常相近，因此我有必要提醒你：遇到事你们肯互相顺从，结果事事都拿不定主意；你们都好说话，结果仆人们会哄骗你们；你们都慷慨大方，结果总是入不敷出。"

"恐怕不会吧？若我逢到钱的事也没头没脑，那就太不成器了。"

贝内特太太大声嚷着："入不敷出！贝内特先生，亏你说得出这种话来！宾利一年的收入有四五千镑，也许还不止这个数目。"接着对女儿说道，"简，我的心肝宝贝，我高兴极了！今天晚上我哪能合得上眼？我早料到会这样。从一开始我就认定，到头来准会这样。你长得特别漂亮，哪能白长呢？我记得清楚，去年他刚一到赫特福德郡来，我见了就想，你们很有可能配成一对。天啊，他这样英俊的年轻人你上哪里去找得着？"

威克姆与莉迪亚被忘得精光了。简是最受宠爱的女儿，无人能比。现在，别的女儿都无足轻重了。过不多久，简的两个小妹妹缠上了她，叫她以后让她们也分享一点福分。

玛丽求简让她去内瑟菲尔德的书房看书，基蒂非叫简答应每年冬天在内瑟菲尔德开几次舞会。

此后，宾利成了朗本每天必到的客人，常常没吃早饭就来，直到吃了夜宵才走，除非遇上了哪位不知趣、不怕人嫌的邻居，再三邀请他赴宴，他难以推却，才去应酬。

伊丽莎白很少再有时间与姐姐交谈。只要宾利在，简就没有心思与第二个人搭话。不过,有时候他们两人也不得不分开,这时两人就都用得着伊丽莎白。如果是简不在场,宾利少不了与伊丽莎白谈论简,谈得津津有味;如果宾利走了,简又与伊丽莎白谈论宾利,心里才不闷得慌。

一天晚上,简说道:"他告诉我,他根本不知道今年春天我人在伦敦。这话当然叫我真高兴,原来我还以为这不可能。"

伊丽莎白答道:"我原来也这样猜想。但是他解释了怎么会有这种事吗?"

"那一定是他姐姐和妹妹造成的。他与我要好她们肯定不乐意,这我并不奇怪,因为他完全可以挑选一个在许多方面都比我强的姑娘。但我相信她们以后会看到,他与我在一起是多么幸福,那时候她们会回心转意,我们又能重归于好,只不过不可能再像开始那样亲密了。"

伊丽莎白说道:"我还是第一次听你说出这样不肯饶人的话来。好姐姐,说实话,如果宾利小姐一片虚情假意又把你哄住了,那我真会让你气死。"

"利齐,你会相信去年十一月他去伦敦的时候真的爱上了我,但是就因为人家一句话,说我对他无意,他就不再来乡下了吗?"

"当然他有过失,但是他的过失正好证明了他太实心眼。"

这句话引来了简的一大通夸奖,夸宾利谦和,夸他长处多,却从不高估自己。

伊丽莎白暗自庆幸,宾利没有把朋友插了一手的底细抖出来。虽然简的宽宏大量世间少有,但是碰到这种事,也难免会对宾利的朋友耿耿于怀。

简说道:"我真是天下最幸运的人。利齐,你说说看,怎么同是一家人,偏偏是我最有福气呢?希望你也能与我一样幸福!希望你也会遇上这样一个人!"

"就是仰仗你遇上一百个这样的人,我也休想与你一样幸福。我没有你这样好的脾气,这样好的心肠,也就不可能得到同样的幸福。得了吧,还是别为我操心。也许,只要走运,到时候我能再遇上一个柯林斯先生。"

朗本一家的喜事想瞒也瞒不了。贝内特太太悄悄告诉了菲利普斯太太,菲利普斯太太擅作主张,又悄悄告诉了梅里顿的所有邻居。

几个星期前,当莉迪亚私奔时,大家都说贝内特家是少有的倒霉鬼,现在一传十十传百,贝内特家又成了少有的幸运儿。

第五十六章

　　一天上午，大约是宾利先生与简定了终身的一个星期后，他与朗本的太太小姐们坐在餐厅里，突然听到马车声。大家看向窗外，见一辆四匹马拉着的车已到了草坪上。这时还是一大早，照例不会有客人来，而且车马也不像哪个邻居家的。马看得出是驿站的，车和仆人穿的衣服却从没有见过。然而，来者无疑是登贝内特家的门。宾利反应迅速，马上劝简，说不速之客用不着陪，叫简跟着他走进了矮树林。他们两个走后，剩下的三个继续猜，没猜出名堂，还是等到门一开，客人进来了，才知是凯瑟琳·德伯格夫人。

　　她们当然十分诧异，完全意想不到这位不约而至的冒昧客人竟然是她。贝内特太太与基蒂从未见过她，却比伊丽莎白更吃惊。

　　凯瑟琳·德伯格夫人进门时简直旁若无人，伊丽莎白向她行礼问好，她只略一点头，没有答话就坐了下来。这位贵妇人进来后并没有要伊丽莎白介绍她，但是伊丽莎白还是向母亲报了她的大名。

　　贝内特太太这才知道是这样一位大贵客登门，惊喜过望，以大礼相待。

　　大贵客沉默地坐了半天，最后才对伊丽莎白冷冰冰地说道："贝内特小姐，别来无恙吧？这位太太我猜一定是令堂大人吧？"伊丽莎白回答了一声"是"。"那位小姐一定是你妹妹？"

　　贝内特太太觉得能与凯瑟琳夫人这样的贵人攀谈荣幸至极，连忙说道："正是，夫人。她是我的第四个女儿。第五个女儿最小，最近结了婚，大女儿陪着位年轻人在附近散步，过不久年轻人就要做我家的女婿了。"

　　凯瑟琳夫人又不吱声了，过一会儿才说道："你们家的园林太小。"

"夫人，这园林与罗辛斯的相比自然不值一提，但是我敢肯定，比起威廉·卢卡斯爵士家的来，又大多了。"

"夏天晚上怎么能坐在这屋子里呢？窗口正朝西。"

贝内特太太解释说，吃过饭后她一家从不在这房间里坐，又补上句："请问夫人，你离开家时柯林斯先生和他太太是不是都身体很好？"

"身体很好。我前天晚上还见到了他们。"

一听这话，伊丽莎白满以为她会摸出一封夏洛特的信来，因为除了捎信，她似乎没有必要登门。但是她并没有摸出信，伊丽莎白就完全弄不明白了。

贝内特太太非常客气，说要给夫人上点心，然而凯瑟琳夫人却非常不客气，断然回绝说她什么也不吃，接着起身对伊丽莎白道："贝内特小姐，你们家草地的那一头很像是荒郊野地，倒有些风味，我想去那一带走走，不知你愿不愿意陪我去一趟呢？"

伊丽莎白的母亲赶紧说："乖乖，去吧，带夫人到每条路上去看看，我们住的地方幽静，她一定喜爱。"

伊丽莎白答应了，回自己房间拿了把阳伞后，下楼来陪贵客。凯瑟琳夫人经过走廊时，推开大餐厅和客厅的门，扫了几眼，说还看得过去，然后才往外走。

她的马车停在大门边，伊丽莎白看见马车里还坐着她的随身女仆。两人走在通往小树林的卵石路上时，都沉默不语。伊丽莎白觉得这贵妇人比平常还要傲慢，还要可恶，打定了主意不先开口。

她细看着贵妇人的脸，心想："以前我怎么会认为她像她的外甥呢？"

走进小树林后，凯瑟琳夫人开言了："贝内特小姐，我大老远跑来，你不可能不明白究竟是为什么。你的头脑，你的良心，都会告诉你我来的目的。"

伊丽莎白吃了一惊，是当真吃了一惊。

"夫人，你大错特错了，我一直猜不透夫人为什么会大驾光临。"

夫人怒气冲冲地说："贝内特小姐，你应该知道，我不是个好惹的人。你遇事尽管可以不认真，我却事事都认真。我的性格有两个特点，一是认真，二是坦率。现在的事情非同小可，当然我更会如此。两天前，我得到一条万万没想到的消息。听说,不但你姐姐攀到了一门高亲,连你,连你伊丽莎白·贝内特小姐也在不久以后,很可能嫁给我的外甥,我的亲外甥达西先生。虽说我信得过他,知道这一定是有人无事生非,但我还是当机立断,跑到这地方来了,要让你知道我对你的态度。"

伊丽莎白又惊讶,又厌恶,满面通红,说道:"既然你不相信真有其事,我想一定没有必要远道而来。夫人现在来一趟究竟是为了什么呢?"

"叫你马上出来说话,制止这种风言风语。"

伊丽莎白不急不忙地答道:"如果真有这种风言风语,夫人亲自来朗本找我和我家的人,传言不就反而由假变真了吗?"

"如果!难道你想装聋作哑不成?难道你们没有逢人便说吗?你就不知道已经闹得满城风雨了吗?"

"我从来没有听说过。"

"那你能不能说,这件事无根无据呢?"

"我不敢说与夫人具有同样坦率的性格。你尽管问好了,我可不见得回答。"

"岂有此理!贝内特小姐,你必须回答。他——我的外甥——向你求过婚了吗?"

"夫人已经说了这不可能。"

"应该不可能,只要他没有丧失理智,那就不可能。但是你诡计多端会勾引人,叫他一时迷了心窍,难免忘记自己的身份,也忘记他对不对得起一家人。你也许让他上了钩。"

"我即使真的让他迷了心窍,你也休想叫我认账。"

"贝内特小姐,你知道我是何许人物吗?这样对我讲话的人我还没有见过。算起来我与达西先生骨肉相连,凡与他利益攸关的大事,我件件有权过问。"

"但是你没有权过问我的事,你现在的态度也无法从我嘴里掏出话来。"

"让我把话说个明白吧。你想高攀的这门亲事没有成功的可能,是万万不行的。达西先生与我的女儿已经定了亲。现在,你还有什么可说呢?"

"只有一句话——既然如此,你没有理由怀疑他会向我求婚。"

凯瑟琳夫人犹豫了一会儿答道:"他们两人定亲有些特殊。从小他们就被看成一对,这不但是女方母亲的愿望,也是男方母亲的愿望。我们还早在他们睡在摇篮里时,就安排好了这门亲事。现在眼见我们姐妹俩的愿望可以实现,两家可以结亲,却半路杀出一个出身卑微、全无身价、非亲非故的女人,要坏这门亲事。难道你就完全不顾达西先生亲人的心愿,无视他实际上已经与德伯格小姐定了终身的事实吗?难道你要为所欲为,不知羞耻吗?告诉你,他一生下来就是他表妹的人,你听说过吗?"

"听说了,早就听人说过了。但是这与我有什么相干?如果你没有别的理由反对我嫁给你的外甥,那么,尽管知道他母亲和姨妈希望他娶德伯格小姐,我也不会退让一步。你们尽可以打算把他们配成一对,打算能不能实现却取决于别人。如果达西先生既没有道义上的必要,又不愿意娶自己的表妹,为什么不可以另外选择呢?如果他选择了我,为什么我不可以答应呢?"

"要顾全脸面,讲究规矩,思前想后,知道利害关系,就不可以。贝内特小姐,别忘了利害关系。如果你一意孤行,蛮干到底,他的亲朋好友绝不会有什么好脸色让你瞧。与他沾亲带故的人个个会指着你的脊梁骨骂你,用白眼瞧你,对你嗤之以鼻。你结婚是自讨苦吃,我们没有一个人会来理睬你。"

伊丽莎白答道:"这的确非常不幸。但是做了达西先生的太太,福分同样也不浅,所以,利弊两相对比,并无可悔恨。"

"不开窍的蠢货!我都替你害臊!今年春天我热情招待你,你就这样报答我吗?难道你不记得我的好处吗?我们坐下吧。贝内特小姐,你必须明白,我是来者不善,善者不来,非达到目的不可。几句话休想说动我。我从来不怕任何人的胡言乱语,也素来不肯失望而归,善罢甘休。"

"如果这样,夫人现在就更难收场了。我反正没关系。"

"我说话你别插嘴!乖乖听着。我的女儿与外甥是天生的一对。他们的母系都是贵族之后,父系虽然没有受封,但也是有脸面受敬重的世家。双方的财产都相当可观。两家的人异口同声说他们是命里注定了的姻缘,又怎能拆得散呢?一个一无门第,二无显亲,三无家产的小丫头偏不知天高地厚!是可忍孰不可忍!如果你还有自知之明,就不会忘记自己生长在什么人家,痴心妄想去高攀了。"

"与你外甥结婚我不认为是什么痴心妄想高攀。他是位体面人,我是体面人的女儿,所以我们旗鼓相当。"

"不错,你是个体面男人的女儿,但你的母亲算什么人?你的舅舅、舅妈、姨父、姨母算什么人?别以为我不知道他们的底细。"

伊丽莎白说:"无论我的三亲六眷是什么人,只要你的外甥不计较,你用不着多操心。"

"说痛快些,你与他定了终身没有?"

伊丽莎白并不愿正面回答这个问题,让凯瑟琳夫人痛快,但考虑一会儿后只得说:"没有。"

凯瑟琳夫人现出了高兴的神色:"那你能答应我永远不接受他求婚吗?"

"我不会许下这种诺言。"

"贝内特小姐,这就叫我觉得万分奇怪了。我原以为你是一个有理性的姑娘。不过,你不要痴心妄想,以为我会退让。如果你不按我的要求做出保证,我绝不打道回府。"

"这种保证你休想叫我做。毫无道理的要求我不会答应,你吓不倒我。夫人大可以希望达西先生与令爱结婚,但是难道我依了你,做出许诺,他们结婚的可能性就大了吗?如果他喜爱我,难道我拒绝了他的求婚,能使他转而向表妹求婚吗?凯瑟琳夫人,请恕我直言,你这个要求太奇怪,不但毫无道理,而且说出去未免贻笑大方。要是你以为这几句话能使我就范,那就大大看错人了。你干涉你外甥的事他会不会答应我不敢说,但是我的事你无论如何管不着。所以,我要奉劝你一句,对这个问题请就此罢休。"

"请不要太心急。我的话还没有说完。我之所以反对,除了已经摆出的种种理由外,还有一条理由。你妹妹不知廉耻与人私奔,我知道其中的内情。那年轻人与你妹妹结婚是你舅舅与父亲花了大钱才凑合拢来的。这种烂污货怎么配做我外甥的姨妹呢?那烂污货男人的父亲原来给我外甥的父亲当管家,管家的儿子怎么能够成为我外甥的连襟呢?天地不容!你安的是什么心呢?难道彭伯利的门第就这样叫人糟蹋吗?"

伊丽莎白气愤地答道:"你的话到此为止,谩骂我也骂够了。对不起,我得回去了。"她边说边站起身。

凯瑟琳夫人也站起身,两人一起往回走。贵妇人鼓着一肚皮气。

266

"看来你是完全不顾全我外甥的体面和名声了！你这只想着自己、没有良心的东西！你怎么就不考虑考虑，与你结了婚以后，大家都会瞧不起他呢？"

"凯瑟琳夫人，我不想再谈了。我的心意你当然知道。"

"你是决心把他抢到手吧？"

"这种话我没有说过。我决心做的事仅仅是，我觉得怎样可以得到幸福，就怎样得到幸福，不需要求教于你，也不需要求教于任何与我完全不相干的人。"

"好呀！这么说，你对我是拒不买账了。你也不知什么是本分、名声、感激了。你决心使达西先生在亲朋好友中身败名裂，也让世上的人都瞧不起他。"

伊丽莎白回答道："这件事牵涉不到什么本分、名声、恩情，我与达西先生结婚一不是不安本分，二不是不要脸面，三不是忘恩负义。如果他自家人因为他娶了我而生气，我根本就不在乎，而旁人自有公论，不见得个个瞧不起他。"

"原来这就是你的内心所想，就是你打定了的主意！很好！现在我有了对策。贝内特小姐，别以为你癞蛤蟆能吃到天鹅肉。我来只是为了试试看，原以为你会拿出理智。就等着瞧吧，我想办的一定办得到。"

凯瑟琳夫人就这样喋喋不休，等走到车门边时，猛然回转身，又补上几句："贝内特小姐，我不对你说再见，也不向你母亲问候，因为对你们讲礼节你们不配。我还从没有这样扫兴过。"

伊丽莎白没有答话，更没有请这位贵妇人回屋里坐，不声不响进了门。上楼时她听见马车起步的声音。她母亲已等得不耐烦，走到梳妆室门口，拦住她问为什么凯瑟琳夫人不进来坐坐。

"她不愿意，想走。"女儿答道。

"这位夫人长相很好。她亲自登门太客气了，我想她来无非是告诉我们柯林斯两夫妇现在都很好。大概她是往什么地方去，路过梅里顿，心想不妨来看看你。利齐，她应该没有什么紧要的事对你说吧？"

伊丽莎白不得不撒一次谎，她与凯瑟琳夫人谈的话是不能如实告诉母亲的。

第五十七章

　　这位不速之客走后伊丽莎白仍然心神不宁，翻来覆去想着，一连想了好几个小时。看来，凯瑟琳夫人以为她与达西先生有了婚约，不辞辛苦从罗辛斯跑来的唯一目的是拆散他们这一对。当然，这样做情有可原，但伊丽莎白猜不透，说他们定了亲是从哪里刮起的风。想来想去，她才想起达西是宾利的心腹之交，而她自己是简的妹妹，现在一个要结婚了，大家都会关心另一个，于是又生出一件亲事来。她记得自己就曾感觉，如果姐姐结婚，达西先生与她的往来必然变频繁。她本人认为将来有些可能的事，在卢卡斯府的几位邻居看来，成了铁定无疑近在眼前的事，而她们与柯林斯夫妇书信来往不断，她推测风就这样刮进了凯瑟琳夫人的耳里。

　　然而，回想起凯瑟琳夫人前前后后说过的话，她不由得感到几分不安，唯恐凯瑟琳夫人横下一条心插手干涉会造成不妙的后果。她口口声声要阻拦这门婚事，伊丽莎白断定她一定在打主意劝外甥，对他说与她伊丽莎白结亲如何如何不好。至于达西听了信与不信，伊丽莎白不敢妄言。她不知道达西对他姨母感情的深浅，也不知道是否对姨母言听计从，但按常情推测，他不像自己，对这位夫人的印象肯定会好得多，如果夫人——列举起两家门不当户不对的亲事的弊端来，势必切中他的要害。达西看重门第，一些在伊丽莎白看来并不成立、滑稽可笑的理由，达西也许觉得很有见地，是那么回事。

　　假设他原来很可能犹疑不决，打不定主意该怎么办，现在经一位至亲劝说加央求，也许会打消所有疑虑，马上下定决心做幸福和名声可以两全的事。这一来,他就不会再返回。凯瑟琳夫人经过伦敦时可以找到他,他答应宾利再来内瑟菲尔德的话就算不了数。

伊丽莎白继续想道:"如果过几天他找个借口,写封信给朋友说不能践约,那我就知道是怎么回事了。我不用等待,不用抱希望,反正他不可靠。在他有可能获得我的感情、向我求婚成功时,如果他放弃了,只是惋惜一番,那么很快我连想也不会去想他。"

家里的其他人听说那位客人来过以后,都惊奇得不得了,但是个个的猜想都与贝内特太太所猜的内容一样,不再觉得奇怪,没有追问,省了伊丽莎白的麻烦。

第二天上午,她正下楼时遇见了父亲。父亲从书房出来,手里拿着封信。

"利齐,我正要找你,到我房间来吧。"父亲说。

她跟着进了书房,不知父亲有什么事对她说。她猜父亲找她谈话应该与手上那封信有关。突然,她想到也许是凯瑟琳夫人来的信,那就得费许多口舌解释,不免心慌起来。

父女俩走到火炉边坐下,做父亲的说道:"今天上午我收到一封信,叫我大吃了一惊。信上主要谈的是你的事,所以说了些什么应该让你知道。我还蒙在鼓里,不知道有两个女儿眼看就要完婚。让我恭喜你找了一个如意郎君。"

伊丽莎白满面通红,马上想到信是那对姨侄中外侄来的,不是姨妈来的。她既该高兴,因为达西先生终于吐露衷肠了,又不该高兴,因为信没有直接写给她。

她正出神时,听父亲又说话了:"你似乎胸有成竹。年轻姑娘对这种事最精明,但是哪怕你再聪明,这次恐怕也猜不准爱你的人姓甚名谁。这信封是柯林斯先生来的。"

"柯林斯先生来的信!他会说什么呢?"

"当然是重要的事情。信一开头,他恭喜我大女儿很快要出阁,这事看来是心好而嘴快的卢卡斯家哪一位告诉他的。那些话我不念了,免得你不耐烦。有关你的事是这样写的:

"'对这件喜事侄与贱内谨表衷心祝贺后,请允许侄提及另一喜

事,其消息来源同前。据悉,令爱伊丽莎白在大小姐出阁后不久,也可望出阁。所择郎君堪称大富大贵之人,蜚声远近。'

"利齐,你猜得出这是在说谁吗?

"'此君洪福齐天,世人艳羡之事,悉数享有,家财万贯,门第高贵,且握提携布施之权,能荫及多方。凡此种种,当然可取,但也请客侄向姨父大人与表妹直言相告,倘若这位先生提亲,尽管府上想慨然应允,也万勿匆匆,否则恐有后患。'

"利齐,你想想这位先生会是谁?不过别急,你马上就知道了。

"'侄之所以要提醒府上注意,自然有其原因,毋庸置疑,其姨母凯瑟琳夫人对此婚事深感不快。'

"你看,这人是达西先生!利齐,我猜这种信你怎样也料想不到。无论是柯林斯也好,卢卡斯家的人也好,不挑别人,偏偏在我们认识的人中挑了这么个人来捏造谎言,人家一听这人的名字,谎言不是就不攻自破了吗?达西先生看哪个女人都要吹毛求疵,更何况也许这辈子对你瞧都没有瞧过一眼。亏他们想得出这种事来!"

伊丽莎白本要跟着父亲调侃几句,可惜调侃不起来,仅装出了副笑脸。她现在完全不喜欢父亲的俏皮幽默了。

"你不觉得滑稽可笑吗?"

"那当然。你往下念吧。"

"'昨夜向夫人言及这门亲事很有可能成功,夫人听后,一如往日,当即将肺腑之言坦诚相告。由于表妹府上显然有不相匹配之处,夫人云此门亲事有失体统,绝无应允之望。侄窃以为责无旁贷,当告知表妹与爱慕彼之显贵郎君应深明大义,在未得夫人恩准时,勿贸然成亲。'柯林斯先生还说,'表妹莉迪亚的不幸之事得以收场侄深感欣慰,现唯一挂心的只有他们婚前同居会人人皆知。然而,侄既身为牧师,当尽职尽责,实言相告,闻表妹完婚后姨父大人旋即将他们夫妇迎至府中住,不胜惊讶。此举助长伤风败俗之恶习,如朗本在侄教区之内,侄定当全力反对。姨父大人乃基督教徒,固然应宽恕他们夫妇,但同时也应拒见其人,甚至忌提及其名。'他脑子里基督徒竟然是这样宽恕人的!他的信往下谈的是爱妻夏洛特近来如何,还说要添丁进口了。

利齐,你怎么啦!好像是不觉得可笑。你别太认真,听了这种无稽之谈就气不过。人生在世,如果不让人家开开玩笑,反过来又笑话人家,那过得还有什么意思呢?"

伊丽莎白大声答道:"我觉得这事太可笑,不过也太奇怪了!"

"没错,正因为奇怪才可笑。要是他们说起另一个人,无论是谁,那倒无所谓。那一位完全没有把你放在心上,你又见了他就讨厌,把你们拉扯到一起简直荒唐透顶。别看我最不愿写信,与柯林斯先生的书信往来却说什么都不能断。你不知道,别看我佩服威克姆的厚脸皮和虚伪,但一谈到柯林斯先生的信,我就不由得把自己的乘龙快婿摆到了一边,觉得柯林斯先生比他还强。利齐,告诉我吧,凯瑟琳夫人听了这谣传怎么说?她登门拜访是不是为了挡你的驾?"

女儿没有回答这个问题,只一笑了之。父亲问她时并没有起丝毫疑心,因此没有追问,叫女儿苦恼。伊丽莎白心里想的是一套,脸上装的却是另外一套,真有千难万难。她是真的想哭,但却只能强颜欢笑。她父亲说达西先生完全没有把她放在心上,无意中刺伤了她的心。她在无可奈何中暗暗埋怨父亲糊涂,又不免担心,也许不能怪父亲眼睛不中用,只能怪自己不该想入非非。

第五十八章

伊丽莎白算是白担心了,宾利不但没有收到朋友说不能再来的道歉信,还在凯瑟琳夫人登门后不几天,把达西带到了朗本。两位客人来得很早。伊丽莎白提心吊胆,就怕母亲告诉达西先生,他姨妈来过,幸好宾利更心急,想单独与简在一起,比贝内特太太先开了口,提议几个人到外边散散步。大家都赞同,但贝内特太太没有散步的习惯,玛丽历来不肯浪费时间,所以一道出去的是五个人。宾利与简走得慢,不久落到了后面。他们不急不忙,让另外三个自由自在。伊丽莎白、基蒂、达西都寡言少语。基蒂因为怕达西,不敢说话;伊丽莎白心里正七上八下;另外一个也许相差无几。

基蒂想去找玛丽亚,三人便朝卢卡斯家走。伊丽莎白觉得没有必要都去,等基蒂离开他们之后,大着胆子与达西继续往前散步。现在到她拿定主意的时候了。

她鼓足勇气,说道:"达西先生,我是一个非常自私的人,为了图自己内心痛快,不惜伤害你的感情。你对我那个不幸的妹妹恩重如山,叫我怎能不感激你呢?我听到这件事后,内心非常不安,一直想对你表达深切的谢意。如果我一家人都知道这件事的话,他们也都会对你感激不尽。"

"对不起,非常抱歉,这件事很可能被误解,叫你内心很不是滋味,是不该让你知道的。"达西先生答道,声气里听得出惊讶和激动,"我不曾想到,加德纳太太会这样藏不住话。"

"你别责怪我舅妈。莉迪亚没头脑,说漏了嘴,让我知道你与这件事有关，当然要想方设法打听到全部情况才罢休。你出于同情，才不辞劳苦，为了找到莉迪亚他们，受了许多委屈，我应以一家人的名义，万分感谢你。"

达西答道："如果你一定要感谢，就以你一个人的名义吧。我不想否认，我那样做除了其他原因外，还希望使你高兴。但是你家的人用不着感谢我。虽然我很尊重他们，常在我心头的却只有你。"

伊丽莎白难为情得一句话也说不出来。达西停了一会儿，又说道："你是个爽快人，不会捉弄我。如果你内心的想法与今年四月一模一样，请马上对我直说。我的感情依旧，心愿依旧，但是你的一句话可以使我永远不再提起这件事情。"

听了他这两句表白，伊丽莎白不禁为之感到心焦，也觉得自己无路可走，不得不马上答话，尽管还有些吞吞吐吐，却让他明白了，从他提到的那个时间到现在，她的内心有了深刻变化，他的这份深情厚谊如今让她又感激、又高兴。这一回答使达西喜出望外，他从来没有这样欢欣过，像所有沉浸爱河中的人一样，马上向她吐尽衷肠，说得既充满温馨，又不失分寸。可惜伊丽莎白没有抬起头，要不然准会看到，由于内心高兴，他满脸喜气洋洋，变得更加英俊。虽然她不敢抬头看，对方说的话却全被她听入耳中。达西向她倾诉着真情，表白她在自己心中占有怎样的地位，使她越听越觉得这种感情珍贵。

两人不辨方向，一直往前走着。他们有太多的心事要想，太多的感情要领受，太多的话要说，什么都顾不上看。

伊丽莎白知道了两人现在心心相通还有着达西先生姨母的一份功劳。她回家路过伦敦时，果然找到达西，把她去了朗本，以及为什么要走这一趟，与伊丽莎白谈过哪些话，特别是伊丽莎白的话，一句句向他和盘托出。在这位夫人看来，伊丽莎白的那些话是蛮横任性的典型表现，以为一摊出来，她就不会白跑一趟，伊丽莎白没有答应她的事，外甥定会答应。但不幸得很，结果与夫人的预料完全相反。

达西说道："原来我几乎不敢抱希望，这一来却产生了希望。我对你的性格早有清楚的了解，知道如果你对我极度反感，厌恶情绪根深蒂固，你会对凯瑟琳夫人坦率承认，不加隐瞒。"

伊丽莎白脸红了，笑着答道："没错，你很了解我的坦率，知道我会那样做。当着你的面都把你痛骂了一顿，在你的三亲六眷面前骂你当然不可能有顾忌。"

"你骂我的话有哪一句是不该？虽说你列举的罪名并没有根据，是以讹传讹，但是当时我对你的态度不好，骂得再厉害也活该。我的过错不可原谅，每次一想起来就懊悔。"

伊丽莎白说道："那天的事究竟是谁的过错大，我们不必再争执了。严格说来，两人的态度都不好，但是自那以后，我们也都变得有礼貌了。"

"我不能这样轻易地原谅自己。现在回想起当时我说的话、我的行为、我的态度、我的表情，想起事情的前前后后，心里有说不出的难受，这几个月来一直是这样的。你骂我骂得好，叫我永远忘不了。你是这样说的：'如果你有礼貌些。'你不知道，也几乎想象不到，你说得我有多难受。当然我承认，过了些时间我才冷静下来，知道你的话有理。"

"我倒没有料到，我那句话竟然那么厉害，你听了会觉得难受。"

"你这话我倒不难相信。当时你只当我完全没有正常人的感情，你肯定是那样想的。我忘不了，当你说无论我用什么方式向你求婚，都打动不了你的心、使你答应我时，你连脸色都变了。"

"哎，别再提当时我说的话，再提没有任何好处。老实说，我一直为了那件事感到过意不去。"

达西谈到他写的信，问道："那封信是不是使你对我印象好转些呢？是不是在看信的时候就相信了我说的话呢？"

伊丽莎白说那封信对她很有影响，还说到她过去对他的偏见怎样渐渐消失了。

他说道："我知道信上的话一定会使你难过，但是不那样写又不行。那封信你毁了才好。有些部分，特别是信的开头，我的确很怕你再翻出来看。有些话我还记得，你看了不恨我才怪呢。"

"如果你认为要烧了那封信我对你的感情才牢靠，那当然应该烧。不过，虽然我们两人都有理由认为我的想法并非是一成不变的，但我的感情不会因为留下那封信就变卦。"

达西道："当初写那封信的时候，我认为自己的头脑完全清醒冷静，但是事后才明白，当时其实是憋着一肚子怨气的。"

"信的开头也许有怨气，但结尾却并没有。最后那句要上帝保佑我不就是慈悲为本、宽大为怀吗？就这样吧，别再谈信了。写信人当时的心情与收信人当时的心情到现在都已经完全不同了，所有不愉快的事还是统统忘了吧。我的处世哲理你应该学学：过去的不愉快的事不要再去回想。"

"我不相信你抱有这种哲理。你回忆过去时完全没有不愉快，是由于没有可负疚的事，所以你内心的平静并不是产生于这种哲理。我与你不一样，想起往事时免不了会苦恼，我不能不去想，也不应该不去想。我虽然认为人不该妄自尊大，但实际上我是妄自尊大的人。小时候，大人教了我分辨是与非，但是没有教我养成好性格。我学到许多大道理，但是无形中也沾上了大人傲慢、自负的习性。不幸的是，我是一个独生子，过了好些年才又有了一个妹妹，所以被父母娇生惯养。父母本身为人很好，特别是父亲，心地善良，待人和善，但是听任、助长甚至教我妄自尊大、目中无人，只看得起自己家的人，对世界上的其他人都不以为然，至少，巴不得别人不及我聪明、高贵。从八岁到二十八岁我一直都这样。如果不是因为你，伊丽莎白，到现在我还会这样。我真心地感谢你！你教训了我一顿，开头的确不好领受，但到头来使我获益匪浅。你叫我碰壁碰得好。当初我向你求婚，满以为你会答应。我想得到一个值得喜爱的女人的喜爱，却极端自负，是你使我明白过来，越自负越达不到目的。"

"当时你当真以为我一定会答应吗？"

"一点也不假。恐怕你会笑话我太把握十足吧？当时我以为你在盼着、在等着我求婚。"

"我的举动一定是容易叫人误解，但并不是有意为之，这一点你可以相信我。我没有存心哄骗你，但我的活泼性格也许常使我做出叫人误解的事来。从那天起，你肯定恨透了我。"

"哪会恨你！开始也许我很气，但没多久以后，我知道应该气谁了。"

"我很想知道我们在彭伯利巧遇时,你对我怎样想。你是不是怪我不该来呢?"

"根本就没有怪,我只是感到惊讶。"

"你那么客客气气地对我,我才真是大吃了一惊,比你有过之而无不及。我的良知告诉我,如果你没什么好气对待我,那也是我活该。老实说,我对别人不好,也就没有指望别人对我好。"

达西回答道:"当时我之所以彬彬有礼,只是想让你看到,我不是卑鄙小人,过去的事不会记恨在心。我也希望让你看到你骂我的话没有白说,取得你的宽恕,改变你对我的看法。至于什么时候我又起了别的心思,这很难说,但肯定是在我看到你的半小时之内。"

接着,他向她说起乔治亚娜认识了她很高兴,不料刚刚认识,她却突然离开,乔治亚娜很惋惜。自然而然,他又提起了促使她突然离开的那件事。这时伊丽莎白才知道,达西还没有出旅馆的门就已打定主意,等她走后便离开德比郡去寻找她的妹妹,他当时那副心事重重的模样不是因为别的,而是因为在冥思苦想,怎样才能找到她的妹妹。

伊丽莎白再次表示了感谢,但这件事对两人来说都是很不痛快的事,所以没有再谈。他们慢悠悠地走着,谈得投机,不知不觉走出了好几英里,直到一看表,才知道时间不早,应该回家了。

"就不知宾利先生和简现在走到哪里去了?"

伊丽莎白的这句话使话题转到了那两人的身上。达西对他们的婚事感到高兴,他的朋友求婚成功后立刻就把喜讯告诉了他。

伊丽莎白问道:"你老实告诉我,你觉得意外吗?"

"一点也不。我动身去伦敦时就知道快水到渠成了。"

"也就是说,你先表示了赞成。我早就知道是这样。"

达西矢口否认有这种事,但是她觉得肯定是这么回事。

达西说道:"在去伦敦前一天夜晚,我对宾利说了早该说的实话。我告诉他,我原来太荒唐,太不应该,插手了他的事。他大吃一惊,因为他从来没有起过半点疑心。我还告诉他,我原来分析你姐姐对他并没有情意也是错误的。由于我可以明显看出来,他对你的姐姐依旧一往情深,因此我知道他们会结成幸福的一对伴侣。"

伊丽莎白听到他说什么朋友就听信什么，忍不住笑了。

她问道："你告诉他我的姐姐其实是爱他的，是凭自己的观察作的结论呢，还是春天听了我的话才知道。"

"凭自己的观察。最近两次我到你家见到她时，仔细地观察了，看准了她有情意。"

"我猜，你看准了，他跟着也就看准了，对吗？"

"没错。宾利的谦恭没有任何虚假。他瞻前顾后的性格使他在这种重大的事情上不敢自己拿主意，但是由于他对我言听计从，所以一切都顺顺当当了。我曾不得不承认一件事，他听了很不高兴，这不怪他。我老实告诉他，你姐姐去年冬天在伦敦住了三个月，我明明知道，却有意瞒着他。他很生气。但是我知道当他明白你姐姐的心意后，气马上消了。现在他真心实意地原谅了我。"

伊丽莎白本想说宾利是个十分称心的朋友，就因为能事事顺从，才难能可贵，但话到嘴边又止住了。她想起来达西不是一个开得起玩笑的人，现在说笑为时过早。达西接着还是谈宾利，预言他一定会幸福。不过与他自己相比，宾利自然要逊色一些。谈着谈着，两人到家了。进门后，他们在走廊里分了手。

第五十九章

"哎呀,利齐,你们散步散到什么地方去了?"伊丽莎白一进房门,简劈面就问。到大家坐下吃饭时,其他人也这样问。伊丽莎白回答说,他们信步走着,结果走到了她也不认识的地方。她答话时有些脸红,但是看她脸红也罢,神色反常也罢,谁都没有怀疑事情的真相究竟如何。

这一夜过得平平静静,没有任何不寻常的事。已公开的一对情人有说有笑,未公开的一对情人无声无响。达西由于性格的关系,喜怒不形于色;伊丽莎白心慌意乱,知道自己幸福,却体验不到幸福的滋味,除了眼前的尴尬,她还面临其他难题。等她的大事公开以后,家里人会做何感想,她不难预料。她知道,除了简,没有第二个人喜欢他,甚至还担心,别人会讨厌他,尽管他财产多、门第高也于事无补。

夜深以后,她向简敞开了心扉。贝内特家的大小姐平日里并没有怀疑人的习性,但现在断然不敢相信。

"利齐,你是在开玩笑。这不可能!答应嫁给达西先生!不对,不对,你无论怎样也骗不了我,我知道这不可能。"

"开始就出师不利,这可真要命!我唯一指望的人就是你,如果连你都不相信,还有谁会相信?我半点玩笑都没有开,说的句句是实话。他仍然爱我,我们已经定了终身。"

简用怀疑的目光看着她,说:"利齐,这不可能。我知道,你对他厌恶透顶。"

"你并不了解实情。那话你以后别再提,也许我以往不像现在这样爱他,可是这类事记得牢没好处,往后我要忘得一干二净。"

贝内特家的大小姐看来仍然是一百个不相信。伊丽莎白更加严肃认真地向她说明,一切都是真的。

简大声说道:"我的天,当真有这种事吗?好吧,我不信也得信了。利齐呀利齐,我真心地祝贺你!可是,我要冒昧地问一句,你跟着他过日子能幸福吗?你有十分把握?"

"那毫无疑问。我们两个都觉得,我们会过得无比幸福。简,你高不高兴?有个这样的妹夫乐意不乐意?"

"非常乐意,高兴极了。宾利肯定也和我一样。你们的事我们原来想过,谈过,但是认为不可能。你就当真那样爱他吗?听着,利齐,没有感情千万不要结婚。你这步棋走得对不对有把握吗?"

"肯定有!等到我把什么都告诉了你,你准会认为,我做的事不但应该,还求之不得。"

"你这是什么意思?"

"嗯,老实说吧。我喜欢他胜过了喜欢宾利。恐怕这话会让你不高兴。"

"好妹妹,请你严肃一点吧,我希望你正正经经地说。该让我知道的事现在你一五一十都告诉我。说说看,你爱上他多久了?"

"我是渐渐地爱上他的,很难说出个开始的时间,不过我相信最晚也在到彭伯利看到他那片美丽的住地时。"

简又叫她严肃些说话,这一次才有了效果,她马上对简发誓说千真万确爱达西。贝内特家的大小姐问清楚了这一点后,其他一概不愿深究。

她说道:"现在我放心了,因为你会与我一样过得幸福。我原来就一直觉得他很不错。不说别的,单单凭着他爱你,我就得对他有好印象。他既是宾利的朋友,又要做你的丈夫,除了宾利,除了你,我喜爱的人就只可能是他。不过,利齐,你也太滑头了,把我都蒙在鼓里。你到了彭伯利和兰布顿,连一丝口风都没有向我透露!这些事情我不是从你嘴里听来的,倒亏了别人告诉我,要不然什么都不知道。"

伊丽莎白只得向她解释了保密的原因。一来她不愿意提起宾利,二来自己心乱如麻，也就不愿提起宾利的朋友。现在不同，连莉迪亚结婚达西帮了多少忙也用不着瞒了。什么都和盘托出，姐妹俩谈到半夜。

第二天上午，贝内特太太站在窗边，突然嚷起来："真是活见鬼！宾利来我们家，讨厌的达西偏又跟着！他怎么这么不知趣呢？他去打鸟也行，干点别的什么也行，为什么要来麻烦我们？我们怎么敷衍他好呢？利齐，你得再陪他到外面去走走，别让他妨碍了宾利。"

这一说正中下怀，伊丽莎白忍不住笑了，但想到母亲总是嫌弃他，又觉得气恼。

两人一进门，宾利便意味深长地看着伊丽莎白，与她热烈握手，可见已得了消息无疑。刚过一会儿，宾利又大声说："贝内特太太，这一带还有没有别的小路，可以叫利齐今天再迷一次路？"

贝内特太太说道："我看，今天上午达西先生、利齐、基蒂三个上奥克姆山去走走吧。奥克姆山离得远，路上风景也好，达西先生还没有游玩过。"

宾利先生接话道："达西先生与利齐不在乎，我只担心基蒂吃不消。基蒂，你说呢？"

基蒂表示宁愿守在家里，达西先生说对奥克姆山的风景很有兴趣，伊丽莎白没有出声，算是默认。她往楼上走，去做准备。

贝内特太太跟了来，说道："利齐，让那个讨厌的家伙跟你一个人去，妈太对不起你，你就别怪妈吧。你知道，这都是为了简。犯不着跟他多说话，就敷衍敷衍，所以你别多费神。"

两人在散步时商定，晚上得请贝内特先生认可他们的婚事。贝内特太太那边，伊丽莎白主张由她自己去谈。她很难预料母亲的反应，有时候甚至担心，母亲对达西太厌恶，即使他有钱有势也不能叫她欢喜。可是，无论母亲对这门亲事极力反对也好，欣喜若狂也好，有一点可以肯定：她听说后同样会失态。伊丽莎白既不希望达西先生第一个看到她气势汹汹地表示反对，也不希望达西先生第一个看到她欢天喜地地表示赞成。

晚上，贝内特先生进书房后不久，达西先生也起身前往书房。看到这情形，伊丽莎白的心扑通扑通跳得厉害，她倒不是担心父亲反对，而是怕这一来父亲会不痛快。几个女儿中，父亲最喜爱她，如果她选择的人叫父亲放心不下，甚至为她的终身大事而忧虑、惋惜、倍感苦恼，那么她自己也会过意不去。她如坐针毡，直到达西先生面带微笑地回到客厅，她才松了口气。

过了一会儿，达西走到她与基蒂坐的桌子边，假装欣赏她的针线活，低声说了句："到你爸爸那里去，他在书房等着。"

她马上起身走了。父亲在书房里踱来踱去，神情严肃，忧心忡忡。一见她来，便道："利齐，你怎么啦？要嫁给这么个人，是糊涂了吗？你不是一直厌恶他吗？"

父亲的话让伊丽莎白悔不当初。以前为什么要看事片面，说话过分呢？要不然，哪会有现在的尴尬，要费尽口舌解释表白呢？事到如今，她只好结结巴巴向父亲承认，自己爱着达西先生。

"这么说来，你打定了主意要嫁给他。不错，他很有钱，以后你的漂亮衣服、漂亮马车会比简多，但是这些东西能使你幸福吗？"

伊丽莎白说道："除了认为我对他并没有感情，你还担心什么吗？"

"那倒没有。我们都知道他傲慢，不讨人喜爱。但如果你是真心喜欢他，这倒无所谓。"

"真的，我的确喜欢他。"伊丽莎白答道，眼里闪着泪花，"我爱他。实际上，说他傲慢也有些冤。他为人好极了。你并不了解他的内心，请别再这样说他吧，要不然，我会觉得很难过。"

她父亲说道："利齐，我已经应允他了。说实话，他不是一般人，能屈驾来求我，我怎么能不答应他呢？如果你下了决心嫁给他，现在我也应允你。但是，我还是想劝你好好考虑考虑。利齐，我了解你的脾气，知道除非你真心敬重丈夫，认为他比你强，否则你不会觉得幸福，也不会觉得体面。你非常聪明，如果嫁了个不相配的人，会特别危险，难逃懊悔与苦恼。孩子，要是我以后眼看你瞧不起要与你过一辈子的人，我会伤心，你可别让我伤心呀。你好好掂掂这件事的分量。"

伊丽莎白感受到父亲对她的爱护，倍加感动，答话格外恳切、诚挚，反复说达西先生确实是中她心意的人，解释了对他的看法渐渐改变的过程，表示她有十足把握，知道达西的感情不是出于一朝一夕的冲动，而是经历了好几个月分离的考验，又如数家珍般一条条数出了达西的好品德，终于打消了父亲的疑虑，使父亲信服，赞成了这门亲事。

她说完以后，父亲说道："好啦，宝贝，我没什么可说的了。既然是这样，他就配得上你。利齐，要不是遇上他这么好的人，我可不会放你走。"

为了使父亲知道达西先生究竟有多好，伊丽莎白说出了他主动给莉迪亚帮的大忙。父亲听得发了呆。

"今天晚上怎么听到的都是稀奇事呢？原来全是达西的功劳！婚事是他促成的，钱是他掏的，那家伙的债是他还的，还买了个军衔！这真是再好也没有了，省了我无穷的麻烦，数不清的钱。如果这些事是你舅舅做的，我非得还他的钱不可，但年轻人为了爱情会发狂，什么事都要自作主张。明天我就提出还钱给他，他准会大吹大擂如何如何爱你，这一来事情就算了结。"

接着他想起前几天念柯林斯先生的信时，伊丽莎白的神情反常。于是他笑话了她一阵，才让女儿走了。

女儿离开书房时他说道："要是还有年轻人想娶玛丽或者基蒂，叫他们进来好了，我现在正闲着没事。"

伊丽莎白心上的石头落了地。她在自己房间坐了半小时才定下心来，之后神情正常地回到大家身边。所有的事都来得太突然，反而没有高兴的感觉，但这一晚总算过得太太平平。没有什么大事可担心，当然轻松自在。

夜深时母亲起身去梳妆室，伊丽莎白马上跟了去，把终身大事告诉了她。母亲的反应果然不一般。刚听完时，她坐着一动不动，一句话也说不出来。足足过了一二十分钟，才明白过来女儿说了些什么。要是搁在平常，知道自家哪个女儿要出嫁，能带给家里什么好处，她会表现得非常敏捷。

好不容易她才开始动弹，一会儿站起来，一会儿坐下去，坐立不安地折腾着，还在感慨庆幸："哎哟哟哟！天赐的福气呀！这还了得！乖乖，是达西先生！这有谁料得到？真有其事吗？呀，利齐，我的心肝肉,你要大富大贵啦!那花不完的零钱,那金银珠宝,那车,那马,都成了你的!简跟你比不得,一个在天,一个在地!我真高兴,我真快活!这人多帅,一表人才,个子又高!哟,利齐宝贝呀,我原来不喜欢他,你代我赔个不是吧。他也不要往心里去才好。利齐,心肝宝贝,宝贝心肝!在伦敦有座大住宅哩!哪件东西还不叫你看得眼花!三个女儿一口气出嫁了!一年就上万镑!哦,天啦,我该怎么办呢?都快疯啦!"

这番话足以说明她认可了亲事,用不着再怀疑。伊丽莎白走出房来,庆幸母亲得意忘形的胡话只有她一个人听到。但回到自己房里没出三分钟,母亲又来了。

她嚷道:"心肝宝贝呀,我满脑子就想着这件事。一年就上万镑,也许还不止这个数!阔得像王侯了!要领特许结婚证[①],你一定要领特许结婚证结婚。不过,宝贝女儿呀,你说说达西先生最爱吃什么菜,我明天就请他吃。"

这不是个好兆头,看来母亲会在达西先生面前出丑。伊丽莎白觉得,尽管达西先生爱她是情真意切,父母对婚事已经应允,但说不定还是会节外生枝。好在第二天过得十分顺利,没有闹出她担心的事来。原来,贝内特太太对这位未来的女婿非常敬畏,除了凑得上时献献殷勤,听了他的高见表示敬佩,并不敢对他开口说话。不得不说,这真是非常幸运。

伊丽莎白的父亲有意与达西先生多接触,伊丽莎白看在眼里,高兴在心里。后来,贝内特先生对女儿说,他对达西先生的好感一小时比一小时增加。

贝内特先生说道:"对三个女婿我都很满意。也许,我会把威克姆当成傻瓜来宠爱,但是,我想以后我怎样喜欢简的丈夫,也就会怎样喜欢你的丈夫。"

[①] 按当时英国法律,结婚采用结婚通告,由牧师在星期天早祷时,第二遍读完《圣经》经文后宣读,连续三星期如此,如男女双方无家长或保护人出来反对,通告即生效。如需提早结婚,则不用通告,而用特许结婚证,但此证只有主教才有权颁发。贝内特太太希望伊丽莎白尽早结婚,所以提出用此证。

第六十章

伊丽莎白的心情越来越好,过了不久,又顽皮起来,竟然要达西说说是怎样爱上她的。

她问道:"你是怎样开的头呢?我知道,一旦开了头,你就会义无反顾朝前走,但你是怎样迈出了第一步呢?"

"究竟在哪一时、哪一地,你的什么模样,说的什么话,使我起了心,我说不上来。时间已隔得太久。等到我发觉时,我早掉进爱河里了。"

"你对我的长相不以为意,我对你的行为举止一贯不大有礼貌,说起话来巴不得叫你听了难受。现在你老实告诉我,你是不是看上了我的莽撞呢?"

"我看上了你头脑灵活。"

"你也可以说是莽撞,这一点不假。事实上,你腻味了那些虚情假意的恭敬和奉承。一些女人的言语、举止甚至表情和思想,不为别的,就为讨好你,可惜却让你厌恶。我引起你的注意,得到你的好感,因为我与她们不一样。如果你并不是一个好相处的人,你会痛恨我。尽管你用许多假象做掩饰,你的心地却是高尚而正直的,对一味讨好你的人,骨子里你是看不起的。好啦,我省了你的麻烦,帮你做了分析。说真的,如果全面想想,我现在觉得事情理所当然。当然,你并不知道我其实有什么好,但无论是谁,只要掉进了情网,都不会去想什么好不好。"

"简病倒在内瑟菲尔德,你精心照料,姐妹情深,难道不好吗?"

"简是我最亲的人,怎么能不精心照料呢?就算这是我的好吧。我的优点要靠你夸,你爱怎么吹就怎么吹吧。我会报答你,那就是一遇上机会就取笑你,与你斗嘴。现在就开始回报吧,我问你,为什么你总那么躲躲闪闪呢?第一次你来做客时,之后在我家吃饭时,为什么你要羞羞答答避开我?特别是你来我家时,为什么要装模作样,就像根本没有把我摆在心上似的?"

"因为你神情严肃,一声不响,使我没有了胆量。"

"可是我难为情呀。"

"你难为情,我也难为情。"

"吃饭的时候你不是可以多说两句话吗?"

"感情少了也许话才会多。"

"算我倒霉,让你想到了理由回答,我要是不认输倒成了不讲道理的人。但是,如果我不理你,你能拖到哪年哪月?如果我不问起你,你什么时候才会说出来?这都是因为我打定主意,开口感谢你帮了莉迪亚的大忙,这才促成了这件好事。但恐怕是太好了。你想想,如果我们的幸福是靠说话不算话来的①,那么不是在道德上失去根基了吗?我大不该提起那件事的。已经悔之晚矣了。"

"你用不着担心,在道德上完全说得过去。凯瑟琳夫人处心积虑地想拆散我们,却打消了我的所有怀疑。我不认为目前的幸福是多亏了你急于要向我表示感谢。我根本没有指望过你先开口。是姨妈的话让我产生了希望,于是当机立断决定把事情弄个一清二楚。"

"凯瑟琳夫人功德无量,她应该感到高兴,因为她喜爱建功立德。但你告诉我吧,你到内瑟菲尔德来干什么呢?难道就是为跑到朗本难为情一番吗?恐怕是想办什么大事吧?"

"我的真正目的是看看你,如果有可能,摸摸底细,看是否有希望让你爱上我。我非达到不可的目的,或者说,我下了决心要达到的目的,是看看你姐姐是否对宾利有情意,如果有,我就向宾利认错。当然,我已经认了。"

---

① 这是句俏皮话。达西第一次向伊丽莎白求婚时遭断然拒绝,伊丽莎白说无人可嫁了也不嫁给达西。达西在次日的信里也表示"那些心愿忘记得越快越好"。

"你有没有勇气对凯瑟琳夫人宣布她的命运呢？"

"伊丽莎白，我不仅需要勇气，更得等待时间。但是这件事少不了要做，如果你给我一张纸，我马上办。"

"如果我不是自己有信要写，也许就坐到你身边看你写，称赞你的信写得工整。有位小姐原来不就这样吗？可惜我有位舅妈，再不给她写信不行了。"

加德纳太太的长信伊丽莎白一直没有回复，因为加德纳太太高估了她与达西先生的关系，而她又不愿明说，但此一时彼一时，现在有了喜讯，她舅妈一定高兴，可是让舅舅、舅妈晚了三天才知道这个消息，她几乎问心有愧了，便马上写道：

亲爱的舅妈，你一片好心，写了封长长的信清楚说明了详情，我理应表示感谢，早写回信，可是说实话，由于心烦，没有动笔。你在信中的猜测过了头，但现在你爱怎么猜就怎么猜吧。展开你想象的翅膀，让它自由地飞翔，只要没有认为我已经结婚，你就错不到哪里去。你一定要快快回信，上封信没有多夸奖他，下封信好好夸夸他吧。我得多多感谢你没有去湖区。我怎么会那么傻，想往湖区跑呢？你想要骑马游园林的主意好极了，以后我们每天都可以在园里走一圈。我是世界上最幸福的人。也许别人也说过这句话，但是都言过其实。我甚至比简更幸福，她仅仅在微笑，我却在开怀大笑。达西先生在爱我之余向你问好。过圣诞节时带一家人到彭伯利来。

达西先生给凯瑟琳夫人的信风格不同，而贝内特先生给柯林斯先生的信与这两封信风格又都相异。

贤侄：

又得有劳你恭贺一次。伊丽莎白不久将与达西先生结为伉俪。请多多安慰凯瑟琳夫人。但如果我是你，我会站在外侄一边,因为外甥一边更有利可图。

姨父

宾利小姐祝贺哥哥即将结婚的信,写得娓娓动人却充满虚情假意。她甚至写了信给简道贺,把原来一套假惺惺的话又抄了一遍。简没有当真,但受了感动,尽管认为这人并不可信,却写了封回信,言词亲切,她料定收信人会受之有愧。

达西小姐也收到了喜讯,与她哥哥寄出喜讯时一样,由衷高兴。她写了满满四页纸来表示内心的喜悦,也恳切希望得到嫂嫂的喜爱,但仍嫌意犹未尽。

贝内特先生等着柯林斯先生复信,伊丽莎白等着柯林斯太太道恭喜,这时候,朗本的一家人却听说这对夫妻到了卢卡斯府。他们突然跑来的原因很快也知道了。凯瑟琳夫人看过外甥的信后怒气冲天,而夏洛特对这门亲事出自内心地高兴,以走为上策,赶紧到娘家避避风。在大喜的时刻,朋友来了叫伊丽莎白十分高兴,虽然后来见面时,朋友的丈夫对达西先生过于奉承巴结,她看了恶心,有时觉得得不偿失,但她的高兴没有任何虚假。达西先生对柯林斯的奉承巴结态度冷静,没有计较。甚至,听到威廉·卢卡斯爵士恭维说他娶走了当地最灿烂夺目的明珠,又表示希望与他常在王宫见面时,达西先生也沉得住气,还是等威廉爵士走了,才耸耸肩。

菲利普斯太太的俗气另有一番表现,也许叫他更难忍耐。宾利随和,菲利普斯太太与他说话时无所顾忌,但对达西的态度却与姐姐一样,心存畏惧,说话不敢像对宾利那样随便,然而她的话还是免不了粗俗。她也敬重达西,所以在达西面前变得谨慎,但是怎样也文雅不了。伊丽莎白千方百计让母亲与姨妈少接触达西,或者自己与他攀谈,或者拉家里不会叫他受罪的人攀谈。这种事使她有些倒胃口,减少了热恋的欢乐,却增加了对未来的向往,盼望早早离开她与达西都合不来的人,住到彭伯利,自立门户,过舒服且富有雅趣的生活。

第六十一章

贝内特太太两个最让她得意的女儿出嫁的那天，也是这位母亲最高兴的一天。可想而知，以后她去宾利太太家做客，或者向人谈起达西太太，会多么兴奋、多么得意。看在她一家人的分上，作者想交代一笔，她的五个女儿后来都有了归宿，说来可喜，由于夙愿得偿，从此她竟变得知情晓理，性格温和，见识也长了许多。只不过有时还会发神经质，脱不了股傻气，这倒是她丈夫的福气，否则他就享受不到这种非同寻常的家庭乐趣了。

贝内特先生最舍不得二女儿，别的事难把他拖出门，但因爱二女儿心切，他现在常往外跑。他喜欢去彭伯利，特别爱拣别人意料不到的时间光临。

宾利先生与简在内瑟菲尔德只住了一年。虽然他们一个性格随和，一个心肠很软，却也不愿与母亲大人和梅里顿的亲戚靠得太近。于是在毗连德比的一个郡买了房产，宾利姐妹的殷切希望由此得以实现。简与伊丽莎白福上添福，两人从此以后相隔还不到三十英里。

基蒂大部分时间住在大姐姐或二姐姐家，受益不浅。由于交往的人比以往好得多，她本身大有长进。她不像莉迪亚难管束，现在没有莉迪亚的影响，又有人关心管教，她的人生走上了正轨，不再乱七八糟瞎胡闹。家里人有了戒心，不让她再沾莉迪亚的边，虽然莉迪亚三番五次邀请她去参加舞会，见美少年，她父亲总是阻止她去。

留在家里的女儿只剩下一个玛丽，因为贝内特太太怕寂寞，她只得奉陪，减少了读书的时间，与人的交往必然增多，但每次出门做客也好,家里来客也好,她都没忘过道德经。姐姐妹妹一走,再没人与她评头品足比长相,耳朵根清静了,这一来她父亲便怀疑,对姐妹们的离开她求之不得。

简和伊丽莎白出嫁后,莉迪亚与威克姆依然故我。如果说过去伊丽莎白不知情,现在对他的忘恩负义,虚伪欺诈必然一清二楚,威克姆却处之泰然。不仅如此,他也许还抱着一线希望,心想达西说不定还可以给他帮个大忙。伊丽莎白结婚时收到的莉迪亚的贺信说明,如果他本人没有抱这种希望,至少莉迪亚抱有这种希望。信是这样写的:

亲爱的利齐:

祝你愉快。如果你对达西先生的爱比得上我对威克姆的一半,你一定非常幸福。你这样富有真叫人高兴,闲着无事时希望能想到我们。我知道威克姆很想在宫里谋个差事。如果没有人帮忙,我们的钱以后不够打发日子。只要一年有三四百镑,干什么都行。但这事如果你不愿说,就不要向达西先生提起。

伊丽莎白果然不愿说,回信叫她以后别再提起这类事,别再指望。然而,她仍助了一臂之力,就是常节省自己名下的开销接济他们。她看得清楚,这两人挥霍无度,今朝有酒今朝醉,进款有限,必然入不敷出。每次搬迁,他们不是写信给简就是写信给她要钱帮他们还债。两人居无定所,甚至天下太平,他们退伍了,也安不下家,东游西荡。他们住了这里搬那里,总想找一个开销小的地方,结果总是多花了钱。过了不久,威克姆对莉迪亚的感情淡薄了。莉迪亚的感情维持得时间长些,而且别看她年轻荒唐,还是处处顾到婚后夫妻的名声。

达西始终没有让威克姆来彭伯利,但是看在伊丽莎白的面子上,后来还是帮他谋了份职业。莉迪亚在丈夫去伦敦或巴斯①快活一番时,会来彭伯利做做客。宾利夫妇那里威克姆与莉迪亚去得多,一住就很久,连宾利这样性格温和的人也不耐烦了,说起暗示他们快走的话来。

达西与伊丽莎白结婚时,宾利小姐伤透了心。但是彭伯利是块宝

---

① 巴斯(Bath),在英国西南部,疗养胜地,多温泉。

地，她舍不得不去做客，只好忍下痛苦，她对乔治亚娜更加亲热，对达西几乎与以前同样殷勤，对伊丽莎白变了态度，彬彬有礼。

乔治亚娜现在常住彭伯利，姑嫂俩互尊互爱，达西见了非常满意。她们情投意合，都觉得对方中自己的心意。乔治亚娜对伊丽莎白的看法好得不能再好，只不过见她对哥哥说起话来随便、俏皮，开始觉得奇怪，甚至吃惊。她对哥哥固然很有感情，但更多的是敬重，现在眼见自己一向敬重的人，竟然成了公然打趣的对象，她增加了前所未有的见识。有了伊丽莎白这个榜样，她总算明白过来，妻子对丈夫可以无拘无束，放纵不羁，而妹妹对年长十岁的哥哥，却休想这样做。

凯瑟琳夫人因为外甥的婚事气破了肚皮。她撕破脸皮，不顾一切，接到外甥的喜讯后，竟然回信破口大骂，特别是没有放过伊丽莎白，结果有一段时间双方断了往来。后来伊丽莎白多方规劝，达西软了下来，不再计较姨妈的过错，想与姨妈和解。姨妈拒绝了一阵，最后不知是由于毕竟对外甥疼爱呢，还是忍不住想看看外甥媳会出多少洋相，火气才小了下来。尽管彭伯利不但有了这么个女主人，而且这么个女主人的舅舅、舅妈还常从伦敦来，把彭伯利连树林都玷污了，她还是屈尊到了彭伯利。

达西和伊丽莎白与加德纳夫妇一直保持着最密切的关系。不但伊丽莎白，连达西都对他们有真情。两人知道，正是因为有了他们，伊丽莎白才能来到德比郡，两人才能成双成对，所以对他们无限感激。

【全文完】

作者年表

1775年	12月16日,出生于英格兰汉普郡斯蒂文顿。
1782年	与姐姐卡桑德拉共同受教于在牛津居住的考莱夫人。
1783年	进入雷丁的寺院学校求学,直至1787年前后。
1793年-1794年	完成书信体中篇小说《苏珊姑娘》。这部小说标志着简·奥斯汀从早期作品中那种虚饰渲染、华而不实的作风转向了更为严肃的生活态度。
1796年	和一位名叫汤姆·勒弗罗埃的爱尔兰英俊青年交往。10月到次年8月,完成小说《傲慢与偏见》。
1797年	开始创作小说《理智与情感》。
1801年	在父亲将其教区职务交付给长子詹姆斯后,随同父母及姐姐到巴斯定居。
1804年	开始写小说《沃森一家》,不久即放弃。这是一部十分令人不快的作品。
1805年	1月21日,父亲在巴斯去世。之后,同母亲和姐姐搬迁到兄弟们居住的南安普顿,并一直待到1809年。
1809年	同母亲和姐姐搬到哥哥爱德华于斯蒂文顿附近的乔顿村拨出的一所宽大村舍中居住,这使她可以安心写作。4月,写信给克罗斯比,探听他是否愿意出版《苏珊》(《诺桑觉寺》的原名)。
1811年	2月,开始创作《曼斯菲尔德园》,并于1813年夏天完成。出版小说《理智与情感》。

1813年 出版小说《傲慢与偏见》。

1814年 1月,开始创作小说《爱玛》,次年3月完成。出版小说《曼斯菲尔德园》。

1815年 8月,开始写小说《好事多磨》,直至次年8月完成。参观摄政王(即后来的英王乔治四世)的住所卡尔顿宫。

1816年 写出游戏之作《一部小说的计划,根据来自各方的提示》(最早出版于1871年)。出版小说《爱玛》。

1817年 1月,动手写她的最后一部作品(她的家人题为《山迪顿》),直至3月18日因健康状况不得不停止。4月,立遗嘱。5月,被移送温切斯特由当地一位外科专家治疗。7月18日晨4时30分谢世。6日后,遗体葬于温切斯特大教堂。

1818年 遗作《好事多磨》和《诺桑觉寺》付梓。

图书在版编目（CIP）数据

傲慢与偏见 /（英）简·奥斯汀 (Jane Austen) 著；
张经浩译 . -- 哈尔滨：北方文艺出版社，2020.1（2022.1重印）
ISBN 978-7-5317-4574-7

Ⅰ.①傲… Ⅱ.①简…②张… Ⅲ.①长篇小说 – 英国 – 近代 Ⅳ.① I561.44

中国版本图书馆 CIP 数据核字 (2019) 第 264540 号

傲 慢 与 偏 见
Aoman Yu Pianjian

作　者 /［英］简·奥斯汀	译　者 / 张经浩
责任编辑 / 路　嵩	
出版发行 / 北方文艺出版社	邮　编 / 150008
发行电话 /（0451）86825533	经　销 / 新华书店
地　址 / 哈尔滨市南岗区宣庆小区1号楼	网　址 / www.bfwy.com
印　刷 / 环球东方（北京）印务有限公司	开　本 / 880mm×1230mm　1/32
字　数 / 283 千	印　张 / 9.5
版　次 / 2020 年 1 月第 1 版	印　次 / 2022 年 1 月第 2 次印刷
书　号 / ISBN 978-7-5317-4574-7	定　价 / 48.00 元